COLLECTION
FOLIO/ESSAIS

Alain

Propos sur les pouvoirs

ÉLÉMENTS
D'ÉTHIQUE POLITIQUE

Propos choisis
et classés
par Francis Kaplan

Gallimard

Emile Chartier, dit Alain, né le 3 mars 1868, mort le 2 juin 1951, écrivain et philosophe, professeur et journaliste, résolument démocrate et pacifiste.

Une œuvre d'ample envergure et de grand style, singulièrement présente au lecteur, fait d'Alain, trente ans après sa mort, l'une des plus vigoureuses figures de l'humanisme occidental. Son audience a débordé la sphère francophone, bien qu'il se rencontre peu d'écrivains qui se soient à ce point enracinés dans un sol et une tradition aussi spécifiquement français.

Emile Chartier, Percheron avoué et revendiqué comme tel par sa ville natale de Mortagne, qui lui consacre un musée, est républicain de naissance. Par formation et métier, c'est un technicien de la philosophie, c'est-à-dire un homme qui, de Platon à Hegel, continue une tradition vivante. De là s'élève, dans la khâgne du lycée Henri-IV à Paris la notoriété d'un professeur admiré par ses élèves, craint par ses pairs. Un esprit dont l'ascendant tient à une indépendance qui ne transige pas, se signale par des jugements impitoyables. Parallèlement, et cette fois par une force de nature prodigue et prompte dans ses engagements, Alain, suscité par l'événement (affaire Dreyfus, séparation de l'Eglise et de l'Etat, etc.), devient journaliste. Ainsi impose-t-il sa présence dans la vie politique française de 1906 (apparition du *Propos* quotidien dans *La Dépêche de Rouen*) à 1938 (*Suite à Mars*, lucide et ultime témoignage sur la montée de la Seconde Guerre mondiale), présence dérangeante qui joint la résistance à l'obéissance, pousse à son terme la désacralisation de l'Etat, maintient au cœur de la démocratie l'essentielle contradiction des pouvoirs et du citoyen. « Des passions politiques assez vives, écrit-il de lui-même, au service d'opinions en somme modérées le conduisirent à soutenir par la plume et aussi pendant plus de vingt ans par la parole la politique de gauche. Au cours de ces luttes mémorables, il connut Jaurès, de Pressensé, Ferdinand Buisson, Séailles, Painlevé, toujours en accord avec eux, quoique indiscipliné par nature. » Voilà ce que recouvre le radicalisme d'Alain : ce n'est pas la doctrine d'un parti politique, c'est la critique radicale du pouvoir comme politique.

PRÉFACE

Alain est assurément tout le contraire du philosophe de métier présentant sa doctrine dans des traités obscurs, démontrant le sérieux de son entreprise par un langage systématiquement technique, par une accumulation de références et de citations qui le tiennent – et peut-être même visent à le tenir – à l'écart du grand public. Il écrit, au contraire, avec beaucoup de désinvolture, de courts propos d'une ou deux pages, sur les sujets les plus variés, au hasard de l'inspiration, de l'humeur ou de l'actualité, dans des journaux qui s'adressent à rien moins qu'à des spécialistes. Aussi ceux-ci se sont-ils bien vengés, lui refusant le titre de philosophe, le rabaissant au rang d'essayiste ou de littérateur qui se bornerait à mettre en forme de simples lieux communs [1]. *Pour rester dans le domaine auquel est consacré cet ouvrage, Raymond Aron rappelait qu'Alain lui avait dit : « Ne prenez pas mes idées politiques trop au sérieux. Il y a seulement des gens que je n'aime pas; j'ai passé ma vie à le leur dire* [2]. *» Tout Alain est dans cette boutade. A nous de ne pas nous laisser prendre au piège qu'elle nous tend* [3].

1. Alain parle lui-même de « la réputation, écrit-il, que j'eus désormais (après les *Propos*) d'improviser et de m'amuser. Je n'ai rien fait pour vaincre ce préjugé. » (*Histoire de mes pensées*, p. 106).
2. *L'homme contre les tyrans*, p. 106.
3. « Si ce livre, écrit Alain préfaçant les *Quatre-vingt-un chapitres sur l'Esprit et les passions*, tombait sous le jugement de quelques philosophes de métier, cette seule pensée gâterait le plaisir que j'ai trouvé à l'écrire, plaisir qui fut vif. »

Non seulement cela serait injuste, mais nous passerions à côté d'immenses richesses. Nous ne jouerons pas au petit jeu stérile de savoir qui le premier a dit quoi. Toute pensée a toujours des antécédents et il est trop facile de la récuser au profit de ceux-ci. Nous sommes persuadés qu'Alain a apporté quelque chose de nouveau, même s'il s'inscrit dans une évidente tradition. Jamais la nécessité de contrôler les pouvoirs et le mécanisme de ce contrôle, le danger de partis trop rigides n'ont été exposés avec autant de force et de précision, n'ont été fondés avec autant de rigueur. On peut ne pas admettre ses conclusions. On ne peut pas ne pas au moins les discuter et sa doctrine est un passage obligé de toute théorie politique.

On a vite dit, il y a une quinzaine d'années, qu'elle est dépassée. Si on entend par là qu'elle est dépassée au sens où peut être dépassée une théorie scientifique, au sens où la théorie de Newton est dépassée par celle d'Einstein, ce serait oublier que la philosophie politique n'est pas une science, même s'il lui arrive d'en prendre le titre, parce qu'elle n'aboutit pas à un corps de propositions admises à un moment donné à peu près universellement par tous ceux qui pratiquent cette discipline. Sans doute, la doctrine d'Alain a été dépassée mais au sens où une mode est dépassée par une autre mode. Ce dépassement est significatif pour le sociologue ou l'historien des mentalités. Il ne l'est pas pour celui qui ne cherche pas à penser ce que les autres pensent mais simplement à penser, c'est-à-dire à penser par lui-même et sous sa propre responsabilité. Ce dépassement n'est réfutation que dans un régime de pensée inauthentique. D'ailleurs, après la faillite retentissante des doctrines qui ont succédé à celle d'Alain dans l'intelligentsia française – du léninisme, sinon du marxisme –, il est clair que ce dépassement est lui-même dépassé.

Encore faut-il avoir accès à la doctrine d'Alain. Encore

faut-il surmonter le préalable que constitue son éclatement en propos sans ordre et indépendants les uns des autres.

S'adressera-t-on à un historien qui réécrira dans son propre style cette doctrine à partir des idées développées dans les Propos *certes, mais aussi nécessairement avec d'autres mots ? « Je hais, affirmait Alain, qu'on dise à peu près en mauvais langage ce qu'un auteur a si bien dit* [1]. *» Mauvais langage ou non, l'historien, en tout cas, édulcorera très probablement et surtout gauchira la pensée qu'il expose : il n'est – heureusement pour lui – jamais sans idées propres – et comment celles-ci ne coloreront-elles pas, d'une manière ou d'une autre, l'exposé ? Rien ne remplace le contact avec le texte même.*

C'est non seulement la littéralité du texte qui importe, mais la forme des propos. Elle n'est pas sans inconvénient apparent par rapport au but poursuivi. Les propos en effet « n'ont nullement pour emploi de remplacer quelque chapitre » d'un livre : « Qu'il s'échappe ou même s'égare, c'est sa nature de propos quotidien qui naturellement touche à son sujet concentriquement, sans limite d'ampleur ni d'ambition. C'est la forme même du propos qui rompt l'unité de développement. Chaque propos se retourne sur soi et se termine à soi [2]. *»*

Or cette forme est essentielle.

Alain écrit dans un propos significatif que je crois nécessaire de citer en entier :

« Un ami inconnu m'a écrit : " Ces Propos sur la paix et la guerre ne sont que des feuilles volantes; faites donc un livre ". Il y a quelque temps un critique plus sévère me donnait le même conseil sur un autre ton : " Quoi, disait-il, toujours des improvisations et des mouvements d'humeur? Vous laissez trop au lecteur à coordonner; et du reste il ne le fait point; il lit, il oublie. On ne sème pas

1. *Propos sur l'éducation,* LXVII.
2. *Propos sur la religion,* avant-propos.

un grain de blé, on ensemence un champ. J'admets qu'il y ait une doctrine radicale; mais encore faut-il la formule afin que d'autres la comparent à ses voisines et la jugent. Je ne lirai plus vos petits billets; mais faites un livre; je le lirai. "

« Naturellement je sais ce que c'est qu'un livre; je crois même que je saurai en faire un. Dans la préface, je montrerais l'anarchie des opinions, l'incohérence des doctrines; ce qui ferait voir mon livre arrivant à son heure. Après cela je résumerais les prédécesseurs et les contemporains; cela ferait bien une dizaine de chapitres. Et puis je développerais mes propres opinions, mais en les ordonnant comme une armée, chaque question à sa place, avec des transitions qui auraient des airs de preuves; en évitant les répétitions et surtout les apparentes contradictions, qui font la joie des critiques. Après quoi je conclurais, je relirais le tout, et j'aurais envie de le refaire. Car il faut être bien sec, il me semble, pour relire un livre qu'on vient d'écrire sans en découvrir un autre, bien plus clair, bien plus fort, qui annule le premier. Mais je passerais outre; je supporterais même les discours d'un éditeur. En récompense je serais feuilleté par deux ou trois critiques, et aussitôt oublié. On ne lit pas un livre; on le consulte pour en faire un autre.

« On lit des articles, comme on lit des affiches; si on ne lit pas l'un, on lit l'autre; on pêche une formule; on y pense un petit moment. Ce qui est abstrait ou traînant, on le laisse. Un lecteur a des passions vives, et des caprices; des éclairs, et tout d'un coup une paresse décidée. Mais je suis un chasseur d'alouettes; je fais tourner mon miroir; recharge mon fusil; j'ai ma revanche. Je reviens, je corrige, j'explique. Je répète. L'attention est comme l'oiseau; il faut perdre bien des flèches pour l'atteindre une fois. Aussi, lire c'est relire; mais il faut être déjà bien habile dans le métier de liseur pour feuilleter pendant des années. Donc chaque matin je vous ouvre mon livre à la page qui me plaît; et je mets le doigt tantôt ici et

tantôt là. Soyez distrait ou ennuyé, je m'en moque; je vous rattraperai demain. Pareillement si je suis ennuyeux; on ne l'est pas tous les jours. Mais, surtout, par ce travail de retouche perpétuelle, mon livre a le même âge que moi; au lieu que si je l'achevais, il vieillirait tout seul, et à la manière des livres; enfant noué, enfant ridé. Et cela me fait faire attention à deux sens du mot vieillir. Car vieillir, c'est bien changer; mais on dit aussi, d'une chose qui n'a point du tout changé : " Cela a bien vieilli. " » (10 août 1913.)

Et certes, il est exact que les Propos *étaient de véritables dialogues dans lesquels le public intervenait soit directement, en écrivant à l'auteur – comme le montre ce propos et comme André Maurois, par exemple, a eu souvent l'occasion de le faire – soit indirectement par l'actualité politique ou sociale. Seulement cette justification des* Propos *n'a de sens qu'en tant que ceux-ci sont publiés chaque jour dans un quotidien, non en tant que recueillis dans un livre. De plus, Alain est mort, il ne peut plus répondre aux objections, aux hésitations, aux incompréhensions. Ce dialogue est définitivement rompu.*

Il y a une justification plus profonde. La forme des Propos *est liée à la méthode de pensée d'Alain, au refus du système déductif, au refus de la Raison, dans le sens kantien du terme, c'est-à-dire dans le sens où la Raison est opposée à l'entendement. Les* Propos *sont, comme le remarque Michel Alexandre, des « analyses conduites en tous sens, et constamment reprises et renouvelées, mais toujours à* propos *et au travers de situations réelles, lesquelles exigent de l'esprit, pour être justement saisies, non pas le recours à quelque idéologie, mais une réflexion effective, une présence entière et en acte. Cet éveil si rare de l'entendement, pour qu'un* Propos *en devienne, selon sa raison d'être, l'occasion et le moyen, encore faut-il que le lecteur le tienne vraiment pour un entier, jusqu'à s'y consacrer comme à un entretien ou une expérience réellement vécue* [1]*».*

Alain disait effectivement dans un texte remarquable – et célèbre :

« Les hommes qui veulent sincèrement penser ressemblent souvent au ver à soie, qui accroche son fil à toutes choses autour de lui, et ne s'aperçoit pas que cette toile brillante devient bientôt solide, et sèche, et opaque, qu'elle voile les choses, et que, bientôt elle les cache; que cette sécrétion pleine de riche lumière fait pourtant la nuit et la prison autour de lui; qu'il tisse en fils d'or son propre tombeau, et qu'il n'a plus qu'à dormir, chrysalide inerte, amusement et parure pour d'autres, inutile à lui-même. Ainsi les hommes qui pensent s'endorment souvent dans leurs systèmes nécropoles; ainsi dorment-ils, séparés du monde et des hommes; ainsi dorment-ils pendant que d'autres déroulent leur fil d'or, pour s'en parer. Ils ont un système, comme on a des pièges pour saisir et emprisonner. Toute pensée ainsi est mise en cage, et on peut la venir voir; spectacle admirable, spectacle instructif pour les enfants, tout est mis en ordre dans les cages préparées, le système a tout réglé d'avance. Seulement le vrai se moque de cela. Le vrai est, d'une chose particulière à tel moment, l'universel de nul moment. A le chercher, on perd tout système, on devient homme, on se garde de soi, on se tient libre, puissant, toujours prêt à saisir quelque chose comme elle est, à traiter chaque question comme si elle était seule, comme si elle était la première, comme si le monde était né d'hier [2]*. »*

Faut-il en conclure – comme on l'a pensé trop souvent – et en particulier Michel Alexandre – que cette méthode de pensée interdit un ordre autre que chronologique, c'est-à-dire autre qu'une absence d'ordre? Ce serait

1. *Politique*, introduction.
2. *Les Marchands de sommeil.*

oublier qu'Alain a lu et admiré des philosophes à système, Hegel dont il a cherché « à reconstruire autant qu' (il) le pouvai (t) (le) puissant système [1] *», Descartes, Spinoza, Comte. Ce serait oublier qu'il a écrit lui-même des livres systématiques, les* Eléments de philosophie, *les* Entretiens au bord de la mer, Les Dieux, *les* Préliminaires à la mythologie, *le* Système des beaux-arts... *Ce serait oublier qu'à côté de l'attitude, il y a aussi la doctrine, cette doctrine « d'où dit explicitement Alain, les* Propos *tireront un peu de lumière* [2] *».*

Si doctrine il y a, il convient de la mettre en évidence. Non certes, par un ordre « préconçu [3] *», artificiel; s'il venait d'Alain, il signifierait que celui-ci pense par système déductif et de la part de tout autre ce serait inadmissible parce que indiscret; ce serait, dans tous les cas, impossible, la forme des propos s'y opposant absolument.*

Mais un autre ordre est possible. Laissons « agir » les propos eux-mêmes. On les verra se répondre, se répéter, se prolonger, dialoguer à travers les semaines, les mois, les années. On sait que si on dissocie les cellules d'un œuf au début de son développement, celles-ci se rassemblent au bout de quelque temps, reprennent spontanément leurs rapports primitifs et reconstituent l'œuf décomposé. C'est à une reconstitution analogue que nous assistons si nous sommes suffisamment attentifs aux liens spontanés que les propos tissent entre eux. On aboutit alors à un classement, mais naturel et, en quelque sorte, organique. On en vérifiera l'authenticité par l'impossibilité d'en établir, d'une manière satisfaisante, un autre différent.

1. *Idées.*
2. *Portrait de famille,* p. 144, cf. p. 176. Ce n'est pas par hasard que Michel Alexandre, emporté par l'élan, va jusqu'à dire que la politique d'entendement qu'il a définie comme on a vu plus haut « est ici [dans les *Propos*] entreprise hors de toute doctrine ».
3. Michel Alexandre, *ibid.*

Certes nous n'avons pas affaire à un puzzle où toutes les pièces s'emboîtent parfaitement les uns dans les autres. Et le lecteur doit être prévenu que le passage d'un propos à un autre n'est pas toujours évident, qu'il peut supposer une idée intermédiaire sous-entendue et qu'il lui faudra expliciter, que tel propos traite de plusieurs sujets et que si sa place à tel endroit semble s'imposer pour telle raison que manifeste le contexte, il a à être évoqué à tel autre endroit pour tel autre aspect.

C'est ce jeu – comme on dit qu'un mécanisme a du jeu – qui permet le mieux à la fois de comprendre la doctrine d'Alain et de s'exercer à sa méthode de pensée.

Francis Kaplan.

Je remercie M. Robert Bourgne de son amicale et très précieuse collaboration.

Propos sur les pouvoirs

AVANT-PROPOS

Je suis né simple soldat. Les curés qui m'enseignèrent ce qu'ils savaient, et que je sus promptement aussi bien qu'eux, ne s'y trompèrent jamais; et ils considéraient mes étonnantes versions à peu près comme nous faisons pour les nids des oiseaux ou l'hydrographie du castor; cela étonne en d'humbles bêtes. Un bon nombre de mes camarades étaient nés officiers, et je le reconnus tout de suite; car ils me traitaient sans façon et lançaient ma casquette dans les arbres. A quoi je trouvai un remède, qui était de lancer un bon coup de poing de temps en temps. Plus tard, je me protégeai plus élégamment par un genre de raillerie redoutable. Ce que j'écris ici n'est donc point pour me plaindre de mon sort, mais plutôt pour rendre compte de mes opinions à ceux qui s'en étonnent et même s'en attristent; cela vient de ce qu'ils sont nés officiers. Non point sots; il n'y a point tant de sots; mais plutôt persuadés qu'il y a des hommes qui sont nés pour commander, et qu'ils sont de ceux-là. Et c'est ce que je reconnais de fort loin à un certain air de suffisance et de sécurité, comme s'ils étaient précédés d'une police invisible qui éloigne la canaille. J'en vois de tous métiers, les uns officiers dans le sens propre, d'autres, épiciers, d'autres, curés, d'autres, professeurs, journalistes, portiers, ou suisses d'église. Ils ont ceci de commun qu'ils sont assurés qu'un blâme de leur part ou seulement un avertissement me feront abandonner aussitôt mes opinions de simple soldat; espérance toujours trompée.

Plus tard, et alors que j'étais mêlé, par grand hasard, aux docteurs de la loi, j'ai reconnu un de mes frères dans un boursier qui ne se privait pas d'enlever les premières places à des officiers de naissance; on ne lui en faisait pas reproche, mais plutôt de garder, avec ces avantages, une manière de juger qui ne s'y accordait point. « Comment? Vous qui êtes boursier »; cela fut dit plus d'une fois, avec une nuance de tristesse, par un politique du *Temps*, qui était né colonel. Ce boursier était de première force pour le grec et le latin; mais il manquait de ruse. C'est un crime que de manquer d'ambition; et c'est une faute de le laisser voir aux voleurs de casquettes, comme je le compris vers ma septième année.

J'aime les socialistes cotisants, et je suis disposé par sentiment à me trouver toujours avec eux, « pour le meilleur et pour le pire » comme dit le proverbe. Mais dans leurs chefs de section et dans leurs prêcheurs de doctrine, j'ai presque toujours reconnu l'officier-né; d'où une prompte retraite toujours dans le marais des misérables grenouilles radicales, toujours piétinées par l'orgueilleuse doctrine. Je fais une exception pour Jaurès en qui j'ai reconnu du plus loin le simple soldat de vraie vocation, à ce signe, notamment, qu'il n'a jamais cherché à me convaincre, et qu'il n'y a même pas pensé. Me voilà donc boursier toujours, et toujours mal pensant; toujours revenant à dire ce que toutes les grenouilles pensent, d'être ainsi piétinées; toujours à dire ce qu'elles ne savent pas dire ou ce qu'elles n'osent pas dire; retournant ainsi, noire ingratitude, la rhétorique contre ceux qui me l'ont apprise, et piquant César avec mon coupe-choux. Un bon diable, et grand ami à moi toujours, quoiqu'il ait pris des airs d'adjudant, m'a jugé d'un mot, comme je revenais de la guerre. « Soldat mécontent », a-t-il dit. Veuillez bien comprendre comment notre politique serait simple et claire, s'il était interdit de parler ou d'écrire à ceux qui ne sont pas au moins capitaines.

10 juin 1922.

INTRODUCTION

ORIGINE DE L'ÉTAT

1

Le communisme est un régime naturel que nous avons tous connu, car c'est le régime de la famille. Nul n'a rien en propre, et chacun reçoit selon ses besoins. Le pouvoir même y est en quelque sorte indivis. Dans la puissance paternelle le fils reconnaît sa propre puissance. Le père est absolu en ses fonctions propres, qui sont les travaux extérieurs et les échanges qui s'y rapportent. La mère est absolue en ses fonctions propres, qui sont les travaux domestiques et tous les genres de commerce auxquels ces travaux donnent lieu. Les attributions se trouvent partagées, et sans aucune loi écrite ni aucune constitution jurée. Le père parle au fils : « Tu as entendu ce que dit ta mère? » La mère, en d'autres cas : « N'oublie pas ce que ton père t'a ordonné. » L'intercession de la mère est une grande chose qui a passé, à bon droit, dans la mythologie populaire. Enfin tout va, et sans aucune charte. La tyrannie, l'usurpation, la révolte sont des exceptions, et contre nature. Mais pourquoi? C'est que les sentiments y sont soutenus par la communauté biologique. Il n'y a pas ici de droit, et même la revendication de droit y est injurieuse. Par exemple, entre frères, et la famille déjà dissoute, les partages selon le droit sont irritants : c'est qu'on regrette l'heureux temps où le sentiment réglait tout. Aristote dit que le sentiment est ami du don et ennemi de l'échange.

D'où l'éternelle idée de transporter dans la société politique ces beaux liens de pouvoir éclairé d'affectueuse obéissance et d'égards mutuels. Mais les métaphores ne changent point les choses. On dit que les hommes sont tous frères, mais cela n'est point. Cette communauté de sang, cette vie d'abord protégée par un double pouvoir reconnu et aimé, c'est justement ce qui n'est point entre deux hommes qui n'ont pas le même père et la même mère. On peut imiter le sentiment fraternel, et cet effort est beau, soit dans l'amitié, soit dans le voisinage, soit dans l'exercice de la charité universelle, mais il y manque la matière première, que la nature seule peut fournir, et que rien ne peut remplacer. Au reste il est déjà rare que deux frères, véritablement frères, s'aiment assez pour ce beau genre de partage qui est un don total et réciproque.

Un bon roi est le père de ses sujets. Belle métaphore aussi; mais cela n'est pas. Le roi devrait gouverner en père; mais il n'est pas père. Le lien de nature manque. L'orgueil et la colère ne sont point tempérés assez par l'amour, et notamment par l'amour conjugal, si puissant au commencement pour éduquer l'amour paternel. La reine peut bien être dite la mère de son peuple; mais elle ne l'est point réellement. Cet amour hautement mystique qui résulte d'une vie d'abord commune absolument, quand le petit n'est qu'une partie de l'organisme maternel, ne peut évidemment être imité par raison; l'esprit ne peut pas tant. Ainsi l'intercession de la reine ne s'exercera point comme celle de la mère. Les sujets voudront une charte et des garanties; ils n'auront pas tort. Et, d'un autre côté, le roi ne peut compter que ses sujets l'aimeront comme un père; les sentiments naturels ne se transportent point. Les liens de chair et de sang sont animaux, soit; mais toujours est-il qu'ils sont de chair et de sang. Comte remarque que les sentiments les plus purs sont aussi les moins énergiques. Ainsi, avec une fraternité sans les racines, ou une paternité sans les racines, nous travaillons vainement à former une famille métaphorique, qui comprendrait des hommes que nous ne verrons jamais ou qui ne sont pas encore nés. Au contraire la sagesse est de respecter alors toutes les précautions du droit, qui soutiennent un sentiment éminent, mais proprement anémique. La justice n'est point l'amour; elle est ce qui soutient l'amour quand l'amour est faible, ce qui remplace l'amour quand l'amour manque.

12 avril 1930.

2

Le sociologue me dit : « On serait tenté d'expliquer toute l'organisation sociale par le besoin de manger et de se vêtir, l'Economique dominant et expliquant alors tout le reste; seulement il est probable que le besoin d'organisation est antérieur au besoin de manger. On connaît des peuplades heureuses qui n'ont point besoin de vêtements et cueillent leur nourriture en étendant la main; or elles ont des rois, des prêtres, des institutions, des lois, une police; j'en conclus que l'homme est citoyen par nature, et qu'il aime l'administration pour elle-même.

– J'en conclus, lui dis-je, autre chose, c'est que l'Economique n'est pas le premier des besoins. Le sommeil est bien plus tyrannique que la faim. On conçoit un état où l'homme se nourrirait sans peine; mais rien ne le dispensera de dormir; si fort et si audacieux qu'il soit, il sera sans perceptions, et par conséquent sans défense, pendant le tiers de sa vie à peu près. Il est donc probable que ses premières inquiétudes lui vinrent de ce besoin-là; il organisa le sommeil et la veille : les uns montèrent la garde pendant que les autres dormaient; telle fut la première esquisse de la cité. La cité fut militaire avant d'être économique. Ces sauvages, dont vous parlez, avaient à se défendre contre leurs voisins, contre les fauves, contre les serpents. Je crois que la Société est fille de la peur, et non pas de la faim. Bien mieux, je dirais que le premier effet de la faim a dû être de disperser les hommes plutôt que de les rassembler, tous allant chercher leur nourriture justement dans les régions les moins explorées. Seulement, tandis que le désir les dispersait, la peur les rassemblait. Le matin, ils sentaient la faim et devenaient anarchistes. Mais le soir ils sentaient la fatigue et la peur, et ils aimaient les lois. Ainsi, puisque vous vous plaisez à défaire le tissu social afin de comprendre comment il est fait, n'oubliez pas que la relation « militaire » est le soutien de toutes les autres, et comme le canevas qui porte la tapisserie.

– Bon, dit-il. Nous rangerons donc les besoins dans l'ordre suivant : le besoin d'être gardé ou de dormir en paix, puis le besoin de manger, et enfin le besoin de posséder, qui n'est que le besoin de manger en imagination avant de sentir la faim?

– Je ne sais, lui répondis-je, si vous tirez de la peur toutes les vertus sociales qu'elle enferme. Le sommeil est père des veilleurs de nuit et des armées; il est père des songes aussi; de là une autre peur, la peur des morts et des fantômes, d'où les religions sont sorties. Le soldat écartait les fauves, et le prêtre écartait les revenants. Une caserne et un temple, tels furent les noyaux de la cité primitive. C'est beaucoup plus tard que la machine et l'usine achevèrent l'œuvre.

– Et le besoin de procréer, où le mettrons-nous?

– Je le rangerai, lui dis-je, à côté de l'Economique, parmi les besoins antisociaux. Car tous deux arment l'homme contre l'homme. Mais le sommeil est un roi encore plus puissant. On loue le soleil, mais on craint la nuit. Voilà pourquoi la trompe des bergers et la clochette des troupeaux parlent si vivement à notre cœur, quand le jour s'en va. O nuit, reine des villes. »

22 juillet 1908.

I

LES POUVOIRS CONTRE LES CITOYENS

Le chef corrompu par le pouvoir

3

Il n'y a que les Marxistes aujourd'hui qui aient des idées. J'entends par idée l'idée de l'idée, car pour l'idée immédiate, chacun la forme au bout de ses doigts. Et l'idée de l'idée, c'est que chacun pense selon ce qu'il fait. L'idée qu'un policier forme concernant l'art de persuader lui vient de cette étrange matière qu'il sait faire parler. Un banquier pense autrement; un prêtre autrement. Je sais que le ministre pense son pouvoir, et l'avare aussi, mais autrement, sur d'autres objets. J'observais hier une équipe de poseurs de rails; ce grand et lourd objet impose d'exactes pensées; l'accord des mouvements importe autant à chacun que l'air qu'il respire. Le chef d'équipe, dont l'appel mordant va retentir jusque sous les chênes de l'antique forêt, fait une autre chanson que l'appel du paysan. L'obéissance aussi est autre. Supposer que les idées du paysan et de l'ouvrier n'obéissent point premièrement à cette musique rythmée et modulée selon le travail, c'est penser selon les livres. Et il est vrai aussi que celui qui pense selon les livres est un genre de diplomate qui a sa manière propre d'objecter et de concilier, parmi ses muets compagnons.

Imaginez un tisserand de lin, qui en est encore, par

la fragilité des fils, à l'ancien métier, dans sa cave voûtée. La famille se trouve rassemblée, chacun travaillant autour du métier, et selon ses moyens, jusqu'aux petites mains qui rattachent le fil rompu. L'ancien apprentissage revit, l'ancien respect aussi, et l'ancien culte. Inventez quelque machine mieux réglée qui permette le tissage à la vapeur des plus fines toiles de lin; voici la famille dispersée, les maisons serrées autour de l'usine, les logements sans air et sans jardins. Voici une autre discipline, d'autres pensées. La famille paysanne gardera les anciens dieux, qui sont et seront toujours les ancêtres; autre religion encore, autre politique. Un champ de blé ne se laisse point faire comme une toile; un champ de blé enseigne un autre genre de patience, une autre économie. Et chacun juge de la chose publique comme de sa propre maison.

L'idée prolétarienne, si j'en crois les discours, je la manque; mais si je serre de près le métier, je la trouve. Elle n'est pas cachée. C'est une idée que le paysan n'aura jamais, à savoir que, ce qui ne va pas comme il faudrait, il faut y mettre les mains, et sur l'heure le changer. Mais on ne peut changer le blé sur l'heure, ni changer le nuage et le vent. Ces hommes qui portent un rail et le posent tous ensemble, leur destin dépend d'eux; ils se font une certaine idée du chef; non point du chef faible, irrésolu, conciliant, prolixe. La dictature du prolétariat est assez bien définie par ces brefs commandements. L'autorité que l'homme prend sur le cheval est tout à fait d'autre nature; on y trouve une part de menace et de brutalité, jointe à une amitié d'étrange espèce; ainsi l'officier de cavalerie est lui-même un produit de la nature et des travaux; je devine déjà le discours qu'il se fait à lui-même en lisant son journal; je sais quel journal. L'automobile et l'avion commanderont une autre politique. Et l'usine d'avions elle-même nourrira, c'est le mot propre, en l'ouvrier d'avions, une autre idée de progrès et d'autres besoins qu'en l'ouvrier qui fait des couteaux ou des casseroles.

Et le Marxiste lui-même, je l'explique par sa propre idée. Car, tant qu'il est spectateur, il pense selon le discours, et selon le genre de puissance qu'il exerce par le discours. Mais dès qu'il est gouvernant, il pense pouvoir, police, armée. Il a son rail aussi à porter; il pense selon le cri bref, oui; mais comme le rail fait voir aussi des opinions, le cri change et l'idée change, et beaucoup plus vite qu'on n'oserait croire. L'idée fait la révolution. Mais il reste un chapitre à écrire, comment la révolution comme métier change à son tour l'idée; car il y a une manière de prendre l'homme et de le manier, comme de prendre et de manier un rail, mais tout à fait autre.

21 décembre 1929.

4

« Pourquoi n'adhérez-vous pas à un parti révolutionnaire? » On m'a posé cette question plus d'une fois. Et je répondrai toujours la même chose : c'est parce que je suis plus révolutionnaire que vous tous. Je ne dis pas seulement que je n'ai aucune confiance dans aucun genre de chef; ce serait trop peu dire. Au fond je suis assuré que tout chef sera un détestable tyran si on le laisse faire. Pourquoi j'en suis assuré? Parce que je sais très bien ce que je ferais si j'étais général ou dictateur. Les passions qui se rapportent à ce genre de métier ne sont jamais qu'endormies. Quel bonheur d'avoir une garde de fidèles! Qu'il est agréable de ne jamais revenir sur un ordre; de n'y plus penser; d'écraser tout ce qui résiste, comme une grande machine qui passe! Quel bonheur aussi de jouer le grand jeu, de défier, de risquer, de braver! Quelle éloquence que celle de Napoléon! Et, parbleu, c'est la même que celle d'un chef de pirates : « Ce que je déciderai, vous le ferez; et vous pouvez en être sûr. » Cette certitude de soi, on y arrive bien vite. Dans le grand sillage les hommes sont entraînés. Et heureux. De cela aussi je sais quelque chose; car je suis capable de marcher sur les pas d'un homme brave et résolu. La fidélité est par elle-même délicieuse.

Et quant aux idées, demanderez-vous, qu'est-ce qu'elles deviennent? Qu'est-ce qu'on en fait? C'est très simple; on n'y pense plus jamais. Il n'y a rien de plus facile que de ne pas penser. Il suffit d'être très occupé aux actions. Il suffit d'avoir des intrigues à démêler, un pouvoir à conserver, un ordre à exécuter. Si vous voulez être tyran, ne laissez aucun repos ni aux autres ni à vous-même. Ils seront heureux. Vous serez heureux. La puissance est comme un alcool. Le bonheur d'estimer donne la force de mépriser. On donnerait sa vie pour ses amis. A ce point de résolution, la vie d'un ennemi ne compte guère. Quel est donc l'orateur qui parle en égal à des égaux? Il commence bien ainsi; mais la fureur d'admirer, qui est enivrante, a vite fait de le déloger de sa modestie; car le fracas des bravos est de force; l'oreille ne s'y trompe pas. On se sent maître et Jupiter d'un orage humain, d'un heureux orage qui jure de déraisonner. On se dit : « Marchons toujours, puisque moi du moins je sais où je vais. » Mais ce n'est plus vrai. La première faute du chef, la plus aisée, la plus agréable, la plus ignorée de lui-même, c'est de se croire. Là-dessus je n'irai pas ramasser des exemples; on ne voit que cela. Alexandre, Napoléon, Lénine, Trotski, ce sont des hommes divins; ce furent des hommes divins au commencement. Disons en peu de mots que le suffrage périt par l'acclamation. Stendhal, qui a éprouvé tous ces mouvements, a percé d'un coup la cuirasse, comme il fait toujours : « La nation s'enivre de gloire; adieu la liberté. »

Pourquoi c'est ainsi? Il suffit de voir l'homme debout et marchant pour comprendre comment il se fait que c'est ainsi. La tête est petite et froide. Le dos est large et généreux. La pensée est une grande et petite chose qui jusqu'à présent n'a jamais réussi. C'est toujours le thorax, lieu du courage et de la colère, qui prend le commandement. La justice s'irrite à seulement parler fort; elle n'est plus justice; et la fraternité enivrée n'est plus fraternité du tout. Voyez les syndicats divisés contre eux-mêmes, et gouvernés par des empereurs, des ministres, des adjudants. Et pourtant s'il y a au monde quelque organisation démocratique, c'est bien celle-là. Tout y devrait marcher par des réunions d'égaux, où le chef n'est que secrétaire. En fait tout va par décrets, mouvements d'éloquence, et union sacrée. Si cet ordre nouveau s'affirme, ce sera par un Alexandre, par un César, par un Napoléon, qui refuseront gloire et puissance, qui seront et resteront peuple en toutes leurs fibres; qui sauveront dans ce grand corps les pensées diverses, égales, opposées, amies; qui aimeront la justice et refuseront ce mouvement de mordre, si terriblement joint à toutes nos amours. Et Descartes le solitaire a bien dit que notre plus ancien amour est de bien manger; d'où vient que tout amour dévore ce qu'il aime. Là-dessus vous dites que la froide sagesse vous ennuie. Très bien. Jouez donc éternellement le même jeu. Vous changerez seulement de maître. L'Armée Nouvelle attend des volontaires. Courez-y. Une fois de plus vendez la liberté. Librement vendez-la.

Février 1932.

5

Quelle que soit la constitution, dès que les citoyens se laissent gouverner, tout est dit. Auguste Comte signalait comme métaphysique toute discussion sur l'origine des pouvoirs. Effort mal dirigé. Les hommes ne sont point ainsi bâtis qu'on puisse en faire deux groupes, dont les uns ne mériteraient aucune confiance, tandis que les autres la mériteraient toute. De même on ne peut distinguer parmi les hommes les guerriers et les pacifiques; c'est le même homme qui fait la guerre et qui la maudit; et souvent il la loue et il la maudit dans la même phrase, et en quelque sorte du même geste. La grande affaire, pour moi citoyen, n'est pas de choisir quelque ami de la paix pour négocier, transiger, traiter en mon nom selon le droit et selon le bon sens, mais bien d'empêcher que le chef, quel qu'il soit, prépare la guerre. Et le plus pacifique des hommes préparera et décidera la guerre s'il ne sent pas à chaque instant une énergique résistance. Les exemples ici abondent et se présentent d'eux-mêmes à l'esprit de chacun. Combien d'hommes m'ont déçu! Combien d'amis, même! On pourrait dire que tous les amis de la paix ont trahi. Mais c'est mal parler. Regardez bien; ils se sont orientés selon le pouvoir qu'ils avaient; tout commandement est guerre, par l'attitude, par l'entraînement, par le son de la voix.

Mais revenons aux individus. Si je déshabille un général, je trouve un homme; et quand je le disséquerais, et quand nous serions mille fois plus savants que nous ne sommes, je suis sûr que nous ne trouverons en sa structure aucune fibre, ni aucune bosse, ni aucun composé chimique, qui soient spécialement militaires. En cet animal étalé ici et ouvert comme un livre sur la planche à disséquer, j'aperçois le mécanisme de la peur, qui consiste en ceci que tous les muscles, à la première alerte, se tendent, se contrarient, renvoient le sang au ventre, étranglent la vie. J'aperçois encore sans peine un mécanisme qui corrige le premier, et qui est l'irritation; toute action réveillant tout et s'excitant elle-même, par le jeu des muscles, des nerfs et du sang, voilà un animal que nul danger n'arrêtera plus, s'il est une fois parti. Mais comme la fatigue et l'encrassement suivent inévitablement toutes ces agitations, et comme le plus enivrant plaisir est sans doute de se sentir dormant et éliminant, je prédis que la paresse sera la loi suprême de cet organisme, si puissant qu'on le suppose. Voilà pour l'animal. Maintenant, d'après ce gros crâne, d'après ces yeux, et d'après ces mains, je prévois une immense variété de perceptions et de souvenirs, ce qui, combiné avec les principaux mouvements animaux, expliquera assez toutes les passions humaines, toutes les sottises, et toutes les vertus. En tout cela je ne le crois ni plus pauvre que vous et moi, ni plus riche. J'ai eu la chance, où il entre un peu de sagesse, de n'être pas officier; mais j'avais tout ce qu'il fallait pour l'être, soyez-en sûr; et vous de même.

Que la vigilance ne se délègue point, c'est ce dont je suis le plus assuré. Qu'un galon ou une fonction changent aussitôt l'homme, et lui montrent un autre univers, j'en ai vu des preuves étonnantes. Au reste je ne vois ni ne soupçonne, en ces changements, aucune espèce de ruse; l'homme est de bonne foi et ingénu toujours; naïf comme un héros d'Homère; je me le répète, je me le prouve et je me l'explique tous les jours, mais je n'en suis pas encore assez assuré. Semblable aux enfants, et ingénu moi-même en cela, je voudrais mettre en prison tous les méchants, et les bons sur le trône. Mais à peine aura-t-il la perruque et le manteau royal qu'il sera Louis XIV, c'est-à-dire infatuation et sottise sans mesure; c'est pourquoi je veux le contrarier; il faut que je le contrarie sans cesse si je ne veux point le haïr. Oui, mon cher ambitieux, vous serez roi et vous ne serez point sot, pourvu que nous soyons vigilants. Et vous sourirez à ce peuple difficile.

13 juillet 1921.

Le chef méchant par nature

6

Il faut toujours céder un peu aux méchants. Pensez aux enfants méchants, et au pouvoir qu'ils prennent; toute leur vie ils garderont les mêmes privilèges, pourvu que leur malice ne se fatigue pas, pourvu qu'ils restent capables de bouder ou de récriminer jusqu'à ce qu'on leur donne satisfaction. Il n'y a peut-être point de bonne humeur ni de sagesse qui tienne contre les signes de la fureur ou de la haine. Imiter le monstre, ou l'apaiser, il n'y a point d'autre parti. Mais il faut sans doute une haine cuite et recuite pour soutenir assez la colère par des arguments. Je ne crois pas que l'art puisse jamais surpasser et vaincre le naturel dans cette fonction de tyranniser. La bile gouverne partout. L'homme de jugement se trouvera mieux d'observer ces colères comme il ferait d'un phénomène de la nature, et enfin de mettre le cap au vent, sous petites voiles; et même il y trouvera du plaisir. Le métier de courtisan est sans doute vil, mais il est premièrement très intéressant. Manœuvrer, dans l'ordre des choses, c'est vaincre, mais dans l'ordre humain, c'est obéir. Les méchants n'ont donc pas fini de gouverner.

Quand je parle des méchants, je n'entends pas,

comme on voit, des espèces de diables rusés qui feraient les hypocrites; j'entends les violents, tous ceux qui s'abandonnent à leurs passions, tous ceux qui jugent ingénument d'après leurs désirs, et qui sans cesse forcent les autres, sans s'en douter, et même en criant de bonne foi que personne n'a d'égards pour eux. La force des méchants, c'est qu'ils se croient bons, et victimes des caprices d'autrui. Aussi parlent-ils toujours de leurs droits, et invoquent-ils perpétuellement la justice; toujours visant le bien à les entendre; toujours pensant aux autres, comme ils disent; toujours étalant leurs vertus, toujours faisant la leçon, et de bonne foi. Ces accents, ces discours passionnés, ces plaidoyers pleins de mouvement et de feu accablent les natures pacifiques et justes. Les braves gens n'ont jamais une conscience si assurée; ils n'ont point ce feu intérieur qui éclaire les mauvaises preuves; ils savent douter et examiner; et, quand ils décident à leur propre avantage, cela les inquiète toujours un peu. Bien loin de demander avec fureur, ils sont assez contents si on leur laisse ce qu'ils ont; ils accorderaient tout pour avoir la paix, et ils n'ont point la paix. On tire sur leur vertu comme sur une corde. Le méchant leur dit : « Vous qui êtes bon, juste et généreux. » Les braves gens voudraient bien être tout cela; ils trouvent qu'ils n'y arrivent guère. L'éloge leur plaît autant qu'à d'autres; mais le blâme les touche au vif, parce qu'ils sont trop portés à se blâmer eux-mêmes, et à grossir leurs plus petites fautes. Ainsi l'on a deux moyens de les conduire.

Ajoutons aussi qu'ils sont indulgents, qu'ils comprennent les violents, qu'ils les plaignent, qu'ils leur pardonnent; et qu'enfin ils portent en eux un principe de faiblesse et d'esclavage; ils sont heureux. Ils se consolent, ils se résignent. Enfants, ils jouent dans un coin avec un bouchon qu'on leur a laissé. Hommes, ils savent encore se plaire à des biens dont les autres ne veulent pas, ce qui fait qu'ils oublient trop vite le mal qu'on leur a fait. Ce n'est pas une petite ressource que la mauvaise humeur; et c'est sans doute pour cela que les bilieux conviennent pour la politique; ils sont craints, et, chose singulière, ils sont aimés dès qu'ils ne font pas tout le mal possible; un sourire de leur part, un compliment, un mouvement de bienveillance sont reçus comme des grâces. On n'est point fier de plaire à un brave homme, au lieu que l'on travaille à faire sourire un enfant maussade. Le plaisant, c'est que le méchant qui lira ces lignes se dira à lui-même qu'il est bon, tandis que le bon se demandera s'il n'est pas en effet bien méchant. Ainsi ce discours, qui vise les méchants, n'atteint que les bons.

15 octobre 1911.

7

Au Congrès des Méchants, le professeur Bile lut une étude sur l'ambition, où les principaux problèmes de politique furent considérés sous un aspect nouveau. Car, dit-il pour commencer, il est clair que le pouvoir n'appartient jamais qu'à ceux qui le demandent, et ainsi se désignent eux-mêmes comme dignes de l'exercer. On n'a point vu que le peuple aille jamais chercher le sage ni le juste pour l'élever au plus haut poste. Mais quand cela serait, le sage aurait toujours le sort de l'ambitieux sans méchanceté, lequel n'est que vanité, et n'a par suite qu'un vain pouvoir. Et, au contraire, d'éclatantes expériences font voir que les méchants gouvernent partout. Quoi d'étonnant à cela? Ne voit-on pas que, dans les familles, l'enfant méchant se soumet les gouvernantes, les parents et grands-parents? On se moquerait d'un enfant ambitieux; il serait promptement humilié. Mais s'il est méchant sans faiblesse, alors on cède. Et j'ai même remarqué, dit le professeur, qu'un tyran de famille et méchant lui-même depuis l'enfance montre de la considération pour le petit qui lui ressemble; ainsi le pouvoir passe de l'un à l'autre, sous le regard découragé de la plèbe juste et raisonnable.

Qu'est-ce donc que la méchanceté? se demanda le professeur. Là-dessus il se mit à décrire un genre de colère, une expression du visage, une attention de comédien à ne laisser jamais le moindre espoir à personne. Ce qu'il ne faut point confondre, ajoutait-il, avec la colère généreuse, qui est elle-même si proche du courage. Et ce dernier genre de colère est funeste à l'ambitieux; car elle efface la peur et la précaution; ainsi l'ambitieux paiera de sa personne; et si vraiment il charge à la tête de ses troupes, il n'ira pas loin. Le méchant est bien éloigné de cette sorte d'enthousiasme. Vous le verrez violent à froid, violent par réflexion, et ainsi, contre toute attente, toujours prêt à négocier dans le même temps où il s'étudie à faire peur. Le méchant est même poli et plaisant devant une force supérieure; il ruse alors; et n'espérez pas que vous l'attirerez hors de ses triples portes. Cela se comprend. On ne peut se plaire à nuire si l'on ne ménage pas sa puissance. Et c'est une des raisons pour lesquelles on se résigne si aisément à subir la loi du méchant; c'est qu'on ne voit point l'espoir de l'attirer jamais à poitrine nue.

C'est pourquoi, Messieurs, ajouta-t-il, ceux qui ont traité de la violence se sont arrêtés à moitié chemin. La violence n'est qu'un effet extérieur, qui peut aussi bien être une suite de la générosité, ou de la bonté. La violence alors n'est pas suivie; elle ne dure pas; elle pardonne. C'est pourquoi les ambitieux qui ne sont pas méchants, si énergiques qu'ils se montrent quelquefois, sont bientôt ridicules. On ne s'émeut point de leurs menaces; car les enfants mêmes, par une sorte d'instinct, savent très bien deviner si le maître qui crie fort est méchant ou non. Et disons que celui qui emploie la violence à son corps défendant, et sans s'y plaire, sera certainement vaincu. Admettant donc que les véritables chefs se choisissent eux-mêmes, et se font connaître par l'exercice de la puissance, il faut dire que le caractère à quoi on les reconnaît est une sorte de méchanceté pure. Si l'on n'est pas capable de se réjouir de la peine des autres, si l'on ne passe pas tout son temps à méditer et à préparer la peine des autres, si l'on n'a pas comme moyen favori de crever des yeux et des ventres, et de défoncer des poitrines, il vaut mieux s'effacer et renoncer. Car, remarquez-le bien, l'ambitieux sans méchanceté est bientôt le plus esclave des hommes; il n'a jamais que les signes du pouvoir; il ne cesse d'obéir; il arrive à avoir l'air de commander à force d'obéir. Voilà pourquoi les différents pouvoirs plus ou moins démocratiques ont montré et montrent tant de faiblesse devant les entreprises d'un véritable méchant. Celui-là règne encore moins par la violence que par la volonté et l'annonce de la violence.

« Maintenant, dit le professeur Bile, il faut conclure. Peut-on se faire méchant par volonté? Assurément non, si l'on manque de l'élément physiologique correspondant. Il y a une quantité d'hommes qui seront toujours incapables d'être méchants, quand ils s'y appliqueraient pendant des années. C'est pourquoi notre Ecole Supérieure de Méchanceté n'hésite jamais à renvoyer un bon nombre d'élèves, ceux que nos méthodes secrètes d'examen ont convaincus de pitié, ou d'honneur, ou de justice. Nos examens, comme vous savez, sont en mesure de déceler la plus petite trace de ces faiblesses, dont je ne veux citer ici que les principales. Par ces moyens nous arriverons à choisir les chefs véritables, ce qui revient à épargner aux peuples de longs tâtonnements et une stérile agitation. Dès que le pouvoir n'a plus de faiblesses, dès que l'on sait qu'il sacrifiera parents et amis, dès que l'on sait qu'il ne cessera de méditer et d'organiser tous les maux possibles, notamment guerre civile et guerre étrangère, alors l'antique structure des peuples se retrouvera. Les sages prendront le parti de l'indifférence, et crieront ce qu'il faudra crier. En vérité ils n'auront de colère que contre les imprudents qui vont chercher des punitions certaines en voulant s'opposer à une loi de nature. Car enfin le trait le plus visible dans l'homme juste est de ne point vouloir du tout gouverner les autres, et de se gouverner seulement lui-même. Cela décide tout. Autant dire que les pires gouverneront. Et que remarquons-nous présentement dans les agitations de la rue, sinon la capitulation continuelle des amis de la justice, aussi bien des ardents que des tièdes, devant les entreprises de quelques méchants? On s'étonne de cela; mais c'est vouloir que Socrate accuse, et que l'accusateur boive la ciguë. » Ce trait final fut goûté. En sortant de là, les apprentis méchants se donnaient l'air et la démarche de ce qu'ils voulaient être. Et les petits enfants avaient grand-peur.

10 décembre 1935.

8

Le Vieux s'arrêta sous les colonnes grecques, regardant le cortège, le blanc corbillard, et la foule attendrie. Il s'appuyait au bras de son petit-fils, adolescent vigoureux et violent. Au cours de la cérémonie funèbre on avait vu remuer cette célèbre barbiche qui terrifia un corps d'élite pendant des années. Enfin le Vieux parla.

« Vois-tu, petit, il faut jouer tout le jeu de l'ambition ou bien vivre en solitude. Je méprise ces pouvoirs chancelants, comme sont ceux des politiques; car on peut s'en moquer; le premier gamin les siffle sans risquer beaucoup. Quant aux artistes et écrivains, ils sont livrés à la critique; ils ne seront puissants, s'ils le sont jamais, qu'après leur mort. Or moi, par la seule règle de ne pas craindre de souffrir ni de faire souffrir, j'ai vécu à peu près comme un pacha asiatique; parmi ceux qui m'entouraient il ne s'est pas trouvé un moqueur qui n'ait payé promptement de sa vie. Et ils sont plus de cent qui en ce temps-là ont juré de me tuer, et qui vivent encore. Mais leur premier mouvement serait de me saluer. Cela s'appelle être aimé. Voilà le jeu que tu as choisi. Veille à le bien jouer. »

Le cortège se mettait en marche, et l'on voyait les jeunes ambitieux rangés par quatre, leurs bâtons en main. « Il suffit, dit le Vieux, de punir, et de ne jamais craindre. Mais c'est comme au manège et pire; il faut que de temps en temps un apprenti ait la tête cassée. Beaucoup partent de ce pas décidé; il ne se peut pas que tous arrivent. Dans la guerre, aucun ambitieux n'hésite à payer de soi. Mais la guerre n'est qu'un incident en cette vie violente de l'ambitieux. Ce pouvoir royal, il faut en tout temps l'entretenir et le sauver. Si l'on rit de nous impunément, la paix est faite, et il n'y a plus que des pouvoirs contrôlés. J'espère que chacun de ces jeunes hommes sait pourquoi il provoque et combat; mais je n'en suis pas sûr. Il ne faut pas chercher de grands motifs; l'idée même du devoir affaiblit le pouvoir. N'oublie jamais, toi qui es de bonne race, que c'est toi, toi, qu'ils doivent respecter. Qui obéit pour la patrie est déjà insolent. Comment faire? Il m'a plu quelquefois d'être ridicule, afin de punir ceux qui riaient. Vous autres, ne cherchez pas de belles raisons; mais simplement montrez-vous, exigez respect, frappez. L'autre guerre ne peut pas durer toujours, mais cette guerre-là, contre le troupeau des esclaves, il ne faut point qu'elle cesse jamais. Maintenant écoute les derniers secrets.

« Celui qui veut régner met sa vie en jeu. Etre craint ou mourir, voilà ton dilemme; et il faut qu'on le sache. Les mousquetaires autrefois se battaient à mort pour la moindre chose; aussi ne faisaient-ils pas tant de bruit pour un mort. Pleurer les morts, c'est un détour de la crainte; s'étonner d'un mort, c'est déjà craindre. L'esclave t'observe, pense bien à cela. L'esclave pèse tes moindres mouvements. Dès que tu montres de la peur, ou seulement de l'émotion, il espère; dès qu'il espère, il est fort. Il faut donc, mes amis, que vous bannissiez de vos visages les signes de l'inquiétude, de la surprise, du regret. Je n'aime même pas la vengeance, si c'est autre chose qu'une occasion d'essayer le pouvoir. Quand j'étais en colère, moi qui te parle, c'était parce que je le voulais, et non parce que l'autre le voulait. Donc, soyez de fer; ne marquez pas les coups; cachez vos morts; niez-les; qu'on sache bien que le dernier moyen de la violence est encore de nul effet. Enfin commencez par n'avoir nulle pitié de vous-mêmes. Alors vous aurez pouvoir; autrement non. Et jamais, en aucun temps, il n'y eut de pouvoir pour personne autrement. Après quoi l'on est aimé; car les hommes ne se résignent pas à toujours craindre. »

Avril 1926.

L'Etat envahissant par fonction

9

Ne croyez jamais ce que dit un Homme d'Etat. C'est un homme qui parle de son métier, et qui quelquefois en parle bien; mais il n'est pas dans l'ordre que l'on mette tous les métiers à la gêne pour que le plombier par exemple fasse aisément et agréablement le sien. « Les hommes qui ne sont pas plombiers, dit le plombier, ne se rendent pas compte de ce que c'est; ils sont bien loin de nous donner commodité et large place. Ce sont des ingrats. Car comment vivraient-ils s'il n'y avait pas de plombiers? » Celui qui va sur roues considère le piéton comme un être encombrant et insouciant. Mais le piéton ne se laisse pas convaincre, et finalement tout se fait.

L'homme pressé qui ne se soucie pas d'user son frein ni son caoutchouc comprend mal ce qu'un troupeau d'oies vient faire sur la route; mais les oies vont à leur pâture ou à leur mare. C'est tout à fait de même que le gouvernant suit sa route, et s'étonne que les oies ne se rangent point, toute affaire cessante, pour admirer le char de l'Etat comme il roule bien. « Il faut des oies, j'en conviens, dit l'homme d'Etat; mais là où je veux qu'elles soient, et non pas là où elles veulent être. » Ce discours n'a jamais persuadé les oies, parce que les oies sont des bêtes; il a quelquefois persuadé les hommes, parce que les hommes sont des êtres contemplatifs assez pour savoir se mettre un petit moment à la place d'autrui.

La guerre est un état admirable, j'en conviens, où les gouvernants subordonnent toutes les affaires des autres hommes à leurs projets. Il faut avoir vu comment les chefs militaires s'installent et s'étalent, rejetant les habitants sur une étroite bordure, et encore s'étonnant s'ils osent se plaindre. « Comment? Mais ne sommes-nous pas ici pour leur bien et pour leur sûreté? » Raisonnement irréfutable, qui est aussi celui des paveurs qui tiennent ma rue éventrée depuis plus d'un mois, et qui m'offrent une planche branlante pour passer au-dessus d'un précipice rocheux.

Les citoyens admettent aisément qu'il faut des chefs et des administrations, comme il faut des paveurs et des plombiers. Ils admettent moins aisément que l'homme de la rue soit toujours gêné et limité, et les pouvoirs libres. « Car, disent-ils, j'entends bien que la sécurité et la puissance publiques sont quelque chose; mais il y a d'autres biens, comme vivre, produire, échanger; ces biens ne seraient rien sans la sécurité et peut-être même sans la puissance; mais en revanche, la sécurité et la puissance sont des mots, hors de la commune et humble prospérité. Donc faites votre métier de gouvernant, et je veux bien me gêner pour vous le rendre facile; mais que les gouvernants s'incommodent aussi pour moi. Car je sais bien ce que deviendront nos rues si le paveur est seul juge. Et je connais aussi par expérience quels sont les travaux du gouvernement dès qu'on le laisse faire. Ce sont des armées, ce sont de ruineuses querelles et de prodigieux éventrements. Disant toujours qu'on ne peut faire autrement. Et de bonne foi. Le paveur barrera toute la rue, et entassera encore ses pavés dans votre cour, si on veut l'en croire. »

3 novembre 1923.

10

Tout homme invente et organise, et bientôt ne pense plus qu'à une seule chose. « Il faut ce qu'il faut », dit le génie dans son petit coin. Et il tombe sous le sens que c'est le médecin qui est juge de médecine, et le mécanicien, de mécanique, et le statisticien, de statistique. Dès que le payeur s'inspire de ce principe évident, il n'a plus qu'à faire ses paquets pour la Maison des Pauvres, à supposer que la Maison des Pauvres ne soit pas elle-même vendue par huissier, ayant obéi elle-même aux règles de la perfection, qui sont mortelles. Mais je veux suivre en ses conséquences absurdes un exemple qui n'est pas tout à fait imaginaire.

Supposons un réseau de voies ferrées qui ait permission de dépenser, au nom du bien public. Je laisse rouler les monstrueuses locomotives, et les wagons qui sont comme des maisons; et je veux que l'équipe de nuit, à prix doubles, remplace les aiguilles très promptement arrachées. Mais voici qu'un grand médecin, fatigué de ventres, et épris d'organisation, propose que le service de santé du réseau ait un commencement d'existence, et que le médecin soit écouté. Le voilà directeur, et naturellement bien payé; son gendre sera sous-directeur, ses cousins seront inspecteurs des pansements et des brancards; cela va de soi. Je les suppose tous compétents et actifs, et c'est le pire de tout. Car premièrement il y aura des postes de secours très bien pourvus, des infirmiers et sous-infirmiers. Qui peut refuser cela? La monstrueuse locomotive peut enlever les rails comme des pailles; cela s'est vu. Sommes-nous prêts? Cette petite question, qui fait prospérer les avions et les canons, peut bien faire vivre aussi un bureau des catastrophes ferroviaires et, dans ce même bureau, un sous-bureau des statistiques, où l'on saura quels os sont le plus souvent rompus, combien de têtes, de poitrines et de ventres on trouvera en moyenne sur le ballast, et autres savoirs de précaution. C'est toujours raison et sagesse.

C'est encore mieux raison et sagesse si l'on pense à l'ordinaire santé des agents, laquelle coûte beaucoup par l'imprévoyance. D'où l'on invente les visites médicales obligatoires, et une fiche pour chacun, où l'on notera s'il est rond ou long, gras ou maigre, abdominal ou thoracique, musculaire ou nerveux, syphilitique ou arthritique, myope ou prédisposé à l'ongle incarné. Fiches triples pour le moins, et l'une d'elles est portée par l'intéressé, sous pli cacheté, comme on pense bien, et c'est le médecin qui l'ouvrira. Que coûte une enveloppe? Et n'oublions pas ici encore le bureau des statistiques, très convenable à des gendres médecins, à des cousins médecins, ou même à des littérateurs protégés. On comprend bien que si les hommes d'équipe éternuent plus souvent à Versailles-Chantiers qu'à Epône-Mézières, il faut qu'on le sache; et à quelles heures du jour et de la nuit. Et si on arrive à connaître quelque relation précise entre la température et les rhumes, pourquoi regarder à la dépense? Le Bureau International du Travail est le modèle de ces institutions qui ont pour fin la recherche méthodique et désintéressée du vrai. Vous vous faites une idée de ce service préventif et récapitulatif qui prend sous sa protection la précieuse santé des cheminots, oui, Messieurs, plus précieuse que l'or. Et la graine de cheminot est plus précieuse elle-même que le diamant; d'où les maisons d'accouchement et d'allaitement, les fiches des nourrissons, les tests, l'orientation professionnelle, et de nouveau les gendres médecins, les cousins médecins, sans compter deux ou trois littérateurs protégés, car l'organisation a souci des Muses. Concevez ces admirables locaux, où, dans des tubes pneumatiques, circulent en tous sens les fiches de nourrisson, de père, de mère, groupées et regroupées par tempéraments, par vocations, par métiers, comme en un cerveau mécanique. Et cependant le prix de transport des navets augmente en proportion. Qui troublera la fête ? Au nom de quoi ?

Platon semble dire en se jouant qu'au-dessus des choses vraies, et même des bonnes, règne une déesse abstraite, transparente, à peine visible, qu'il nomme convenance ou proportion. Cette déesse n'est point toute du ciel. Elle pourrait bien signifier au contraire que la raison, à moins d'être folle, doit s'appliquer aux nécessités. Et il est clair que l'homme, puisqu'il n'est point tête seulement, mais encore poitrine et ventre, peut quelquefois être trop sage, et que la vraie justice compte d'abord l'urgence des besoins. Et compter ainsi, c'est gouverner. D'où je comprends que la tâche d'un ministre n'est pas du tout de porter à sa perfection le service dont il a charge, mais tout au contraire de résister à des ambitions en elles-mêmes raisonnables d'après un regard continuel sur l'ensemble des besoins et sur l'ensemble des moyens. L'utile peut nuire.

25 février 1933.

L'administration parasitaire par intérêt

11

Il y a un roman de Dickens, *La Petite Dorrit*, qui n'est pas parmi les plus connus, et que je préfère à tous les autres. Les romans anglais sont comme des fleuves paresseux : le courant y est à peine sensible, la barque tourne souvent au lieu d'avancer; on prend goût pourtant à ce voyage, et l'on ne débarque pas sans regret.

Dans ce roman-là, vous trouverez des Mollusques de tout âge et de toute grosseur; c'est ainsi que Dickens appelle les bureaucrates, et c'est un nom qui me servira. Il décrit donc toute la tribu des Mollusques et le Ministère des Circonlocutions, qui est leur habitation préférée. Il y a donc de gros et puissants Mollusques, tel lord Decimus Tenace Mollusque, qui représente les Mollusques à la Haute Chambre, et qui les défend quand il faut et comme il faut; il y a de petits Mollusques aux deux Chambres, qui ont charge, par des *Oh!* et des *Ah!*, de figurer l'opinion publique, toujours favorable aux Mollusques. Il y a des Mollusques détachés un peu partout, et enfin un grand banc de Mollusques au Ministère des Circonlocutions. Les Mollusques sont très bien payés, et ils travaillent tous à être payés encore mieux, à obtenir la création de postes nouveaux où viennent s'incruster leurs parents et alliés; ils marient leurs filles et leurs sœurs à des hommes politiques errants, qui se trouvent ainsi attachés au banc des Mollusques, et font souche de petits Mollusques; et les Mollusques mâles, à leur tour, épousent des filles bien dotées, ce qui attache au banc des Mollusques le riche beau-père, les riches beaux-frères, pour la solidité, l'autorité, la gloire des Mollusques à venir. Ces travaux occupent tout leur temps. Ne parlons pas des papiers innombrables qu'ils font rédiger par des commis, et qui ont pour effet de décourager, de discréditer, de ruiner tous les imprudents qui songent à autre chose qu'à la prospérité des Mollusques et de leurs alliés.

Le même jeu se joue chez nous, et à nos dépens. Mollusques aux Chemins de Fer, aux Postes, à la Marine, aux Travaux Publics, à la Guerre; alliés des Mollusques au Parlement, dans les Grands Journaux, dans les Grandes Affaires; mariages de Mollusques, déjeuners de Mollusques, bals de Mollusques. S'allier, se pousser, se couvrir; s'opposer à toute enquête, à tout contrôle; calomnier les enquêteurs et contrôleurs; faire croire que les députés qui ne sont pas Mollusques sont des ânes bâtés, et que les électeurs sont des ignorants, des ivrognes, des abrutis. Surtout veiller à la conservation de l'esprit Mollusque, en fermant tous les chemins aux jeunes fous qui ne croient point que la tribu Mollusque a sa fin en elle-même. Croire et dire, faire croire et faire dire que la Nation est perdue dès que les prérogatives des Mollusques subissent la plus petite atteinte, voilà leur politique. Ils la font à notre nez, jugeant plus utile de nous décourager que de se cacher, produisant de temps en temps un beau scandale afin de nous prouver que nous n'y pouvons rien, que l'électeur ne peut rien au monde, s'il n'adore le Mollusque. Ils feront de Briand un Dieu, et de Painlevé un brouillon et un écervelé; ils perdront enfin la

République si elle refuse d'être leur République. Ce qu'un très grand Mollusque exprimait récemment, en disant, à un déjeuner de Mollusques : « Dans cette décomposition universelle, dans cette corruption, dans cette immoralité, dans ce scepticisme, dans cette incompétence qui s'infiltrent partout, je ne vois que l'administration qui tienne encore, et c'est elle qui nous sauvera. »

2 janvier 1911.

12

A ce conseil secret des Mollusques, la plupart des Grands Mollusques se montraient sans courage. Car, disaient-ils, avec ces journaux chercheurs de scandales, avec ces interpellateurs zélés, l'administration devient presque impossible. Tous ces comptes publics, toutes ces enquêtes menées par des hommes sans frein et sans lien, ces jugements sommaires où l'on voit qu'un polytechnicien est jugé sur ses œuvres, au mépris des Droits acquis, des Compétences et des Spécialités, tout cela est l'indice d'une révolution qui commence, et qui, cette fois, vise les véritables gouvernants. En vérité, l'administration en sera amenée à écouter les doléances et à donner une charte aux administrés.

Alors ce fut beau. Un vieux Mollusque qui n'était presque plus que coquille montra une vivacité de jeune homme. « Quoi, dit-il, vous aviez donc pensé que tous ces avantages dont vous jouissez, que tous ces postes, que cet avancement régulier, que ces solides alliances, ces mariages riches, cette vie royale sans travaux et sans soucis, vous aviez donc pensé que tout cela serait conservé sans peine? Que le public résiste et se plaigne, qu'il attaque à la façon de voltigeurs et de tirailleurs notre phalange serrée, cela vous paraît un signe des temps et une révolution à sa première effervescence. Enfants! Cet effort du public contre l'administration est aussi ancien que l'administration elle-même. Les ancêtres, au temps de ma jeunesse, contaient déjà de ces histoires de crédits dépassés et de travaux retardés. Eh oui, la nouvelle Imprimerie Nationale devait coûter trois millions, et elle en coûtera douze. Oui, ce bureau de téléphone de la rue des Archives est inutilisable parce que les égouts sont trop petits pour les câbles. Oui, les places et les rues de Paris seront vingt fois dépavées et repavées, pour les tramways, pour les métros, pour le gaz, pour l'eau, ainsi que le veut l'autonomie des différents services. Oui, on sait, on dit, on imprime que la Bureaucratie ne relève que d'elle-même, et brave à la fois le Parlement, les ministres et l'opinion. Eh bien? Ne l'a-t-on pas toujours su, et dit, et imprimé? Avons-nous donc un directeur de moins? Non pas, mais dix de plus, et mille contrôleurs de plus. Je ne vais pas vous prouver, à vous tous qui êtes si éminemment Mollusques, que tous ces dépassements de crédits et que tous ces travaux retardés sont strictement conformes aux lois, aux règlements et aux usages; que chacun de nos actes est justifié par dix pièces signées comme il faut, contrôlées comme il faut, approuvées par tous les Services compétents. Ces prétendus scandales qui vous effraient sont justement des occasions de prouver que nous sommes tous parfaitement couverts et parfaitement irréprochables. Et voilà comment on se fait respecter. Est-ce que la pluie discute? Elle tombe. Il faut que le public éprouve ainsi nos lois, et notre force. Je me souviens d'un compte de trésorerie, ouvert autrefois à la suite de troubles en Annam, pour quelque cinq cent mille francs et plus, si besoin était;

quand on régla ce compte, après quelques années, il était de dix-sept millions; et le parlementaire-rapporteur ne fit pas d'histoires, je vous le jure; il ne pensait qu'à se délivrer des papiers irréprochables qu'on lui avait mis sur les bras. Messieurs, ce sont les petits abus et les petites erreurs qui déshonorent une administration. Il y a une méthode royale. Là où un cavalier est arrêté, un escadron passe. Celui qui voit un abus toujours derrière un autre a bientôt les poings sur les yeux. J'ai connu cent rapporteurs peut-être, à qui j'ai ouvert nos archives. S'ils en sont sortis avec un petit reste d'idées ou une petite lueur d'espérance, je rends mes croix et j'abandonne ma pension de retraite. » Ce discours releva les courages.

10 janvier 1911.

L'élite corrompue par sa sélection

13

Notre élite ne vaut rien; mais nous ne devons pas nous en étonner; aucune élite ne vaut rien; non pas par sa nature; car l'élite est naturellement ce qu'il y a de meilleur; mais par ses fonctions. L'élite, parce qu'elle est destinée à exercer le pouvoir, est destinée aussi à être corrompue par l'exercice du pouvoir. Je parle en gros; il y a des exceptions.

Suivons par la pensée un fils de paysan, qui montre du génie pour le calcul, et qui obtient une bourse au lycée. Si, avec son aptitude aux sciences, il a une nature de brute passionnée, on le verra, vers la seizième année, sauter le mur, ou rentrer après l'heure, enfin perdre son temps, se moquer de ses maîtres, tomber dans des tristesses sans fond, et boire pour se consoler; vous le trouverez dix ans après dans quelque bas emploi où on le laisse par charité.

Mais je suppose qu'il ait une adolescence sans tempêtes, parce que toutes ses passions se tournent en ambition, ou que sa tête domine sa poitrine et son ventre; voilà un jeune homme instruit de beaucoup de choses, capable d'apprendre très vite n'importe quoi, qui a des habitudes d'ordre et de travail suivi, et enfin, par la seule puissance des idées, une moralité supérieure. Tels sont, assez souvent, ceux que l'on choisit, par des concours rationnellement institués, pour être dans l'avenir les auxiliaires du pouvoir, sous le nom de directeurs, inspecteurs, contrôleurs; en réalité ils seront les vrais rois, puisque les ministres passent; et ces futurs rois sont très bien choisis; réellement nous désignons les meilleurs; les meilleurs dirigeront les affaires publiques, et tout devrait bien marcher.

Seulement il faut comprendre que dans cette élite il va se faire une corruption inévitable et une sélection des plus corrompus. En voici quelques causes. D'abord un noble caractère, fier, vif, sans dissimulation, est arrêté tout de suite; il n'a pas l'esprit administratif. Ensuite ceux qui franchissent la première porte, en se baissant un peu, ne se relèvent jamais tout à fait. On leur fait faire de riches mariages, qui les jettent dans une vie luxueuse et dans les embarras d'argent; on les fait participer aux affaires; et en même temps ils apprennent les ruses par lesquelles on gouverne le parlement et les ministres; celui qui veut garder quelque franchise ou quelque sentiment démocratique, ou quelque foi dans les idées, trouve mille obstacles indéfinissables qui l'écartent et le retardent; il y a une seconde porte, une troisième porte où l'on ne laisse passer que les vieux renards qui ont bien compris ce que c'est que la diplomatie et l'esprit administratif; il ne reste à ceux-là, de leur ancienne vertu, qu'une fidélité inébranlable aux traditions, à l'esprit de corps, à la solidarité bureaucratique. L'âge use enfin ce qui leur reste de générosité et d'invention. C'est alors qu'ils sont rois. Et non sans petites vertus; mais leurs grandes vertus sont usées. Le peuple ne reconnaît plus ses fils. Voilà pourquoi l'effort démocratique est de stricte nécessité.

10 février 1911.

14

Ce n'est pas la première fois, c'est bien la troisième que l'oligarchie se reforme chez nous et s'organise. Toujours les pouvoirs se reconstituent, par leur fonction même. Un riche banquier a plus d'importance dans la vie publique qu'un pauvre homme qui travaille de ses mains; aucune constitution n'y peut rien. De même vous n'empêcherez pas que le haut commandement de l'armée se recrute lui-même, et élimine ceux qui sont restés plébéiens. Enfin dans les bureaux nous voyons que les mêmes forces agissent. Cherchez parmi les puissants directeurs, vous n'en trouverez guère qui ne soient parents ou alliés de la haute banque, ou de l'aristocratie militaire, et vous n'en trouverez sans doute pas un qui n'ait donné des gages à l'oligarchie. Enfin, si l'on veut participer au pouvoir, il faut, de toute façon, vénérer les pouvoirs, c'est-à-dire rendre des services, entrer dans le grand jeu, donner des gages.

Je connais un sous-directeur qui est bien parti pour rester toujours au second rang. Homme de science profonde et de travail obstiné; mais on a bien deviné en lui cette espèce de sauvagerie qu'on appelle la liberté du jugement; cela se paie. Et ainsi se forme une Cour, même sans roi. Il est assez naturel que ceux qui ont sacrifié à l'ambition l'amour de la liberté pour eux-mêmes ne se soucient guère de la liberté des autres. Ils n'y pensent jamais; ils ne pensent qu'au pouvoir. Et ce pouvoir, dont ils espèrent une part, ils ne le trouvent jamais assez fort. Un chambellan ne jugera jamais que le pouvoir du roi est trop absolu, car il le prend comme absolu; il n'a donc rien à perdre, et il a tout à gagner, si l'arbitraire s'étend et si le contrôle se relâche.

On dit que les places sont données au mérite, et ce n'est pas entièrement faux. Seulement, pour ce travail assez facile, et seulement long à apprendre, qu'est le travail administratif, nous avons des hommes de mérite plus qu'il n'en faut, et équivalents. Quelle différence trouverez-vous pour les finances entre le premier et le vingtième de Polytechnique, s'ils s'appliquent tous deux au métier? Qu'est-ce qui permettra de choisir? Un riche mariage, de puissantes alliances, des amis influents, l'art d'intriguer, l'art de flatter, l'art de ménager. Aussi, pour parler le langage populaire, qui est sans nuances, neuf fois sur dix le plus réactionnaire des deux sera préféré. Partout le jacobin, homme à principes, et inflexible, est redouté, même d'un jacobin devenu ministre; car quiconque est chef a besoin d'instruments dociles, surtout qui semblent dociles. Ainsi l'ambitieux et l'intrigant sans scrupules avancent par tous les vents; l'homme à principes reste dans les postes subalternes. Ainsi il s'exerce autour du pouvoir des espèces de groupements moléculaires et finalement une cristallisation presque impossible à dissoudre. Le mal augmente avec les années, et selon une marche accélérée, car le corps oligarchique choisit de mieux en mieux à mesure qu'il est plus fort. L'électeur qui perd son courage et ses espérances est un homme qui n'a pas bien mesuré ces forces-là.

3 juin 1914.

15

Comme je lisais l'*Histoire d'un paysan*, d'Erckmann-Chatrian, je vivais, par l'imagination, au temps de la

Révolution française; je cherchais à comprendre comment ce peuple, si longtemps tyrannisé, dépouillé et méprisé, avait montré soudainement sa puissance, simplement par sa confiance en lui-même; mais j'admirais aussi cette ruse des privilégiés, qui promettaient toujours et puis reprenaient leurs promesses, et qui passaient d'une folle confiance à une terreur folle, selon les acclamations et les grondements populaires. Dès que les choses revenaient à une espèce d'équilibre, ils reprenaient espoir dans le vieil art de gouverner, éprouvé par tant de siècles; toujours la modération glissait à la trahison; toujours le pouvoir absolu se refermait par une espèce de cristallisation inévitable. L'Empire, la Restauration, l'Empire encore, groupèrent les mêmes forces; toute l'élite toujours se retrouva au centre, se recruta de la même manière, essaya la même résistance enragée; et toujours des succès étonnants lui donnèrent raison. Ceux qui disent que la monarchie est un état naturel auquel on revient toujours, disent une chose assez évidente. Et pour moi les réactionnaires d'aujourd'hui ressemblent à ceux de ce temps-là.

Il y a une cour, aujourd'hui comme autrefois, et des courtisans, même sans roi. Il y a une vie riche et ornée; l'homme qui se permet d'y entrer y perd pour toujours la liberté de son jugement. C'est inévitable. La vie qui se passe au bal, au souper, au théâtre, à la parure, est une espèce de preuve par elle-même, et bien puissante. Et l'opinion académicienne, qui est celle des femmes les plus brillantes, des écrivains, des danseurs, des avocats, des médecins, de tous les riches enfin et de leurs parasites, l'opinion académicienne a bientôt décrassé l'esprit de n'importe quel ambitieux. Qu'un homme de bonne foi veuille bien réfléchir à ceci, qu'un succès quelconque, dans le monde qui fait le succès, se mesure toujours exactement à la quantité d'esprit monarchique que l'on peut montrer. Et l'élite, malgré une frivolité d'apparence, sait très bien reconnaître le plus petit grain de trahison; chacun est payé sur l'heure, et selon son mérite. En sorte qu'il faut dire qu'à mesure qu'un homme se pousse dans le monde, il est plus étroitement ligoté. « La pensée d'un homme en place, c'est son traitement »; cette forte maxime de Proudhon trouve son application dès que l'on a un ascenseur, une auto et un jour de réception. Il n'est pas un écrivain qui puisse vivre de sa plume et en même temps mépriser ouvertement ce genre d'avantages. On peut en revenir, mais il faut passer par là; ou bien alors vivre en sauvage, j'entends renoncer à toute espèce d'Importance.

On se demande souvent pourquoi les réactionnaires se fient à des traîtres, qui ont suivi visiblement leur intérêt propre, et vont ingénument du côté où on sait louer. Mais justement la trahison est une espèce de garantie, si l'on ose dire; car l'intérêt ne change point; il n'est pas tantôt ici, tantôt là; il tire toujours à droite. En sorte que celui qui a trahi le peuple apparaît comme dominé pour toujours par le luxe, par la vie facile, par les éloges, par le salaire enfin de l'Homme d'Etat. L'autre parti n'offre rien de pareil. Il n'y a donc point deux tentations, il n'y en a qu'une. Il n'y a point deux espèces de trahison, il n'y en a qu'une. Toute la faiblesse de n'importe quel homme le tire du même côté. La pente est à droite.

12 mars 1914.

16

L'élite n'aime pas la République. L'élite, j'entends par là ceux qui ont conquis quelque puissance réelle dans la société, par leur travail ou par leur talent. Cela n'est pas sans inconvénients, parce que les hommes de cette espèce font ce que l'on est convenu d'appeler l'opinion. J'y vois des administrateurs, des ingénieurs, des hommes de lettres. Tous ont cela de commun qu'ils participent à la vie brillante et qu'ils ne songent qu'à s'établir aussi solidement qu'ils le pourront dans le cercle des riches, par relations et mariages. Par cela seul ils ont des intérêts contraires à la justice; il est assez évident que la liberté que l'on laisse aux associations ouvrières est pour diminuer les profits de ceux qui ne travaillent point de leurs mains. Il est clair aussi que le relèvement des traitements inférieurs auquel nous sommes naturellement conduits n'est pas favorable à ceux qui ont les grosses places. On me contait récemment qu'un important fonctionnaire des postes qui gagnait déjà quinze mille francs s'était élevé d'un coup jusqu'à dix-huit mille, en conservant les mêmes fonctions. Des faits de ce genre, s'ils étaient rendus publics, ne pourraient être approuvés par la Chambre, alors qu'elle réduit les facteurs des postes à la mendicité. Les grands bureaucrates en sont donc toujours à craindre quelque lumière trop vive qui éclairerait subitement leurs traitements et leurs travaux. Non que les députés leur fassent peur; les députés vivent de la même vie qu'eux, sont liés à eux de mille manières, et savent assez ce que c'est que la misère avec neuf mille francs, puisqu'ils ne l'ont pas jugée supportable. C'est la puissance des électeurs, les progrès de l'instruction, l'éveil du jugement qui leur fait peur à tous. Aussi disent-ils maintenant qu'ils se faisaient une tout autre idée de la République, et que les puissants devraient réellement diriger et gouverner au lieu d'avoir à se justifier à chaque instant pour de petits comptes de blanchisseuse.

Mais je crains les passions bien plus encore que les intérêts. Le monde les nourrit habilement de mille manières en excitant l'ambition et la cupidité. Il y a une fureur bien remarquable chez ceux qui se privent par nécessité d'une dépense de luxe; au fond d'eux-mêmes ils savent bien que leurs plaintes ne sont point justes, et qu'ils ont déjà trop; aussi leur colère s'élève contre ce qu'il y a de meilleur en eux-mêmes; c'est pourquoi leurs dettes les aiguillonnent contre le peuple. Mais surtout il règne dans le Monde une opinion à laquelle il faut se plier. Il y a des lieux communs contre l'ouvrier, contre l'électeur, contre le député, contre lesquels il est aussi inconvenant de s'élever que de dire un gros mot. Une discussion suivie n'est pas possible; celui qui veut suivre une idée est impoli par cela seul; il est vrai aussi que toute thèse blesse quelqu'un; le jeune homme a bientôt saisi les règles du jeu; il doit renoncer à tous les succès, et même en amour; il doit se résigner à quelque travail obscur et mal payé; ou bien alors se séparer d'opinions qui ne tiennent pas encore bien à lui. Il n'hésite presque jamais. Il se fait dans le Monde un recrutement de tous les talents contre la République. Ainsi l'électeur est laissé à lui-même, bien mieux, trahi, méprisé, insulté par les plus instruits. Il doit le comprendre; et, quand on lui dit que la République est contre la Nature, contre la Science, contre la Raison, il ne doit point s'en étonner, mais plutôt se demander : « Combien celui-là est-il payé, pour m'amener à désespérer de moi-même? »

15 décembre 1910.

La corruption des écrivains

17

Le R.P. Philéas dit au jeune vicomte Christian de Haute-Barbe : « Mon cher fils, il faut que vous alliez à cette séance de l'Académie française. Ne dites pas non; vous irez. J'entends ce que vous allez prétendre, que ces discours corrects, froids et hypocrites vous ennuient. Vous préférez les petites revues mauves, et les conférences de " la Bonbonnière ". Mais, s'il s'agissait de plaisir, croyez-vous que j'irais entendre leurs plates déclamations, et leurs traits qui s'annoncent de loin, comme des trains express?

« Non, il ne s'agit point de prendre du plaisir; il s'agit de remplir un devoir social. N'allez-vous pas bien à la messe? N'avez-vous pas bien compris que la Foi, la Noblesse et la Richesse forment, par la nature des choses, une espèce de Sainte-Alliance? Il faut donc que je vous dévoile les derniers secrets? Du moins, vous êtes digne de les entendre.

« Faire reposer l'oisiveté et la puissance d'un petit nombre de riches sur une phalange de petits-bourgeois résignés, et enfin sur une horde d'artisans misérables, c'est un problème de mécanique sociale qu'aucun Archimède n'aurait entrepris de résoudre. Heureusement, le problème s'est trouvé résolu bien avant notre naissance. Nous avons à conserver, non à construire. Il s'agit donc de voir d'où peut venir le danger. Il ne vient que des écrivains. La science et la réflexion sont utiles à l'ordre social, tant qu'elles se bornent à éclairer les gouvernants. Mais il peut arriver qu'un fils d'ouvrier, comme ce vaurien de Jean-Jacques, ait dérobé le feu des autels, et livre à la foule le secret des dieux. C'est pourquoi il nous fallait des valets de science, et des valets de lettres, qui eussent assez de prestige pour détourner l'ambition des jeunes. Nous les avons. Tout ce qui sait penser et écrire voit dans ses rêves la somptueuse livrée à palmes vertes. Aussi les voyez-vous, à peine sortis des fumées de la première jeunesse, ajuster leur mathématique, leur physique, leur politique et leur esthétique, à la prudence académicienne, que les niais appellent le bon goût. Ne soyons pas niais, j'y consens; mais donnons la comédie aux niais. Allons applaudir l'emphase creuse, les généralités soufflées, les jeux de mots, les berquinades et l'histoire maquillée. Ces rites sont comme tous les rites; les demi-savants comprennent qu'ils sont utiles; mais essayez d'y voir encore autre chose; quand on va jusqu'aux racines de l'utile, on trouve au fond la plus noble conquête que les hommes supérieurs aient jamais faite : la Vérité enchaînée et tournant la meule. Allez, mon cher vicomte, vos privilèges valent bien une messe. »

7 février 1909.

18

Il y aura toujours des salons politiques. Il y aura toujours des écrivains ambitieux, non sans talent, mais furieusement pressés d'être importants, d'être loués, d'être aimés. Le salon politique attirera toujours l'écrivain comme l'aimant attire le fer. Toujours il se formera, entre ces hommes et ces femmes qui repoussent toute contradiction, une opinion ferme et déraisonnable. Toujours l'écrivain prendra cette opinion comme un dogme, parce qu'il voudra plaire, parce que les jolies femmes lui feront sentir une tyrannie d'abord assez douce, bientôt hautaine, et, tout de suite après, méprisante; et, dans le fond, parce qu'il est plus facile de faire des variations sur un thème que d'inventer en discutant. Après les premières lâchetés, la conviction n'est pas loin.

Reste à savoir maintenant quelle peut être l'opinion d'un salon. Religieuse, le plus souvent; irréligieuse, cela s'est vu; bonapartiste peut-être, monarchiste assez souvent; modérée et bientôt réactionnaire de toute façon; radicale, jamais. Il n'y a pas d'exemple d'un salon où l'on accepte tout simplement la souveraineté du peuple. Il est impossible qu'il y en ait un seul. Le fond de l'opinion, dans n'importe quel salon, c'est un mépris décidé pour les ouvriers, pour les paysans, pour les petits commerçants, pour les comités radicaux, pour les journaux radicaux, pour les députés, pour les ministres; s'il y a quelque ministre ou quelque député dans le cercle, il échappe au mépris en méprisant plus que les autres. Tous les salons sont contre l'égalité.

Donc quand je vois quelque auteur arriver de sa province, avec de l'esprit, de la vanité, et une plume facile, je ne sais pas au juste quelles opinions il prendra, mais je sais très bien quelles opinions il ne prendra pas. J'ai vu récemment qu'on installait un chien de garde acheté le matin; avant midi il adorait ses maîtres et mordait les pauvres gens. L'homme de talent n'apprend pas moins vite son métier, pourvu que la race y soit. Ce chien était de race pure; il avait le poil, les taches, le nez comme il fallait. L'homme de lettres a aussi des caractères qui apparaissent à la vingtième année, et qui promettent un fidèle aboyeur contre le peuple. S'il doute de tout, s'il ignore la politique, et s'il est porté aux plaisirs de l'amour, il est doué; on lui donnera le collier et la niche.

Ces forces d'opinion sont démesurées. Elles agissent par le théâtre, par le roman, par les revues, par les journaux, avec une suite et une clairvoyance remarquables. Voyez quels compliments à M. Briand, dès qu'il eut trahi. En revanche, quel concert contre Pelletan, imperturbable ami du peuple. Les gens que je vois sont assez radicaux; pourtant il ne se passe point de semaine où je n'aie à rappeler que c'est, parmi nos hommes politiques, un des plus cultivés, un des plus instruits, peut-être le plus remarquable de nos orateurs, à coup sûr, et de loin, le plus fort des journalistes. Mais avec tout cela, je conviens qu'il manque de race; il aboie contre les riches.

13 avril 1912.

19

Un jeune auteur, dont les premiers essais ressemblaient à une triomphante aurore, mais qui, pour l'instant, dînait à vingt-cinq sous, rencontra un jour un académicien bien marié, et qui tenait un haut rang dans le royaume des lettres. Le jeune auteur fit voir des dents longues et une ambition démesurée; alors l'académicien, qui était au fond un bon diable, voulut lui enseigner l'art de se faire ermite.

« Vous avez, lui dit-il, autant que je sais, cent fois plus de talent qu'il n'en faut pour réussir. Il est affligeant de vous voir dans cette crotte, et si mal nourri. Voyons, mon cher, comment cherchez-vous la gloire et la fortune? Vous ne voyez que des gens dont l'opinion ne compte pas, et qui sont aussi pauvres que vous. Vous jetez vos graines dans le sable. Après cela, vous accuserez le sort. Il n'est pourtant pas difficile de savoir où se trouvent la gloire et la fortune. Suivez tous ces brillants équipages; là est votre terre promise; et ne craignez rien; vous y entrerez sans peine; faites seulement l'avance d'un costume convenable; il vous sera remboursé, soyez tranquille. La société polie manque de sève et de jeunes talents. Vous serez admiré, vous serez aimé, vous serez lu; vous ferez quelque riche mariage; vous passerez l'hiver en Egypte et le printemps à Londres, et les jeunes gens copieront vos cravates et vos gilets. Je ne parle pas des femmes, ajouta-t-il, d'un air fat, car vous en aurez trop.

– Marchons, dit le jeune auteur, marchons vers la terre promise. Mais, dites-moi, on n'a rien sans payer; que paierai-je pour avoir tout cela?

– Bah! peu de chose. On vous demandera d'être poli. Le reste viendra sans que vous y pensiez. Je connais vos opinions sur les riches et sur les pauvres. Moi aussi j'ai médité sur la justice. Il ne s'agit, voyez-vous, que de méditer un peu plus avant, jusqu'au point où les opinions contraires pèsent le même poids dans la balance. Quand vous en serez là, vous saurez le prix de l'ironie, qui est la politesse du sage; ainsi parée et harnachée, votre jeune liberté pourra se présenter dans tous les salons. Après cela, les salons se chargeront de vous instruire; la vraie sagesse vous viendra avec la richesse; je vous dirai comme dit le prêtre: pratiquez d'abord; la foi viendra. Il faut exercer la puissance pour bien comprendre tout le respect qu'elle mérite. Vous êtes mal placé pour juger les traditions et la hiérarchie; goûtez d'abord au miel; cela vous fera aimer la ruche. Bien vivre, si vous l'entendez comme il faut, conduit à bien penser. C'est l'histoire de plus d'un ministre, et de tous les académiciens. »

A ce moment, l'auteur maigre reconnut dans l'auteur gras le chien de la fable, et vit la marque du collier. « Attaché ? dit le loup, vous ne courez donc pas où vous voulez ? » Il fit une gambade et disparut.

9 mars 1908.

La corruption des députés

20

Comme je lisais un récit des temps révolutionnaires, je formai l'image de la Convention envahie par le peuple en colère portant des têtes coupées au bout des piques, et hurlant des menaces. Quoique je trouve beaucoup d'excuses aux colères des pauvres gens, toujours trompés, toujours oubliés, néanmoins je repoussais ce désordre et cette violence. J'en étais à me dire qu'heureusement le Palais-Bourbon est maintenant bien gardé, quand le Montreur des Choses Invisibles me dit : « Il est très vrai que le peuple n'y entre plus, et que les portes sont bien fermées. Mais par-dessous les portes n'y vois-tu pas entrer l'insurrection permanente de l'élite? Invisible et présente. On ne pense qu'à cela. Non plus les piques, ou la guillotine, ou les têtes sanglantes, mais le mépris, l'injure, la calomnie en colonnes serrées. Les documents détournés, les lettres volées. Le ridicule, la honte, les huées promises à l'ami du peuple. Les salons fermés; les valets eux-mêmes insolents; l'Académie liguée; tous les écrivains, grands et petits, à la curée; fausses nouvelles, flèches empoisonnées, le matin, à midi, le soir. Les cris des journaux, le cours de la Bourse. Les moqueries des ambassadeurs, la fureur des bureaucrates. Pis encore, la menace sourde d'on ne sait quoi pour le lendemain. Et non pas des têtes coupées, mais des réputations déchirées, des passions déchaînées; toujours présentes aux yeux d'un homme qui pense seulement à être raisonnable et juste, mais qui, après tout, vit de l'opinion, espérait peut-être un peu de gloire, et qui aperçoit, dès qu'il veut suivre un moment sa conscience, ou penser un peu aux pauvres gens qui l'ont envoyé là, qui aperçoit ces punitions féroces et inévitables, justement réglées sur ce qu'il montrera de vertu.

« Mais, dit le Montreur des Choses Invisibles, voici maintenant le gracieux cortège des femmes de luxe et des artistes; voici le chœur de ceux qui savent louer; et voici les couronnes, et les mouchoirs brodés. Corbeille de fleurs souriantes, offerte à l'Homme d'Etat dès que, chassant du geste tous les spectres de la guerre civile, il offre à tous ces hommes, qui sont las de supporter et de braver, une réconciliation, un oubli, une paix profonde; sans qu'ils aient même à trahir, car lui s'en charge; et l'on sait déjà, par d'étonnantes voltiges, comment celui qui s'est si bien sauvé lui-même sauvera ses honorables amis. Quand la douceur vient après la menace, quel caractère ne s'amollirait? La peur, honteuse tout à l'heure, se montre maintenant en amitié. On les menaçait beaucoup; on leur demande peu. La vois-tu, maintenant, cette foule sans corps et cette émeute sans piques? »

En vérité, je croyais les voir. Il n'y avait pourtant là qu'un homme ennuyeux qui parlait, et des conversations, enfin une heureuse insouciance. Mais il faut dire que l'orateur faisait l'éloge des Contributions indirectes, ou peut-être proposait quelque Proportionnelle à quotient, sans quotient ni proportionnelle, ou quelque impôt sur le revenu, sans contrôle, sans inquisition ni vexation. Une douce lumière enveloppait ces choses.

11 mai 1914.

21

Quand le Parti radical sera réorganisé fortement, il faudra une espèce d'initiation propre à former les jeunes et à réchauffer leur courage. Je passe sur les principes et sur les programmes, et je pense surtout à un certain nombre de vérités désagréables qu'il sera bon d'annoncer en une fois à l'enfant du peuple, dès qu'il aura pris ses grades.

« Tu es assurément, lui dirais-je, un brave ami du peuple; et ce que tu promets, tu le feras. Mais tu es aussi assez ambitieux, et cela est bien naturel. Assez de charlatans et d'aventuriers ont été portés sur le pavois, encensés dans les journaux et considérés par les rois; tu penses qu'il est temps que les vrais amis du peuple arrivent aussi à cette gloire, qu'ils auront bien méritée. Tu t'y prépares, sans méditer aucune injustice. Eh bien, il faut que tu le saches, cette gloire, tu ne l'auras pas. Le pouvoir, sans doute, si tu veux, mais non pas la gloire. La gloire, en politique, est le salaire de l'injustice.

« Songes-y bien, avant d'entrer dans cet enfer. Laisse toute espérance. Tu n'auras que de rudes amis, fort occupés, très loin de toi, et qui n'écrivent point dans les journaux. Tout le reste, toute l'Académie, tous les lettrés, tous les dramaturges, tous les écrivains, tous les sociologues, tous les directeurs de théâtre, tous les acteurs, toutes les actrices, tous les marchands et marchandes de luxe, tous les marchands et marchandes de plaisir, tout ce beau monde te méprisera d'abord ouvertement, et te jugera inculte, ignorant, paresseux, ivrogne et mal tenu. En vain, tu liras tout ce qu'il faut lire; en vain, tu iras te montrer avec ta femme à ces spectacles bien parisiens où la salle est ornée d'une guirlande de femmes jolies et faciles en étalage; en vain, tu seras élégant dans tes discours; en vain, tu citeras Barrès. Ces politesses seront comptées pour rien si tu n'y mêles pas quelques marques assez claires de ton mépris pour l'électeur ignorant, et pour la petite mare dont les grenouilles t'ont pris pour roi. On t'observera; on attendra que tu trahisses.

« Alors, comme par magie, ton nom ira de journal en journal, d'ambassade en ambassade, à travers toute l'Europe. Les femmes brillantes viendront comme au théâtre pour t'entendre. Tu seras orateur; tu seras homme d'Etat; on te décrira élégant et beau, même si tu gardes la redingote provinciale et ta moustache d'ouvrier. Car l'élite juge d'après le cœur et ne se trompe jamais. Observe bien quel est le plus étonnant succès de ce temps, et comment il a été obtenu. D'après cela, juge de ce qui t'attend si tu restes l'ami du peuple et le défenseur des pauvres et des artisans. » Oui, je dirais tout de suite la chose comme elle est. Une petite pluie enrhume; une bonne douche réchauffe.

7 avril 1913.

22

La trahison est naturelle dans un député, à quelque parti qu'il appartienne. Et la trahison, comme on l'a cent fois remarqué, consiste à tirer vers la droite après avoir juré de rester plus ou moins à gauche; chacun sait qu'il y a une droite et une gauche en tous les points de l'hémicycle; et vous n'entendrez jamais dire qu'un député ait glissé à gauche malgré les promesses faites aux électeurs. Ce phénomène d'attraction, ou de répulsion, ou d'ionisation, comme on voudra dire, mérite d'être considéré avec attention; le jeu politique revient tout à ces mouvements insensibles qui déplacent lentement et sûrement les représentants du peuple vers les ennemis du peuple.

Ennemis du peuple? J'appelle ainsi ceux qui pensent que la Révolution fut une folie, que le peuple ne connaît nullement son propre bien, qu'il faut le ramener à l'obéissance, et le conduire à ses destinées d'après les lumières supérieures, qui brillent pour Coty, Kérillis, Bourget et autres génies nationaux, qui éclairent encore un petit peu le boursier Herriot, mais qui sont invisibles à vous et à moi, au commerçant, au paysan, à l'ouvrier, à tous les petits. Là-dessus on peut rire, car le peuple est à ses prétendus chefs comme un terrassier à un enfant; il est très sain de rire; mais enfin les récents événements ont prouvé que les esprits enfants, ceux qui se trompent à tout coup et sur tout, ont plus d'un moyen de nous passer la bride. Et tant que nous n'aurons pas compris le jeu, nous perdrons. Je reviens donc à mon député.

Premièrement, il croit savoir, ce qui est la pire ignorance. Il ressemble à ces gens qui reviennent d'Allemagne, et qui disent : « Vous ne connaissez pas l'Allemagne. » L'Allemagne est à peu près aussi facile à connaître que l'Amérique, ou la Chine, ou le problème des changes, ou celui des douanes. Dans ces immenses objets on trouve de quoi prouver n'importe quelle thèse. Ce qu'on en dit n'est jamais vrai; sans compter que tout change d'un jour à l'autre. Or, le député fait sonner cette fausse monnaie des pédants de politique; il incline à penser que le peuple est là-dessus tout à fait aveugle, qu'il est difficile de l'éclairer, qu'il demande des choses impossibles, comme la paix, la justice dans l'impôt, une police égale pour tous, et qu'enfin l'art du politique est de refuser en détail ce qu'on a promis en gros. Ce métier, quand on le voit sous cette lumière, donne de l'amertume, de l'impatience, un peu de mépris.

Ces sentiments sont chauffés à blanc dans la cornue parisienne, qui est méphitique. Il faudrait plus d'espace et de solitude aux amis du peuple. Il faudrait que la populace des parasites, intermédiaires, intrigants, joueurs, marchands de plaisirs, journalistes, vaudevillistes, leur laissât un peu plus d'air. Il faudrait aussi qu'ils ne soient pas tant serrés les uns contre les autres, échangeant leurs idées, qui n'ont pas une journée d'âge, et qui périssent le soir même. Tour à tour flattés et injuriés selon qu'ils risquent un pas à droite ou qu'ils reviennent sur leurs positions. J'y joins les ambitions, qu'on ne peut blâmer, car, sans ce piquant, la vie du politique serait mortellement ennuyeuse. Et voilà pourquoi le député mûrit mal; voilà pourquoi vous le retrouvez misanthrope et pessimiste par cette opinion trouble qu'il a de lui-même. Là-dessus on me dit souvent que les partis, s'ils étaient forts, vaudraient mieux que les hommes; mais je n'en crois rien. Les partis ont leurs gouvernants, qui suivent le destin de tous les gouvernants, j'entends qu'ils sont hommes d'Etat, mais prématurément. Homme d'Etat, on l'est toujours trop. Dix minutes par jour, c'est assez et trop; le reste du temps qu'il soit homme; mais c'est beaucoup demander.

Juillet 1931.

II

L'OBJECTION DE LA COMPÉTENCE

L'indignation des compétents

23

Lisez les feuilles publiques; vous verrez qu'ils sont tous saisis d'un furieux besoin de déclamer contre l'électeur, disant qu'il est ignorant, qu'il est corrompu, qu'il est inconstant, qu'il est ingrat, et qu'enfin il faut chercher quelque système ingénieux qui permette aux éminents députés, aux éminents ministres, aux éminents bureaucrates de remettre l'électeur à sa place, et de travailler à son bonheur malgré lui.

Je connais cette chanson. Tous les bureaucrates que j'ai rencontrés me l'ont chantée : et cela revenait à dire presque sans détour, que le suffrage universel, si on le prend sérieusement, est une institution absurde. Car, disaient-ils, il faut avant tout savoir, si l'on veut agir. Or, dans votre beau système, le petit nombre des citoyens qui savent bien une chose, que ce soit les finances, la mutualité, l'enseignement ou la politique extérieure, ce petit nombre est écrasé par la multitude des ignorants. « Nous espérions, disaient-ils, que les ignorants seraient du moins modestes et discrets, et qu'ils se laisseraient tout de même un peu gouverner par ceux qui sont préparés à cette tâche difficile. Mais point du tout. Votre République se réalise. Ce député vient dans les bureaux, et y parle au nom du peuple.

Le tard-instruit méprise les compétences, et veut réformer tout. Bientôt on nommera les ingénieurs, les amiraux, les professeurs au suffrage universel. Ils ont déjà saccagé notre culture française. L'ignorant dit : voilà ce qu'on doit m'apprendre. Le beau système est arrivé à sa perfection propre avec votre Combes, et nous y retomberons, c'est inévitable, à moins qu'une grande révolte de l'élite ne coïncide avec quelque mouvement de crainte et de modestie dans la masse ignorante. Mais, avec ces ambitieux et prétentieux instituteurs, qui ne supportent plus aucun frein, je crois bien qu'on ne peut guère compter sur une abdication volontaire des citoyens-rois. Et alors, où allons-nous ? »

Tout directeur, tout inspecteur, tout conseiller, tout préfet, tout recteur, tout ministre pense ainsi et parle ainsi, dès que l'électeur est retourné à son travail. Un Combes, un Pelletan, sont haïs et méprisés par l'élite, justement parce qu'ils résistent à ce mouvement-là.

Les partis n'y font rien. Le radical s'entend très bien là-dessus avec le monarchiste. Tous sentent très vivement que le peuple se hausse sur la pointe des pieds, et regarde dans les bureaux. L'élite des bureaucrates est contrôlée, critiquée, menacée dans ses privilèges. Les députés éprouvent, plus directement encore, cette puissance des masses, qui, bien loin de demander à grands cris quelque bouleversement impossible, prétendent tout simplement s'installer au fauteuil, et vérifier les livres de cuisine et de blanchissage. Péril imminent, contre quoi ils ont trouvé déjà la représentation proportionnelle, en attendant l'enseignement professionnel, qui remettra les citoyens à la chaîne. Citoyens, tâchez de bien saisir cette Révolution des bureaucrates contre le Peuple. Et méfiez-vous; l'adversaire a plus d'un tour dans son sac.

4 juin 1910.

24

Dans la haute administration, il est ordinaire que l'on méprise les députés; on parle de leur ignorance, de leur paresse, et, au besoin, de leur vénalité comme si ces vices étaient attachés à la fonction même et comme si tout le monde était d'accord là-dessus. Ces opinions gagnent jusqu'aux ministres, dès qu'ils ont été quelque temps ministres; le poison bureaucratique passe bien vite dans leur sang. Le mot connu de Gambetta, « sous-vétérinaires », a déjà beaucoup servi; il servira encore. Les « mares stagnantes » voulaient dire la même chose. Ces fortes expressions disent très bien ce qu'elles veulent dire, c'est qu'il est très désagréable, pour un administrateur éminent, d'avoir des comptes à rendre à des cordonniers, à des charcutiers, à des épiciers, à la basse plèbe, pour tout dire.

Mettez-vous, en pensée, à la place d'un ministre des Affaires étrangères. Il vit dans les Majestés et les Excellences; il les salue jusqu'à terre; les plus jolies femmes de tous les pays lui montrent un morceau de sucre; il fait le beau comme Médor. Bien mieux, il croit tenir la paix et la guerre dans sa main; et quelquefois ce n'est que trop vrai; un mot de lui peut lancer des centaines de régiments sur les routes. Oh, le noble métier! Mais qu'est-ce que c'est? Qu'est-ce qu'ils me veulent, ceux-là? Il faut aller au Palais-Bourbon. Il faut que ce nouveau Richelieu réponde aux questions, comme un écolier aux examens. Voilà que les beaux régiments, au lieu d'attendre des ordres, demandent des raisons. Voilà que, par la voix d'un Pelletan ou d'un Jaurès, se fait entendre le gros bon sens, le lourd bon sens des laboureurs, des forgerons, des marchands de légumes. Les entendez-vous, ces beaux diplomates, qui discutent de la paix et de la guerre, et qui parlent à l'Europe? Il n'est pas de gentilhomme qui n'en ait la nausée. Et lui aussi, le nouveau Richelieu. Il en a même deux fois la nausée, parce qu'il s'appelle Dupont ou Durand. « Ah, les sous-vétérinaires! Ah, les mares stagnantes! » Là-dessus vient quelque Egérie, qui joue les reines au théâtre. Elle prend dans ses mains le front génial, et d'une voix de tragédienne : « Mon ami, ce sont des brutes, ils ne peuvent pas vous comprendre. »

Et croyez-vous que ce soit agréable aussi, pour un ministre des Finances, pour un homme qui connaît la Haute Banque et qui a la garde du crédit public, de discuter des comptes de blanchisseuse? Et pour un Grand Maître de la Marine, de marchander sur la chaudronnerie? Et pour n'importe quel meneur d'hommes, d'être mis en accusation parce qu'un postier est diminué de trois cents francs, ou parce qu'un instituteur est déplacé. La belle affaire! Voilà donc ce qu'on a fait du métier de roi! Voilà que les Compétences et les Spécialités sont traînées devant le tribunal du peuple. Voilà que les gouvernés s'improvisent gouvernants. Tout est perdu si nous ne trouvons quelque système électoral nouveau, qui remette toutes choses en ordre, et renvoie le cordonnier à son cuir.

28 avril 1910.

25

A la suite de ce tumulte assez inexplicable l'autre jour à la Chambre, un homme cultivé disait devant moi : « Le danger, c'est que si les baïonnettes mettaient les députés dehors, tout le monde rirait. » Ce sont des propos qui courent, et qui me feraient hausser les épaules, si je n'y voyais le résultat d'une opposition fort bien organisée et qui montre un esprit de suite remarquable.

Ils n'ont pas le nombre, c'est assez clair. Et, maintenant que cette Chambre est sortie du sommeil où un enchanteur l'avait plongée, il est visible qu'elle est plus radicale encore que l'autre. Que reste-t-il aux privilégiés? Leur puissance même de privilégiés, et ce n'est pas peu de chose. Ils tiennent l'opinion, j'entends celle qui se formule au théâtre, dans les revues, dans les journaux. Tous les écrivains qui veulent vivre de leur plume en arrivent à défendre les privilèges; c'est inévitable. De là des attaques furieuses, répétées, variées, contre le peuple souverain. Cela est de mode dans la société élégante, comme la forme du chapeau et la coupe du pantalon. Et l'on finit toujours par se mettre un peu à la mode, dès que l'on ne vit pas tout à fait à l'écart de ceux qui la suivent. Aussi je les vois, nos intellectuels, changer peu à peu la forme de leur chapeau, je veux dire se mettre à parler contre le peuple, contre les députés, contre le suffrage universel, pour faire comme tout le monde.

Ces sentiments s'expriment comme ils peuvent, et souvent par détour; car un fils du peuple rougit toujours un peu lorsqu'il trahit la République. Seulement, un beau matin, vous découvrez qu'il est antisémite, ou bien proportionnaliste. Il part contre les députés; il flétrit le régime de la faveur et du népotisme, comme si c'était la République qui nous avait apporté ce genre de maladie parasitaire. Et, dans le fond, c'est toujours l'électeur qui est visé; on laisse entendre que la masse électorale est ignorante et aveugle, et qu'on ne peut rien attendre de bon. Même les socialistes, surtout les plus instruits d'entre eux, attrapent cette mauvaise fièvre, et se plaignent amèrement des comités, des marchandages, des trafics électoraux. Aristocrates, tous; ambitieux, tous. De quel droit voudraient-ils gouverner contre le peuple? Au nom de quoi?

Voilà ce qui les met en fureur, tous ces Grands Politiques; ils se sentent tenus et poussés; ils n'exercent plus le droit de l'élite. De là des coalitions non formulées, un accord formidable contre l'opinion populaire. Il faut pourtant étaler tout ce mépris au soleil. Oui, même chez les socialistes, trop souvent il y a cette idée que c'est l'élite qui doit gouverner, pour le peuple sans doute, et au nom du peuple, mais enfin contre le peuple, si le peuple n'est pas raisonnable. Ce refrain n'est pas nouveau, tous les tyrans nous l'ont chanté.

A quoi je réponds que le droit théorique a la puissance d'une idée, et que c'est là toute sa puissance. Que nul homme n'a le privilège d'agir au nom du droit théorique. Qu'il y a tyrannie, dès que l'on impose une idée par la force. Que le nombre seul est qualifié pour représenter la justice dans les faits. Que le peuple doit d'abord gouverner, coûte que coûte. Et qu'enfin le droit de l'élite se définit par ce seul mot : instruire.

24 mars 1911.

La supériorité du peuple

26

Un Philosophe m'a dit : « Je ne vais point dans le Monde; je n'ai pas de rentes, et je crois que j'aime la Justice. Or, ces passions des masses, dressées contre les pouvoirs publics, me paraissent étrangères à la Justice. Platon disait que, dans une vie bien gouvernée, c'était la partie la plus raisonnable qui devait commander, le courage étant au service de la raison; quant aux désirs innombrables, ils ne peuvent gouverner, parce qu'aucun d'eux n'a égard au tout. Or, une Nation a aussi une tête, un cœur et un ventre, je veux dire des savants, des guerriers, des artisans; et votre état démocratique me paraît marcher tête en bas, gouverné, si l'on peut ainsi dire, par son ventre et par ses désirs, tandis que la Science, humiliée et enchaînée, est simplement cuisinière de plaisirs, inventant des commodités, des remèdes et des narcotiques; aussi le courage, fils des désirs maintenant, n'est plus qu'une peur exaspérée. Le citoyen ressemble à l'Etat; il va tête en bas aussi, et vers ce qui lui plaît, ayant perdu lui aussi cette idée que le propre de l'homme est de gouverner ses désirs par la Raison. Voilà pourquoi je n'aime pas beaucoup votre démocratie, qui nous ramène à la vie animale. Ce n'est pas que je compte beaucoup sur la monarchie héréditaire; car je ne vois point une vraie Noblesse pour la servir et la garder. Je songerais plutôt à quelque Aristocratie, où les plus savants et les plus raisonnables, choisis dans tout le peuple par le corps dirigeant lui-même, feraient des lois et les appliqueraient, soutenus par la confiance et le respect du plus grand nombre. Mais nous sommes loin de cet état désirable; il n'y a plus ni respect ni confiance nulle part; tous nos maux viennent de là; et que sont, s'il vous plaît, vos grands ministres pour le présent, sinon de grands désirs sans gouvernement intérieur, et tête en bas, comme tout le reste? »

Contre ce discours platonicien, qui enferme plus d'une vérité, je n'ai qu'une chose à dire, c'est que je ne vois pas du tout que l'élite soit raisonnable. Encore, oui, quand la guerre était de tous les jours, il pouvait arriver que les plus courageux eussent le pouvoir, c'est-à-dire des hommes vertueux par état, exercés à dominer leurs désirs, mais d'esprit inculte. Aussi je remarque qu'ils furent presque toujours conduits par des diplomates, par des confesseurs, par des juristes. Mais surtout aujourd'hui, dans cet âge industriel, où l'argent est roi par nécessité, je vois que l'élite sera de plus en plus corrompue par le luxe, et livrée à ses désirs, et que, par un détour que Platon ne concevait même pas, c'est le travail manuel, sans luxe, sans vanité, sans cupidité, par la force même des choses, qui va restaurer l'esprit de discipline, le vrai courage, et l'empire des idées. On le voit assez à ce signe que l'élite combat pour ses désirs et pour ses plaisirs, tandis que les masses ouvrières combattent pour la justice organisée. Où sont aujourd'hui les nobles chevaliers? Sancho Pança est dans les bureaux, et don Quichotte à l'usine. Croyez-vous que Platon, s'il revenait, ferait des conférences à quelque Théâtre Mondain? Non pas. Mais aux Universités Populaires. La Démocratie va tâtonnant; elle cherche la Raison, et du bon côté. Je dis, avec notre Platonicien : oui, la tête est en bas, et le ventre en haut. Nous travaillons à nous retourner.

17 décembre 1910.

27

Ce qui me paraît le plus clair dans n'importe quel Etat politique, c'est que le peuple vaut mieux que ses maîtres. Ceux mêmes qui seraient tentés de le nier furieusement vous font après cela l'éloge des soldats de la Grande Armée, de leur dévouement sans calcul, de leur fidélité inébranlable, dont on peut trouver des preuves touchantes dans *Le Médecin de campagne,* de Balzac, au tableau de la veillée. Il n'y a, au contraire, que trop d'exemples des trahisons d'en haut; Napoléon en fit l'épreuve. D'après cela il faudrait dire que les gardiens du droit sont parmi les pauvres gens, accablés par la richesse d'autrui, soumis à de durs travaux, et incertains du lendemain. Là-dessus je vous renvoie à l'affaire Dreyfus, qui fut une belle expérience. Si on avait consulté seulement les plus puissants à ce moment-là, la justice était lestement sacrifiée. Les hommes courageux qui s'élevaient contre la Raison d'Etat auraient été écrasés, et l'étaient déjà quand la masse populaire entra dans le jeu.

Ce qu'il y a d'instructif pour nous dans cette histoire, c'est que les politiques se trompèrent presque tous sur les sentiments du peuple, absolument comme ils font aujourd'hui. On connaît cette triste parole : « Regardez vos circonscriptions. » C'était dire en résumé : « Le peuple se moque de la justice, et principalement dans le cas présent, où la victime appartient à la société des riches. Les électeurs ne voient que leur intérêt. Ces controverses ne le passionneront pas. » Or, il s'est trouvé que les circonscriptions sauvèrent l'honneur et poussèrent très bien les députés. Je citais récemment un mot que l'on voudrait donner pour ridicule : « Le peuple juge de toute sainteté »; toujours est-il qu'il fut juge de la moralité publique à ce moment-là; car le pouvoir, on s'en souvient, ne pensait qu'à se déshonorer en fermant les oubliettes.

Ces vertus populaires ont des causes bien déterminées. La thèse que je soutiens n'est pas mystique; le peuple n'est pas un Dieu délirant, qui annonce le juste par son instinct. Voici les causes principales. D'abord il se défie des pouvoirs proprement politiques et de tous les discuteurs qu'il appelle avocats. Il éprouve tous les jours la dureté des riches; il juge leurs raisonnements. Il vit de son travail, ce qui fonde un jugement positif, pondéré, sain; au lieu que, pour l'ambitieux déjà avancé, il n'y a point de rapport entre les moyens et les résultats; l'intrigue et la chance font trop. Enfin le travail même, quand il s'exerce sur les choses, et au pied du mur comme on dit, exige la précision et la conscience. Un ingénieur peut voler une heure de présence, négliger un rapport ou une enquête; l'aiguilleur, dans sa cabine vitrée, ne peut pas détourner les yeux; le mécanicien est en otage sur sa machine; le puisatier répond de son boisage, sur sa tête. Au lieu que l'Administration use les consciences, par le caprice, par la faveur, par l'inutilité des travaux. Voilà pourquoi le peuple juge bien, et pourquoi les puissances crient qu'il n'est pas vrai que le peuple juge bien.

4 juillet 1912.

28

Un canal, avec ses beaux tournants ombragés, ses berges gazonnées, ses écluses bavardes, éveille des sentiments vifs et fait naître une poésie en action, sans doute parce que c'est une œuvre humaine revêtue des parures naturelles. Qui ne s'est arrêté à l'écluse pour considérer cette machine étonnante, simple, puissante, qui élève de marche en marche, par-dessus les collines, un lourd bateau, une maison fleurie, de hardis enfants? Chacun a désiré ces lents voyages où les moindres bruits courent et rebondissent dans le couloir sonore pendant que le navire, comme disait Virgile, coupe en deux l'image renversée des choses. Les fouets claquent; les deux chevaux tirent habilement chacun à leur tour; l'horizon glisse d'heure en heure; les fleurs et les herbes saluent au passage. Heureux mariniers!

Je suivais ces rêveries à l'heure où les fanaux s'allumaient, et comme la lune à demi éclairée était déjà presque au sommet du ciel. J'entrai dans cette auberge qui est à côté de l'écluse. Les étains et les tables brillaient; un chat dormait. Mais bientôt la scène s'anima. La porte battait; les mariniers entraient, jeunes et vieux; il y eut des nuages de fumée, une vapeur d'absinthe, des discours en tumulte, un tourbillon de pensées brillantes comme des outils. « Moi, dit un vieil homme, c'est au démarrage que je l'attends; ne criez point, ne frappez point, laissez-le faire; c'est là qu'on juge un cheval. » « Six litres, dit un autre, c'est ce qu'il faut à un cheval qui ne travaille pas; mes chevaux ont trois fois cinq litres chacun, et autant de foin qu'ils en veulent. » « Moi, dit un troisième, quand j'attaque ma cavalerie, je n'ai pas besoin de deux coups de fouet; ils comprennent tout de suite. »

Il y eut des défis : « Prends mon bateau; je prends le tien; et, marche, on verra si tu me suivras comme je t'ai suivi aujourd'hui. » Dans un autre angle : « C'est honteux de laisser des chevaux en pareil état; et blessés encore par leur collier. » Mais l'autre répondait : « Je ne commande point; je fais ce qu'on me dit; je donne ce qu'on me donne; si l'on me dit de frapper, je frappe. Ma foi, les procès sont pour le patron, et c'est juste. » « C'est en Belgique, dit un autre, qu'ils sont sévères; un seul coup de fouet à la tête d'un cheval, et te voilà pris. » « C'est en Prusse, dit un autre, qu'il faut voir cela; les gendarmes m'ont fait attendre trois jours pour un cheval blessé à l'épaule. » Ils convinrent qu'en France la police n'était point faite. « Et d'abord, dit un homme à bec d'aigle et à moustaches terribles, on devrait fixer une quantité d'avoine pour un cheval qui travaille; pas moins de douze litres; et puis les chevaux blessés au repos; et ils ne reprendraient pas sans un papier du vétérinaire. » Ce discours fut approuvé. Personne ne parla des hommes; personne n'y pensait. Quelle puissance dans les spectacles, dans les actions, dans le souvenir! Ames royales, faites pour gouverner. Il ne fallait que quelques vapeurs d'absinthe, et ces hommes magnifiques délibéraient sur les droits des chevaux.

8 mars 1912.

L'intérêt général, masque de l'intérêt personnel

29

Personne n'est digne du droit. C'est par là qu'il faut terminer toute discussion sur les droits. On dit : « Peut-on laisser des armes à un fou ? » Et cela paraît assez raisonnable, de désarmer le fou. D'autres diront : « Devait-on donner la liberté aux nègres ? Comment en useront-ils ? » Et je rencontre beaucoup d'hommes, et même des femmes, qui diront au sujet des revendications féminines : « Vous n'allez pas donner le droit de vote à ce petit être qui essayait hier la plume la plus haute, et qui essaie aujourd'hui le chapeau le plus bas et le mieux enfoncé, avec un sérieux admirable. Attendons. Les hommes n'ont plus de chapeaux à plumes ni de dentelles, si ce n'est comme insignes du pouvoir. L'homme riche met tout son art à n'être pas remarqué. Quand les femmes en seront là, il sera temps d'égaliser les droits politiques. »

« Les Arabes d'Algérie, disait un autre, sont passablement gouvernés. Vous voulez leur donner des droits; mais les choses iront-elles mieux ? Ceux qui les connaissent ont des doutes là-dessus, et plus que des doutes. Ne tient-on pas les mineurs en tutelle ? »

« La classe ouvrière, dit-on encore, n'est pas éduquée. On le voit trop par leurs déclamations; tout cela est sans règle et sans mesure, comme un tumulte d'enfants. Les droits de l'homme sont une belle chose en théorie; mais on ne laisse pas des allumettes aux petits enfants. Il faut accorder les droits à ceux qui en sont dignes, à mesure qu'ils en sont dignes. Je voudrais de tout mon cœur que les cheminots puissent régler l'horaire des trains, l'éclairage des signaux, et toute la police de leur métier, mais nous n'en sommes pas là. La perfection du droit entraînerait de grandes injustices. Un homme de gouvernement s'aperçoit bientôt qu'il est tuteur et gardien d'enfants. C'est pourquoi, dès qu'ils ont passé par là, vous les voyez bientôt détachés de leurs beaux principes. La République veut trop de vertu peut-être. »

Je pourrais bien me demander aussi, quand je dois de l'argent à quelqu'un et qu'il dépend de moi de le lui rendre : « Qu'en fera-t-il? Il ira le perdre aux courses; il boira; il corrompra les autres. » Mais cette pensée est déjà une faute; il s'agit de payer. Si l'on ne devait qu'au mérite, quand paierait-on? Le droit vaut mieux que nous. Le droit est au-dessus des sages; il le faut, et c'est la plus belle invention des sages. Solon, ayant donné ses lois, s'en alla pour toujours. Il craignait les leçons de l'expérience.

Car il faut juger ces hommes qui voudraient tenir le peuple en tutelle. Ils ont aussi des passions, et bien visibles. Cette folie du luxe, cette soumission aux femmes brillantes; cette éloquence puérile, qui cherche l'applaudissement, ces lieux communs usés, dans lesquels ils retombent; cette injustice dans le détail, qui leur semble naturelle; ces marchandages, ces services échangés, cette indulgence aux intrigues, cette faiblesse devant les flatteurs; cet art des grandes affaires qu'ils apprennent si vite; enfin cette ivresse de la puissance, que je devine au son de leur voix. Voilà nos sages. Voilà ceux qui prétendent décider si leur peuple est mûr pour la liberté. Mais lisez donc l'histoire. Voyez donc ce que furent presque tous les rois et presque tous les ministres, pendant des siècles. Si les locomotives étaient conduites comme l'Etat, le machiniste aurait une femme sur les genoux. Nul n'est digne du droit, voilà le fondement du droit.

5 janvier 1914.

30

On dit souvent qu'il n'est point juste que le plus grand nombre opprime le plus petit nombre. Car, dit-on, ce n'est toujours que la loi de la force. La Saint-Barthélemy, quand elle aura été approuvée par le plus grand nombre, n'était pas juste pour cela. Le droit, c'est ce qui est raisonnable; le droit suppose une connaissance vraie et de ce qui doit être et de ce qui est possible; or, dès qu'il s'agit de science, on peut dire que c'est le petit nombre qui a raison. Et c'est toujours le petit nombre qui a raison d'abord. Galilée se trouvait à peu près seul à dire que la terre tournait. Et, par exemple, la situation européenne n'est sans doute pas plus facile à débrouiller aujourd'hui que ne l'était au temps de Galilée le cours des astres ou la loi de la pesanteur. Nos Galilée de la politique vont-ils demander pardon aussi, à genoux et la corde au cou?

Toutes ces revendications troublent souvent l'esprit du démocrate le plus ferme, par une apparence de raison, mais qui n'est qu'apparence. Commençons par considérer attentivement cette minorité qui se dit persécutée. Elle est justement composée de tous ceux qui voudraient tyranniser, et qui ne le peuvent plus. C'est bien la minorité en nombre, mais c'est aussi la puissance, si le peuple laissait faire. Un directeur de Compagnie, un ambassadeur, un membre du Conseil supérieur de la Guerre, ont réellement, par leurs fonctions, un pouvoir royal. Et tous ces pouvoirs s'accordent merveilleusement bien avec les riches, qui, selon un système économique fortement assis et difficile à remplacer, exercent au grand jour une terrible pression sur la destinée matérielle et même sur les opinions de ceux qui n'ont que leurs bras pour tout héritage. Enfin le pouvoir catholique cimente tous les pouvoirs en les bénissant. Le sacre du Roi par l'Evêque était le symbole bien clair de cette alliance redoutable entre ce qui est fort et ce qui est respecté. Et nous pouvons voir encore aujourd'hui qu'un ambassadeur, un général, un bureaucrate ne commence vraiment à régner que lorsqu'il s'est fait sacrer à Reims.

Or, toutes ces puissances sont continuellement contrôlées et rabaissées par le suffrage universel. C'est vrai. Mais la minorité des opprimés, ceux en qui le respect ou la crainte sont plus forts que l'espérance, ceux qui croient qu'il faut des pouvoirs forts, et que nos Seigneurs sont puissants et justes, ceux qui votent docilement pour la tyrannie militaire, pour la tyrannie financière, pour la tyrannie cléricale, toute cette minorité, allez-vous dire qu'elle est réduite en esclavage par le plus grand nombre ? Point du tout. Elle est délivrée au contraire. La Séparation n'a pas opprimé une seule brebis catholique, mais seulement les mauvais bergers, qui voudraient prêcher et persuader par la prison et le bûcher, et d'abord par la calomnie, les huées et la matraque.

Et, quant à la Science Politique, science des finances, science de la défense, science des alliances, elle diffère de la science de Galilée en ceci, que tous ceux qui la possèdent en usent visiblement pour leur propre puissance et pour leurs propres intérêts. Le polytechnicien vise tout droit à la tyrannie, le diplomate de même, si on les laisse faire. Aussi s'en faut-il encore de beaucoup que les minorités soient réduites à leur droit strict. Elles règnent encore trop.

19 juin 1914.

31

« Napoléon avait été sur le point de lui donner (à Talleyrand) l'ambassade de Varsovie; mais des affaires d'agiotage, des saletés, disait-il, sur lesquelles M. de Talleyrand était incorrigible, le forcèrent à y renoncer. » « Talleyrand, disait Napoléon, est le plus vil des agioteurs... C'est un homme de talent, mais vénal dans tout. On ne pouvait rien faire avec lui qu'à force de présents. » « Talleyrand vendait tout; Fouché, moins; son trafic n'était pas aussi relevé. » On trouve de ces formules en grand nombre, aussi bien dans le *Mémorial* de Las Cases que dans les souvenirs d'O'Meara. Ce sont des leçons de politique réelle. Dès ses commencements, comme premier Consul, Napoléon épluchait des comptes, et se défiait des voleurs. Ces choses sont aussi dans Stendhal; il y revient brutalement; et Stendhal a participé à la haute administration de l'Empire.

Ces choses ne sont pas dans les histoires; ou bien à mots couverts, non comme il faudrait pour l'instruction des citoyens. On croit trop facilement que les grands talents, en politique, vont avec la probité vulgaire; on oublie que le principal moteur est ici l'ambition, et que l'intrigue et le mensonge sont parmi les moyens ordinaires. Il faut lire aussi ce que La

Bruyère a osé écrire du Courtisan, pour comprendre quelles passions travaillent bientôt l'élite, si on la laisse un peu tranquille.

Il y a quelque chose de naturel et de bien touchant, c'est l'amour et la confiance dans un peuple. La jeunesse, surtout, se jette dans ces sentiments comme dans un bain parfumé. Surtout lorsque, le salut de la Patrie étant invoqué, une espèce d'ivresse héroïque lave toute l'âme de ses soupçons en même temps que de ses petitesses. Un généreux jeune homme me disait hier : « Qu'est-ce que cette résistance et cette défiance continuelles ? Est-ce vivre ? la confiance, c'est comme l'air qu'on respire. » Mauvais air, en réalité.

On invoque souvent le grand Napoléon. Et j'avoue qu'on trouverait difficilement dans l'histoire du monde un chef plus digne de la confiance du peuple. Mais il nous apprend lui-même qu'il dut toujours lutter contre les voleurs; et nous voyons par ses aveux mêmes qu'il en garda d'éminents, si l'on peut dire, à son service. Malgré tout le prestige de ses victoires, et la force populaire sur laquelle il s'appuyait, ce géant fut à peine capable de soutenir le combat contre les grands faiseurs d'affaires. Et l'on peut bien assurer que jamais les circonstances ne donneront une seconde fois à un homme tant de pouvoir avec tant de clairvoyance. Et lui-même fit de grandes fautes; il en convient.

Il faut comprendre le jeu de ces forces, qui s'exercent toujours là-haut autour du pouvoir; et que, à vouloir adorer, on risque trop. Servir, cela est beau. Servir en aveugle, ce n'est plus beau, car les forces de corruption agissent sans relâche, et l'on s'en fait complice par le consentement d'esprit. L'intrigue pousse sans cesse vers le haut un bon nombre d'hommes sans probité; c'est aussi nécessaire qu'une loi de physique; ainsi, dès que l'on se laisse gouverner, on est mal gouverné. Il faut donc un effort perpétuel de discussion et de contrôle, joint à l'obéissance, sans quoi les Justes ne s'élèveront jamais. La justice exige que l'on se prive souvent de cette friandise, l'Admiration.

23 mai 1913.

32

Il y a trois pouvoirs en France, le peuple, les riches et les bureaucrates. Le peuple, représenté par ses élus, par les ministres, par le président, est, théoriquement, le maître; il l'est aussi d'intention, et ceux qui voulaient, pour son bien, le tenir en esclavage volontaire, sont tombés misérablement.

Que conclure de cela? Que la lutte est finie? Non pas, mais, au contraire, qu'elle commence.

Oui, si vous y faites attention, vous apercevez que les riches forment avec les plus puissants bureaucrates, militaires et civils, une société puissante, la Société avec un grand S. Si vous voulez assister à une séance du Grand Conseil, essayez de vous procurer une carte pour voir danser les femmes de Sisowath sur un tapis, ou ces demoiselles de l'Opéra-Comique sur une pelouse; le Grand Conseil est là, formé de Messieurs décorés et de dames décoratives.

Que fait le Grand Conseil? Il s'amuse. Il mange, boit, rit et danse. Mais, comme dans les cultes d'autrefois, il faut aller au delà des rites et voir le fond. Tout en dansant et en buvant, et en saluant, et en évoluant, le Grand Conseil délibère et décide, en un langage convenu, dont les initiés ont seuls la clef.

Si l'on veut dire : « Soyez tranquilles, nous ne ferons pas d'économies sur les gros traitements », on dit : « Nous sommes disposés à réaliser toutes les économies qui ne troubleront pas les services publics. » Si l'on veut dire : « Nous épargnerons les grosses fortunes », on dit : Nous veillerons, avant tout, à ne pas compromettre le crédit de la France. » Si l'on veut dire : « Nous gagnerons du temps », on dit : « Il faut sérier les questions. » Un dictionnaire de cette langue serait bien utile.

Après les délibérations, viennent les actes. Les bureaux enquêtent, objectent, font des nuages d'encre; la rente baisse. Alors quelque délégué du Grand Conseil est chargé de dire au peuple souverain : « Voilà la situation; tout ce que tu demandes est impossible. Trouve autre chose; j'attends tes ordres. »

5 juillet 1906.

33

Le mouton est mal placé pour juger; aussi voit-on que le berger de moutons marche devant, et que les moutons se pressent derrière lui; et l'on voit bien qu'ils croiraient tout perdu s'ils n'entendaient plus le berger, qui est comme leur dieu. Et j'ai entendu conter que les moutons que l'on mène à la capitale pour y être égorgés meurent de chagrin dans le voyage, s'ils ne sont pas accompagnés par leur berger ordinaire. Les choses sont ainsi par la nature; car il est vrai que le berger pense beaucoup aux moutons et au bien des moutons; les choses ne se gâtent qu'à l'égorgement; mais c'est chose prompte, séparée, et qui ne change point les sentiments.

Les mères brebis expliquent cela aux agneaux, enseignant la discipline moutonnière, et les effrayant du loup. Et encore plus les effrayant du mouton noir, s'il s'en trouve, qui voudrait expliquer que le plus grand ennemi du mouton, c'est justement le berger. « Qui donc a soin de vous? Qui vous abrite du soleil et de la pluie? Qui règle son pas sur le vôtre afin que vous puissiez brouter à votre gré? Qui va chercher à grande fatigue la brebis perdue? Qui la rapporte dans ses bras? Pour un mouton mort de maladie, j'ai vu pleurer cet homme dur. Oui je l'ai vu pleurer. Le jour qu'un agneau fut mangé par le loup, ce fut une belle colère; et le maître des bergers, providence supérieure et invisible, lui-même s'en mêla. Il fit serment que l'agneau serait vengé; il y eut une guerre contre les loups, et cinq têtes de loup clouées aux portes de l'étable, pour un seul agneau. Pourquoi chercher d'autres preuves? Nous sommes ses membres et sa chair. Il est notre force et notre bien. Sa pensée est notre pensée; sa volonté est notre volonté. C'est pourquoi, mon fils agneau, tu te dois à toi-même de surmonter la difficulté d'obéir, ainsi que l'a dit un savant mouton. Réfléchis donc, et juge-toi. Par quelles belles raisons voudrais-tu désobéir? Une touffe fleurie ? Ou bien le plaisir d'une gambade? Autant dire que tu te laisserais gouverner par ta langue ou par tes jambes indociles. Mais non. Tu comprends bien que, dans un agneau bien gouverné, et qui a ambition d'être un vrai mouton, les jambes ne font rien contre le corps tout entier. Suis donc cette idée; parmi les idées moutonnières, il n'y en a peut-être pas une qui marque mieux le génie propre au vrai mouton. Sois donc au troupeau comme ta jambe est à toi. »

L'agneau suivait donc ces idées sublimes, afin de se raffermir sur ses pattes; car il était environné d'une odeur de sang, et il ne pouvait faire autrement qu'entendre des gémissements bientôt interrompus; et il pressentait quelque chose d'horrible. Mais que craindre sous un bon maître, et quand on n'a rien fait que par ses ordres? Que craindre lorsque l'on voit le berger avec son visage ordinaire et tranquille ainsi qu'au pâturage? A quoi se fier, si l'on ne se fie à cette longue suite d'actions qui sont toutes des bienfaits? Quand le bienfaiteur, quand le défenseur reste en paix, que pourrait-on craindre? Et même si l'agneau se trouve couché sur une table sanglante, il cherche encore des yeux le bienfaiteur, et le voyant tout près de lui, attentif à lui, il trouve dans son cœur d'agneau tout le courage possible. Alors passe le couteau; alors est effacée la solution, et en même temps le problème.

13 avril 1923.

34

Poursuivant mes études de la politique moutonnière, où je suis entré en suivant Platon, je venais à comprendre que les moutons ont un grand pouvoir sur le berger, et presque sans limite. Car si les moutons maigrissent, ou si seulement leur laine frise mal, voilà que le berger est malheureux, et sans aucune hypocrisie. Que sera-ce si les moutons se mettent à mourir? Aussitôt le berger de chercher les causes, d'enquêter sur l'herbe, sur l'eau et sur le chien. On dit que le berger aime son chien, qui est comme son ministre de la police; mais il aime encore bien mieux ses moutons. Et s'il est prouvé qu'un chien, par trop mordre, ou par trop aboyer, enfin par une humeur de gronder toujours, enlève à ses administrés appétit de manger, d'aimer et de vivre, le berger noiera son chien. C'est une manière de dire que les opinions du troupeau font loi aux yeux du berger; même les plus folles; et le berger ne s'arrêtera point à dire que les moutons sont bien stupides, mais il s'appliquera aussitôt à les contenter, remarquant le vent qu'ils aiment, comment ils s'arrangent du soleil, quels bruits ils redoutent, et quelle odeur les jette en panique.

C'est pourquoi le berger ne serait nullement hypocrite s'il parlait en ces termes à ses moutons. « Messieurs les moutons, qui êtes mes amis, mes sujets, et mes maîtres, ne croyez pas que je puisse avoir sur l'herbe ou sur le vent d'autres opinions que les vôtres; et si l'on dit que je vous gouverne, entendez-le de cette manière, que j'attache plus de prix à vos opinions que vous-mêmes ne faites, et qu'ainsi je les garde dans ma mémoire, afin de vous détourner de les méconnaître, soit par quelque entraînement, soit par l'heureuse frivolité qui est votre lot. Vous n'avez qu'à signifier, dans chaque cas, ce qui vous plaît et ce qui vous déplaît, et ensuite n'y plus penser. Je suis votre mémoire, et je suis votre prévoyance qu'on dit plus noblement providence. Et si je vous détourne de quelque action qui pourrait vous séduire, comme de brouter l'herbe mouillée ou de dormir au soleil, c'est que je suis assuré que vous la regretteriez. Vos volontés règnent sur la mienne; mais c'est trop peu dire, je n'ai de volonté que la vôtre, et enfin je suis vous. »

Ce discours est vrai et vérifié. Ainsi qui voudrait instituer le suffrage universel chez les moutons, par quoi le berger pût être contrôlé et redressé continuellement, s'entendrait répondre que ce contrôle et redressement va de soi, et définit le constant rapport entre le troupeau et le berger. Imaginez maintenant que les moutons s'avisent de vouloir mourir de vieillesse. Ne seraient-ce pas alors les plus ingrats et les plus noirs moutons? Une revendication aussi insolite serait-elle seulement examinée? Trouverait-on dans le droit moutonnier un seul précédent ou quelque principe se rapportant à une thèse si neuve ? Je gage que le chien, ministre de la police, dirait au berger : « Ces moutons ne disent point ce qu'ils veulent dire; et cette folle idée signifie qu'ils ne sont pas contents de l'herbe ou de l'étable. C'est par là qu'il faut chercher. »

12 mai 1923.

L'absurde rêve d'un ordre rationalisé

35

La tyrannie sera toujours raisonnable, en ce sens qu'elle cherchera toujours des spécialistes, et les cherchera de mieux en mieux, comme on voit que fait l'armée. Et la raison, au rebours, sera toujours tyrannique, parce que l'homme qui sait ne supportera jamais le choix et la liberté dans l'homme qui ne sait pas. Ainsi le tyran et le savant se trouvant alliés par leur essence, ce qu'il y a de plus odieux se trouvera de mieux en mieux joint à ce qu'il y a de plus respecté. Contre quoi il n'y a d'autre ressource qu'une résistance, qui semble aveugle, par exemple se refuser à une visite médicale, ou à quelqu'un de ces innombrables tests par lesquels on arrive à découvrir et à mesurer vos aptitudes véritables. Je choisis à dessein ces exemples parce qu'ils font scandale de deux côtés, scandaleux si l'on résiste, scandaleux si l'on obéit tous en rang et sans juger. Quant au juste milieu ou à la limite, ne l'attendez point du technicien inspecteur qui lui-même avalera s'il le faut le thermomètre, se prêtera aux tests de surveillance, et finalement aux tests de décadence, d'après lesquels il sera mis à la retraite en temps convenable. Et le tyran lui-même, qui ne sera bientôt qu'un technicien de police, ou peut-être de terreur et de supplices, sera soumis à une science sans tête. Tel serait donc le paradis humain. Or je vois l'artiste qui dit non, et l'esclave qui dit non; et, bien mieux, le médecin et le tyran qui ont envie aussi de dire non. Mais ils sont bien capables, comme Javert, de se prendre eux-mêmes au collet.

Dans cet absurde rêve d'un ordre rationalisé, il y a quelque chose qui ne va pas. Mais quoi? J'ai recueilli, en de rares auteurs, quelques fragments de ce que je nomme la doctrine secrète, qui rompt toutes ces choses. Aristote est connu pour avoir dit qu'il n'y a de science que du général; on sait moins qu'il disait aussi que la science n'est pas la connaissance parfaite; qu'elle n'est connaissance qu'en puissance; et que la connaissance en acte est la connaissance des choses particulières. Quant à l'action même et à la vertu, elles concernent aussi les êtres particuliers et les situations particulières, ce qui brise la règle, et le tyran raisonnable. Cette dernière conséquence, il ne la dit qu'à son bonnet. Mais enfin, sous le bonnet même, c'est l'oreille du jugement qu'on voit passer. Tels sont les fruits éloignés et presque méconnaissables de l'enseignement platonicien. Un tel refus est rare dans les penseurs. Presque tous sont enragés de raison; on ne lit que des plans de bonheur universel; c'est à faire frémir. Toutefois le premier rang, où l'on voit Descartes et Spinoza, tient bon contre le bonheur distribué comme l'eau. Les hommes de cette sorte considèrent avec une extrême défiance même le bon tyran. Leurs raisons sont contre un genre de raison extérieure et matérialisée. Spinoza enseigne énigmatiquement que plus on connaît de choses particulières, mieux on aime Dieu. Goethe, non moins établi dans la résistance, quoiqu'il fût ministre, a reconnu là sa propre sagesse, presque inexprimable. Notre âge fera-t-il le procès de la Raison abstraite? Il n'en prend pas le chemin.

Je vois deux choses à dire et à répéter, contre

l'arrogance des colonels et adjudants de pensée. La première est que le progrès des connaissances ne va point du tout du concret à l'abstrait, mais, au rebours, de l'abstrait au concret. La pensée de l'enfant n'est que paroles, sans aucun contenu réel. Le contenu, c'est le monde des choses, des bêtes et des hommes; et heureux qui le verra comme à travers des vitres bien nettoyées. Non pas voir un système; c'est contempler ses propres lunettes; bien plutôt, à travers le système découvrir le monde et nier le système. Mais peu d'hommes conviennent que les instruments intellectuels ne sont ni vrais ni faux. Avoir des idées claires, cela signifie que l'on ne voit plus le monde à travers les passions; mais si les idées sont claires, on ne les voit plus; on voit le monde. Ce genre de connaissance a reçu le beau nom de Jugement; et nous vivons sous le roi Raisonnement; d'où une révolution diffuse et permanente, toujours réfutée, toujours invincible.

L'autre idée est à une assez grande distance de celle-ci; mais pourtant elle s'y relie par le dessous. Je pense qu'il est ridicule d'instruire les enfants selon leurs aptitudes; ce n'est qu'une méthode de guerre, et toujours pour le bien de l'Etat. Au contraire il faudrait développer les aptitudes qui ne se montrent pas, par cette raison que les faibles ont plus besoin de gymnastique que les forts, et que, comme on cherche évidemment l'équilibre du corps selon le modèle de l'athlète, il faut chercher aussi l'équilibre de l'esprit, ce qui est exercer les jambes de celui qui a de gros bras. Et du reste c'est là qu'on va lorsqu'on instruit les arriérés, qui ne sont aptes à rien. On agit ainsi selon le Jugement, mais on n'ose pas le dire; car le seigneur Raisonnement classe les hommes comme des outils; et il est défendu de refuser le thermomètre. C'est pourquoi il y aura toujours une doctrine secrète.

3 décembre 1931.

36

Lorsque notre civilisation reprit contact avec le Secret Empire, si longtemps ignoré, on trouva un peuple doux et poli, mais qui avait conservé l'esclavage. On y vendait ingénument des enfants au marché, comme nous vendons les veaux. N'allez pas croire que ces enfants que l'on mettait à l'enchère fussent maltraités. Les philanthropes de ce pays-là, qui sont fort nombreux, ne l'auraient point permis. Au reste l'esclavage n'est monstrueux en ses apparences que s'il est aux mains d'hommes brutaux, imprévoyants, incapables d'administrer leurs propres biens. Ce que l'on conte des négriers, qui est atroce, fait un contraste instructif avec nos expéditeurs de pêche et de raisin, qui donnent tant de soins à l'emballage. Pareillement ce que l'on rapporte du fouet et des autres supplices prouve seulement que les planteurs étaient eux-mêmes des sauvages; et l'institution de l'esclavage n'est nullement jugée par là. Dans le Secret Empire, la sagesse des hommes avait sauvé l'institution. De bonnes lois, des mœurs douces, une religion puissante et raisonnable, avaient si bien discipliné les passions, qu'une révolte des esclaves y était aussi impossible que chez nous une révolte des chiens de luxe ou des chats.

En aucun pays l'enfance ne fut jamais mieux protégée, plus ingénieusement instruite, mieux brossée, mieux lavée, mieux exercée, ni plus belle, ni plus saine. Je parle des petits esclaves, car les enfants libres étaient fort souvent, comme il arrive chez nous, laissés aux soins des esclaves, et, dans la suite, gâtés par les caprices ou l'ambition mal entendue de leurs parents. Et de même les mœurs privées des personnes libres étaient souvent irrégulières et corrompues par l'effet du loisir et de l'ennui. Au contraire, par l'effet de ce que nous appelons la rationalisation, depuis longtemps appliquée à l'élevage humain dans ce pays, le mariage des esclaves était sacré, l'infidélité y était rare et quasi impossible. Au reste une part raisonnable était faite à la liberté du choix, plus étendue même que chez les maîtres, où , comme on voit ici, le hasard et l'intérêt réglaient presque toutes les unions. Les familles nombreuses y étaient un sujet d'orgueil pour le maître, et toujours choyées. Outre que les enfants n'étaient point témérairement ni prématurément dispersés par la vente, le nom et l'origine restaient attachés à l'esclave comme un ornement et un signe de valeur. Et, comme il arrive chez nous que le poulain libre fait connaître irrécusablement son origine, ainsi les sentiments familiaux des esclaves étaient entretenus par des cérémonies, où les petits enfants, devenus grands, entouraient de nouveau l'aïeul, noble souche. Ainsi la noblesse du sang, qui se perdait chez les maîtres par la nécessité de conserver et d'unir les fortunes, se conservait au contraire chez les esclaves par l'avarice du maître, sans compter l'art de l'éleveur qui avait ses fanatiques.

On devine que les médecins avaient de grands pouvoirs en cet Empire Secret, et que les problèmes de l'alimentation, de l'alcoolisme, et enfin de l'hygiène préventive étaient tous résolus selon la raison, du moins pour les esclaves. On remarquera que ce qui nous manque ici, et surtout en ce qui concerne le voisin, ce ne sont pas les lumières, mais plutôt c'est la puissance. Toutefois on demandera comment cette permission de rationner, de peser, d'explorer, de vacciner, n'avait pas conduit les médecins jusqu'à l'extravagance. C'est que les médecins d'esclaves étaient jugés d'après l'intérêt du maître, et sur un long et attentif calcul des effets. Aussi les maîtres, soignés par des médecins d'esclaves, avaient-ils de grandes chances de vivre vieux; mais beaucoup étaient perdus par ce pouvoir funeste de désobéir. D'où il arrivait qu'un maître raisonnable pouvait fort bien envier le sort des esclaves, au lieu que l'esclave n'avait guère occasion d'envier le maître. Car il faut savoir que les travaux de l'esclave étaient limités par de sévères réglements, au lieu que les travaux du maître, toujours soucieux des lois et règlements, occupé de contrôles, de statistiques et de perfectionnements, n'avaient ni fin ni mesure.

1er novembre 1928.

37

La rationalisation vient trop tard, dit Pharaon, à peu près comme la propre et élégante électricité après l'invention du gaz, puante et asphyxiante. L'esclavage était une très sale chose, j'en conviens; c'est que les marchands d'hommes étaient des brutes. Qu'y eut-il alors? Un dégoût, une révolte des délicats. L'institution fut brisée; les hommes eurent à se conduire eux-mêmes. Les reprendre maintenant par persuasion, c'est presque impossible. Il fallait rationaliser l'esclavage. Quand on pense à nos ingénieurs, à nos médecins, à nos professeurs, et à ce qu'ils auraient pu faire de la race obéissante, on est ébloui.

« Il n'y a pas encore bien longtemps, le producteur de fruits les emballait n'importe comment. Ces poires sans tache ont été rationnellement produites et rationnellement emballées. Concevez d'après cela ce que serait le transport des esclaves, s'il y avait encore des esclaves. Bateau bien aéré, avec douches; antisepsie parfaite; la nourriture pesée par le médecin du bord. Nous avons maintenant des spécialistes qui savent reconnaître les aptitudes de chacun. Classer les hommes selon les différentes techniques, et donner à chacun les connaissances convenables à son métier, ce serait facile; et le temps de la traversée serait utilement employé. Les partisans de l'école unique disent bien qu'aucune aptitude ne doit rester improductive, et que la méthode rationnelle de culture doit être appliquée à tous sans exception. Ils le disent; mais ils n'ont pas le pouvoir de le faire. Ils doivent compter avec les préférences et les préjugés de chacun. Nos esclaves seraient bien mieux instruits. Quelle joie et quelle reconnaissance dans l'esclave devenu polytechnicien et membre de l'Institut! Pourquoi non? Pourquoi le médecin des esclaves ne serait-il pas lui-même un esclave bien doué? De quoi se plaindrait-il? N'aurait-il pas exactement le pouvoir qui conviendrait à son savoir? Quel homme a jamais désiré autre chose? Je sais bien qu'ils croient tous désirer autre chose; et cela vient de ce que les désirs ne sont pas rationalisés. La liberté ne peut être un moyen; la liberté est un résultat. Nous sommes partis trop vite; et une réforme prématurée a rendu le progrès difficile. Combien péniblement nous arrivons à contraindre les hommes pour leur bien!

« L'eugénique est une science déjà avancée, mais sans pouvoir. Et pourquoi? Parce que nous laissons choisir ceux qui ne savent pas choisir. Ainsi, suivant l'occasion, ils se trouvent presque tous mal mariés et malheureux. Un mariage réglé d'après les intérêts de l'espèce donnerait de meilleures chances; lui seul devrait être dit volontaire, car qu'est-ce que vouloir sans savoir? Au reste nous ne pouvons nous faire une idée de ce que seraient les mœurs et les opinions dans un peuple d'esclaves. Etre esclave et obéir, cela semblerait aussi naturel que vieillir et mourir. Ainsi, la vague ambition de liberté et d'égalité étant effacée, je ne vois pas pourquoi le malheur de l'esclave ne serait pas soigné et guéri comme la maladie de l'esclave. La colère et le désespoir ne valent pas mieux que la peste. Donc, dans le commerce des esclaves rationalisé, point de ces époux brutalement séparés ni de ces enfants arrachés à leur mère. Et, puisqu'il est évident que les vertus d'un homme n'ont pas moins de valeur marchande que ses muscles, nos moralistes auraient charge de la bonne humeur, de la confiance et de la fidélité des esclaves, comme d'un genre de santé supérieure et précieuse par-dessus tout. Car, enfin, est-il un éleveur de vaches qui soit content de voir ses vaches affolées par les mouches? Aussi, parce que les hommes sont quelquefois harcelés par des idées comme par des mouches, nous aurions un genre d'émoucheurs nommés prêtres, et une religion rationalisée; et l'idée de Dieu serait ce qu'aujourd'hui elle voudrait être, l'idée la plus favorable aux maîtres. Malheureusement le progrès s'est fait par sursauts; de folles idées nous barrent la route, et nous avons grand-peine à ramener la philanthropie dans ses vrais chemins. » Ainsi parlait Pharaon, en lissant ses brillants cheveux. L'ironie est comme une maladie dans les âmes faibles et divisées; mais dans les âmes fortes elle se referme sur elle-même, composant une parfaite image de l'homme. Parfaite, mais renversée.

20 novembre 1931.

La fonction de chef ne relève pas de la compétence

38

L'administration, par sa nature, choisit et élève les diplomates, non les savants. Tout administrateur doit être prometteur, conciliateur, pacificateur. Les colères, les envies, les rivalités, les compétitions, les intrigues, les dénonciations, voilà sa matière propre. Il n'y a pas ici de spécialités; il faut savoir la mécanique humaine. Ainsi ce n'est pas la science juridique qui fait un bon préfet; ni la science des phénomènes électriques qui fait un bon directeur des télégraphes; ni la science des annuités et des risques qui fait un bon directeur de la mutualité; ni la science des transports qui fait un bon directeur des chemins de fer; ni la science des courants et des remous qui fait un bon directeur de la navigation fluviale; ni la science des pierres, des mortiers, des bétons, qui fait un bon directeur des ponts et chaussées; ni la science de la peinture, de la sculpture, du théâtre, qui fait un bon directeur des beaux-arts. Ces sciences conviennent à de petits ingénieurs sans avenir, ou à de petits chefs de bureau, ou à de petits agents voyers, ou à de petits habilleurs ou metteurs en scène. Dès que l'on s'élève, on règne sur des hommes, non sur des choses, et l'on a à considérer non pas les lois des choses, mais la marche des passions. Voilà ce que signifie la formule connue : « C'est un bon technicien, mais ce n'est pas un bon administrateur. »

Je lisais récemment qu'un grand inventeur des télégraphes venait de mourir, avec une toute petite retraite. Je me demandai au premier moment : « Comment n'était-il pas chef de service? » La réponse est aisée à trouver. Il savait le télégraphe, non les passions. Comment aurait-il pu recevoir des solliciteurs, deviner ce qu'ils ne disaient pas, apercevoir leurs desseins cachés, peser leur ambition; reconstruire leur ménage, évaluer leurs dettes, flairer leurs alliances, leurs cousinages, et jusqu'aux protecteurs de leurs femmes; et en même temps se cacher à eux, dissimuler, feindre un vif intérêt pour les choses de peu, accueillir d'un air glacé les révélations inattendues; parler enfin pour ne rien dire, insinuer et nier, laisser entendre et ne rien faire entendre, user la faim de l'adversaire en lui jetant des possibles inextricables; le renvoyer content et mécontent, irrité pour de nouveaux griefs, et oublieux des anciens; et en somme opposer une passion à une autre, et coupler les désirs comme des chiens, afin de les tenir sans tirer trop sur la corde? Tout cet art n'a aucun rapport avec la connaissance des courants électriques et des signaux distincts courant en même temps sur le même fil.

Je dis même que les deux sciences ne vont guère ensemble. Car l'inventeur est un ingénu, qui pense tout haut; ses idées sont plus fortes que lui. Au contraire, à vouloir faire taire les idées, on les endort. Le vrai diplomate est celui qui ne pense rien. De là un choix inévitable des médiocres pour la plus haute direction; je dis des médiocres dans la science même. Par exemple, je suis sûr que le directeur des télégraphes est médiocre en science télégraphique; le directeur de navigation médiocre en science hydraulique; le directeur de l'Observatoire, médiocre en science astronomique; le directeur de la mutualité, médiocre en science économique. Mais tous sont supérieurs dans l'art de tromper. Le technicien reste au second rang, heureux encore s'il y arrive. De là l'incompétence des chefs, en toute chose, et l'impuissance des services techniques, en toute chose, excepté à faire oublier leur impuissance et leur incompétence; à quoi ils s'entendent merveilleusement.

8 janvier 1911.

39

Je connais trois formules qui peuvent tirer d'embarras n'importe qui au sujet de n'importe quoi. Il faut d'abord dire de toute opinion et à toute contradiction : « C'est très intéressant. » Il faut dire ensuite au principal antagoniste : « Nous sommes parfaitement d'accord. » Après quoi il suffit d'ajouter que le problème, pour les détails, est soumis présentement aux spécialistes les plus réputés, pour être sûr qu'il n'arrivera rien. Cette méthode est connue et pratiquée dans tous les bureaux de la terre; quand elle paraît au gouvernement, il se déroule une période d'attente, pendant laquelle les questions urgentes ont le temps de vieillir. La guerre avait jeté le ridicule sur ce genre d'homme qui délibère toujours et ne conclut jamais; il nous revient maintenant, appuyé sur la multitude des Hommes Compétents, dont le métier est de ne juger jamais de rien avant de savoir tout.

Toutes les questions ont cela de commun qu'elles sont insolubles. Dans le plan d'une usine, ou d'une banque, ou d'une école, il faut marquer la place de l'horloge; cela paraît très simple; mais consultez seulement deux horlogers experts, et vous serez en présence de deux propositions inconciliables, et toutes deux appuyées de raisons invincibles; et ce n'est pourtant qu'une méthode grossière et presque sauvage de décider, ou plutôt de ne pas décider; car il faudrait considérer la visibilité et la portée du son, ce qui revient à convoquer au moins deux oculistes, au moins deux otologistes, au moins deux physiciens. Et le chef de qui la décision dépend vous prouvera que le plan forme un tout indivisible, et que les détails doivent être tous réglés avant que l'on passe à l'exécution. Que répondrez-vous à cet homme prudent? Que vous êtes pressé? A quoi il dira qu'il n'est pas moins pressé que vous, que les experts font diligence, et qu'au surplus, quand tous les éléments d'appréciation seront mis en pleine lumière, c'est vous-même qui serez chargé de décider, en coopération avec cinq cents autres hommes, à l'intelligence, à la clairvoyance, à la prévoyance de qui il rend hommage.

Cependant le chef donne successivement audience aux horlogers, aux physiciens et aux physiologistes. A chacun d'eux il est dit que son rapport est très intéressant, et a fait apparaître la question sous un jour nouveau; ce qui leur plaît, et ce qui est vrai. Aussi vont-ils tous répétant que le Chef est un homme admirable; qu'il lit tout et retient tout; qu'aucun travail, si humble qu'il soit, n'est donc méconnu, ni oublié; que les techniciens trouvent enfin dans les conseils la place qui leur est due; que ce n'est plus un homme maintenant qui juge, mais que c'est la Raison même, éclairée, impartiale, tellement au-dessus des petits intérêts, des petites passions, et des petites impatiences. Il est vrai que nous ne savons toujours pas où nous mettrons l'horloge; il est vrai que les planches pourrissent, que les fers se rouillent, que les pierres se couvrent de mousse, et que les maçons s'en sont retournés dans leur pays. Ainsi nous n'avons ni l'usine, ni l'école, ni la banque; mais nous avons un

Chef, et ce chef est hautement estimé de tous ses collaborateurs. Un des horlogers, qui est un homme bilieux, avait de la méfiance; mais la méfiance n'a pas tenu longtemps devant la Franchise, la Loyauté, l'Impartialité du Chef : « Il a reconnu, et parlant à moi, disait hier l'horloger, qu'il n'entend rien à l'horlogerie. Voilà un homme. »

18 mars 1922.

40

Dans mon dernier voyage en Utopie, j'ai visité Dindon-Collège. Vous pensez bien que c'est là un titre pour rire; l'établissement dont il s'agit s'appelle en réalité : Ecole supérieure des Gouvernants. « Vous avez certainement remarqué, me dit le directeur, qu'un certain nombre d'hommes sont disposés, par nature, à préférer le paraître à l'être, et à s'engraisser de l'opinion d'autrui. Ils tiennent beaucoup de place dans la vie ordinaire, et ne sont bons à rien. Aussi nous les prenons pendant qu'ils sont encore jeunes, et les formons pour leur véritable carrière, qui est le gouvernement des peuples; car il ne convient pas que les forces de la Nation se dépensent dans des luttes inutiles. Chacun à sa place, telle est notre devise; et nous gonflons la grenouille scientifiquement; cela lui épargne bien des peines. »

Tout en parlant, il me conduisait depuis la grille aux lances dorées jusqu'à l'escalier monumental où les élèves étudient le pas majestueux. Chemin faisant, je vis dans la cour d'honneur un groupe allégorique en bronze qui représentait « la Cour d'honneur recevant les étrangers »; plus loin, dans le vestibule, on voyait un groupe de marbre qui n'était pas moins saisissant : « le Vestibule conduisant le visiteur par la main ». Le long de l'escalier, il me montra une frise à l'antique : « Ce sont, dit-il, les grands corps et les administrations, rangées selon le décret des préséances; voici l'Armée en Mars et l'Université en Minerve; vous reconnaissez plus loin l'Enregistrement, les Hypothèques et les Contributions. »

Mais déjà nous entrions dans un amphithéâtre orné d'allégories en peinture. D'un côté l'on voyait le Travail couronnant la Persévérance, et de l'autre côté la Persévérance couronnant le Travail; au milieu la Méthode haranguait les Sciences. Un homme parlait dans la chaire, sans perdre de l'œil une liasse de feuilles manuscrites : « La situation générale, quelle qu'elle soit d'ailleurs, disait-il, ne paraît pas, autant qu'on peut savoir, de nature à légitimer d'autres préoccupations que celles dont les conditions normales de l'Equilibre Européen font un devoir à ceux qui assument la noble charge de conduire ce pays vers des destinées de plus en plus conformes à sa nature. » « Cela dure depuis trente heures, me dit le directeur, aussi presque tous les élèves dorment. Celui qui s'endormira le dernier aura le prix. »

Dans une salle d'études, nous vîmes d'autres élèves qui écrivaient. Je remarquai qu'ils raturaient souvent : « Ils raturent, dit le directeur, tout ce qui pourrait avoir un sens. Ce sont des jeunes et ils raturent beaucoup. Mais nous en avons de très forts. Tenez, sur le sujet suivant : discours après l'explosion d'un canon, un de nos meilleurs a écrit douze pages pour dire qu'il s'interdisait de troubler l'enquête ouverte, mais que les responsables, où qu'ils fussent, seraient impitoyablement frappés. Mais le plus fort est celui qui avait à répondre (c'était le sujet proposé) à des citoyens qui viennent demander du secours parce que leur maison brûle. Il écrivit vingt pages pour dire que la question allait être mise à l'étude. Ce jeune homme ira loin. »

6 octobre 1908.

41

J'ai souvent souhaité que l'on entendît, dans nos assemblées politiques, la voix du simple bon sens; je veux dire par là quelque discours d'un Paysan du Danube. Oui, un mépris du succès et des belles phrases, une vue directe des problèmes, enfin une solution ouvrière, en prenant ce mot dans tout son sens. Le fait est que celui qui essaie de parler paysan est toujours quelque rentier qui n'a jamais tenu la bêche ni la charrue. Et ceux qui représentent l'ouvrier sont tous des doctrinaires aux mains blanches. Quand, me disais-je, verrons-nous à l'œuvre des idées courtes peut-être, mais réelles, des idées sortant toutes neuves du travail et de l'outil?

Les idées d'un homme, ses manières de dire et de résoudre, ses respects, ses attentions, son genre de prudence et d'audace, tout cela dépend toujours du métier qu'il fait. Non pas du métier qu'il a fait. Je ne crois pas beaucoup aux traces que le métier laisserait dans le corps; je crois bien plus aux attitudes actuelles, aux mouvements actuels, au costume actuel. Un député, même s'il sort des champs ou de l'usine, aura bientôt des opinions de député, car c'est un métier d'être député. Au travail de persuader, on prend bien vite une idée étrange des difficultés, des moyens et des solutions. C'est exactement devenir bourgeois, et ce mot est plein de sens. Quiconque vit de persuader est bourgeois; un prêtre, un professeur, un marchand sont des bourgeois. Et au contraire le prolétaire est celui qui, en son travail ordinaire, bute seulement contre la chose; tels sont le laboureur, le terrassier, l'ajusteur; on ne persuade pas l'écrou, ni le caillou, ni le trèfle. Ici, contre l'obstacle même, naissent des idées courtes, mais efficaces. Chacun les remarque et souvent les admire dans les conversations de hasard. Il n'est pas rare que de telles idées, que je veux appeler ouvrières, règlent le budget d'une petite commune.

J'avais fait le tour de l'église neuve, non sans penser à l'autre église, si bien assise sur la terre, et que les obus ont mise en poudre. J'admirais les belles tuiles brunes dont on avait couvert le toit, et j'étais choqué de ne point retrouver cette riche couleur sur le clocher tout en pierre, telle une pyramide. Et comme je communiquais à un paysan cette idée de peintre, il me répondit : « C'est nous qui l'avons voulu; non, point de tuiles là-haut; nous savons ce que cela coûte; une tuile qui tombe en casse quatre. » Voilà un exemple d'idée ouvrière, et je crois que toute la politique serait meilleure par de telles idées. Seulement le métier de député change tout l'homme, et fort promptement. Adieu ouvrier, adieu paysan! Le meneur d'hommes, quel qu'il soit, apprend bien vite un autre art qui ne concerne plus les tuiles, mais les hommes. Il se plaît à cette autre physique, miraculeuse. Et il est vrai que les difficultés passagères tiennent aux hommes, et que l'éloquence y sert plus que les mains; toutefois, au fond, les véritables difficultés viennent des choses, que nous avons toujours à vaincre par industrie, et l'existence politique oublie ces choses-là. Tout se dépense à persuader.

Autant que je puis savoir, les Soviets ne sont pas gouvernés selon des idées ouvrières, mais bien plutôt selon des idées administratives. Parler, délibérer, persuader, tel est le travail politique en ce régime-là comme dans les autres.

Or, le mal n'est pas de délibérer, de venir au vote, de rédiger des circulaires, procédés aussi anciens que l'homme, et dont on ne peut se passer tout à fait. Le mal, à ce que je crois, c'est qu'à ce métier on prend d'autres idées qui sont des idées de préfet, de ministre, de roi. Idées bien anciennes; finesses connues; je pense que les ministres des Pharaons les savaient déjà. Un renard de politique me disait : « Ecrire ce qu'on veut proposer et faire accepter; garder l'écrit dans sa poche; disputer d'autre chose et de tout jusqu'à ce que l'assemblée soit à peu près morte de fatigue. Alors lire le papier; c'est le moment. » Or, il arrive que ce papier soit bon et juste; mais ce n'est point la question. Ce que j'ai remarqué, c'est que ceux qui parviennent à cet art de conduire les assemblées perdent bientôt tout ou presque tout de ce qui leur permettait de rédiger une résolution raisonnable et juste. Le bon sens est partout, excepté au sommet. Esope l'esclave est très sage et son maître est fou. Par bonheur cela n'est ni sans exceptions ni sans remèdes. Il faut premièrement comprendre par quelles causes tout gouvernement est médiocre; car, faute de comprendre, on désespère; d'où d'énormes et ruineuses sottises dont la guerre est le plus admirable exemple.

10 janvier 1931.

42

« Circulaire recommandée. Le premier jour de la mobilisation est le dimanche 3 août. » Je ne crois pas que ceux qui ont lu cette affiche blanche en oublient jamais le contenu; mais la forme même de cet ordre effrayant mérite attention. L'Administration y a mis sa marque. L'Etat se montre ici sans visage, comme il est; en sorte qu'on ne trouve point ici de colère, ni même de gravité; ce n'est qu'une note de service, qui s'adresse cette fois à quelques millions de fonctionnaires, tout citoyen en âge de servir étant fonctionnaire. C'est à peu près comme si on nous avait dit ceci : « Pour des raisons d'ordre administratif, et conformément à trois mille six cents circulaires antérieures, la plupart confidentielles, toutes les libertés sont suspendues, et la vie des citoyens âgés de moins de cinquante ans n'est plus garantie. » Non point un chef, mais des milliers de chefs; non point une volonté, mais une effrayante machine; non point l'hésitation, la pitié, ni plus tard les remords. Ce genre d'oppression est moderne; les anciens ne s'en faisaient aucune idée, pas plus que des chemins de fer. J'eus plus d'une fois l'occasion de remarquer par la suite la puissance de cette organisation mécanique, qui pousse les hommes comme des wagons. Mais le même caractère pouvait être saisi dès le commencement. Ce tyran sans visage ne laisse jamais aucune espérance; aussi n'y eut-il point de discours, mais chacun alla graisser ses bottes.

Qui donc décide des armements? Qui des effectifs? Qui des alliances? Qui de l'interprétation des alliances? Toujours un cercle d'hommes compétents, où chacun cherche la pensée des autres, ou bien des hommes qui pensent sur circulaires et instructions, ou bien des hommes polis qui mettent des lieux communs en discours. Raisonnement toujours, non jugement. Au sommet, car il y a un sommet, toutes les idées ensemble, et équivalentes; la paix souhaitée, la guerre préparée; la paix si on peut, la guerre si l'on ne peut faire autrement. Nulle préférence avouée; nulle préférence cachée. Gouverner, c'est suivre les nécessités et s'en remettre aux compétences. Chaque homme, dans ce système, est un bon homme qui fait son métier; ou plutôt chacun fait une partie du métier. On assemble les pièces comme on fait une addition; on dit : « c'est la guerre ». Chaque homme devant ce résultat réagit à sa manière, mais le Système ne réagit nullement. La guerre arrive comme la pluie. Allez-vous accuser le baromètre?

J'accuse le baromètre. J'accuse un homme qui, maintenant comme en ce temps-là, constate et ne décide point. Un homme qui réunit des commissions et qui, de leurs pensées, si l'on peut dire, compose ses pensées. Un homme qui est la résultante de l'Etat sans visage. Mais laissons les récriminations. La responsabilité ici s'émiette. Nous cherchons un homme et nous trouvons des bureaux. Nous cherchons une décision et nous trouvons une Circulaire Recommandée. Où est donc le mal? En ceci, que le formidable Etat, composé de militaires, de diplomates et d'administrateurs, n'a point de maître. Cet instrument aveugle marche seul. Le peuple puissance agit; le peuple pensée n'est point représenté; enfin le gouvernement n'est que la pointe extrême de l'engin mécanique. Cette situation du Bureaucrate régnant est nouvelle. Il faudrait un Gouvernement contre l'Etat; nous en avons connu l'esquisse. Cherchez dans l'histoire de ces cinquante années quels hommes furent maudits par les plus éminents Bureaucrates, quels hommes furent redoutés, calomniés, proscrits avec l'approbation des Compétences militaires, diplomatiques et administratives. Maintenant étudiez ceux qui nous gouvernent, en leurs discours, en leur prudence, en leur constante faiblesse, en leurs abstentions, en leurs négatives vertus, vous comprendrez en quel sens ces Effets furent Causes.

5 août 1922.

La compétence renvoie à la non-compétence.

43

Ce que je veux m'expliquer à moi-même, c'est que le gouvernement des meilleurs ne résout rien. Je suppose qu'on l'ait. Nous ne sommes pas si loin de l'avoir, soit dans l'armée, soit dans les ponts, soit dans les finances, soit dans l'instruction. Les concours et le jugement des chefs ne peuvent se tromper gravement. Je considère donc avec respect cette élite qui administre sous nos ministres, et j'aperçois qu'elle ne peut nullement gouverner. Non qu'elle ignore le bien-penser et le bien-faire. Au contraire elle y est enfermée. Il n'est point de haut militaire qui ne nous prépare la plus belle armée, point d'ingénieur qui n'invente les plus puissantes armes, point de médecin qui ne rêve une hygiène publique admirable, et point de pédagogue qui ne médite sagement sur les moyens de tout enseigner à tous. Toutes ces perfections luttent ensemble et retombent sur nous de tout leur poids; car on ne peut à la fois donner toutes ses ressources à l'armée, aux machines, aux routes, à la police, à l'instruction; il faut un pouvoir qui voie l'ensemble, et qui juge du possible et qui ne permette pas à une élite, et notamment à l'élite militaire, de nous ruiner d'après une idée de perfection tout à fait inhumaine. D'où vient que ces orgueilleux organisateurs, qui d'ailleurs ne produisent pas, doivent se soumettre finalement à l'ensemble des producteurs. Et bref, par la division des spécialistes, qui est une règle de l'élite, le gouvernement des meilleurs est proprement aveugle. D'où ce paradoxe, qui fait crier si fort, c'est que l'élite est soumise aux médiocres. Je dis médiocres, mais il faudra voir. J'exprime seulement ceci, par exemple, qu'il n'est pas absurde que le ministre de l'Education nationale ait moins de grades qu'un recteur d'Université. On sait ce que les militaires ont toujours pensé d'un ministre civil de la guerre, s'il ne se soumet d'abord. Ces conflits sont inévitables. Mais il faut tenter de juger le pouvoir politique, si méprisé par les administrations, et par la militaire, qui est la plus puissante de toutes.

J'ai admiré plus d'une fois le pouvoir d'un général, d'un colonel, même d'un simple capitaine; le capitaine était comme un dieu pour nous; de lui dépendaient ces changements de lieu qui font d'une vie passable une vie misérable. Or ce pouvoir, qu'exercent de tels hommes, n'est pas à eux; il n'est pas conquis par eux; il leur est donné par décret, il peut leur être retiré. C'est ce qui fait que ce pouvoir, en ses limites, est absolu, se passe de consentement, refuse même l'acclamation, et repoussera aussitôt, et par l'extrême violence, toute délégation de réclamants. Aussi j'ai vu les hommes manœuvrer autour du capitaine comme on voit dans Saint-Simon les courtisans autour du roi. Toutes précautions prises, on trouvait un brave homme, et qui voulait bien être juste et même bon, pourvu qu'il ne sentît pas le plus petit son de menace. Et il avait l'oreille fine. J'appris moi-même cette manière, et je l'exerçai cyniquement plus d'une fois; non pas pour moi, car ce n'était pas nécessaire, et j'eus d'autres moyens de me faire de mon capitaine un ami; qu'il me pardonne si je n'ai pu tenir ce rôle à la paix, c'est que c'était un rôle. Tel est le malheur du maître, et il ne manque pas de s'en consoler.

On voit comment, quoique tout pouvoir vienne du peuple, néanmoins le peuple des exécutants n'exerce aucun contrôle ni aucune résistance. C'est que le pouvoir d'un capitaine lui est délégué par tout le peuple, et ne s'exerce que sur une petite partie. Or ce pouvoir n'est pas le pouvoir. Le pouvoir véritable, quelles que soient les clauses, est conquis et sans cesse conservé par une continuelle négociation et persuasion. C'est alors que l'on apprend la politique; c'est par cette pratique quc l'on s'élève et que l'on se maintient; et c'est souvent par des crises d'orgueil militaire qu'un ministre tombe à plat; c'est qu'alors il parle en subalterne. Mais cette confusion n'est pas souvent débrouillée; l'ambitieux aime mieux croire qu'il peut tout par le seul aspect, par le ton, par l'audace. Mais ce sont des rêveries d'enfant. Supposons un général choisi par tout un peuple. Encore faut-il qu'il soit acclamé, qu'il apaise les mécontents, qu'il fasse plaider pour lui, qu'il plaide lui-même, quand ce ne serait que par ses actions, enfin qu'il se tienne en harmonie avec ceux qu'il gouverne, et qu'il ait les mêmes intérêts qu'eux. Si militaire qu'il soit, il exerce alors un pouvoir civil; il explore l'opinion, il donne ses raisons, il persuade; en un mot il ne cesse de négocier. C'est qu'il commande maintenant en son propre nom; il n'est plus nommé par le roi, il est roi. Et cette contradiction entre les coutumes militaires et les conditions qui s'imposent à un chef élu, fait que les empereurs élevés sur un bouclier ne sont pas de grande durée. Et quant aux pouvoirs civils, on voit comment ils s'établissent, comment ils conquièrent leur empire, comment ils le perdent. Qu'ils soient élus, ou qu'ils soient nés rois, ils sont toujours élus en ce sens qu'on ne cesse de les juger, et qu'ils ne peuvent refuser d'être jugés. Toute leur vie n'est qu'une continuelle négociation. Connus, familiers, ouverts, ils s'établissent d'abord dans leur petit canton, par famille, par commerce, par conseil; ils se forment par l'administration la plus publique, la plus critiquée. Il ne s'agit pas alors de montrer des diplômes ou d'en conquérir de nouveaux; ils prennent leurs grades devant le peuple même, qui les traite sans faveur, et souvent se lasse d'eux, et toujours punit durement la moindre faute. Telle est l'école des politiques; ils y apprennent la prudence, les caractères, les intérêts, l'art de ménager, le prix des hommes. Quand ils commencent à prendre de la hauteur, ils savent ne pas perdre terre; car il faut jouer, et contre des hommes qui savent le jeu; il faut s'allier, contenter un parti; en amadouer un autre, ramener un adversaire, et recevoir avec politesse toutes les délégations de réclamants. Leur vie n'est qu'une continuelle négociation. Un capitaine peut vomir l'injure, s'il a de l'humeur, contre deux ou trois hommes qui élèvent la voix; mais un ministre, dont ce capitaine dépend, donne ses audiences, où il se montre accueillant à toute plainte comme à tout raisonnement. Jamais il n'invoquera son bon plaisir; il sera simple et poli, même flatteur, s'il doit refuser. Et non seulement à ses audiences, mais encore dans le monde, et dans les assemblées à demi secrètes, où il détourne ses rivaux, où il désarme les mécontents, où il réchauffe le zèle de ses amis, je le vois attentif à sa difficile navigation. Enfin, dans les grandes et politiques assemblées, que fait-il? Il use de l'éloquence, qui est une flatterie; de l'éloquence qui rétablit l'égalité; de l'éloquence, dont le ressort constant est de se soumettre aux juges à qui elle s'adresse, de leur proposer des raisons, et de prendre très au sérieux celles que l'on suppose en leur esprit.

Chose digne de remarque, ces triomphes ne plaisent point du tout au militaire véritable. Il y voit un étrange abaissement des pouvoirs. Et voyez comment un métier aveugle. « Ce n'est pas ainsi, dit le colonel, que je parle à mon régiment. » Je le crois bien. On ne gouverne pas un pays comme on gouverne un régiment. Le pouvoir civil doit se conquérir et se conserver; il est précaire par sa nature; c'est que derrière le peuple il n'y a plus rien. Je comprends que les militaires aient horreur de la politique et le disent. Toutes leurs maximes, si souvent citées, comme : « Assez de bavardages! Silence aux partis! » procèdent de cette erreur que je signale ici et qui est risible. Ils se voudraient nommés chefs d'Etat comme ils furent nommés généraux. Mais par qui nommés? Accoutumés à regarder au-dessus d'eux, non au-dessous, ils ne sauront jamais gouverner. Le moindre des Conseillers généraux les trouvera nuls dans l'art royal. Foch l'avait soupçonné. Un jour qu'il contait quelqu'une de ces aventureuses décisions qu'il faut prendre à la guerre, un flatteur lui dit que la France avait grand besoin d'un maître qui décidât n'importe comment. Mais lui, avec une vivacité qui fut remarquée : « Nulle ressemblance entre la guerre et la politique. En politique tout est compliqué, tout est difficile; il faut réfléchir. » C'est qu'il sentait bien que le pouvoir civil est désarmé devant ses propres troupes et tenu à mille ménagements.

Avril 1939.

44

L'antique comparaison, tirée du navire et du pilote, n'a pas fini d'instruire les citoyens de leurs devoirs et de leurs droits. Premièrement apparaît cette remarque de bon sens qu'on ne choisit pas le capitaine d'après sa naissance, mais d'après son savoir. Et par là nous sommes délivrés d'un genre de servitude, mais pour retomber aussitôt dans un autre, car c'est le plus savant qui est capitaine. Dès qu'il a fait ses preuves, tout est dit. Prompte obéissance, prompte et silencieuse, voilà ce qui nous reste. Il n'est pas dit que le simple matelot comprendra toujours; et le capitaine n'est nullement instituteur; il n'en a pas le temps. Mais bien mieux, supposons qu'un capitaine, et non sans renommée, soit au nombre des passagers; il n'est pas encore évident que celui-là aura le droit de discuter, et d'expliquer aux matelots que la manœuvre à laquelle ils participent n'est peut-être pas la meilleure, ou la seule qui soit possible; car on agit mal si l'on pense à deux choses dont l'une exclut l'autre. Ainsi le matelot raisonnable devra se persuader à lui-même qu'il doit croire celui qui est au gouvernail, et que, lorsque l'on double l'écueil, ce n'est pas le temps d'examiner. Et comme il n'est point du matelot de savoir où est l'écueil, quel est le risque, et à quel moment le navire est sauf, ce n'est jamais le temps d'examiner. Aux fers donc l'esprit fort qui discute; aux fers le matelot qui écoute. Songez maintenant à cette traversée sans fin, et toujours périlleuse, que nous faisons tous sur le grand vaisseau; songez qu'il n'y a point de port. C'est tempête de monnaie, tempête de travail, tempête de guerre toujours! « Ne parlez pas au capitaine. »

Il est vrai que l'on juge le capitaine qui a perdu son navire, comme aussi le machiniste qui est venu buter contre l'obstacle. De même l'on voudrait bien juger le général qui a attaqué témérairement, et le colonel qui a fait fusiller un peu trop vite des hommes qui peut-être se sont mépris, ou bien qui ont fait ce que tous faisaient. Mais ce genre de procès ne conduit à rien; car il n'est pas dit que le plus savant ne se trompera jamais. Et, au surplus, il est bien aisé de montrer que l'homme de métier a fait pour le mieux.

Enfin, à la rigueur, si l'on voulait prouver que la faute était évitable, il faudrait pouvoir recommencer et faire mieux. Or on ne peut jamais recommencer. La vague est autre, le brouillard est autre. Une situation ne se retrouve jamais.

Ici le citoyen souvent s'abandonne, et même se détourne par système de ces irritantes pensées. Mais il faut suivre la comparaison. Le capitaine du navire est juge des moyens; il n'est pas juge de la fin. C'est l'armateur qui dit où il faut aller. De même c'est le citoyen qui dit où il faut aller. Mais, répond le tyran, il n'y a point de doute là-dessus! Vous voulez tous richesse et puissance. A quoi Socrate répondait : « Non pas d'abord richesse et puissance; mais d'abord justice. » La puissance donne un genre de sécurité; la justice en donne un autre, qui ne contente pas moins la partie inférieure de l'homme, et qui contente aussi l'autre. Et si l'on voulait soutenir que l'homme reste indifférent devant les massacres, les supplices, les emprisonnements, les suspicions, on ferait rire. Mais, bien mieux, il y a un bon nombre d'hommes qui s'indignent de ces choses, toute crainte mise à part, et ce ne sont pas les pires. Et encore est-il que beaucoup d'hésitants suivraient ceux-là s'ils ne se laissaient étourdir par les discours bien payés, qui toujours plaident pour les pouvoirs, et non sans de fortes raisons que j'ai voulu rassembler ci-dessus. Tout examiné, je conclus qu'il faut plaider aussi contre, réveiller tous les citoyens autant qu'on peut, et tenir ferme cette idée que les pouvoirs sont nos serviteurs, et non point nos maîtres. « Ou puissance d'abord, ou justice d'abord. » Et ce n'est point au pilote, si savant qu'on le suppose, qu'il appartient de répondre.

1er juin 1927.

45

id que 44

« On rirait, dit le Politique, d'un homme qui s'aviserait de se soigner lui-même dans ses maladies, ou de soigner ses proches, sans avoir fait une longue étude du corps humain, des malades et des remèdes. Mais on ne rit point d'un homme comme je vois que vous êtes, qui sans préparation réelle, d'après de courtes vues que le hasard lui donne, entreprend de guérir la France malade, l'Europe malade, et même toute la planète. Permis encore à l'homme tout à fait ignorant de déclamer ainsi selon ses désirs ou selon ses craintes; mais dès que l'on sait un peu de quoi on parle, on découvre, sous le nom de Politique, une science encore bien plus longue et plus difficile que la médecine, d'un corps bien plus grand et bien plus composé; une science qui, quand elle a saisi la structure, doit courir aussi après le changement, se tenir au jour et presque à la minute, recevoir de partout, vérifier tout, et sans retard composer et administrer le remède du moment. Que vous tentiez seulement de former la moindre opinion sur l'opération de la Ruhr, sur l'opinion allemande, sur les intérêts anglais et sur tant d'autres objets de ce genre, vous qui n'y êtes point allés, ou bien qui en êtes revenus, qui ne tenez qu'un fil ou deux, qui n'y avez point d'agents, et qui pensez surtout à vos propres affaires, cela confond. Il faut un pilote qui ne s'occupe point d'autre chose que de son difficile métier; et ne point l'importuner ni le distraire, mais se fier à lui; car s'il se trompe de sa place, où il voit le plus qu'on peut voir, il y a bien plus de chances encore pour que vous vous trompiez de la vôtre; c'est vouloir diriger sans bouger du salon des premières et sans cesser de jouer aux cartes. »

Mais le Modéré fit voir de l'impatience : « Vous

prouvez trop, dit-il. Comment choisir un maître? Le plus ambitieux n'est pas le plus savant. Et il reste à savoir si un seul homme suffira à cette tâche que vous dites. Et ne vont-ils pas disputer s'ils sont plusieurs? Qui prononcera entre le Grand Militaire et le Grand Banquier? L'infatuation et les rivalités se montrent assez dans cette suite d'erreurs énormes qui sont le texte de l'historien depuis qu'il y a des politiques. Sur quoi vous me direz qu'on pouvait faire pis. Mais il me vient, de votre comparaison même, une autre idée. Je puis très bien et très raisonnablement donner des ordres au pilote sans cesser de jouer aux cartes dans le salon. Je puis lui dire : " Allez ici; tournez par là; faisons escale en tel lieu ", selon mes préférences. Bref vous nous décrivez, en votre portrait de l'homme d'Etat, les vertus de l'exécutant, plutôt que celles du chef. J'inclinerais même à croire que celui qui sait beaucoup ne décide guère, et arrive aisément à cet état de jugement engourdi, où ce sont les passions qui choisissent. N'importe qui pouvait savoir que la Roumanie n'était pas en état de se défendre; elle fut poussée à la guerre par des hommes qui savaient cela et bien d'autres choses. Nivelle connaissait le repli allemand, manœuvre capitale qui devait changer tous les projets d'offensive; mais il agit comme s'il n'avait rien su des mouvements de l'ennemi; je ne dis pas qu'il eut tort; je ne me hâte point de juger d'après l'effet. Je soupçonne seulement qu'à savoir beaucoup on devine enfin qu'il y a objection à tout, ce qui fait que, si on ne se résigne à délibérer sans fin, on se risque contre des objections très claires et très fortes. D'où je reviens au pilote du navire, et je comprends qu'il n'est pas absurde de lui donner des ordres, puisqu'aussi bien, et quelque savant qu'il soit, ce n'est jamais d'après ce qu'il sait, mais d'après ce qu'il désire, qu'il décidera de faire tel voyage ou tel autre. Jusqu'au détail. Car il ne passerait jamais à travers la vague s'il attendait de la connaître. »

Mai 1924.

46

« L'Administration, dit Castor, n'est pas le gouvernement. C'est ce qui se montre dans nos usines ou dans nos maisons de commerce; car il n'est que trop vrai qu'une mauvaise affaire peut être très bien administrée. Je louerai l'ordre, le travail, la probité; par cette clarté de tout, je verrai bien que je me ruine et même pourquoi; mais n'attendez pas que ce sage administrateur fasse retraite, coupe les ponts, brûle les hangars. L'administrateur administre la maladie; il ne la guérit point. C'est l'affaire d'Alexandre de trancher, ou bien de César. Je pense maintenant à César Birotteau; les petites affaires ressemblent aux grandes. Ce pauvre homme a fait de grandes sottises, mais ce ne furent pas des sottises d'administrateur. Et il est bien nommé César. Il décide mal, mais il décide. Ce sont des décrets de ce genre, où je vois des préférences, des aversions, des passions, qui sauvent ou perdent. L'administrateur ne sauve ni ne perd; il fait ce qu'il fait, bon ou mauvais. Donnez-lui une faillite à mener, il dira : " C'est une belle faillite. " Enfin le zèle doit être gouverné. Quoi de mieux administré qu'un beau cheval? »

« Conquérant, lui dis-je, vous faites ici de la fumée. Laissez-moi suivre les effets d'après les causes. Mais y a-t-il quelque chose de plus secret qu'une bonne affaire? Nous avons tous connu de ces hommes qui font ce qu'ils font, je dis, avec une attention, une probité, un scrupule à peser tout, qui emportent l'estime. Je leur vois ce trait commun, qui est qu'ils ne font pas de politique et qu'ils n'aiment pas la politique. Je comprends qu'ils excellent au second rang; je sens qu'il est dangereux de les élever au premier; mais je ne sais point dire pourquoi. On voit dans les *Mémoires* de Saint-Simon de ces grands commis qui partent pour les Flandres ou pour l'Italie, marquant en chemin les étapes, créant des magasins, laissant provision chez les banquiers; pensant fourrage, harnachement, bottes, et faisant le chemin d'une armée. Mais il saute aux yeux que de tels hommes, puissants pour exécuter, ne le sont point du tout pour décider si l'on entreprendra ou non. Maintenant je demande pourquoi. »

Castor était de loisir. J'ai remarqué que, toujours pris en de difficiles affaires, il est souvent de loisir, je dirais même toujours. Il parla, et je vis que cette idée singulière qui me venait lui venait aussi juste à point pour éclairer ce passage de doctrine. « L'administration, dit-il, ne laisse point de temps. Les documents couvrent le manger, le boire et le dormir. Après un problème il en vient un autre; cela cache tout. Considérez la fatigue, qui est l'état ordinaire de ces hommes étonnants. Aussi cette charge de la mémoire, et ce travail de vaincre le nombre par l'ordre et par le numéro d'ordre. L'homme qui signe une circulaire sur laquelle il inscrit le numéro 22642 est naturellement content de ce qu'il fait; et il n'a point tort; il aperçoit une armée de vingt mille circulaires, qui préparent et justifient celle-là. Mais la nécessité est partout; ainsi cette conscience d'homme absout la force mécanique. Et voilà l'histoire d'une guerre qui n'est qu'une querelle, mais malheureusement bien administrée. J'ai observé que dans les délibérations ceux qui savent tout et qui tiennent compte de tout sont rejetés à la nécessité extérieure par cette impartialité de belle apparence. Tout prévoir, mon cher, équivaut à tout subir. L'homme fera toujours l'action qu'il a préparée; le plan fait preuve. En nos affaires, c'est souvent quelque Auvergnat illettré qui nous sauve, par une vue de gouvernement. »

« Vous êtes, lui dis-je, Auvergnat, mais vous n'êtes pas illettré. » Mais je vis en son petit œil un éclair de redoutable finesse. « Oh! dit-il, ne vous y fiez pas. »

29 juillet 1923.

47

C'est dans une armoire très bien fermée, et loin des bruits du monde, que délibéra le Conseil Supérieur des Balais de Crin. Ces messieurs sont à première vue remarquables par de fortes têtes sur des corps maigres; et, au sommet, plus ou moins de crins, mais qui tous menacent le ciel. Raideur bien légitime. Tous ces balais éminents avaient été formés à l'Ecole Supérieure des Balais de Crin, dont on connaît la noble devise : « Seulement servir. »

Le président des balais se garda bien de développer une autre idée que celle-là même. « Que doit être, demanda-t-il, la pensée d'un balai, sinon la pensée de l'action même à laquelle il est propre, à laquelle il est voué par sa forme? » D'où il vint à admirer cette ressemblance qu'il y a entre tous les balais de crin, et cet accord, ou, pour dire mieux, cette fraternité des pensées. Et résultant de quoi? D'une fonction qui a toujours été et qui sera toujours : « Sous Néron, Messieurs, et sous Héliogabale, il y avait autre chose que les sanglantes folies qui retiennent l'attention des esprits légers. Soyez-en sûrs, il y avait, en ces temps-là, dans des armoires à balais, des balais supérieurs qui se juraient de rester balais et de penser balayage. L'ordre est, si j'ose dire, la substance même du désordre; et la pensée d'une fonction, fonction élevée au niveau du devoir par l'accord parfait entre l'action et la forme de l'agent, voilà ce qui fait que les sociétés durent, ou disons mieux, que la même société dure sous l'apparence des révolutions. Et qu'est-ce au fond que l'aristocratie véritable, sinon l'immuable corporation de ceux qui se connaissent comme des outils irréprochables pour un travail nécessaire? Aux dieux ne plaise que je méconnaisse les séductions de l'imagination. On nous accuse quelquefois de manquer d'imagination. C'est qu'en nous l'imagination est réglée par l'action, et ainsi marque en chacun de nous des traces profondes et uniformes, toujours en accord avec la raison. Certes, le temps de l'usure vient pour les balais de crin, comme pour toutes choses. Mais je dirai aussi qu'une longue pratique, frottant en quelque sorte sur des principes constants, prolonge pendant bien des années une rare et utile manière de vieillir. Reprenant le mot d'un ancien, je conclus qu'un vieux balai est encore celui qui balaie le mieux. »

Il y eut un cliquetis des balais. Les étages s'émurent, et plus d'un oisif crut que l'heure du réveil avait sonné. Mais rien ne bougea. La pensée même de l'action veut son temps de loisir, la rêverie, et l'applaudissement. Après que le balai archiviste eut donné lecture d'une histoire des balais depuis les plus anciens documents, un balai moraliste tourna à droite et à gauche son maigre visage, cherchant quelque maxime ou devise, propre, non pas à redresser les balais, car un balai ne plie pas, mais à les réjouir et à les rendre contents d'eux-mêmes. « Certes Marc Aurèle a presque dit et aurait pu dire : " Si j'étais rossignol, je chanterais; je suis balai de crin, je fais ce qui m'est propre, et ce pour quoi je suis fait. " Selon le même esprit, Messieurs, je donnerai ce conseil au balai : " Que t'importe la poussière, et que t'importe le balayeur? Ils changent comme les nuages du ciel; mais toi, entre les deux, tu es l'immuable moyen et l'éternelle idée. " Toutefois comme il fallait une maxime courte, et qu'on pût inscrire sur l'Annuaire des grands, moyens et petits Balais de Crin, on s'arrêta à trois mots, qui exprimaient à la fois la physiologie du vrai balai, et le principe régulateur de toutes les pensées du vrai balai : « Inflexible dans l'obéissance. » Et le mouvement d'approbation fut si vif dans l'armoire aux balais, qu'Anatole, qui s'éveillait péniblement non loin de là, put croire ou rêver un moment que les balais allaient balayer tout seuls.

Vains espoirs et pensées frivoles. Le laitier ébranle la rue. Anatole s'ébroue, chante un peu, fait envoler mille pensées et mille projets, ouvre l'armoire, et empoigne sans façon le président des balais. Horreur! Il le tient tête en bas. Profanation! Mais le pouvoir n'y pense seulement point. Est-il meilleur outil et plus utile, qu'une tête vénérable?

Juin 1930.

Les non-compétents peuvent contrôler les compétents.

48

Il y a un argument contre la Démocratie égalitaire, que je trouve dans Auguste Comte, et qui a été souvent repris, c'est que, par le suffrage populaire, on aura toujours des députés incompétents. C'est pourquoi notre philosophe ne veut considérer le système de la libre critique et de l'égalité radicale que comme un passage à un état meilleur, où le pouvoir sera toujours aux mains d'un savant dans chaque spécialité, et d'un conseil d'éminents sociologues pour la coordination et l'ensemble.

Il est très vrai qu'un député, le plus souvent, ne sait rien à fond en dehors du métier qu'il exerçait; mais remarquez que, s'il est avocat, il connaît tout de même assez bien les lois, la procédure, et les vices du système judiciaire; que, s'il est commerçant, il s'entend aux comptes et à l'économie; que, s'il est entrepreneur, il dira utilement son mot au sujet des travaux publics, et ainsi pour le reste. Aussi, quand on parle de l'ignorance et de l'incompétence des députés, je ne puis voir là qu'un développement facile et sans portée.

Mais je ne regarderais pas tant à la science; plutôt à la probité, et à la simplicité des mœurs privées. Car si l'on prend pour député un grand armateur, ou un grand industriel, ou un grand banquier, ou un grand avocat, afin d'user de leur savoir-faire, ce sera un calcul de dupe assez souvent. On connaît des hommes fort habiles et intelligents, mais qui, peut-être, par l'habitude des affaires, penseront un peu trop à leur fortune, ou bien exerceront volontiers un pouvoir tyrannique, comme ils font naturellement chez eux et dans leur métier. Ainsi leur science pourra bien nous coûter cher. J'aimerais souvent mieux un honnête homme qui n'aurait pas trop réussi. Bref, je ne désire pas avant tout des Compétences.

Et pourquoi? Parce que nous en avons autant qu'il nous en faut dans les services publics. La Cour de Cassation et le Conseil d'Etat connaissent profondément les lois. La Cour des Comptes a la science des Finances publiques. Tous les ministères ont des directeurs fort instruits. La guerre et la marine dépendent d'hommes qui connaissent leur métier. En fait les Compétences sont aux affaires. Il reste à les surveiller, et ce n'est pas si difficile.

On prend à tort les ministres pour des hommes qui devraient être plus savants que leurs subordonnés. Le ministre n'est autre chose qu'un délégué du peuple pour la surveillance d'un travail déterminé; et nous avons, pour surveiller le surveillant, un autre député, rapporteur du budget; les autres députés sont arbitres. Par exemple on peut bien juger de la fabrication des poudres sans être chimiste, car les spécialistes seront bien forcés de parler clair, si on l'exige, et c'est ce qui est arrivé. De la même manière, un juré peut apprécier la responsabilité d'après les rapports des médecins. Si le civet est brûlé, d'abord je le sentirai très bien, sans être cuisinier, et ensuite j'arriverai à me protéger contre ce petit malheur, même sans entrer dans la cuisine, car je suis celui qui paie. Le peuple est celui qui paie; et ses représentants ont mille moyens de faire que le peuple soit bien servi, si seulement ils le veulent.

On peut même désirer ici une division du travail plus parfaite, les députés jugeant avant tout d'après les effets sans chercher les causes. Comme cet homme très riche et très occupé qui a plusieurs autos et ne connaît pas la panne. Sa méthode est de bien payer, et de renvoyer le chauffeur sans commentaires, à la première panne; cela le dispense d'apprendre la mécanique.

27 octobre 1912.

49

On revient souvent à un argument d'apparence bien forte : « Nous donnerons autant d'hommes que les techniciens de la guerre en demanderont; et ils les garderont aussi longtemps qu'ils le jugeront nécessaire. Il le faut bien. Chacun est juge dans son métier. Ces hommes sont choisis parmi beaucoup d'autres, d'après les notes de leurs chefs; ils sont d'accord entre eux, d'où je dois conclure que ce qu'ils proposent est raisonnable; et puis je n'ai rien d'autre à proposer, sinon tout à fait en l'air; ils me réfuteront aisément, en huit jours ou en dix mois. A quoi bon discuter? Nous avons choisi les plus instruits, les plus actifs, les plus estimés; nous devons leur faire confiance, ou bien tout craque. »

Voilà qui semble très solide; mais examinons. D'abord il faut remarquer que, par ce beau raisonnement, un menuisier me ferait des fenêtres selon son goût, non selon le mien. Mais dans le fait, et sans savoir les finesses du métier, je puis très bien expliquer ce que je veux et maintenir mes prix. A défaut de connaissances, il me faut un peu d'obstination; et chacun sait bien qu'un homme de métier proposera d'abord ce qui lui plaît, ce qui trouble le moins ses habitudes, et ce qui lui rapporte le plus. Naturellement, si ma cheminée fume, je ne puis pas dire au fumiste : « Je veux une cheminée qui ne fume pas, mais sans ce grand tuyau si laid à voir »; il faut alors changer le foyer ou la cheminée elle-même; c'est à discuter; mais je me méfie d'un homme du métier qui ne me donne point du tout à choisir. Autre exemple. Un architecte, que j'ai choisi pour bâtir sur un terrain de forme assez irrégulière, ne me fera point croire que le projet qu'il me fait voir est le seul possible; j'en veux voir plusieurs, tous réalisables, afin de choisir. Pareillement j'ai le droit, il me semble, d'exiger des techniciens de la guerre un plan complet de défense, ayant pour base le service de deux ans, avec les groupements qui s'y rapportent, avec l'instruction et l'organisation des réserves qui le complètent. Car enfin leur système ne donne pas un seul homme de plus à la défense; les forces du pays sont ce qu'elles sont; nous avons tant d'hommes capables de faire campagne, tant pour le service des places et pour la surveillance, tant pour les écritures, tant pour les infirmeries. L'effectif réel est une donnée que personne ne peut changer. Eh bien, je dis au militaire ce que je disais à l'architecte : « Il existe certainement plus d'une manière d'utiliser toutes ces forces. Vous opposez au premier choc l'armée de métier; c'est un système achevé, dont je puis voir les avantages et les inconvénients. Mais placez-vous maintenant dans l'autre hypothèse; il s'agit d'employer tout de suite la masse entière de la nation, entraînée à cet effet. Ce projet n'a rien de chimérique; des officiers, qui ont étudié comme vous et pratiqué comme vous, le jugent réalisable; et moi, le peuple, je le préfère. Eh bien, puisque vous êtes à mon service, je vous ordonne d'étudier ce système jusqu'au détail. Immense travail, certes; mais vous ne pouvez vous y dérober. »

On voit la difficulté; ils ne supportent pas cette mise en demeure; ils veulent rester les maîtres de la chose. Et si quelque officier supérieur incline de ce côté-là, ils le briseront avant qu'il arrive aux premiers rangs. Bref le haut commandement a un préjugé contre la République radicale, et contre le système de la nation armée. Et depuis dix ans, par la faiblesse des ministres et des députés, cette coalition s'est fortifiée par l'élimination des dissidents. Et voilà le point. Il n'est pas vrai que, depuis l'affaire Dreyfus, on ait bien choisi. Nous payons dix années de faiblesse et de négligence. Voilà pourquoi le retour à la loi de deux ans ne peut se faire que par un effort suivi et obstiné, par lequel les radicaux mettront d'abord en bonne place, et maintiendront, contre une coalition terriblement forte, les collaborateurs dont ils ont besoin, et qui, présentement, leur manquent.

24 avril 1914.

50

Je rencontre beaucoup de gens, assez disposés d'ordinaire à la résistance, et qui me disent : « Je ne puis pas examiner; je n'y entends rien; je m'en rapporte aux spécialistes; de l'argent tant qu'ils en voudront, et le service de trois ans, s'ils le demandent. » C'est un peu trop facile, pour les gouvernés et pour les gouvernants. C'est de l'abandon, c'est du sommeil pour tout le monde. Si vous ne pensez point, les gouvernants ne penseront guère. Si vous ne résistez pas, ils n'inventeront point. Remarquez qu'ils n'ont point cherché longtemps; la même idée est venue à tous. Or je me méfie de la première idée qui vient. Ce n'est que coutume et mécanisme.

Evidemment nous ne pouvons pas inventer, nous autres, avec les notions que nous avons là-dessus, une méthode de défense qui nous rende invincibles avec nos moyens réels. Je sais bien que c'est difficile; qu'il faut penser et chercher; qu'il faut se délivrer des lieux communs et des préjugés. Je crois que nos généraux le feraient bien, s'ils le voulaient; mais je remarque qu'ils ne l'essaient même pas. L'idée qui leur vient est justement celle qui est venue la première à l'esprit de tous. Eh bien, je dis que, comme réaction de pensée, comme adaptation à une situation nouvelle, cela ne fait pas voir un grand effort. La peine sera pour les soldats. Raison suffisante pour que nous résistions et discutions de toutes nos forces.

Personne n'invente; personne n'essaie rien; chacun marche devant lui. Ils disent : « Nous ne pouvons former un cavalier en deux ans. » Cela n'est guère vraisemblable. J'ai entendu citer de jeunes officiers qui entraînaient les recrues et obtenaient des miracles en six mois; d'autant que les paysans, qui ne manquent pas chez nous, connaissent déjà le cheval par une longue pratique. Mais admettons ce qu'ils disent. Qui empêche d'instituer au village ou au canton des exercices de cavalerie soit pour les futurs conscrits, soit pour les jeunes soldats? Y a-t-on pensé? Veut-on y penser? Il y a bien des sociétés de tir, où l'on dit que les exercices sont bien plus sérieusement faits que dans les régiments, où le scepticisme et l'ennui gâtent presque toutes les pratiques. Pourquoi n'y aurait-il pas des sociétés d'équitation?

Et surtout leur système militaire, autant qu'on le devine, semble impossible en principe. Opposer à l'armée des envahisseurs, et sur la frontière même, une armée capable de remporter une victoire décisive, nous ne le pouvons pas. Quand ils répéteraient cent fois qu'il le faut, pourtant cette obstination ne fera rien contre les nécessités. Il est nécessaire au contraire, il me semble, que les citoyens s'habituent à cette idée que quand les Allemands investiraient Paris, s'ils n'ont pas remporté d'abord une grande victoire, ils seront bien faibles contre des attaques vigoureuses de troupes neuves, alors numériquement supérieures et ayant tous les avantages de l'offensive. D'autant que nos places tiendraient comme on voit que tient Andrinople. Aussi nos ennemis veulent-ils une grande victoire tout de suite. Mais qui ne voit que c'est une raison pour la leur refuser?

1er mars 1913.

51

Il est nécessaire que les citoyens saisissent les principaux éléments du problème militaire. Car si nous le laissons aux techniciens, nous leur laissons tout; un de ces matins ils nous feront entendre que le régime démocratique est incompatible avec la défense nationale; en vérité ils le disent presque. Il faut donc examiner les systèmes de tous ces professeurs de guerre, nourris principalement de lectures, de polémiques et d'expériences artificielles. Et c'est à quoi le beau livre de Jaurès sur l'armée nouvelle doit servir; c'est pourquoi j'y reviens.

Il y a dans ce livre une organisation des milices, qui est une vue sur l'avenir; et l'adversaire voudrait faire porter là-dessus toute la discussion. Mais on oublie tous les chapitres où les méthodes actuelles de guerre sont critiquées non pas en l'air, mais d'après les professeurs de guerre eux-mêmes. Il faut voir le détail. Mais enfin voici le problème qui se pose à nous tous.

L'Allemagne a des troupes de caserne bien plus nombreuses que les nôtres; cette supériorité est un fait de population, qu'il faut accepter comme une donnée du problème. Cela étant, une grande victoire peut-elle être remportée par nous à la frontière, dans un premier choc? Telle est la question qu'il faut d'abord poser. Et les professeurs de guerre n'y répondent aujourd'hui qu'en disant : « Des hommes, encore des hommes. » Mais enfin nous n'en aurons jamais assez pour pouvoir espérer de nous défendre par ce moyen. A quoi ils répondent enfin : « Il faut pourtant l'essayer, il faut tenter la chance; car si nous résistons en reculant, avec l'intention de préparer une concentration de toutes nos forces à l'intérieur, suivie d'une vigoureuse attaque, l'opinion publique s'affolera. Vous connaissez les Français; enthousiastes au commencement, bientôt désespérés, etc. » Quels tristes et faibles lieux communs. Sommes-nous des enfants qui jouent aux soldats? Sommes-nous un peuple mineur, à qui il faut des victoires tout de suite?

Et puis, enfin, ces victoires des premiers jours sont-elles possibles? Et si une défaite est probable avec un homme contre trois, pourquoi aller la chercher? Que deviendrons-nous ensuite, quand le meilleur de nos troupes aura été sacrifié follement? Dans ces conditions il est sage, il est viril d'examiner si une retraite voulue d'abord, ayant pour effet d'attirer l'ennemi loin de son territoire, et même jusque sous les forts de Paris, n'aura pas pour effet d'abord de rompre le premier élan des ennemis, ensuite de disperser leurs forces, enfin de permettre aux forces alliées de faire sentir leur action. Les forces étant alors égalisées, et l'ennemi prenant nécessairement une formation étalée et vulnérable, alors nous attaquons. Tactique qui était bien près de réussir même après nos désastres, et où nous pourrions employer cette fois nos forces intactes. Et si l'esprit public y résiste, il faut l'y préparer. D'autant que nous n'avons réellement pas le choix.

25 février 1913.

III

AMBIGUÏTÉ DE L'ÉTAT

52

Je voudrais dire du bien de l'Etat. Ce n'est pas par préjugé; mais le principal en toute chose est de voir clair, que cela plaise ou non. Que l'individu dépende de la société, et qu'il y soit pris comme une noix sous le marteau-pilon, chacun le sait, chacun le sent. Léviathan est redoutable, et sans jugement aucun; simplement il se remue, et, si vous ne suivez le mouvement, gare à vous. Ne sifflez point au feu d'artifice, saluez le cortège des guerriers, et laissez la foule heurter la porte de la prison. Mais, là-dessus, je fais une réflexion qui d'abord m'étonne. Pourquoi la foule veut-elle briser la porte de la prison? Pour mettre en pièces un criminel. Et qui protège la prison et le criminel? L'Etat.

Regardons-le bien, ce très sage Etat, puisque nous le tenons ici sous la loupe et au bout de nos pinces. Qu'a-t-il fait? Il a rendu la justice. Mais comment? Par lois et précédents. Il a pensé petitement et prudemment, chacun des représentants de l'Etat prenant toujours conseil du voisin. Et finalement c'est un papier de hasard, qu'on ne pouvait plus changer. (Car, mon assesseur, qu'en pensez-vous? Je n'en pense rien du tout.) Et voilà ce qui sauve un homme. Or, la foule ne regarderait point au papier, ni au témoignage. Elle tomberait aussi bien sur un homme qui aurait barbe et cheveux taillés comme le criminel. On voit quelquefois, dans les poursuites, le plus ardent des poursuivants pris pour le voleur; c'est qu'il court, et il n'en faut pas plus. Les malheurs de l'histoire sont des mouvements de foule. L'Etat, au point de perfection où nous l'avons conduit, n'est point du tout redoutable, on le voit bien dans cet exemple de Limoges; un simple papier arrête tout.

Un crime, une grande peur, des cris, Léviathan va se refermer sur le criminel supposé, écrasé comme une noix. Telle est la justice spontanée. Mais je vois que le très sage Etat se substitue à la foule, et prend son temps. L'Etat, c'est le contraire d'une foule; toute la puissance y est divisée. « Cela n'est pas de ma compétence; cela n'est pas de ma fonction. » Ils s'animent tous, mais seulement pour décider qui a le droit de parler le premier, ou le dernier. Pour le savoir il faut consulter trois cents ouvrages, dont chacun réfute tous les autres. Léviathan n'y pense plus; une autre mouche le pique. Et convenez qu'un massacre mesuré et mécanique, par texte et par précédents, est moins dangereux pour nous tous qu'une vengeance de foule. L'Etat serait donc une machine sans passions, et contre nos passions. L'individu, élément de la foule, est le même qui demande protection contre la foule. Si la foule menait la politique, nous aurions guerre sans fin; guerre extérieure et guerre civile. L'Etat est pacifique; il le dit, et je le crois; il ne le dirait pas, je le saurais encore par ces lents mouvements qui lui sont propres, par ces enquêtes et contre-enquêtes, par ces étonnants rapports, qui remontent au déluge, et par ces considérants, où le droit romain et la coutume s'équilibrent en chaque phrase. Oh, le plaisant guerrier!

Il fait pourtant la guerre. Non qu'il la décide; il ne saurait; il y mettrait vingt ans. C'est la foule qui le pousse là; il devient lui-même foule; il ferme ses dossiers, il est peuple un moment; il montre le poing. Mais voyez la suite. Alors que la foule se disperserait à la première mitraille, ou tiendrait un mois au plus, l'Etat, dès que la guerre est déclarée, redevient Etat; et chacun fait la guerre selon une compétence jalouse, devant son bureau et ses classeurs; et cela va bien lentement, bureau d'artillerie contre bureau d'infanterie. Résultat, dans le moment où la foule en a assez, et pense que c'est fini, l'Etat commence à peine; les convois sont en marche; la guerre est enfin administrée; elle commence; et elle ne peut plus finir. Elle va de son pas juridique et administratif. Après un temps de désordre, et des erreurs énormes, qui sont de foule et proprement de folie, on s'aperçoit que l'Administration de la guerre était très bien préparée. Alors tout va comme la guillotine; on prévoit quatre-vingt mille pansements; on voit paraître le général inspecteur des pigeons et le général dégustateur du vin de troupe. Car l'Etat fait tout très lentement et très bien. La foule voulait tuer et mourir. Or, l'Etat prend son temps, et administre ici comme ailleurs, d'où une horreur froide. Mais ne comprendrons-nous pas la leçon?

22 juin 1929.

53

La liberté d'action, nul ne l'a. La rue est barrée par ordre, à l'occasion d'incendie, de bagarre, ou de cortège. Je veux passer, l'agent s'y oppose. Je veux discuter, l'agent ne m'écoute seulement pas. Je menace, l'agent m'empoigne. Je frappe, l'agent m'assomme. Tout est clair ici, et j'ose dire raisonnable. Qui songera à forcer le passage, ou seulement à discuter, quand l'agent aux voitures lève son bâton, ou quand l'homme du Métro ferme sa porte? Il se peut bien que la porte soit fermée un peu trop tôt, ou que l'agent lève son bâton à contretemps. Nul homme n'est infaillible, et tout est discutable. Une rue est barrée. Pourquoi? Souvent l'agent n'en sait rien. Supposons une passerelle branlante; fort sagement on empêchera d'y passer. Or, une personne, ou deux, ou trois y pourraient bien passer; une foule la ferait crouler; et encore n'est-ce pas sûr. Va-t-on discuter? Va-t-on essayer? Ce serait ridicule. Toutes les mesures d'ordre sont ainsi. Y a-t-il risque de désordre ou de bagarre? C'est ce qu'on ne peut savoir, puisque la mesure d'ordre arrête l'expérience. Aussi, quand on réclamerait, quand on discuterait devant le juge ou devant la Chambre, comme cela est permis, le pouvoir sera excusé presque dans tous les cas. De toute façon la nécessité d'obéir d'abord est comprise de tout le monde, excepté de l'homme en colère; et colère n'est pas raison. Par ces considérations, toutes simples, nous apprendrons à obéir; la liberté est à ce prix.

Voici une procession catholique, ou une procession fasciste. Je me permets de sourire, ou seulement de ne pas saluer. Ces fanatiques tombent sur moi; me voilà à l'hôpital pour un mois. Si je suis accompagné d'une bonne troupe de partisans, c'est bataille. Si j'en cours le risque, c'est mon affaire, mais qu'en penseront les passants? C'est le rôle des pouvoirs de disperser le cortège, ou bien de l'isoler, en barrant les rues; et c'est toujours fermer la porte du Métro. Il n'est pas sûr que le voyageur pressé ira sous les roues; mais c'est pourtant dans son intérêt qu'on l'arrête tout net. Cette porte haute n'entend point raison. Prenez toute mesure de police comme une porte sourde et muette.

L'abus n'est pas loin. Il faut savoir, il faut dire, que tous les pouvoirs sans exception iront toujours à fermer toutes les portes. Tout noyau de spectateurs sera suspect, ou seulement encombrant. Tout cri sera injurieux ou séditieux. Cet officier de police fait son métier; il me dit d'aller à mes affaires. En quoi je le gêne, en quoi je fais désordre ou menace de désordre, c'est lui qui le sait et non pas moi. Je m'en vais; mais j'aperçois d'autres barrages. Cela me rappelle le temps où l'homme de troupe isolé ne pouvait se tenir ni sur le quai, ni dans les salles, ni à la barrière, et devait pourtant prendre le train. Celui qui a souvenir de ces pouvoirs en liberté comprendra qu'il faut un peu de ruse et de patience pour garder ses droits. Cette mécanique du salut public, nous l'avons touchée. On n'arrête pas une locomotive d'un coup de poing.

La ruse est dans la critique, dans le recours, dans cette mise en jugement des pouvoirs, qui, par la liberté d'opinion, ne cesse pas un seul moment. L'opinion gouverne dès qu'elle peut s'exprimer. Mais, dès qu'elle fait désordre, ou seulement apparence de désordre, elle ne peut plus s'exprimer. La méthode de crier est très mauvaise; elle a toujours fortifié les pouvoirs; elle donne occasion à cette action prompte et irrésistible qui recouvre le fait et obscurcit à jamais la question. Comment savoir si l'ordre était menacé? L'écrit vaut mieux. Et, quant au plaisir si vif de déplaire aux puissants, il est bon encore de s'en priver un peu. Sur quoi vous me jugerez trop prudent. C'est que je vois les causes; c'est que je mesure les pouvoirs, les éternels pouvoirs, ainsi que les éternelles occasions. Souvenez-vous. Il n'y a pas dix ans nous étions esclaves. Et ce n'est pas un rêve.

15 octobre 1927.

54

Les passions sont comme la peste et le typhus. Cessez de les combattre, elles reviennent. Tout plaideur croit avoir raison; s'il perd, il se croit victime; il déclame contre les puissances inhumaines qui l'ont dépouillé de son bien; son premier mouvement est de force. Or, qu'il rassemble une petite armée, rien n'assure qu'une foule d'hommes misérables, inoccupés, avides de désordre et de pillage, ne prendront pas parti pour lui; les mécontents pourront bien s'y joindre; et peut-être aussi ces hommes vifs qui jugent du droit par le courage. Le désordre et le massacre iront fort loin, par les meilleurs et par les pires. Dès qu'il y a deux partis en armes, il n'y a plus de bon sens. Ces maux sont en nous, dans ce paquet de muscles et de nerfs, si prompt à déraisonner, et même dans cette tête ingénieuse, qui plaide si bien pour nos folies. Les moyens de force, même au service de la justice, effacent la justice.

Contre l'agitation première, contre le premier coup de poing, il faut une force irrésistible, qui agisse par la masse, qui soit assurée d'elle-même, bien ordonnée, bien disciplinée, de façon qu'elle ne forme point de passions, ni de pensées folles. L'idéal du policier, c'est un bloc de muscles imperturbable, strict sur les ordres, et qui ne prenne jamais parti. Je ne crois pas qu'une société d'hommes puisse vivre en paix sans ce mur d'hommes, qui fasse digue contre les querelles. Il y a toujours de la bonne foi dans les querelles; et c'est par là qu'elles sont difficiles à apaiser. Je conçois les amis de la justice divisés en deux camps, menant les uns contre les autres une terrible guerre. Encore je ne compte point les fureurs et les paniques d'une foule, et les folles opinions qui en peuvent résulter. Il nous vient d'outre-mer quelquefois des récits de nègres brûlés vifs; d'où nous voulons conclure trop vite que les blancs de ce pays-là sont encore à demi sauvages. Supposons un crime atroce, supposons une police faible, ou qui prenne parti, supposons un premier coup de bélier contre la porte d'une prison. Dickens raconte, en son *Barnabé Rudge,* une terrible émeute de Londres, dont les premières causes étaient ridicules. Un tumulte ne peut être raisonnable. Mais, pour bien comprendre cela, il faut connaître le mécanisme des passions; par simple impression, les hommes se tromperont toujours sur eux-mêmes. Un homme qui n'est pas en colère est aisément persuadé qu'il ne sera jamais en colère.

D'après ces remarques, on peut comprendre les institutions de police, et cet ordre en marche qui est comme l'image de notre sagesse. On peut comprendre l'obéissance passive et les sentiments du chef, responsable des manœuvres de police, et lui-même soumis. Comme un cristal se forme et s'augmente d'après un premier encastrement des petites parties, ainsi tout pouvoir cristallise d'après la fonction de police, qui est la plus importante et la plus résistante. Tout pouvoir s'organise selon l'ordre militaire, qui sera toujours son modèle bien-aimé. On voit les effets, on les subit, on s'en effraie; il serait mieux de les comprendre. La tyrannie est toute formée, toute rangée, toute prête, autour de son impérissable centre. Ce que Stendhal appelle la haine impuissante est ici aussi peu raisonnable que l'amour aveugle, et non moins dangereux. Le citoyen n'a pour lui que la connaissance de ces choses, qui sont comme des forces naturelles, et la ruse clairvoyante qui en doit résulter. L'abus de pouvoir est naturel, et donc continuel, et suppose, si l'on veut s'en protéger, une habile résistance. Un exemple? Les bulletins de vote radicaux étaient une arme lente, silencieuse, paisible, irrésistible. Remarquez que les bulletins socialistes peuvent produire le même effet, car les mots n'importent pas tant. Mais chacun, il me semble, peut prévoir aussi un genre de fautes, irréparable.

21 juin 1930.

IV

LES CITOYENS CONTRE LES POUVOIRS

Obéir mais ne pas respecter

55

Le lieutenant-colonel Subtil, polytechnicien, donnait à l'Ecole Militaire la deuxième leçon de son cours de morale, en présence du général inspecteur. Quand on prend comme thème de pensée qu'il ne faut point trop penser, l'idée est fuyante et échappe presque toujours, surtout quand on en est à cet âge, et à ce grade, tous deux difficiles à porter. C'est l'âge ingrat. Mais le lieutenant-colonel professeur tenait son idée à la gorge. Protée avait pris d'abord toutes formes, lion, aigle, serpent, eau claire; mais maintenant, tenu ferme, il disait tout ce qu'il savait.

« Quand vous êtes sur le point, disait-il, de sauter un fossé, l'idée que vous allez tomber dedans peut être vraie ou fausse; mais toujours est-il qu'elle vous nuit, si vous tentez le saut. Elle ne peut être utile que si elle vous conseille de ne pas sauter. Supposons maintenant que vous deviez sauter de toute façon; il est clair que vous devez penser que vous réussirez; cette pensée même vous donne une chance de plus. Or, dans toute action militaire, vous êtes engagés; vous devez de toute façon obéir; là-dessus il n'y a point doute. A défaut de l'honneur une contrainte irrésistible agirait. En bonne logique, devez-vous penser que vous ne réussirez pas, que l'ennemi est trop bien retranché, que le haut commandement a donné l'ordre sans bien savoir? Ce serait perdre votre chance et en quelque sorte vous dépouiller de votre armure. Mais, au contraire, à tous vos moyens offensifs joignez encore l'idée active, l'idée efficace, l'idée qui vous soulève, l'idée qui vous rend plus vif, plus fort, plus assuré de vos actions, c'est à savoir l'idée que l'ennemi ne peut tenir, qu'on le prend sur son faible, qu'il est sur le moment de perdre courage, et qu'enfin jamais un ordre ne fut plus à propos, mieux inspiré par le génie offensif, que celui auquel vous devez obéir. Croire que le commandement sait tout, croire qu'il ne se trompe en rien, croire en lui comme on croit en Dieu, voilà une de vos armes, et peut-être la meilleure. Vous n'allez pas la jeter avant le combat. Bref, prenez comme idée vraie l'idée utile. Or l'idée utile, c'est celle-ci : " Je passerai. " Plus profondément, messieurs, il n'est point question de savoir encore si cette idée : " Je passerai " est vraie ou fausse; car elle est au futur; elle n'est encore ni vraie ni fausse; et on vous demande non pas de penser qu'elle est vraie, mais de faire qu'elle soit vraie. Que votre esprit soit donc l'éclaireur de votre action; qu'il aille devant vous saisir par la pensée cette position; qu'il coure, qu'il occupe, et qu'il vous attende. Tel est le véritable esprit d'obéissance, ou d'exécution, qui ne se distingue point de l'esprit offensif. »

Le général inspecteur fit voir un visage mécontent. Quand il tint le professeur loin des regards : « Mon cher, lui dit-il, vous insistez trop sur ceci que nous sommes de vieilles bêtes, à qui il faut pourtant obéir. Et cela va directement contre votre conclusion. Car, s'il est mieux de croire que le commandement ne se trompe pas, pourquoi supposez-vous vous-même qu'il se trompe? » « Mais, dit l'autre, justement, j'explique pourquoi il ne faut point dire qu'il se trompe, ni même se le dire. » « Pourquoi donc, dit le général inspecteur, pourquoi dire qu'il ne faut pas dire? C'est réveiller le diable. Dites donc plutôt ce qu'il faut dire. Pratiquez vous-même votre morale, et prouvez, par l'histoire des guerres, que notre Etat-Major a toujours raison. Et ne dites pas que cela n'est pas facile à prouver; car cette idée même est nuisible, étant directement contraire à l'esprit d'exécution. » C'est ainsi que le cours de morale fut remplacé par un cours de stratégie, et que le lieutenant-colonel Subtil fut renvoyé aux forges et arsenaux. Le R.P. Philéas, qui connut l'incident, dit seulement ceci : « Subtil, encore un Janséniste. L'armée en est pourrie. »

5 avril 1924.

56

J'enseigne l'obéissance. Le lecteur rugueux va me dire que je suis payé pour cela. Il est vrai. Mais si nos Grands Messieurs m'entendaient sur l'obéissance, ils jugeraient qu'ils placent bien mal leur argent; cette espèce est insatiable; ne veulent-ils pas, avec l'obéissance, le respect et même l'amour? Eh bien, lecteur rugueux, faisons nos comptes, entre eux et moi, entre toi et moi.

Tout pouvoir est absolu. La guerre fait comprendre ces choses-là. Une action ne peut réussir que par l'accord des exécutants; et, quand ils auraient la meilleure volonté du monde, ils ne s'accorderont pourtant que par la prompte exécution des ordres, sans qu'aucun des subordonnés s'amuse à juger et à discuter. Qu'est-ce à dire, sinon que, devant le refus ou seulement l'hésitation, le chef doit forcer l'obéissance? Cela conduit aussitôt à la dernière menace, et l'instant d'après, à la suprême punition, sans quoi la menace serait ridicule. J'admire que des gens, qui reçoivent aisément la guerre parmi les choses possibles, invoquent pourtant ici l'humanité et la justice, comme si l'on avait le loisir d'être humain et juste quand l'ennemi pousse. Il faut savoir ce que l'on veut.

Il n'y a point de paix, car il y a plus d'un ennemi. C'est pourquoi tout pouvoir est militaire. Feu ou eau. La rue est barrée. Vous demandez pourquoi; mais le gardien ne sait pas pourquoi. Alors, invoquant les droits du citoyen, vous voulez passer. Le gardien s'y oppose militairement; il appelle ses réserves; si vous faites le méchant, vous êtes un peu assommé; si vous montrez des armes, le gardien prend les devants et vous tue. Quand le pouvoir n'est pas résolu à forcer l'obéissance, il n'y a plus de pouvoir. Si le citoyen ne comprend pas et n'approuve pas ce puissant mécanisme bien avant de le craindre, il n'y a plus d'ordre; la guerre est à tous les coins de rue, le spectateur reçoit des coups et la justice périt.

Très bien. Et voilà ce que le Fascisme enferme de vrai; voilà ce que beaucoup d'hommes sentent vivement. Mais il faut comprendre; il faut circonscrire; il faut limiter, contrôler, surveiller, juger ces terribles pouvoirs. Car il n'est point d'homme qui, pouvant tout et sans contrôle, ne sacrifie la justice à ses passions; et de bonne foi; car l'homme puissant se croit lui-même. C'est pourquoi cette obéissance des civilisés serait pour effrayer, s'ils ne se juraient à eux-mêmes de résister continuellement et obstinément aux pouvoirs. Mais comment?

Que leur reste-t-il puisqu'ils obéissent? Il leur reste l'opinion.

L'esprit ne doit jamais obéissance. Une preuve de géométrie suffit à le montrer; car si vous la croyez sur parole, vous êtes un sot; vous trahissez l'esprit. Ce jugement intérieur, dernier refuge, et suffisant refuge, il faut le garder; il ne faut jamais le donner. Suffisant refuge? Ce qui me le fait croire, c'est que ce qui subsiste d'esclavage vient bien clairement de ce que le citoyen jette aux pieds du chef son jugement aussi. Il admire; c'est son bonheur; et pourtant il sait ce que cela lui coûte. Pour moi, je n'arrive pas à comprendre que le citoyen chasseur à pied, j'appelle ainsi le bon citoyen, l'ami de l'ordre, l'exécutant fidèle jusqu'à la mort, se permette encore de donner quelque chose de plus, j'entends d'acclamer, d'approuver, d'aimer le chef impitoyable. Mais plutôt je voudrais que le citoyen restât inflexible de son côté, inflexible d'esprit, armé de défiance, et toujours se tenant dans le doute quant aux projets et aux raisons du chef. Cela revient à se priver du bonheur de l'union sacrée, en vue d'éviter de plus grands maux. Par exemple, ne point croire, par un abus d'obéissance, qu'une guerre est ou était inévitable; ne point croire que les impôts sont calculés au plus juste, et les dépenses de même; et ainsi du reste. Exercer donc un contrôle clairvoyant, résolu, sans cœur, sur les actions et encore plus sur les discours du chef. Communiquer à ses représentants le même esprit de résistance et de critique, de façon que le pouvoir se sache jugé. Car, si le respect, l'amitié, les égards se glissent par là, la justice et la liberté sont perdues, et la sécurité elle-même est perdue. Songez à l'affaire Dreyfus, qui, fort à propos, reparaît en bonne lumière. Je sais bien que vous, bon citoyen, qui n'avez pas vu ces choses, vous n'arrivez pas à les croire. C'est qu'il faudrait comprendre que des abus aussi énormes, et tranquillement avoués, sont le fruit inévitable du pouvoir sans contrôle. Il n'y a aucune raison pour que l'homme qui s'élève gagne les vertus qui le préserveront de trop se croire; il y a beaucoup de raisons pour qu'en s'élevant il perde ces vertus, même s'il les a. Ces réflexions amères, mais utiles, donnent une idée de l'esprit radical, très bien nommé, mais encore mal compris par ces âmes faibles qui ne savent pas obéir sans aimer. Es-tu content, lecteur rugueux? Non, peut-être. Je ne demande pas si le pouvoir est content. Il n'est jamais content; il veut tout.

12 juillet 1930.

57

Résistance et obéissance, voilà les deux vertus du citoyen. Par l'obéissance il assure l'ordre; par la résistance il assure la liberté. Et il est bien clair que l'ordre et la liberté ne sont point séparables, car le jeu des forces, c'est-à-dire la guerre privée à toute minute, n'enferme aucune liberté; c'est une vie animale, livrée à tous les hasards. Donc les deux termes, ordre et liberté, sont bien loin d'être opposés; j'aime mieux dire qu'ils sont corrélatifs. La liberté ne va pas sans l'ordre; l'ordre ne vaut rien sans la liberté.

Obéir en résistant, c'est tout le secret. Ce qui détruit l'obéissance est anarchie; ce qui détruit la résistance est tyrannie. Ces deux maux s'appellent, car la tyrannie employant la force contre les opinions, les opinions, en retour, emploient la force contre la tyrannie; et, inversement, quand la résistance devient désobéissance, les pouvoirs ont beau jeu pour écraser la résistance, et ainsi deviennent tyranniques. Dès qu'un pouvoir use de force pour tuer la critique, il est tyrannique. Voilà d'après quoi un citoyen raisonnable peut d'abord orienter ses réflexions.

Au point où nous en sommes, et étant posé que le droit de critiquer est dans nos institutions et dans nos mœurs, je vois que la désobéissance est le moyen assuré de fortifier le virus tyrannique, dont le pouvoir n'est jamais tout à fait exempt. Un ministre pourra dire à la tribune : « Je ne poursuis point des opinions, mais des actions. Tous ces discours contre la guerre aboutissent à organiser la révolte et la désertion; c'est trop clair; les faits le prouvent assez. Le devoir militaire, même en temps de paix, se heurte à des intérêts et à des passions; si l'esprit leur offre quelque complaisance, les instincts de peur, de paresse, d'égoïsme enfin, se donneront comme raisonnables et ruineront l'ordre. La nature humaine est ainsi faite que, si le respect est affaibli, aussitôt les passions règnent. »

Et voilà justement l'erreur doctrinale, qui est à croire que la liberté des opinions va contre l'obéissance. Je puis témoigner que c'est le contraire qui est vrai. Autant que j'ai pu voir, ceux qui respectent et qui approuvent obéissent mal. Et pourquoi? Parce qu'ils n'ont pas le gouvernement d'eux-mêmes, et que, par suite, ils sont très faibles contre leurs passions. Par exemple, il est commun que le soldat ou le sous-officier qui acceptent les pouvoirs comme un fait et qui ne conçoivent même pas le droit en face de l'arbitraire, sont aussi ceux qui négligent le plus aisément les petits devoirs, dès que l'officier est absent. Il y a une infinité d'histoires de caserne à ce sujet. L'arbitraire et la licence vont naturellement ensemble. Le droit est contraire à tous les deux. Le droit est une pensée; le droit délimite, donc accepte et refuse, par cette même force d'esprit qu'on nomme volonté.

Dans tous les services publics, il en est de même. Les esprits courtisans font des courbettes, et trichent sur le travail autant qu'ils peuvent. Les mauvaises têtes travaillent très bien. Je lis souvent une revue d'instituteurs syndicalistes; il est clair qu'ils se donnent à leur métier; il suffit de lire ce qu'ils écrivent sur les leçons de grammaire ou d'arithmétique pour en être assuré. Voilà les fruits de la liberté. Si, dans leurs congrès, ils définissaient bien clairement le devoir de résistance et le devoir d'obéissance, la tyrannie serait sans forces.

7 septembre 1912.

58

Discours de l'instituteur. « Mes chers enfants, puisque le pouvoir aujourd'hui nous écoute, je veux rassembler en peu de mots ce que j'ai eu l'occasion de vous dire concernant la politique. Le premier article, le plus ancien, le mieux connu, est qu'il faut obéir aux pouvoirs, j'entends de bonne volonté, sans restriction, et au mieux. Cela va loin. Obéir aux lois d'abord, mais encore exécuter promptement les ordres reçus. Soit dans l'inondation, soit dans l'incendie, et surtout dans l'état de guerre, il y va de la vie peut-être; mais je ne vois point de pouvoirs possibles sans cela, ni d'action commune possible sans cela. Le serment d'obéir doit donc être souvent renouvelé dans vos cœurs. Quand il serait renouvelé publiquement chaque année, je verrais là une belle fête. A tes ordres, César. » Il est bon de dire que l'homme qui parlait ainsi avait un bras de moins, avec la renommée d'un fantassin irréprochable. Son discours ne sonnait pas creux.

L'homme sans peur et sans reproche avait encore quelque chose à dire. « Il faut, dit-il, une contrepartie. Ce contrat entre les citoyens et le pouvoir ne peut être ainsi fait que l'un ait tous les droits et que l'autre n'en ait aucun. Ne discutons pas sur le droit d'agir, de posséder, de louer son travail, de le refuser, même d'exprimer ce que l'on pense. Ces droits, de même que le droit d'élire, de critiquer, de contrôler, sont réglés par des lois qui sont mieux que passables. Mais je laisse ce détail pour en venir à l'essentiel qui est le devoir de penser librement. Dès que le citoyen est crédule, tous les droits sont comme abolis. Il ne faut point croire. Cela est très pénible de ne point croire ce que dit un homme éloquent et qui occupe la plus haute place. Mais comprenez aussi qu'un tel homme plaide toujours pour lui-même, qu'il est juge et partie, qu'il est entouré de flatteurs, qu'enfin il exerce le pouvoir, chose enivrante, aveuglante. Il sera trompé, il se trompera lui-même. L'histoire des peuples, comme je vous l'ai montré, est l'histoire des erreurs où tombe naturellement tout pouvoir qui gouverne aussi les pensées. Donc examinez, instruisez-vous, écoutez les uns et les autres. Dans les cas difficiles, sachez douter. L'opinion règne toujours; elle se fait sentir par le vote, mais bien avant le vote. Chacun de vous est partie de l'opinion et modérateur du pouvoir. Le muet refus de croire y suffit.

« Encore un mot là-dessus, mes amis. N'acclamez point. L'acclamation vous revient et vous prend au cœur. L'acclamation a fait tous les maux de tous les peuples. Le citoyen se trouve porté au delà de son propre jugement, le pouvoir acclamé se croit aimé et infaillible, toute liberté est perdue. Le lourd devoir d'obéir n'est plus limité ni tempéré par rien. Je décris ici des mœurs nouvelles; je vous trace un pénible devoir. Mais, mes amis, si l'on veut être libre, il faut le vouloir. Et n'oubliez jamais que les pouvoirs seront modérés, prudents, circonspects, préservés à jamais de l'infatuation, raisonnables enfin, et ménagers de vos biens et de vos vies, si seulement vous vous privez de battre des mains. »

Le plaisant est que le pouvoir le plus ombrageux ne peut rien trouver à reprendre dans ce discours; mais il bouillonne à l'entendre; il voudrait appeler ses gardes;

il espère, il appelle de tout son cœur la désobéissance, cette autre garde des rois.

3 décembre 1923.

59

Il faut que j'avoue que je suis l'ennemi de toute espèce de Majesté. Grande ou petite. Je la flaire de loin, et je me mets en révolte. Au sujet des souverains étrangers, je m'applique à n'avoir aucune opinion; mais il reste que je ne saluerais pas aisément un homme qui règne par droit de naissance. Sur quoi ceux qui ne me connaissent guère diraient que je suis anarchiste dans le fond; mais réellement il n'en est rien. Il m'est facile et il m'est agréable d'obéir; bien mieux, respecter et même vénérer, c'est ce que j'aime le mieux au monde. Mais c'est l'union de l'obéissance et du respect qui ne veut point du tout se faire. Et la Majesté, à mes yeux, c'est justement tout ce qui, ayant le pouvoir, veut encore être respecté; mais, pour moi, ce sont deux ordres.

Si les hasards de la vie avaient fait de moi un officier, je n'aurais eu aucune peine à obéir, et de bonne foi, d'après le nombre des galons. Rien n'est plus simple, il me semble. Mais je n'aurais jamais pu montrer, pour la femme d'un général, une nuance particulière de respect. C'est par là que j'aurais été classé comme mauvaise tête, et bien injustement. Lorsque j'obéis, je ne dois plus rien. En quoi l'on dira que je donnerais un mauvais exemple, le peuple n'étant disposé à obéir que s'il respecte. Mais je crois au contraire que c'est un très bon exemple qu'il faut donner, que d'obéir sans adorer; c'est la République même.

Toute tyrannie vient, il me semble, de ce que les hommes ne savent pas obéir sans respecter. Car la nécessité d'un pouvoir qui décide, et ainsi assure l'ordre, n'est pas difficile à comprendre; mais la plupart de ceux qui ont compris la nécessité de l'obéissance concluent, et très mal, que celui à qui ils obéissent a raison. Et le tyran lui-même, grand ou petit, se reconnaît à ceci qu'il veut avoir raison. Dans n'importe quelle administration, chacun en peut faire l'expérience; le chef veut persuader; mais en même temps qu'il argumente, il fait sentir, par le ton, que ses arguments sont, à ses yeux, sans réplique. Ce mélange de l'autorité temporelle et de l'autorité spirituelle m'est odieux. Si l'on veut que j'approuve, il faut me laisser libre, absolument libre, de façon que les raisons n'agissent que par leur valeur de raisons; mais si c'est un ordre, que ce soit un ordre.

Je lis un peu partout qu'il faut un gouvernement fort et qui sache dire : « Je veux. » Cela ne me choque point; un « Je veux » tout sec et sans réplique n'attente point à l'esprit. Mais, dans le fait, il n'y a point de tyran qui sache dire : « Je veux »; tous cherchent l'approbation et la forcent, et mettent en prison non pas seulement celui qui désobéit, mais celui qui désapprouve. Enfin le tyran veut êre aimé. Le plus agréable des flatteurs est celui qui trouve des raisons aux désirs du roi; ainsi l'accord se fait par l'obéissance d'esprit, et le roi n'a pas à vouloir. Chacun a pu entendre de ces petits rois, inspecteurs, chefs de bureau, ou directeurs qui voudraient toujours dire : « Je ne vous donne point d'ordre; je vous dis seulement mon avis; et je désire que vous vous y rangiez, et que la décision vienne de vous. » Et ils appellent très bien « mauvais esprit » celui qui répond fort poliment : « Mon esprit n'est point une chose à vous; si vous voulez être approuvé, donnez vos raisons; votre autorité n'y ajoutera pas la plus petite valeur; mais si vous voulez être obéi, ayez le courage d'ordonner. » Le fin courtisan, tout au contraire, prend sur lui la charge de vouloir. Un homme est presque dieu, lorsqu'il peut dire : « Ce qui me plaît, c'est la vérité même à leurs yeux. »

1er mai 1914.

60

Mon ami Jacques tapait sur son cuir, un peu plus fort peut-être qu'il n'était nécessaire. Au-dehors, bruit de canons et de cloches. « Je ne vois pas pourquoi, dit-il, on suppose plus d'honneur dans un Maréchal qui a gagné la bataille que dans le simple soldat qui se fait tuer en avançant. Même, si on voulait y regarder, on trouverait une grande différence; car faut-il autant de courage pour faire avancer dix armées que pour se faire avancer soi-même? Et toujours est-il que le Maréchal fait ici son métier, pour lequel il est payé et bien payé, tandis que l'autre a laissé son métier, et, en récompense des risques, trouve seulement un terrier de lapin et de la soupe froide. »

Le marteau frappait moins fort : « Bah! dit l'ami Jacques en regardant sa jambe de bois, il y a plus d'un métier de guerre, et chacun fait le sien. Ne discutons pas là-dessus. Mais voici où je voulais en venir; nous n'avons point à louer ni à honorer nos chefs; nous avons à leur obéir à l'heure de l'obéissance, et à les contrôler à l'heure du contrôle. Après cela ils sont payés, ils ont leur pension; tout est réglé; je ne dois plus rien. Il y a d'autres dettes, qui ne sont point réglées; et si je pense premièrement à cette veuve qui habite à côté, et qui élève ses quatre enfants, ou à cet ancien combattant qui tousse là-haut, en souvenir des gaz empoisonnés, j'attends qu'on me prouve que j'ai tort. Malheureusement, le citoyen n'ose pas raisonner. »

« Je crois, lui dis-je, que le citoyen raisonne très bien. Tous ces mouvements de foule sont menés par les ambitieux, grands et petits. Ce qu'ils honorent, eux, ce n'est point le courage, c'est le pouvoir. Ce qu'ils admirent maintenant, ce qu'ils acclament, ce qui les jette hors d'eux-mêmes, c'est le plus haut pouvoir, cela même qu'ils espèrent depuis leurs quinze ans. Quelque petit morceau de pouvoir qu'ils tiennent, ils sont tyrans tant qu'ils peuvent et même ils sentent très bien que le plus haut tyran soutient les petits tyrans. Cette graine n'est pas si nombreuse; mais elle fait du bruit. En ces occasions-ci, elle menace, elle insulte; elle étourdit ceux qui manquent de résolution; sans compter le respect naturel pour les morts, et le plaisir du spectacle. C'est ainsi que les pouvoirs semblent gagner toujours, et gagnent quelquefois. Nous autres, cuisons et recuisons nos pensées. Bien des choses ont changé déjà, depuis que le cordonnier pense plus loin que son cuir. Et même je me dis quelquefois que le bon sens gagne à être battu, comme le cuir. »

« A ce compte-là, dit Jacques, notre bon sens serait dur comme fer. Et c'est pourtant vrai que celui qui gagne sa vie s'endort bientôt, si les choses vont passablement. Au lieu que la petite armée des ambitieux ne cesse de penser et de ruser; leur métier, à eux, c'est de penser, d'argumenter, de parler; tous leurs raisonnements leur sont payés. On n'entend qu'eux; on ne lit qu'eux. L'autre raisonnement, celui du citoyen qui ne veut point du tout tyranniser, l'autre raisonnement, celui qui juge les pouvoirs, est payé d'injures et de coups de bâton. Le miracle n'est pas que l'on voie un tyran ou deux régner sur des peuples qui ne sont point sauvages. Le miracle, c'est qu'il n'y ait pas de tyrans en tous pays. Quand j'étais jeune, je croyais que les pensées justes réussiraient tout de suite. Il m'a fallu du temps pour comprendre que le progrès ne va pas vite, et que c'est déjà beaucoup demander si l'on prétend à être autre chose qu'un pion sur l'échiquier de nos Messieurs. J'arrive, comme vous voyez, à une sorte de modération et de philosophie. Le difficile, voyez-vous, c'est d'être modéré sans être faible. On se croit déshonoré si on ne demande pas la lune, et tout de suite. Alors on n'a rien du tout; et c'est une très vieille histoire. »

« C'est l'histoire, lui dis-je. On acclame le tyran qui a vaincu le tyran. Patience. Le citoyen qui obéit et juge fait à peine ses premiers pas dans le monde. »

4 mai 1929.

61

Le fameux pape Jules, appuyé sur son double pouvoir, ne pouvait pas exiger de Michel-Ange qu'il ne suivît pas son propre génie. Cela, le tyran le mieux assuré ne peut l'obtenir; il ne peut même pas le vouloir. L'artiste n'obéit pas. Le saint fait mieux peut-être, lui qui vient dire au tyran : « Je ne suis pas content de toi. » Mais est-ce mieux? Le sage ne dit rien; il jette un regard comme un muet jugement, et s'en va. Frédéric de Prusse avait bien saisi la réplique juste : « Vous visez trop haut, disait-il à peu près; le métier de police n'est ni beau ni grand; si on veut le bien juger, il faut le faire. » Le sage a compris cela, et que le mépris passe bien au-dessus du trône; aussi il ne méprise que si on l'en prie. « Ne suis-je pas bien heureux? » disait Crésus à Solon; et Solon répondit : « On ne peut décider si un homme est heureux tant qu'il n'est pas mort. » Je plains le tyran; il ne reçoit que des éloges forcés; il n'a pour amis que des âmes basses, et qu'il fait jouer comme des machines; c'est comme s'il tâtait la trahison. Nul homme ne prise l'estime forcée, ni l'amour forcé. Par quoi l'égalité subsiste comme au temps d'Esope, ni plus ni moins; l'égalité, loi de diamant, claire et dure. « Je puis mettre Platon aux fers, se dit Denys; mais je ne puis pas mettre son jugement aux fers; et quand je le pourrais, quelle valeur en un jugement serf? Ce que je veux, c'est qu'il m'approuve librement. »

Ces traits sont écrits partout, dans l'histoire, dans la légende, dans les belles œuvres, dans les grandes vies. Le pouvoir ne cessera d'être humilié. Beethoven, dans une scène célèbre, enfonce son chapeau jusqu'aux oreilles au lieu de saluer la cour. Mais en Goethe, qui saluait si bien, le mépris n'était pas moins marqué. Le seul départ d'un beau vers se moque des puissances; et, au rebours, tout ce qui est flatteur est plat. On ne peut point du tout gouverner l'artiste, ni le saint, ni le sage. Cet étrange et subversif caractère est tracé partout. L'ambitieux peut-il seulement lire un conte? L'égalité y éclate. Et il me semble que je n'aimerais point trop, si j'étais roi, ces palais qui naissent d'une parole, et, d'une autre parole, sont effacés; c'est traiter bien légèrement les plaques, les cordons, les épées. En toute œuvre vénérée il y a lèse-majesté. Mais oui, par cela seul que ce n'est pas un tyran qui l'a faite.

Ce qui, dirait Candide devenu vieux, ce qui ne va pas sans inconvénient; car il y a du malheur dans la politique, et une rage mal dissimulée; et cela retombe sur nous. Il faut payer tous ces mépris. Tout homme qui a pouvoir finit par se venger; l'épée tuera; car que peut-elle de plus? Le pouvoir rend méchant par une réelle impuissance, aussitôt sentie. Descartes s'en va. Pascal regarde au ciel. Kant écrit sa Raison Pure, et évidemment sans prendre conseil de la Bonne Pensée.

Chacun a sa manière; mais tous s'enfuient. Cette fuite des vraies valeurs est sous les doigts du tyran; il la sent toujours. Et qui empêche que son valet le juge, son valet qui ne dit rien? Il n'est pas un général qui ne rougisse d'être approuvé. Mais on nous conte, comme un éloge, qu'il admet la contradiction, et que même il la cherche. « Ne pensez pas à me faire plaisir », disait Pétain. Mais le franc-parler n'est pas longtemps favori. C'est qu'avec le franc-parler l'égalité se montre; l'égalité, qui n'est jamais loin dès qu'un homme parle à un homme. Ainsi la vanité ne se trompe pas elle-même. Je cherche l'homme qui est fier d'être décoré; je ne l'ai pas trouvé. Mais méfions-nous, dit Candide; tout ambitieux est bientôt furieux; l'humeur le tient; il s'y livre. Il n'y a que l'aveugle colère qui le puisse consoler; d'où les guerres, ces vengeances de rois. Et en vérité, dit Candide devenu sage, on devrait chercher l'occasion d'admirer les rois, sincèrement et librement; cela rendrait service à tout le monde.

1er juillet 1930.

Accepter l'ordre nécessaire mais ne pas l'adorer

62

Si l'agent aux voitures voulait être juste, il interrogerait les uns et les autres, laissant passer d'abord le médecin et la sage-femme; dans le fait, ce serait le comble du désordre, et tous seraient mécontents. Aussi l'agent ne se soucie point de savoir qui est pressé ni pour quels motifs; simplement il coupe le flot; il réalise un ordre tel quel; non pas meilleur qu'un autre; mais c'est un ordre. Son idée, s'il en a une, est que le désordre entraîne par lui-même une masse d'injustices. Mais il n'a point d'idée. La puissance de l'ordre vient de ce qu'il renonce à conduire les choses humaines par l'idée. L'homme d'ordre résiste là, parce qu'il voudrait adorer l'ordre; mais l'ordre n'est pas dieu.

Si l'on scrut l'ordre moral, il faut lui ôter cette couronne qu'il remet toujours. L'ordre n'est jamais vénérable; il nous rappelle seulement l'urgence des besoins inférieurs. L'homme ne peut penser que s'il a dormi et mangé. Et la loi de fer des besoins consiste en ceci que, celui qui essaie de mépriser les besoins s'y trouve aussitôt soumis comme une bête. Essayez d'ajourner le dormir ou le manger, ils vous assiégeront, et sans délai. C'est la pensée toujours qu'il faut ajourner, c'est-à-dire l'égalité, la liberté, la justice. Ces choses éminentes peuvent attendre; elles doivent attendre. Tels sont les axiomes de l'ordre. Campé ainsi sur les besoins animaux, l'ordre est invincible.

Que d'hommes ont cherché l'ordre! Ils entendaient l'ordre selon l'idée, et les fonctions rangées selon les valeurs. Ces recherches peuplent le grand royaume d'Utopie. L'ordre n'est pas à chercher; il est; sa vertu propre est d'exister; on y vient buter. L'ordre ne demande pas permission; admirez le double sens du mot; l'ordre est impérieux; rappeler quelqu'un à l'ordre, c'est une opération de force. Et cette force de l'ordre, attribut de tous les agents de l'ordre, ne fait que traduire la force des besoins inférieurs, non moins brutale. La forte tête de Comte, si bien garnie de connaissances sévères, est allée tout droit à cette idée de l'ordre, qui n'exprime autre chose que notre dépendance par rapport aux choses sans esprit desquelles nous tirons notre vie. Il nous faut premièrement des produits, des métiers, des marchés, une monnaie. Si vous effrayez les marchands, il vous faudra chercher votre nourriture comme le moineau, le rat et le lapin. Adieu aux pensées.

La monnaie, comme on a pu voir, comme on a toujours vu, est autant rebelle que l'Océan, et encore plus compliquée en ses remous et tourbillons. C'est qu'elle exprime la pression des besoins, qu'on ne peut oublier. A la première apparence, la monnaie est une invention ingénieuse, et que l'on peut changer d'après l'idée. Dans le fait vous devez suivre ici les marchands. S'ils sont conduits par la convoitise et par la peur, vous ne devez pas vous en étonner; cela doit être. Les naïves passions des marchands, qui finalement règlent les changes, expriment que la faim passe avant la justice. La peur et la confiance sont des animaux indociles; ils sont attelés à notre chariot. Si le chariot roule passablement, le cocher pourra rêver à des choses meilleures; sinon, non. Ce que Comte exprimait par la formule : « Le progrès n'est jamais que le développement de l'ordre. »

La défense, ou police, c'est l'ordre même; et le principe de la défense est qu'il faut d'abord vivre; c'est un principe animal. On s'étonne que les raisonnements se cassent le nez ici, on s'étonnerait moins si l'on apercevait que c'est la peur et la rumeur de peur qui règlent ces choses. Au fond c'est le besoin de dormir qui porte la défense; et le besoin de dormir n'entend pas raison. L'homme d'ordre veut qu'on prenne la nature humaine comme elle est, et même, par instinct de sûreté, il la prend un peu au-dessous d'elle-même, conduisant la politique comme si les citoyens étaient de grands enfants. Et cela devient vrai aussitôt, si l'on méprise l'ordre. J'aime à plaider pour l'homme d'ordre; mais lui n'aime pas mes raisons; c'est que je lui ôte sa couronne. Il n'y a point d'autre piperie en l'ordre que la couronne.

3 janvier 1931.

63

Vouloir que la société soit le Dieu, c'est une idée de sauvage. La société n'est qu'un moyen. Mais il est vrai aussi qu'elle se donne comme une fin, dès qu'on le lui permet. C'est tyrannie. Dans les familles il arrive que ce qui est médiocre parvienne à gouverner, et souvent l'on voit le savant en pantoufles, ou l'artiste, ou l'inventeur, comparaître comme une sorte de coupable devant un tribunal de tantes, de belles-sœurs, de cousines, sans compter les enfants, raisons sans raison, qui ramènent toujours l'attention à leur propre niveau. Tel est le poids animal. Mais cela n'est ni juste ni beau. Michel-Ange se débattait dans les fils lilliputiens. On rougit de penser qu'un garnement de neveu, un imbécile de trésorier, ou bien un carrier ivre, ont tué peut-être tant de statues avant qu'elles fussent nées. Certes cela est de la condition humaine, comme de manger et de dormir; mais nous sentons bien qu'il faut que cela soit subordonné et obéissant. Il y a un ordre des casseroles, des draps et de la plomberie; il faut même un gouvernement de ces choses; mais ce n'est qu'intendance. Tout cela est aux ordres du maître. Et voilà une maison. Le seigneur dit : « Ma maison; mes gens. » Ainsi l'ancien ordre figure l'ordre vrai.

Il le figure; il ne l'est point. En tout temps nous voyons que l'inférieur usurpe. Un chef de travail, un chef de police, un chef de guerre, ne sont jamais à bien regarder qu'empereurs de casseroles. Ce sont des cuisiniers de nourriture, d'abri, de sécurité, d'épargne; ils soignent le corps, et, comme dit Platon, ils le flattent, ils l'attachent par mille crochets et par mille clous de plaisirs et de douleurs. Si Dame Magloire a de l'humeur, le rôti sera brûlé. Si Monseigneur le ministre a de l'humeur, c'est la ville qui sera brûlée; si César a de l'humeur, les bombes tomberont sur l'atelier; Phidias sera fantassin. Adieu statues!

L'ordre, on nous en emplit les oreilles; mais on ne dit point quel ordre. Je vois que c'est toujours l'inférieur qui gouverne; cela s'entend à ce bruit d'argent; il n'est parlé que de bons, que de crédit, que de dettes; c'est ainsi que, dans les familles, il n'est parlé que de maçon, de plombier, de fumiste. Et pour un verrou qui ne ferme pas bien la grand-porte, que de bruit! Le musicien devra payer de toute sa musique, et le sage de toutes ses pensées, afin que la porte soit bien fermée. Au diable! Remarquez que c'est très bien dit.

C'est bien le diable, cette puissance oblique, qui fait paraître l'ennemi, le voleur, la pauvreté, la faim, la maladie. C'est bien le diable qui rit sardoniquement de nous voir d'abord inquiets, et puis attentifs, et puis tout à fait sérieux sur le propos des portes et des fenêtres. Les sages autrefois se faisaient moines, et le prieur défendait que l'on parlât du bouillon d'herbes. Mais je me méfie. Je crois qu'on en parlait; je crois qu'on assemblait le chapitre pour en parler. Les intendants partout se font rois.

Cet ordre est un ordre de fourmis, d'abeilles, de termites; ce n'est point un ordre humain. Au reste, la plus belle farce du diable, c'est de dire à l'homme supérieur : « Tu es roi du bouillon d'herbes. » A quoi l'homme qui sait se laisse prendre; car il a des idées aussi sur le bouillon d'herbes. Platon, à ses soixante-dix ans, se laissait encore attirer en Sicile, en vue de gouverner l'orange, la figue et le vin muscat. C'est être président de table; on ne sait pas jusqu'où cela entraîne; il faut descendre aux cuisines. Non. Plutôt qu'on nomme roi le meilleur Marmiton; mais qu'il n'essaie pas de nous faire baiser la casserole.

Toute révolution se fait au nom de l'esprit, et contre les cuisiniers. Car chaque homme est roi; il n'a pas seulement à défendre le sage, l'artiste, l'inventeur, contre l'administration des casseroles; il a à se défendre lui-même contre son ventre, et contre tous les ventres. Voyez ce roi, dans le symbolique isoloir; il s'y prend comme il peut, et souvent mal; mais il prend un édit contre les gens de cuisine, éternels usurpateurs.

20 mai 1928.

64

Comme nous parlions d'anarchistes, de socialistes, et d'espèces politiques du même genre, un sage me dit : « Le véritable anarchiste, c'est vous, Alain. »

Je lui répondis : « Ce que vous dites là m'étonne beaucoup. Non seulement je paie mes contributions, mais je me réjouis lorsque je les paie, parce que cela me rappelle que je possède, en commun avec d'autres, un grand nombre de choses utiles, comme routes, ponts, phares, digues, écoles, bibliothèques, hôpitaux. Bien plus, j'obéis strictement aux lois et j'estime que les agents de police sont trop peu payés pour les services qu'ils rendent. Enfin j'admire plus qu'aucune autre chose la discipline dans l'action; un régiment en bel ordre est un spectacle qui me plaît à voir.

– Oui, me dit-il, je sais tout cela, car je vous connais depuis longtemps. Tout de même vous êtes anarchiste. Vous reconnaissez la nécessité de l'ordre et de la hiérarchie, à peu près comme vous ouvrez votre parapluie quand il pleut; mais vous n'aimez pas votre parapluie pour lui-même. Vous parlez du même ton à un préfet et à un cocher; cela étonne; je ne saurais pas dire si c'est que vous êtes trop poli avec le cocher ou trop peu poli avec le préfet; mais enfin il faudrait pourtant faire quelque différence entre eux. Vous savez obéir, mais vous êtes incapable de respecter. Vous ne croyez pas aux grades, ni aux parchemins; si un illustre professeur parle, fût-il cuirassé de palmes vertes, vous l'écoutez comme vous écoutez un écolier, toujours cherchant la faute, et toujours joyeux quand vous la découvrez. Et, pour tout dire en gros, vous avez de la religion, mais vous n'avez point la foi. Vous acceptez la société, avec tous ses panaches, comme un mal nécessaire, et, lorsqu'un honnête fonctionnaire a les larmes aux yeux parce que l'on vient de le décorer, vous trouvez cela ridicule. Réellement oui, vous êtes anarchiste. »

Je dus avouer. Car sans doute ce qu'il disait n'était pas absolument vrai, et, tout au fond, je suis bien plus idolâtre qu'il ne le croyait; mais je le regrette.

15 octobre 1907.

65

Il y a une odeur de réfectoire, que l'on retrouve la même dans tous les réfectoires. Que ce soient des Chartreux qui y mangent, ou des séminaristes, ou des lycéens, ou de tendres jeunes filles, un réfectoire a toujours son odeur de réfectoire. Cela ne peut se décrire. Eau grasse? Pain moisi? Je ne sais. Si vous n'avez jamais senti cette odeur, je ne puis vous en donner l'idée; on ne peut parler de lumière aux aveugles. Pour moi cette odeur se distingue autant des autres que le bleu se distingue du rouge.

Si vous ne la connaissez pas, je vous estime heureux. Cela prouve que vous n'avez jamais été enfermé dans quelque collège. Cela prouve que vous n'avez pas été prisonnier de l'ordre et ennemi des lois dès vos premières années. Depuis, vous vous êtes montré bon citoyen, bon contribuable, bon époux, bon père; vous avez appris peu à peu à subir l'action des forces sociales; jusque dans le gendarme, vous avez reconnu un ami; car la vie de famille vous a appris à faire de nécessité plaisir.

Mais ceux qui ont connu l'odeur de réfectoire, vous n'en ferez rien. Ils ont passé leur enfance à tirer sur la corde; un beau jour enfin ils l'ont cassée; et voilà comment ils sont entrés dans la vie, comme ces chiens suspects qui traînent un bout de corde. Toujours ils se hérisseront, même devant la plus appétissante pâtée. Jamais ils n'aimeront ce qui est ordre et règle; ils auront trop craint pour pouvoir jamais respecter. Vous les verrez toujours enragés contre les lois et règlements, contre la politesse, contre la morale, contre les classiques, contre la pédagogie et contre les palmes académiques; car tout cela sent le réfectoire. Et cette maladie de l'odorat passera tous les ans par une crise, justement à l'époque où le ciel passe du bleu au gris, et où les libraires étalent des livres classiques et des sacs d'écolier.

11 octobre 1907.

Le refus du pouvoir.

66

Un homme libre contre un tyran, telle est la cellule politique; et cela est abstrait, comme la politique elle-même. Si chaque homme libre avait charge d'un tyran, qu'il tiendrait sous son regard, on arriverait à une sorte d'équilibre; il suffirait de contredire, de raisonner, quelquefois de se moquer, et toujours de faire jouer la puissante amitié humaine. Dans le fait, les tyrans se réunissent autant qu'ils peuvent et réchauffent leurs maximes; et les hommes libres, de même, forment des assemblées où les tyrans sont durement secoués; mais les tyrans n'en savent rien. Toutefois, cet autre tableau politique est lui-même abstrait. On trouve les deux espèces d'hommes dans tous les partis, et presque dans toutes les places. L'affaire Dreyfus, qui rompit les partis, fit apparaître de ces antagonismes intimes. D'officier à officier, de bureaucrate à bureaucrate, de chrétien à chrétien, d'incrédule à incrédule, on discutait les yeux dans les yeux; et c'était la bonne manière. On sait qu'il se forma à la fin une opposition de droite et de gauche parmi les amis de la justice. C'est que les uns aiment la justice tyranniquement et les autres démocratiquement; ou, pour parler autrement, les uns se poussent vers le haut avec la résolution d'être de bons rois; les autres se défient de la justice royale, et résistent tant qu'ils peuvent, tirant la barbe à toute majesté.

Qu'il y ait des tyrans socialistes, syndicalistes, communistes, on le sait. Un prolétaire qui voudrait bien n'être ni tyran ni esclave ne cesse d'admirer ces petits rois qui posent la question de confiance et invoquent la raison d'Etat. Les chefs radicaux ont leur couronne aussi, et leurs dogmes, et leurs mouvements d'impatience royale. Et, au rebours, parmi les modérés et même parmi les bonapartistes, boulangistes, royalistes, autant que ces mots ont encore un sens, il y a des ferments de liberté; non pas tant dans les chefs, qui sont comme tous les chefs, mais dans les troupes électorales, souvent portées de ce côté-là par le bonheur de s'opposer aux pouvoirs existants. On a joué sur le mot liberté; mais il ne faudrait pas croire que ceux qui sont partis en croisade pour la liberté religieuse sont tous des hypocrites. Le parti catholique se divise maintenant explicitement en un parti peuple et un parti noble; mais toujours on y a trouvé janséniste contre jésuite; et l'affinité des grands chefs catholiques avec tous les pouvoirs forts se marque quelquefois en traits qui font caricature, comme évêques décorés et choses de ce genre.

L'union sacrée est le paradis des tyrans; mais que signifie l'union sacrée, sinon un oubli des fins politiques qui ne sont pas le renforcement et la consécration de tous les pouvoirs? Tous ceux qui aiment le pouvoir, même en imagination seulement, se serrent alors en phalange. Et les hommes libres se mettent en rangs aussi. Car les hommes libres, extrêmes mis à part, savent aussi le prix de l'ordre. Ils voudraient seulement qu'on n'abuse pas des occasions pour mettre tout le monde au pas militaire. Et ils savent bien que tout pouvoir abuse et abusera. D'où une opposition diffuse, infatigable et souvent de bonne humeur, qui ne construit pas, qui ne propose rien, qui n'a pas de plan pour sauver les finances, ni pour sauver la paix, mais qui se méfie des sauveurs. On a souvent remarqué que tout est négatif dans les thèses fameuses que résument les mots Liberté, Egalité, Fraternité; mais c'est qu'en effet on ne peut fonder ni maintenir aucun ordre d'après ces énergiques sentiments. Toute police les nie; et il faut une police. Et les tyrans de toute espèce sont parfaitement à leur place sur les sommets de l'ordre. Ils ont les vertus de l'emploi, qui ne sont pas petites; et ils y trouvent les plaisirs de l'ambition, sans lesquels le métier de régner serait parfaitement ennuyeux. L'homme libre se range et s'efface; l'ambitieux se pousse. Il ne peut en être autrement; un socialisme aura toujours un préfet de police, un général, un grand juge, qui marcheront allègrement sur les libertés, si on les laisse faire; et les sous-ordres imiteront les grands chefs, comme on voit partout; l'espoir de gouverner ne va jamais sans une sorte de religion à l'égard de ceux qui gouvernent. Et cette procession chante conquête, gloire et massacre; on ne le sait que trop; elle nous le crie aux oreilles. Que prospère et s'assure de soi la bienfaisante race des hommes libres qui refusent pouvoir! Si elle fait seulement équilibre, homme contre homme, ce sera déjà beau.

Octobre 1931.

67

Lorsque le commandement découvre, au milieu de la plèbe militaire, un homme instruit, et assez méprisant, qui obéit correctement et qui ne demande rien, la conclusion est celle-ci : « Voilà un homme qui n'est pas à sa place et qui pense mal. Mettons-le à sa place et il pensera bien. » Ce qui n'est pas mal raisonné; car la plupart des hommes subissent le pouvoir avec humeur, mais l'exercent avec sérénité. C'est un thème de comédie; c'est un lieu commun. Le plus résistant des gouvernés devient le plus ferme des gouvernants. Cette sorte de miracle, qui quelquefois fait rire, est l'affaire d'un décret. C'est ainsi que le pouvoir digère ses ennemis, et fait passer toute leur force en sa propre substance. Enfin, comme l'a dit plus d'un moraliste depuis Platon : « L'amour de la justice, en la plupart des hommes, n'est que la crainte de subir l'injustice. »

Platon ne le croit point; ce n'est point du tout sa profonde pensée; mais il le fait dire à son Calliclès, modèle de l'ambitieux, dont c'est la plus chère pensée. Un de nos plus rusés gouvernants, fortement secoué par un jeune moraliste plein de feu, lui disait un quart d'heure après en le prenant amicalement à l'épaule : « Tout n'est pas dit. Nous reviendrons là-dessus quand vous serez ministre. » Le jeune moraliste prit de l'âge, devint ministre, et vous devinez la suite.

Tout métier durcit la peau, justement de la partie qui tient l'outil. On ne sent plus alors le manche de la pelle. Le cuisinier ne se brûle plus aux casseroles. De même le gouvernant s'endurcit et se cuirasse en certaines parties plus secrètes. La richesse, qui certes est un pouvoir, épaissit de même la carapace, et aussi certains replis intérieurs, d'où les connaissances et les jugements sont souvent changés du tout au tout. Le mieux pris est celui qui compte trop sur lui-même, comme ces ouvriers d'élite que l'on fait entrer au conseil des patrons; la perspective alors est changée. Une certaine teinte, due à l'instrument, altère les couleurs naturelles. Et la plus grande erreur de ceux qui portent des lunettes jaunes est de croire qu'ils voient toujours les choses comme ils les voyaient. Effets inévitables, par le jeu desquels les pouvoirs gagnent toujours. On s'étonne, et bien vainement, de constater que le changement des constitutions n'a nullement affaibli les maximes et les pratiques du pouvoir.

On peut prévoir ces effets; on peut s'en garder par un refus radical. Ce mot vient sous ma plume et me fait penser qu'un radical ne devrait pas être ministre, mais au contraire rester, comme dit l'autre, assis par terre, en ce point le plus bas d'où l'on ne peut être déposé. Ce genre d'homme assurerait l'opinion. L'éternel pouvoir en serait modéré et prudent; il n'en faut pas plus pour que les maux résultant de l'intempérance propre à la force publique soient réduits autant que la raison a le droit de l'espérer, et peut-être même plus. Les temps nouveaux dépendent de cet homme nouveau, dont j'ai connu quelques beaux modèles, et qui consent tout juste à être caporal. Officier, non. Il ruse, il fait le modeste, il fait l'ignorant. Il échappe, par cette tranquillité du pêcheur de grenouilles, qui se fie à son petit bout de ruban, qui a toujours suffi. Au vrai, personne n'a encore pensé que le pouvoir puisse être décrété obligatoire pour ceux qui sont reconnus capables de l'exercer. Platon en ses rêveries de politique, a bien vu la difficulté. Justement parce qu'il gardait espoir dans l'homme, et à mesure qu'il formait son sage selon la justice, il reconnaissait mieux que ce sage ne voudrait jamais être roi. Le même Platon augurait mal de la démocratie, parce qu'il voyait les médiocres en haut. Il n'avait pas pensé assez au poids merveilleux d'un bon nombre de sages assis par terre et jugeant l'acrobate.

26 mai 1928.

68

Pierrefeu a remarqué dans son *G. Q. G.*, qui devrait être le bréviaire des civils, que les grades sont donnés régulièrement, et selon une stricte justice, à l'intelligence et au savoir. L'homme de main et d'entreprise, qui sait dompter un cheval, risquer, oser, n'a aucune chance de s'élever sur l'élève qui a appris sa leçon, qui sait comprendre, rédiger, discuter. L'esprit commande, la force exécute. Et voilà qui arrête tout net l'idéologue soucieux d'ordonner les valeurs selon l'esprit. L'idéologue, c'est le militaire. Le système de Jaurès, selon lequel le plus instruit commande, c'est le système militaire même. L'intelligence ici s'empêtre elle-même; il n'y a que l'expérience de l'homme de troupe qui puisse démêler la malice; et le principe en est qu'un homme d'esprit ne doit jamais être simple soldat.

Napoléon élevait les sabreurs; il allait au plus pressé; et il s'en est repenti. « Ney, disait-il, oublie les troupes qu'il n'a pas sous les yeux. » Il faut que le commandement pense sur états, sur cartes, sur étapes. Et voilà une raison d'estimer les bacheliers, brevetés, diplômés. Mais ce n'est qu'une raison extérieure. L'expérience de la nation armée a fait voir que l'intellectuel n'a pas moins de feu et d'audace que l'ignorant. La matière de guerre, l'animal d'abord peureux et aussitôt irrité, l'impulsion des jambes, leviers admirables, le thorax gonflé de colères, les industrieuses et violentes mains, tout cela est réparti à peu près également entre les hommes sains. Le littérateur, le discoureur, l'historien, le statisticien bondiront comme des lions, dès que les filets bien serrés du commandement maintiendront l'ordre militaire. Cela est réglé et jugé, d'après mille expériences. Il n'est pas difficile de faire la guerre; mais il est difficile de la préparer, par une concentration des pouvoirs, par un brisement des espoirs, par une séparation d'abord des maîtres et des esclaves.

Or qu'est-ce qui résiste? Ce n'est point l'humeur. L'humeur est instable; un quart de vin l'apaise. Ce qui résiste, c'est ce qui sait parler, ce qui raisonne à part soi, ce qui instruit autour, ce qui juge le chef. L'esprit donc, s'il n'est chef de répression, sera chef de révolte. Il s'agit donc de discerner l'esprit partout où il se cache, et de lui donner pouvoir, et de ne point permettre qu'il refuse pouvoir. Ainsi le problème n'est pas, comme on aurait pu croire, de choisir quelques puissantes brutes, mais au contraire d'aller chercher les forts en thème, de les tirer du rang, de les élever jusqu'à ce despotique pouvoir qu'un président du Conseil est bien loin d'avoir, et devant lequel l'hésitation et le plus petit commencement de critique ou de moquerie sont des crimes.

Votre homme est peut-être myope et un brin maladroit; mais laissez faire. Premièrement il fera très bien son métier; il fera voir cette exactitude en tout, cette attention méthodique, cette mémoire infaillible, cette connaissance des règlements, qui encerclent, étonnent et découragent le troupier. Non seulement il aimera ce qu'il fait, parce qu'il le fera bien; mais il aimera aussi cette obéissance qui court le long des rangs comme un message, et même une sorte d'amitié, s'il n'est pas aussi méchant qu'il pourrait l'être. Et quand même il serait un peu tiède, et ironique en son privé, cela fera toujours un mécontent de moins. Et surtout, il importe que l'homme de troupe ne puisse pas dire : « Voilà un de mes frères d'esclavage, qui porte le même fardeau que moi. Il aurait pu être officier; et il ne l'a pas voulu. » Or cette séparation se fait aisément. Il est rare qu'un homme instruit refuse pouvoir. L'esprit est ambitieux; tel est le ressort de toute l'injustice. Seulement je crois que cela peut changer. J'en vois les signes. Si ce changement se fait, d'autres changements suivront aussitôt. O Fraternité, que ne pourrais-tu?

1er janvier 1929.

69

La conversation en était venue à cette pétition désormais fameuse, par laquelle les Normaliens revendiquent le droit de n'être pas officiers. Le ton s'élevait et les voix faisaient comme un tumulte; car cette fois les pensées sont piquées en leur centre, et c'est peut-être la première fois depuis l'armistice que l'on se trouve devant un parti bien clair.

Le détourneur dit : « Ne prenez point trop au sérieux ce que l'on appelle, en termes d'école, un canular. Ces jeunes gens assistent par force à des leçons de stratégie et de tactique; je ne sais si vous vous faites une idée de cette scolastique, la plus ennuyeuse que l'on ait vue. L'auditeur a voulu piquer; et, dans ces cas-là, le piqué doit rire, ou bien c'est de lui qu'on rit. Voilà toute l'histoire. »

« Je ne sais, dit un homme triste. Il me semble que les terribles nécessités de la guerre ne permettent pas qu'on rie. On ne conçoit point une revue au cantonnement, avec chansons et le reste, où les hommes de troupe diraient tout cru ce qu'ils pensent quelquefois. Soyons sérieux. »

« Est-ce que je ris? dit un jeune. C'est ici un grave débat entre soi et soi. Entre celui qui commande, et qui naturellement se livre à l'humeur, menace, se moque, méprise selon le cas, et l'homme-outil, en qui ces mêmes écarts d'humeur seront punis de mort, la situation est violente. Le respect qui est dû d'homme à homme, et qui est peut-être le plus clair des devoirs, est ici nié et foulé. On ne peut refuser le rôle de l'offensé; cela c'est bien entendu; mais aussi ce n'est pas le pire; ne peut-on refuser le rôle de l'offenseur? J'entends bien qu'on peut toujours être humain, et bon roi. Mais, pour ma part, je ne suis pas un saint. Je crains d'exercer un pouvoir qui va à l'abus si naturellement, si aisément. Laissons même les raisons. Par un sentiment fort, et dont je ne rougis point, je refuse de porter avec moi ces signes qui, d'eux-mêmes, éloignent, glacent, répriment. Je demande si ce sentiment m'est permis. »

« Voilà bien de la subtilité, dit un bouillant personnage. Il y a offense en cette prose, et je compte que les grands chefs ne s'y méprendront pas. »

« Je veux bien admettre, dis-je, que cette prose n'est pas faite pour vous plaire. Mais essayez de comprendre. Il y a eu la guerre. Vous en voudriez faire un chapitre d'histoire bien propre. Vous lavez, vous frottez, mais la mer n'y suffirait pas. Je ne parle pas surtout des cadavres, des hôpitaux, des mutilés; c'est l'honneur de l'homme de pouvoir regarder en face un destin cruel. Je sais que vous êtes un brave; mais je sais aussi que cette jeunesse n'est point lâche. Or il faut regarder attentivement à cette ivresse des pouvoirs, à ce règne des importants, à ces rois à l'ancienne mode qui, soudain, ressuscitèrent avec leur nuage de courtisans et de valets, et d'autre part à ces esclaves terreux, qui comptaient juste autant qu'une pioche et qu'une pelle; enfin à ce régime militaire, qui s'adore lui-même, qui s'affirme, qui s'étend, qui nie la paix, qui s'applique à faire durer, contre nos institutions et nos mœurs, l'inhumaine séparation entre maîtres et esclaves. Or il se peut que nous n'échappions point à ce régime de fer. Vous autres, à renfort de fureur, d'injustice, de violentes maximes et de violentes actions, vous arriverez peut-être à prouver par le fait que ce régime est le seul possible. Vous n'arriverez pas à prouver qu'il est beau; vous n'arriverez pas à prouver que tout homme qui est capable d'en tirer pouvoir et privilège viendra vite à l'adorer. Si c'est la réponse de l'homme qui vous irrite en cette prose, permettez-moi de marquer un point. »

15 décembre 1928.

70

C'est une espèce d'axiome que tout homme cultivé doit être officier. Or je crois au contraire qu'un homme cultivé devrait refuser d'être officier; nulle loi ne peut l'y obliger, car on peut toujours être refusé aux examens spéciaux. La tentation d'être un chef juste et humain est naturelle dans un homme instruit; mais il faut savoir que le pouvoir change profondément celui qui l'exerce; et cela ne tient pas seulement à une contagion de société; la raison en est dans les nécessités du commandement, qui sont inflexibles. C'est pour la même raison qu'un député doit se garder d'être ministre, et qu'un ouvrier doit se garder d'être délégué au conseil des patrons, ou chef de syndicat. On demande où mènerait ce système de refus. C'est premièrement la négation d'un système effrayant; et je crois que les saints firent beaucoup contre l'ancienne inégalité par un refus d'être évêques, prieurs, abbés. Dieu ou non, salut ou non, ils avaient reconnu le piège des pouvoirs. Ils étaient un vivant reproche aux prélats décorés. La religion n'a fait que traduire en images vives l'éternelle situation des hommes en société, où tout est réglé de façon que les pauvres gens perdent bientôt leurs amis et leurs conseillers. Les boursiers, aujourd'hui, renient promptement le peuple d'où ils sortent. Cette trahison se colore de grands mots. Aimer son pays, c'est toujours, selon l'opinion régnante, aimer la gloire, la richesse, et le pouvoir. Cette vertu est un peu trop facile. Choisir le métier de chef, c'est un choix de bien-être. Et, tous risques égaux, l'officier est plus heureux que l'homme de troupe; de plus il tient le pouvoir, chose qui enivre. D'ailleurs le risque n'a qu'un temps. Je me permets de rire de tous ceux qui déguisent l'ambition en dévouement. « Mais encore une fois, demande l'homme raisonnable, où allons-nous? Ces raisonnements que vous faites sont de nature à agir sur les âmes généreuses. Eh quoi? Nous n'aurons plus pour ministre que de froids ambitieux, et nos officiers seront ignorants et brutaux? Est-ce cela que vous voulez? » A quoi je réponds que je ne connais pas plus l'avenir politique que vous ne le connaissez vous-mêmes. Ce que je sais bien, c'est que l'état tête en bas dont vous me parlez n'est pas possible, et que le régime des pouvoirs sera alors profondément changé; l'opinion, je dis l'opinion exprimée, résistera au lieu de flatter. Ces effets seront lents, imperceptibles, immenses. Et ce sera l'ancien pouvoir des papes et des évêques, si vite corrompu, et fondé cette fois sur une sorte d'infaillibilité positive. Si tous les hellénistes pensaient comme Bracke, et tous les physiciens comme Einstein ou Langevin, ce serait la plus grande révolution que l'on ait vue, et sans autre changement qu'un bon serment à soi sur un millier d'hommes. Mais tant qu'un esprit supérieur se ralliera à la politique des lieux communs, toute révolution sera vaine.

(Extrait de *Souvenirs de guerre,* Hartmann, 1937, pp. 235-237 [1])

1. Nous n'avons, dans ce recueil, cité que des *propos,* sauf exceptionnellement cet extrait et un extrait de *Mars ou la guerre jugée* (cf. plus bas p. 261) – que nous avons mis en italiques.

Puissance de l'opinion publique

71

Dire que le peuple a le pouvoir dans un régime démocratique, c'est parler sans rigueur, et c'est penser mollement; les déceptions suivent; car dans le fait il est trop clair que le peuple exerce tout au plus une fonction de contrôle sur des pouvoirs préexistants.

Auguste Comte, qui a médité là-dessus avec attention et sans préjugé, veut que l'on regarde en face une vérité de nature, c'est que chaque individu gouverne selon sa force propre. L'un est habile à diriger la chasse ou la guerre; c'est sa force propre qui le met au gouvernement. Un autre sait faire des plans, des comptes et des provisions; autant qu'il s'agit de travaux et d'industrie, il règne aussi par sa force propre. Un autre sait juger les hommes, les persuader, les deviner, les diviser, les tromper; c'est encore une force, et qui définit sa puissance comme administrateur ou policier. Un homme sait composer des pièces de théâtre; il règne par là. Et il est bien rare qu'un homme n'exerce pas toute sa puissance, et ne l'étende pas aussi loin qu'il peut; ne comptez pas là-dessus.

A quoi on vient dire que la force collective est toujours bien supérieure à n'importe quelle force individuelle. Oui, pour briser, pour tuer, sans aucun art, comme on voit que font les foules en fureur. Mais dès qu'il s'agit de faire quelque chose, la puissance se montre. Et non point parce qu'on la laisse se montrer, non point parce qu'on la laisse usurper, mais bien parce qu'elle est la puissance. Si je compte mieux, je suis maître des comptes; si j'organise mieux, je suis maître d'industrie. Et les faits de l'inégalité traduisent l'action inévitable des puissances.

Auguste Comte veut que l'on accepte virilement cette condition, qui est parfaitement en harmonie avec les conditions générales de notre vie sur cette planète. Partout, dit-il, le supérieur suppose l'inférieur. Nous qui pensons, nous dépendons du soleil, du vent, d'une pierre, qui ne pensent point. Nous devons nous soumettre d'abord à l'ordre extérieur, quoiqu'il n'ait aucune dignité, nous y soumettre afin de le modifier. Pourquoi en serait-il autrement de l'ordre social, qui est un fait de nature? « On ne modifie, dit-il, qu'un ordre préexistant. » Bref, le rôle de la pensée, à ses yeux, consiste à modifier l'ordre, non à le créer.

Je me représentais ces rapports lorsque je voyais tous ces temps-ci de quelle manière la revendication populaire modifie les pouvoirs. Car elle ne les crée pas. Le suffrage populaire ne peut changer le classement des polytechniciens. Je vois que tel homme, par sa puissance propre, sera inspecteur des finances et ensuite directeur, sans que le peuple s'en mêle. Je vais trop loin. Le peuple s'en mêlera si le concours est faussé, si les compositions sont connues d'abord de quelques-uns; mais, par cette surveillance d'ordre moral, et qui agit seulement en révélant le désordre, les pouvoirs réels sortiront, mieux choisis, et plus forts par conséquent. Et cela n'empêchera pas les abus, car il ne se peut point que les hommes n'aient pas de passions, et n'abusent pas de leurs pouvoirs, même légitimes. Où donc se trouve enfin la puissance populaire? Selon notre Auguste Comte, dans le blâme seulement. Et il ne faut point rire et dire que ce n'est pas grand'chose; car n'importe quel tyran veut être adoré; et plus il a de passions, plus c'est vrai, et mieux nous le tenons, si nous savons ne pas adorer la puissance.

10 juin 1914.

72

Auguste Comte entendait la République comme une dictature des riches, tempérée par le droit de blâmer. Cette idée ferait rire; mais regardons mieux. Il montrait par là son mépris pour la force qui n'est que force. Il faut bien, disait-il, que le plus puissant gouverne; c'est là un principe de physique en quelque sorte. Mais il voulait dire aussi que cette espèce de tyrannie de la force est bien peu de chose, si l'esprit n'adore point.

S'il revenait parmi nous, il ne serait point surpris de voir la puissance des forces réelles; mais il penserait que le principal abus est la réunion du spirituel et du temporel dans les mêmes mains. Remarquez qu'en effet un ministre, chez nous, ce n'est pas seulement un homme qui règle des actions, mais un homme qui blâme et loue, et qui voudrait blâmer et louer souverainement. Désobéissance et désapprobation, c'est tout un pour eux. Je crois même que, dans le fond, ils sont plus touchés par une résistance d'opinion que par une résistance de fait. Ainsi qu'un soldat saute le mur et même déserte par la force des passions, on ne sera point sans indulgence, si ses opinions sont d'ailleurs comme on veut qu'elles soient. Mais qu'un soldat puisse garder ses opinions intactes après un an ou deux d'obéissance, et que la docilité n'ait pas créé le plus petit commencement de respect, voilà ce qui paraît monstrueux. L'esprit des pouvoirs est ainsi théocratique dans le fond, et l'hérésie est pire à leurs yeux que n'importe quel autre péché. N'importe quel tyran veut forcer l'approbation; il la veut libre pourtant; mais il voudrait punir celle qui se refuse; il ne s'arrête pas aux actes; il veut être aimé à cause de sa puissance. Voilà la folie du tyran.

Contre quoi il faut maintenir la séparation des pouvoirs, et garder le Pouvoir Spirituel indépendant de l'autre. Obéir de corps; ne jamais obéir d'esprit. Céder absolument, et en même temps résister absolument. Vertu rarement pratiquée; une nature servile n'obéit pas assez et respecte trop. L'autre espèce de citoyen commence seulement à se montrer. En présence d'un ordre, il exécute, mettant toute sa pensée à l'intérieur de l'ordre reçu en quelque sorte, et s'appliquant seulement à comprendre et à réaliser. Mais, en présence d'une opinion qui se donne comme évidente, qui quête l'approbation, qui invoque des témoignages pour en obtenir d'autres et, pour tout dire, qui cherche les applaudissements, notre citoyen résiste absolument; plus on le presse, plus il se défie; et si, comme il est ordinaire, le tyran passe de l'argument à la menace, le libre citoyen met son honneur d'homme à faire voir alors le plus entier et le plus profond mépris pour de tels procédés, qui avilissent ensemble la Force et la Pensée. Si cette morale virile était pratiquée, le tyran serait épouvanté d'une obéissance sans amour, et il chercherait la libre approbation des esprits, par franchise et justice. Un mépris obéissant est roi.

2 juin 1913.

73

Les problèmes politiques sont presque impénétrables. La force gouverne. L'opinion gouverne. Auguste Comte a compris ces deux axiomes; il les tient devant son regard. Il n'est pas de constitution au monde qui limite la force gouvernante par quelque autre force. Il n'est pas de société organisée où la force publique ne soit supérieure à n'importe quelle force privée. Il n'est pas d'action de police qui n'aille à sa fin par des moyens aussitôt réglés sur la résistance. D'abord une invitation, très assurée d'elle-même, et qui écarte toute discussion; bientôt sommation, et la force se montre en bon ordre, et imperturbable; violence n'est pas loin; comme on voit dans *Prométhée*, où Violence est silencieuse à côté de Force qui enfonce les clous. Une arrestation se fait ainsi; que l'homme arrêté soit innocent, cela ne change pas l'action. L'innocent élève son droit contre la force; mais l'idée ne rencontre point le fait. Contre la force il n'y a que la force; et si une force quelconque, comme d'une foule émue par les cris de l'innocent, l'emporte sur la force publique, l'ordre est perdu, la société est défaite; elle ne se rétablit que par la victoire. L'état de siège est permanent et le sera toujours; simplement il ne se montre pas tant qu'il n'est pas nécessaire. De même le poing de l'agent ne se ferme que s'il faut le poing; tout dépend de la résistance. Force doit rester à la loi.

A la loi. Mais je vois ici de l'ambiguïté. On n'entend point, par cette formule de la politique universelle, que c'est la justice, la constitution, la force légitime enfin qui doit l'emporter; non pas, mais c'est le représentant de la loi qui doit l'emporter, juste ou non. La moindre émeute rappelle cette vérité amère. Mais elle m'apparaît assez dans les gestes de l'agent aux voitures. Car il n'est point dit que la décision, qui arrête soudain un courant et laisse passer l'autre, sera la plus sage de toutes. L'agent peut s'obstiner ou être distrait; alors on verra de rares voitures circuler dans un sens, et une masse de voitures s'accumuler dans l'autre; mais ce n'est toujours pas le voyageur pressé qui est juge; et s'il veut résister, il saura ce que c'est que la force.

Cet exemple est bon, parce qu'il est simple, et que tout y est étalé sous le regard. Et même nous y voyons paraître l'opinion, par un concert de trompes qui réveillera l'agent. Et cet agent, alors, sera tout à fait ministre, c'est-à-dire qu'après avoir fait tête contre l'opinion, il cédera le plus simplement du monde. Nul pouvoir n'a jamais bravé l'opinion. On l'a bien vu dans ces scandales de banque; l'opinion a passé; ce n'était qu'un souffle léger, mais c'était l'opinion. On ne dira jamais assez que les pouvoirs les plus arrogants se plient aussitôt à l'opinion, comme la flamme au vent. Ce qui fait qu'on en doute, c'est qu'on prend pour opinion celle qu'on juge que tous devraient avoir. Mais doucement; l'opinion est chose fermée, secrète, muette, obstinée. A qui la faute? Il faut instruire; et Marc-Aurèle a dit là-dessus le dernier mot : « Instruis-les, si tu peux; si tu ne peux les instruire, supporte-les. »

D'où cette puissance de l'opinion? Car enfin elle n'a point force; elle ne triomphe que par une sorte de paralysie des pouvoirs, qui fait que l'irrésolution circule tout le long de leurs membres. Est-ce parce que la masse des citoyens fait voir une autre force, invincible? Je ne sais si la masse inorganisée ne sera pas toujours vaincue par des pouvoirs résolus. Mais il s'agit ici d'hommes, qui sont conduits par la honte et la gloire. Un ambitieux qui serait indifférent à l'opinion est un monstre, un être impossible; supposons même un tel homme; il n'arrivera jamais au pouvoir.

C'est la rumeur qui fait la nourriture de l'ambitieux. Il l'écoute; il en discerne toutes les nuances; il se gonfle et se dégonfle selon ces souffles extérieurs. Quand un gouvernement est résolu, par exemple au commencement et au cours d'une guerre, quand il passe allègrement par-dessus les lois, c'est qu'il a l'opinion pour lui; c'est là, comme je disais, une espèce d'axiome. Mais l'opinion est aveugle? Je reviens à Marc-Aurèle : « Instruis-les, si tu peux. »

Au temps de l'affaire Dreyfus, on a vu des pouvoirs qui avaient juré, qui s'étaient établis et obstinés, et encore soutenus par l'organisation militaire elle-même, et pourtant dispersés par le vent de l'opinion; il fallut seulement le temps d'instruire les hommes de quelques circonstances très claires. Il n'est pas toujours facile d'éclairer l'opinion. Si on ne peut l'éclairer, c'est bien vainement que l'on s'élève contre un régime de force; par le seul doute de l'opinion, par la seule confusion de l'opinion, le régime de force se trouve établi, car il était, il est, et il sera. En revanche rien n'est flexible comme cette terrible force; elle ressemble à l'acteur ou à l'orateur; ils sentent l'hésitation et le froid de la salle. Ils en meurent. Ce n'est pas long.

19 décembre 1930.

Ambiguïté de l'opinion publique

74

Le Dictateur règne par l'Opinion et craint le Suffrage. Comprenons bien; ce n'est pas le suffrage universel qu'il craint; tout au contraire l'approbation de l'homme le plus simple lui paraît valoir autant que celle d'un académicien; en ce sens le Dictateur est démocrate. Mais ce qu'il craint, c'est le suffrage secret. Dans la dictature tout doit être public et ordonné; tout avoué; de façon que le blâme soit scandale et désordre, et aussitôt puni. Mais la punition n'est qu'un effet indirect; le cortège et la cérémonie agissent directement et par persuasion; le cortège enrôle. Ceux qui ont connu la puissance de la formation militaire, et comment le pas bien rythmé donne en même temps courage et conviction, doivent considérer comme un scandale cet ordre de la société civile, où les travaux, bien loin de s'imiter les uns les autres, se complètent au contraire, ce qui conduit à supporter les différences et même à les aimer; la liberté des pensées et l'esprit d'opposition se nourrissent dans cette heureuse paix; aussi voit-on que la cité des métiers et du commerce est difficile à gouverner. D'où cette idée, qui doit plaire à l'ambitieux, d'organiser la paix selon les moyens de la guerre. Ces cortèges, ces cris rythmés, ces nobles saluts, cette belle obéissance, tout cela gouverne autrement que par la peur, et principalement, à ce que je crois, par l'admiration. Cette discipline envahit le corps du spectateur, et dispose ses pensées par ce détour. Il est presque impossible de penser contre un bataillon de chasseurs à pied qui défile; cette forte musique et ce mouvement qui s'y accorde occupent tout l'esprit. Voir est la même chose qu'approuver; et cette publique approbation régit ensuite les pensées les plus secrètes, par la difficulté d'être hypocrite. Aussi n'a-t-on à punir que les cyniques, qui sont peu nombreux.

La force d'une police qui n'est que police m'effraie moins. L'agent ni le garde municipal n'entreprennent point sur mes pensées; ils ne visent point à convertir; ils ne montrent point cette redoutable foi qui convertit déjà par l'imitation involontaire. Aussi n'y a-t-il rien de plus facile que d'obéir à la force de police. L'ordre est assuré et la liberté de chacun est sauvée en même temps. C'est pourquoi cette force n'est pas violence, même en son action la plus vive. Mais l'autre force est violence par le seul spectacle; c'est à mon jugement qu'elle en a. Et c'est sans doute le citoyen le mieux discipliné qui sent aussi le mieux cette nuance d'injure, ce qui le pousse, contre toute attente des comédiens de la politique, à siffler sur le passage de l'arrogant cortège. Ce qui ne signifie point qu'il désapprouve, mais plutôt qu'il refuse d'approuver par des preuves qui le prennent ainsi à la gorge. Et tous ces effets résultent de civilisation à proprement parler, quand les citoyens se sont délivrés de cette idée qu'il faut approuver avant d'obéir. Et je conçois au contraire que des populations un peu plus sauvages, et promptes à la révolte, soient aisément gouvernées par des moyens de théâtre.

6 mai 1923.

75

Ce que redoutent les tyrans, c'est le suffrage secret. Mais que peuvent-ils contre le suffrage secret? Distribuer des bulletins et suivre l'électeur des yeux? Cela s'est fait longtemps, mais c'est ce que l'opinion ne supporte plus. Les tyrans eux-mêmes n'avoueront point ce que pourtant ils pensent tous, c'est qu'ils ne reconnaissent pour opinion que l'opinion avouée, autant dire l'opinion forcée. L'art de tyranniser est d'obtenir une approbation publique, en faisant jouer la pudeur et la politesse. Puisqu'il est convenu, et très raisonnablement, chez nous, que le chef de l'Etat n'est point exposé aux sifflets ni aux interruptions, il doit parler prudemment et par lieux communs, ou bien il n'est pas juste.

Un terrassier porte son opinion comme il porte son large pantalon de velours, sa ceinture de flanelle et sa pelle. C'est que cet homme fort ne s'inquiète pas de savoir s'il plaît ou déplaît. Mais tout ce qui est bourgeois vit de plaire, ou tout au moins de ne pas déplaire. Le costume bourgeois lui-même détourne de chercher bagarre. La conversation bourgeoise est de repos, quand elle n'est pas de précaution. Ceux qui tyrannisent sur les opinions ont donc d'immenses avantages. Dès qu'ils font voir un visage orageux ou offensé, on n'insiste point.

Il peut arriver qu'un médecin juge les pouvoirs avec clairvoyance, devine le jeu des tyrans, et vote enfin pour quelque jugeur qui lui ressemble. Mais, en présence d'autres bourgeois qu'il connaît mal, ou qu'il connaît trop, pressé encore par le temps, et pensant à son métier, ou bien cherchant un court moment de détente et d'agréable concorde, il n'engagera pas de controverse. D'où une modération d'apparence, et qui est en vérité de costume. Un employé, un fonctionnaire, un marchand n'ont pas moins de raisons de se montrer agréables. Sans compter que l'art de discuter est difficile et que l'on peut craindre ses propres passions. On voit ici bien clairement que ceux qui admettent la contradiction, et même la cherchent, ont bien moins de puissance sur l'opinion avouée que ceux qui reçoivent la contradiction comme une offense. Un homme simplement poli ne fait rien pour l'un et fait beaucoup pour l'autre. Ainsi tout irait au gré des violents si l'on gouvernait d'après la rumeur des conversations. Et cela ne se fait que trop, après que les urnes ont décidé. C'est alors que les cercles élaborent des programmes étonnants, sous l'œil atrabilaire. Admirable, alors, s'il reste encore un peu de citoyen dans le député. Si les électeurs ne regardent point là, avant, pendant et après, toutes les entreprises contre la liberté réussiront, par cette tempête peu à peu soulevée de l'opinion publique contre l'opinion privée. Or je ne vois point cette idée ressortir; je n'entends et je ne lis que des hommes d'Etat, petits et grands. Le citoyen pense-t-il assez à se défier des hommes d'Etat, petits et grands?

7 novembre 1923.

76

Je vois dans Caulaincourt ce que l'on savait d'ailleurs, mais qui redevient vivant dans le récit d'un témoin, c'est que la France a laissé Napoléon, supporté l'envahisseur, accepté les Bourbons, contre l'idée que tous se faisaient des Français, ce peuple fier et redoutable. D'où viennent ces infidélités à pic? L'homme est-il frivole et oublieux? Ou bien serait-ce que les passions violentes, celles qui promettent tout, s'usent plus vite que les autres par la fatigue? Ou faut-il dire plutôt que les générations nouvelles, qui arrivent sans cesse à l'existence, apportent comme un papier neuf sur lequel rien n'est écrit? Il y a du vrai dans toutes ces remarques, si souvent faites. Mais cela ne peut nous cacher une constance étonnante qui se voit par l'infidélité même.

L'homme méprise toujours un peu ses maîtres; il ne le dit pas toujours; mais il y a des moments où tout à coup cela se voit. L'ambitieux aperçoit le gouffre. Il accuse les traîtres et les ingrats, vainement. C'est alors qu'il paie la faute qu'il commet toujours de forcer l'acclamation.

Celui qui force fait l'opinion en un sens; en un autre sens, il se condamne à ignorer la véritable opinion. Beaucoup reconnaissent maintenant qu'il y eut, avant la fin de la guerre, des occasions de faire une paix raisonnable. Mais, à la première et timide mention de paix, on croyait entendre aussitôt l'opinion rugissante. Et l'on m'a répété, d'un homme paisible, cette parole, qu'il fallait fusiller ceux qui parlaient de paix. Le pensait-il? Je crois qu'il pensait plutôt que tous le pensaient; et ainsi il s'élevait lui-même à ce degré de fanatisme, non pas à ce que je crois par prudence, mais plutôt par entraînement. Dans le fait, les pouvoirs, que l'on doit nommer bureaucratiques, réprimaient avec un sinistre entrain toute tentative de penser par soi. Cela faisait un esclavage insupportable pour un petit nombre, mais pour presque tous un enthousiasme d'apparence, chacun se laissant porter par une opinion qui n'était de personne. C'est ainsi qu'il se forme de grands creux sous les pas de l'ambitieux. Dès que la liberté se montre, chacun s'étonne de ne pas plus trouver dans les autres qu'en lui-même ce qu'il nommait l'opinion de tous. C'est alors que les tyrans font leur chute verticale.

Si l'on déblayait tout de suite, si l'on creusait et grattait jusqu'à l'opinion véritable, jusqu'à l'opinion libre, on trouverait qu'aucun pouvoir n'est jamais aimé! Tel est le fond d'ingratitude sur lequel travaille l'ambitieux. Les Fables, si naïves sur ce sujet-là, ne sont pas une lecture convenable pour César. Car il désespérerait de faire tenir debout cette tromperie de tous au nom de tous. Il aime mieux se fier; non pas sans précautions; mais oublier du moins que l'acclamation est forcée. On surprend quelquefois dans les chefs militaires cette fausse position, qui fait qu'ils veulent être aimés et craints au même moment.

La même duplicité se retrouve dans le citoyen fortement gouverné; car il sent qu'il ne peut échapper, mais il n'aime pas rester à la colère impuissante; cela est désagréable. C'est pourquoi il se fait optimiste au sujet du chef; il ne demande qu'à admirer; il se livre de bon cœur aux grands spectacles, comme revues et défilés. Un des avantages du tyran, c'est que les choses laides des hauts lieux souvent restent cachées; et, au contraire, le danger des Républiques, c'est une liberté de critique qui n'épargne personne. Il ne faut pas s'étonner que le citoyen libre soit presque toujours un mécontent. Le sujet d'une tyrannie incline à être content, attendu qu'il est dangereux de ne pas l'être. Et tout cela fait souvent une obéissance trop prompte, comme Napoléon aurait dû le remarquer; car ses vrais amis discutaient souvent; au lieu que la docilité du Sénat signifiait seulement que ces hommes ne se posaient aucune question. Telle fut longtemps, comme je l'ai remarqué, la position du paysan devant les autorités, poli selon les formes, et impénétrable. L'homme intérieur n'a jamais parlé; peut-être n'a-t-il jamais pensé. Ce qu'on ne peut dire à personne, on n'aime point se le dire à soi-même. Aussi j'ai vu de la mauvaise humeur devant le suffrage; on n'y croyait point. La vieille sagesse d'Esope pouvait bien y voir un piège. On votait alors comme on acclamait. Peut-être verra-t-on des sociétés d'hommes libres, où l'approbation ne vaudra jamais pour le lendemain, où la confiance sera mesurée sur ce que l'action exige, où les chefs seront continuellement enveloppés d'une garde vigilante et mécontente, qui détruira à mesure toutes les défenses que la tyrannie ne cesse d'élever contre le jugement populaire. Il n'y a point de milieu entre ce régime assez rugueux et la parfaite tyrannie, si polie. En cela même consiste la chance du tyran, pour tous les siècles.

27 janvier 1934.

77

L'opinion réelle est fort mal connue d'après ce qu'on entend. C'est que les conversations sont réglées par la politesse, et non par les opinions de ceux qui parlent. Je ne compte même pas la prudence, qui inclinerait à rechercher ce qui plaît aux puissants, et à écarter ce qui leur déplaît; les hommes, autant que j'ai remarqué, ne sont point lâches. Mais nul n'aime déplaire ou importuner. Et il est beau de voir qu'une société se met naturellement au niveau du plus timide, du plus prudent, du plus ignorant. On niera cela; je demande seulement qu'on observe comment vont les discours dans la famille ou dans un cercle d'amis. Encore bien mieux, quand le terrain est mal connu, on voit s'élever des lieux communs qui ménagent toujours les puissants et les croyants. Puissants et croyants forment un système, car le pouvoir n'aime jamais la critique. D'où cette conséquence, que personne ne niera, c'est que l'incrédulité n'est jamais de bon ton.

Le prolétariat est précieux aux yeux des esprits libres par ceci qu'il dit ce qui lui semble vrai, sans se soucier de déplaire. On dira qu'il n'est jamais prudent de déplaire; mais ce n'est point tant l'intérêt qui modère les discours, que la politesse; et c'est le métier qui fait la politesse. Le bourgeois est prudent parce que son métier est de persuader, et d'abord de ne point déplaire; par exemple l'avocat, le professeur, le marchand, mais un menuisier n'a point d'égard pour la planche; il scie selon la ligne tracée. Le terrassier s'occupe seulement de vaincre une résistance ou un poids par les moyens les plus rapides. A bien regarder, le prolétariat agit toujours selon une idée, représentée par le cordeau, ou le fil à plomb. D'où vient qu'il est naturellement réformateur; et même il néglige trop l'obstacle de coutume; c'est peut-être une faiblesse; mais aussi il dit à tout propos ce qu'il pense et ce qu'il veut, ce qui est une force. Sans le prolétariat, formé par un genre de travail qui ne s'occupe jamais de la vente, nous serions encore sous l'empire d'opinions convenables, auxquelles presque personne ne croit.

Qu'il s'agisse de processions, d'écoles religieuses ou d'une réforme de l'armée, les opinions associées, surtout dans la bourgeoisie, donnent gagné au jésuite. Mais l'opinion réelle, dès qu'elle peut s'exprimer, dépose sans façon les arrogants ministres de l'opinion avouée. Dans une ville de l'Ouest, il y a de cela trente ans, j'ai vu les processions catholiques réclamées par d'imposantes pétitions, et non moins régulièrement repoussées par les électeurs; souvent, comme je m'en suis assuré, c'étaient les mêmes gens. Il n'échappe à personne que ce qui touche à l'armée et à la patrie a toute l'apparence d'une religion, et même de la plus jeune et de la plus fanatique des religions. L'opinion avouée nous vend tous à l'Etat-Major, comme on vendait les esclaves. L'opinion réelle est bien plus clairvoyante. C'est pourquoi tous les tyrans redoutent le suffrage, non pas tant parce qu'il est universel que parce qu'il est secret. Seulement cette opinion est un bon exemple, justement, de ce qu'on ne peut pas avouer. On feint de croire que l'opinion exprimée dans les cercles et dans les assemblées est l'opinion réelle. Et toute la difficulté de notre politique, et de toute politique démocratique, est de faire prévaloir l'opinion réelle. A quoi les prolétaires nous aident beaucoup. L'affaire Dreyfus, en son temps, a fait ressortir ces contrastes; mais le problème de la guerre et de la paix se pose dans les mêmes termes. D'après l'opinion avouée, c'est la guerre, d'après l'opinion réelle, ce serait la paix. Aussi quel orchestre de foire, destiné à étourdir! Et n'oublions pas que tous les députés sont bourgeois plus ou moins, par le métier de persuader qui est le leur. Contre ces tumultueuses puissances, seulement un bulletin plié; cela suffira.

9 juillet 1927.

78

La puissance de la Grande Presse, je n'y crois pas. Un journal exprime ceux qui le lisent et ceux qui l'aiment. Et l'écrivain lui-même, en ses déclamations, est naturel et sincère comme sont ses lecteurs. Ses lecteurs l'ont choisi, et lui a choisi ses lecteurs. Il est faux qu'un écrivain soutienne n'importe quel parti qui le paiera bien. La question ne se pose pas ainsi. Pour le même prix, un directeur de journal trouvera un chroniqueur de bonne foi. Examinez un peu la petite presse où les jeunes se forment; il s'y montre des thomistes purs, des royalistes purs, des modérés purs, des radicaux purs, des communistes purs. Ce qu'ils ont tous de commun, c'est qu'ils sont mal payés. Mais c'est trop peu dire; ils ne sont pas payés du tout. Dans cette réserve, dans ce vivier d'écrivains, l'homme aux millions pêchera non pas un traître à séduire, mais un fidèle. Et pour qui ce gros journal? Pour un public qui attend qu'on lui dise ce qu'il pense, mieux qu'il ne le dirait lui-même; mieux encore, un journal qui traduira l'humeur, les invectives, les jurons du lecteur dans un langage qui semblera noble, impartial, cohérent. Sans cet accord avec une multitude d'inconnus, le journal meurt. Si quelque gros actionnaire prend le pouvoir par quelque coup d'Etat, et change peu à peu la politique, en choisissant d'autres écrivains, alors le public changera aussi; entendons-nous; je veux dire que le journal perdra ses lecteurs, et en gagnera d'autres. Mais je n'ai jamais vu que l'opinion des gens change plus aisément que la forme de leur nez.

On me niera tout cela. Qu'on m'explique donc pourquoi il y a tant de radicaux, alors qu'il y a si peu de journaux radicaux. Si la Grande Presse pouvait quelque chose, on aurait vu de grands changements. Quelques-uns les ont espérés; mais vainement; les citoyens gardent leur couleur propre. La guerre certes était plus persuasive qu'un journal. Or elle a tué beaucoup d'hommes, mais elle n'en a peut-être pas changé un. Un journal ne peut pas changer une opinion; un discours non plus. Eclairer un homme, le civiliser, le grandir, l'assouplir d'esprit, cela peut se faire, mais par des moyens détournés et par de longs chemins. Toutes les grandes œuvres y servent. Aveugles comme des statues, elles n'effarouchent pas l'homme; au lieu qu'on devrait savoir que l'orateur et le prêcheur n'ont jamais converti personne. Presque tous y vont pour être confirmés; mais j'ai remarqué encore autre chose, c'est qu'on peut se plaire à un orateur et ne prendre aucune de ses idées. N'importe quel homme sent la pointe de la preuve, et pare le coup très attentivement. J'admire cette sécurité du penseur. Jamais il ne se laisse pousser ni presser. Même les faits incontestables, on sait encore les mettre de côté. J'irais jusqu'à dire que plus un argument est fort, mieux aussi on le voit venir; on se fait sourd sur ce point-là. On attend ce qu'on est venu chercher; l'orateur s'en souvient à propos; il lance les mots qu'on attend; il retrouve ses amis.

J'ai disputé contre des gens que j'aimais; j'ai pu les blesser, non les ébranler. Entre leur nature sensible, toute fraternelle, et le haut de leur esprit, toujours prêt à la voltige, je connaissais et j'explorais la région de leurs opinions toujours cuirassées. Je tournais autour; je n'y avais pas entrée. Pourquoi m'en serais-je étonné? J'étais et je suis encore de même. La thèse royaliste, je la comprends. La thèse fasciste, je la comprends. Je n'ai à me garder ni de l'une ni de l'autre. Platon est un des rares auteurs auxquels j'adhère de toutes mes surfaces. S'il revient à ses féroces sarcasmes contre la démocratie, je cesse d'adhérer; je contourne, aussi prudent que le navigateur qui aperçoit un rocher. Quand ce passage dangereux est franchi, j'ai toute confiance de nouveau. Cette constance est précieuse. Car le haut de l'esprit nous ferait errer ici et là; on voit de ces feux follets. Heureusement les opinions sont amarrées. Vienne la tempête, on double les amarres. Dès que l'on annonce les scandales et les surprises, chacun revoit d'un coup d'œil ses positions, et jure de s'y tenir. Et cela même est une marque de grand jugement; car le bon sens avertit de ne point se laisser pousser et chasser d'une opinion à une autre, comme on chasse les bêtes d'un pré à l'autre. Chacun s'honore d'être fidèle à soi. Qu'est-ce que cela signifie? Cela signifie que la belle partie de nos pensées est celle qui est voulue, et dont on a juré. Et, par contraste, on remarque que les pensées forcées ne sont jamais que des colères. C'est pourquoi chacun refuse de changer à sommation. Toujours les persécutions ont confirmé les religions. Certes ce n'est pas dans le moment qu'une pensée est dangereuse que l'on peut s'en détacher avec honneur. On ajourne alors le vrai. C'est qu'il faut toujours attendre quelque surprise et quelque piège de ce vase et immense vrai; au lieu que dès maintenant liberté et fidélité, l'une portant l'autre, sont les vertus de l'esprit.

1er juillet 1935.

V

LA DÉMOCRATIE COMME CONTRE-POUVOIR INSTITUTIONNALISÉ

Le contrôle

79

Je connais un certain nombre de bons esprits qui essaient de définir la Démocratie. J'y ai travaillé souvent, et sans arriver à dire autre chose que des pauvretés, qui, bien plus, ne résistent pas à une sévère critique. Par exemple celui qui définirait la démocratie par l'égalité des droits et des charges la définirait assez mal; car je conçois une monarchie qui assurerait cette égalité entre les citoyens; on peut même imaginer une tyrannie fort rigoureuse, qui maintiendrait l'égalité des droits et des charges pour tous, les charges étant très lourdes pour tous, et les droits fort restreints. Si la liberté de penser, par exemple, n'existait pour personne, ce serait encore une espèce d'égalité. Il faudrait donc dire que la Démocratie serait l'Anarchie. Or je ne crois pas que la Démocratie soit concevable sans lois, sans gouvernement, c'est-à-dire sans quelque limite à la liberté de chacun; un tel système, sans gouvernement, ne conviendrait qu'à des sages. Et qui est-ce qui est sage?

Même le suffrage universel ne définit point la Démocratie. Quand le pape, infaillible et irresponsable, serait élu au suffrage universel, l'Eglise ne serait pas démocratique par cela seul. Un tyran peut être élu au suffrage universel, et n'être pas moins tyran pour cela. Ce qui importe, ce n'est pas l'origine des pouvoirs, c'est le contrôle continu et efficace que les gouvernés exercent sur les gouvernants.

Ces remarques m'ont conduit à penser que la Démocratie n'existe point par elle-même. Et je crois bien que dans toute constitution il y a de la monarchie, de l'oligarchie, de la démocratie, mais plus ou moins équilibrées.

L'exécutif est monarchique nécessairement. Il faut toujours, dans l'action, qu'un homme dirige; car l'action ne peut se régler d'avance; l'action, c'est comme une bataille; chaque détour du chemin veut une décision.

Le législatif, qui comprend sans doute l'administratif, est oligarchique nécessairement; car, pour régler quelque organisation, il faut des savants, juristes ou ingénieurs, qui travaillent par petits groupes dans leur spécialité. Plus la société sera compliquée, et plus cette nécessité se fera sentir. Par exemple, pour contrôler les assurances et les mutualités, il faut savoir; pour établir des impôts équitables, il faut savoir; pour légiférer sur les contagions, il faut savoir.

Où est donc la Démocratie, sinon dans ce troisième pouvoir que la Science Politique n'a point défini, et que j'appelle le Contrôleur? Ce n'est autre chose que le pouvoir, continuellement efficace, de déposer les Rois et les Spécialistes à la minute, s'ils ne conduisent pas les affaires selon l'intérêt du plus grand nombre. Ce pouvoir s'est longtemps exercé par révolutions et barricades. Aujourd'hui, c'est par l'Interpellation qu'il s'exerce. La Démocratie serait, à ce compte, un effort perpétuel des gouvernés contre les abus du pouvoir. Et, comme il y a, dans un individu sain, nutrition, élimination, reproduction, dans un juste équilibre, ainsi il y aurait dans une société saine : Monarchie, Oligarchie, Démocratie, dans un juste équilibre.

12 juillet 1910.

80

Le Suffrage Universel n'inventera jamais rien de neuf. Son rôle est plutôt d'affirmer avec force des vérités aussi vieilles que le monde, que le Pouvoir est naturellement porté à oublier.

Considérez l'instruction criminelle. Personne ne conteste que la publicité des débats et la liberté de la défense soient des garanties naturelles et nécessaires; je dis naturelles, au sens où l'on dit « Droit naturel »; et je veux dire raisonnables, car le mot « naturel » s'oppose ici aux stratagèmes des puissances, toujours attentives à se fortifier elles-mêmes. Donc les règles de toute instruction criminelle n'étaient point du tout cachées et difficiles à découvrir; malheureusement le Juge et le Prince étaient justement très mal placés pour les voir; ils ne pensaient qu'à rétablir l'ordre, promptement, efficacement; toute leur attention se portait là. Et je ne crois pas qu'ils aient eu jamais la volonté d'être injustes; hélas, tout au contraire, ils se croyaient justes et infaillibles; ils ne pensaient point à se contrôler eux-mêmes. Or, c'est le contrôle qui fait la pensée juste et équilibrée; et tout pouvoir sans contrôle rend fou.

Ce n'est point trop dire. Je ne déclame point, je n'exagère point. Les pouvoirs, livrés à eux-mêmes, ont inventé la torture comme moyen d'instruction. On ne réfléchira jamais assez sur ce fait tout simple et tout nu, qui est comme la fleur de la civilisation oligarchique. Les pouvoirs, les majestés, les infaillibilités, ont inventé cette solution atroce, et l'ont jugée raisonnable, parce qu'elle simplifiait leur fonction et fortifiait leur privilège. Après cela tout est dit. Toutes les fois que nous donnons un blanc-seing aux pouvoirs, nous retournons là. L'affaire Dreyfus en a donné un exemple terrifiant. Voilà où en arrivent des hommes qui ne sont ni plus méchants ni plus aveugles que vous ou moi, dès qu'on leur permet de s'enfermer dans leur fonction propre comme dans une citadelle. Un patron, aux prises avec les difficultés, jugera de même que les grévistes sont des ennemis du genre humain. Contre quoi la sagesse commune a fait cette maxime naïve : « Notre ennemi, c'est notre maître. »

Le droit n'est pas caché, mais les puissances l'oublient. Il ne s'agit que de le leur rappeler. Il suffit d'être sans pouvoir pour contrôler les pouvoirs. Mille légendes, venues du fond des âges, font comprendre que le maître absolu ne peut s'instruire que s'il se déguise en homme du peuple, et s'il va recueillir les opinions naïves des pauvres gens. Le Suffrage Universel ne fait que réaliser ces légendes. Le roi se déguise une fois tous les quatre ans; il entend alors autre chose que des acclamations et des flatteries. Il est ramené au bon sens. Et assurément ce n'est pas ainsi qu'il apprend son métier propre; mais on lui rappelle seulement les limites que le droit commun impose à toute habileté dans tout métier. Car le succès n'est pas toute la sagesse.

17 juin 1914.

81

Toute manœuvre à plusieurs veut un chef; et ce chef est absolu; dire qu'il est absolu, c'est dire qu'il est chef. Quand vingt hommes soulèvent un rail, ils obéissent à un chef; s'ils discutent dans l'action même, ils auront les doigts écrasés. Un grand carrefour, et encombré d'autos, veut un roi absolu. Un pilote, dès qu'il met le pied sur le grand navire, y est roi; et le changement de roi se fait le plus facilement du monde; le commandant qui a régné jusque-là n'est nullement diminué ni humilié; il sera roi de nouveau, et personne n'en sera étonné. La monarchie semble donc être une partie de l'ordre. Et remarquez que tous ces rois sont jugés. Un intempérant, un distrait, un visionnaire ne tiendraient pas longtemps dans ces postes-là, et même ils n'y seraient pas mis. Ceux qui célèbrent l'ordre, le pouvoir fort, et l'obéissance, disent des choses évidentes et que tout le monde sait.

Le pouvoir monarchique n'est pas tout l'ordre : il faut compter le pouvoir d'organisation et de préparation qui au contraire semble, par sa nature, divisé et délibérant; l'exécution ici ne presse plus; on prend le temps d'examiner, et chaque spécialiste donne son avis après avoir mis au point sa loupe, son télescope ou son microscope. Ces mêmes commissions, dont nous avons abondance, jugeront les actions des rois, ou choisiront, au concours, les candidats au poste de roi et les futurs spécialistes. Ce système n'est pas propre à l'Etat. Dans une usine, dans une banque, dans un journal, les choses se passent à peu près de même. Et finalement, par ce travail des commissions et ces rois soumis à l'épreuve, les pouvoirs se dessinent, et seront partout et toujours les mêmes; et les favoris, s'ils ne sont que favoris, flatteurs ou gendres, ne jouent pas un grand rôle dans les affaires réelles, car la nullité tombe d'elle-même. Il est juste d'admirer les grands corps d'ingénieurs, de conseilleurs, ou de chefs d'exécution, pour le savoir, la conscience et l'exactitude qu'on y trouve, que ce soit dans les services publics ou dans les affaires privées. Ainsi nous sommes tous gouvernés, et mieux que passablement, selon le principe de l'aristocratie, qui est que le meilleur doit commander.

En tout cela, qui est éternel, je ne vois point de démocratie. Que le meilleur, et qui a charge de commander ou de conseiller, selon ce qu'il vaut, soit pris au concours dans le peuple, cela ne change rien aux pouvoirs ni à l'obéissance. Que le commandant du navire soit fils de prince ou fils de soi, il ne vous fera pas moins mettre au cachot si vous résistez; et la justice ne dira son mot qu'à la fin de la traversée. Sinon c'est la révolte, avec tous ses risques, et finalement d'autres pouvoirs, qui ressembleront parfaitement aux anciens pouvoirs; cette remarque a été faite mille fois, sans qu'il en sorte une pensée utile. Nous sommes comme engourdis et fascinés devant ces pouvoirs, qui renaissent comme les têtes de l'hydre. Où donc est le point de résistance? Et serons-nous toujours taillables et corvéables, autrement dit contribuables et fantassins, sans aucune espérance?

L'effort démocratique est jeune; il se laisse aisément détourner. On lui fait croire qu'il s'agit d'élire des chefs, et on lui montre aussitôt et bien aisément que cela est absurde. Dans le fait les chefs ne sont pas élus; les ministres ne sont pas élus; un directeur, un inspecteur, n'est pas élu. Qu'un élu, par ses moyens propres, arrive à gouverner; aussitôt il échappe, par un traité plus ou moins secret avec l'organisation gouvernante, tant publique que privée, qui lui donne boules blanches et mention très bien. Après quoi, tout fier de ce brillant sujet, nous ne demandons qu'à le réélire les yeux fermés. Grande sottise, mais nous nous en guérirons. Nous avons à élire des résistants, c'est-à-dire des tribuns qui restent citoyens, et qui prennent le parti des citoyens. Cette précieuse espèce n'est pas rare, mais elle est aisément corrompue, soit par un concert d'éloges qui monte comme un encens des pouvoirs intéressés, soit par des moqueries, calomnies et injures, ce qui fait que l'existence du radical pur n'est jamais sans amertume. Que faire, sinon le payer d'amitié, de fidélité et de gloire? A vrai dire, nous devrions garder toute notre acclamation pour lui, pour l'Incorruptible, au lieu d'applaudir ceux qui ont réussi à nous duper. Mais patience. Le peuple cherche son chemin; le troisième pouvoir, celui qui dit non, entre en scène; et les pouvoirs meurent de peur; cela, on ne peut pas le nier. Le difficile est de jouer ce jeu avec modération et sans haine aucune; pour y arriver, comprenons par les causes.

3 octobre 1931.

82

Vous avez certainement remarqué, au cours des récents débats sur les Postes, cette fière apostrophe d'un ministre : « Je voudrais bien savoir s'il y a quelqu'un, ici, qui doute de mon honorabilité. » Ne croirait-on pas entendre quelque Mérovingien ivre de ses victoires, et de l'hydromel qu'il a bu dans le crâne de son ennemi?

Si j'avais siégé ce jour-là parmi les députés, il me semble que je n'aurais pas pu m'empêcher de faire le petit discours suivant : « Monsieur le ministre, lui aurais-je dit, je revendique le droit de douter de votre honorabilité le jour où j'aurai des raisons d'en douter. J'entends bien ce que vous voulez dire, c'est que ce jour-là vous essaierez de me couper la gorge; et croyez bien que je saurais me mettre en colère aussi bien que vous, si j'étais ici pour cela. Mais réellement mes électeurs ne m'ont point donné le mandat de me battre à l'épée contre ceux dont je n'approuve pas les actes. Veuillez donc bien considérer que cette attitude belliqueuse que vous prenez est tout à fait hors de propos. Puisque vous êtes sûr de votre honorabilité, vous n'avez rien à craindre ni des soupçons, ni des insinuations, et il vous est bien facile de les réduire à néant en vous soumettant, tout simplement et sans phrases, au contrôle des représentants du peuple. Voilà ce que je tenais à dire, afin que nos électeurs sachent bien qu'on ne mène pas leurs élus à coups de bottes. Et, comme sanction, simplement pour affirmer le droit que j'ai de contrôler et de soupçonner, je demande une enquête sur votre gestion financière. »

Voilà à peu près ce que j'aurais dit si j'avais été député. Voici maintenant comment je conçois le discours d'un ministre sur le même sujet.

« Messieurs, j'ai lu, et vous avez lu sans doute comme moi, que l'on insinue quelque chose contre ma probité. Je ne me donnerai pas le ridicule de frapper sur ma poitrine et de proclamer de toute ma voix que je suis un honnête homme. Je sais assez que le premier voleur en dira autant, s'il est seulement un peu comédien. D'ailleurs pourquoi m'indignerais-je? Est-ce qu'un comptable s'indigne lorsque l'inspecteur des finances met le nez dans ses livres? Non. Je vous dis simplement ceci : si vous avez l'ombre d'un doute, n'hésitez pas. Je suis prêt à vous fournir, sur tous les actes de mon administration, toutes les explications et justifications qu'il vous plaira de demander. Je ne crains ni les soupçons ni les insinuations; si elles se traduisent par des enquêtes, je réponds que je dissiperai vos doutes si vous en avez; si au contraire vous renoncez à l'enquête que j'accepte, il n'y aura plus ni soupçons ni insinuations. De toute façon vous aurez fait votre devoir et moi le mien. Ne suis-je pas responsable devant vous, et n'êtes-vous pas mes contrôleurs ? »

Voilà comment je me représente des débats parlementaires. Voilà le langage qui convient sous un régime où les ministres sont les mandataires de la Nation. Nous n'en sommes plus au temps du fameux « Vase de Soissons ». C'est au théâtre, et non à la tribune, que Clovis peut frapper sur son bouclier avec son épée en disant : « S'il y a quelqu'un ici qui veut se faire couper la gorge, qu'il le dise. »

9 avril 1909.

83

On feint de croire que la sanction du contrôle parlementaire est dans la démission des ministres. En réalité, cet espoir de faire tomber, ces manœuvres, ces embuscades résultent des jeux d'ambition et de rivalité, eux-mêmes réchauffés par ce qu'on peut appeler le public parlementaire, qui aime à raisonner et à pronostiquer. Et j'avoue qu'il faut bien un jeu quelconque qui donne de l'animation à la raison critique, si naturellement ennuyeuse. Mais il y a sûrement abus et emportement dans ce jeu-là comme dans tous les jeux. On gagne, on perd, on recommence, et cependant les abus véritables se continuent dans l'ombre des bureaux, où l'on finit par ne plus compter du tout un ministre qui a moins de sécurité dans sa place que le dernier des intérimaires. Tout le monde voit le mal;

mais les remèdes qu'on propose ne visent pas où il faudrait. Si vous émoussez la pointe du contrôle, alors, en effet, vous aurez des gouvernements durables, mais les abus dureront avec eux et par eux.

C'est une simplification commode que de diviser les ministres en honnêtes gens et fripons. On reconnaît là l'esprit de parti. Dans le fait, on peut dire de n'importe quel ministre qu'il sera suffisant, pourvu qu'on lui dise de temps en temps ses vérités. Et au rebours tout ministre assuré d'une approbation aveugle abusera naturellement de son pouvoir. Il en abusera, et peut-être sans le savoir, car il ne peut tout examiner, et les bureaux le savent bien. C'est alors qu'arrive le personnage détesté, que l'on nomme rapporteur ou enquêteur, soutenu par une redoutable commission où les partis se surveillent, et où l'esprit d'examen et de recherche devient bientôt la passion dominante. Alors il n'y a plus de pouvoir qui tienne; il faut s'attendre à voir les plus prudentes combinaisons, et les plus secrètes, exposées et comme éventrées à la grande lumière. Cette sanction suffit, parce que la crainte des commissions agit à la fois sur le ministre et sur les grands administrateurs. Il faut répéter que tous les abus sont secrets et vivent du secret. Un scandaleux cumul, un emploi inutile et grandement payé, une adjudication faussée, un prix absurde de telle fourniture ou de tel travail, tout cela devient impossible si on le sait. Donc, qu'on le sache, et que tout le temps des parlementaires soit réservé à ce travail essentiel d'éclairer les comptes; il n'en faut pas plus, et n'importe quel ministère sera passable alors.

J'insiste encore, car les projets de réforme de l'Etat restent en l'air. Je ne crois pas que la guerre pour les portefeuilles rende le contrôle plus exigeant; c'est le contraire qui est vrai. Quand on a été ministre, et qu'on est sur le point de le redevenir, on est aisément complice; on connaît les soucis du pouvoir; on a soi-même cent fois maudit les indiscrets rapporteurs; on se gardera d'être confondu avec eux; on laissera le voile sur les prérogatives du pouvoir, on saura comprendre le fait du Prince, qui n'est que l'action immédiate et souterraine qui élève l'un, détourne l'autre, récompense l'ami et fait réfléchir l'ennemi; toutes manœuvres qui font l'occupation du pouvoir et le plaisir de ceux qui l'exercent. Ainsi par les remplacements presque continuels, et par le retour inévitable des mêmes équipes, on a l'impression, et non tout à fait fausse, d'adversaires en apparence, mais qui sont parfaitement d'accord pour tromper le parlement et l'opinion. Ce mécanisme n'est pas celui d'un gouvernement démocratique; il n'est nullement d'une constitution fondée sur le suffrage universel et sur le libre contrôle; au contraire, il va directement contre l'esprit d'une telle constitution; ce n'est que le despotisme qui revient, et il revient toujours.

Or, une réforme efficace ne fait jamais que mettre en règle des usages auxquels l'expérience a conduit. Il semble que l'ambition politique a pris depuis la guerre une forme nouvelle. On distingue parfois dans l'ombre un autre ministre, aussi puissant que le ministre, souvent plus stable, et heureux de ce pouvoir qui vient seulement de savoir. Il arrive aussi que des ambitieux se hâtent moins de se substituer à l'adversaire lorsqu'ils voient qu'ils auront à réparer des fautes. Sans doute faut-il dire aussi que la trop fameuse course aux portefeuilles est excitée par le spectateur qui s'en amuse; on aime toujours les courses disputées. Ces désirs doivent s'éteindre. Le véritable visage du parlementaire n'est pas encore bien connu; l'esprit de théâtre le déforme.

20 octobre 1934.

84

Lorsque des électeurs ont choisi leurs représentants, à n'importe quelle fin, association ou république, les représentants forment un bureau et le bureau gouverne. Si dans la suite on n'est pas content du bureau, on le change; un nouveau bureau gouverne, peut-être avec d'autres idées, mais qui sont toujours des idées de bureau. On s'aperçoit qu'au lieu de changer de chevaux, il vaudrait mieux conduire ceux qu'on a. C'est une très vieille histoire. On glisse aisément à la solution qui consiste à laisser faire les compétences (puisque les compétences ne relèvent que d'elles-mêmes), et à les acclamer, ce qui est plus agréable que de critiquer. C'est ainsi qu'une entreprise qui commençait démocratiquement, finit tyranniquement. On peut bien soutenir que tous les pouvoirs sont, à l'origine, fondés démocratiquement, mais que cela n'avance guère.

La vraie démocratie est en train de se montrer, en d'assez rares pays, dont nous sommes, remarquables par un pullulement de mauvaises têtes. Et comment se montre-t-elle ? Non pas par des partis une fois comptés, ni par des élus une fois élus, mais par des réactions continuelles de l'opinion publique agissant directement sur les élus. Notre système à nous, c'est l'arrondissement, système qui a ses défauts, mais qui est le seul qui laisse les électeurs pendus aux basques de l'élu. Dès lors l'élu peut bien s'inscrire à un parti, se couvrir du parti, invoquer le suffrage (non universel) des hommes d'Etat éminents qui l'ont élevé à la dignité de rapporteur ou de vice-président; cela ne lui laisse pas la liberté de faire de la grande politique. L'électeur tire sur la corde, et le ramène à considérer l'opinion réelle de ceux qui travaillent et qui paient, sans compter le risque d'être glorieusement tués. Voilà pourquoi, dans les incidents, on entend gronder d'abord le tonnerre des hommes d'Etat, et puis, après que l'arrondissement a tiré l'homme d'Etat par la manche, on entend des paroles de bon sens. Ces remarques ne critiquent personne, car il n'y a sans doute point d'homme qui ne s'enivre à faire le Napoléon, si on le lui permet.

Voilà ce que peut être la politique, c'est-à-dire non pas brillante, mais raisonnable, dès qu'on a le courage de croire que le peuple a droit et moyen de se faire entendre, même en dehors de l'isoloir. Quant aux moyens, on les cherche, on les essaie. La presse, comme on sait, n'a pas donné toute sûreté. Les journaux sont faits par des journalistes, et les journalistes vendent du papier. Ce n'est pas aux lecteurs de la *Lumière* qu'il faut expliquer comment les journalistes gouvernent de leur place, et selon les vues des grands distributeurs de publicité. On peut remarquer que les tempêtes de cette fausse opinion ne troublent plus beaucoup la réelle opinion. Quant aux députés et ministres, ils y mordront toujours trop. Toute l'affaire est de tenir le député au bout du fil, de façon à le ramener promptement à regarder ce qu'il connaît bien, qui est sa circonscription. On attend que des comités de citoyens s'organisent; et il est vrai que les comités d'ambitieux et de pasteurs de peuples ont pour fins principales de décourager les citoyens qui ont la prétention de juger la grande politique.

Ce sera l'hiver de notre politique. Enfin les gouvernants seront jugés par des hommes qui ne désireront nullement les remplacer. La grande fonction du peuple sera de répondre et d'interroger. Et comme au fond, il n'y a qu'une grande question, préalable à toutes, celle de la paix et de la guerre, il y aura un rappel continu à la paix, et une continuelle interpellation sur le pouvoir abusif des militaires, des diplomates et des marchands d'armes. Et les ministres qui voudraient rendre leur tablier seront priés de le garder, et de faire la cuisine un peu plus au goût du peuple, un peu moins à leur propre goût. Cette politique où il n'arrivera rien sera bien fâcheuse pour les journaux à manchettes, et peut-être pour les plus remuants de nos amis, qui attendent des miracles, je suppose. Or, les miracles, selon mon opinion, se nomment armements et guerres. Les gouvernants les plus évidemment doués d'un génie supérieur n'en ont jamais fait d'autres. Et plaise aux petits dieux du foyer qu'ils n'en fassent point du tout. Il faudra, je pense, arriver à cette idée que la politique n'est nullement un sport, mais plutôt une défense silencieuse et obstinée. Le Palais-Bourbon, rempli de citoyens attentifs et défiants, ne sera plus ce brillant théâtre où la réplique arrive comme une flèche. Ce plaisir nous coûte trop cher. Comme je disais, ce sera l'hiver.

Mais c'est le printemps! Nos troupes sont en marche, et vont culbuter l'un sur l'autre l'émigré, le prêtre et le banquier. Tout cela sans morts. J'ai déjà eu plusieurs fois le plaisir de voir fuir la noire troupe; je ne me le refuserai pas cette fois-ci. Je veux dire seulement que cette victoire sera le commencement, et non la fin, de la lutte pour la liberté et la paix.

18 avril 1936.

85

Les pouvoirs élus ne valent pas mieux que les autres; on peut même soutenir qu'ils valent moins. L'électeur ne saura pas choisir le meilleur financier, ni le meilleur policier. Et qui pourrait choisir? Dans le fait les chefs réels s'élèvent par un mélange de savoir, de ruse et de bonne chance, et aussi par l'emportement de l'ambition. Les chefs sont des produits de nature; et l'on ne demande point s'il est juste qu'une pomme soit plus grosse qu'une autre. Un chef grossit et mûrit de même. Nous voyons partout des gros et des petits. Nous savons ce que peut faire un homme qui a beaucoup d'argent. Mais il serait absurde d'élire un homme riche, je veux dire de décider par des suffrages que cet homme aura beaucoup d'argent. L'inégalité des hommes est de nature, comme celle des pommes. Et le pouvoir d'un général d'artillerie est de même source que celui d'un financier. L'un et l'autre se sont élevés par un savoir-faire, par un art de persuader, par un mariage, par des amitiés. Tous les deux peuvent beaucoup dans leur métier, et étendent souvent leur pouvoir hors de leur métier. Ce pouvoir n'est pas donné par la masse, mais plutôt est subi et reconnu par elle, souvent même acclamé. Et il serait faible de dire qu'un tel pouvoir dépend du peuple et que le peuple peut le donner et le retirer. Dans le fait ces hommes gouvernent. Et de tels hommes sont toujours groupés en factions rivales, qui ont leurs agents subalternes et leurs fidèles sujets. C'est ainsi qu'un riche fabricant d'avions gouverne une masse ouvrière par les salaires. Toute société humaine est faite de tels pouvoirs entrelacés. Et chacun convient que les grands événements politiques dépendent beaucoup des pouvoirs réels, et de leurs conseils secrets. Il y a une élite, et une pensée d'élite; d'où dépendent trop souvent les lois, les impôts, la marche de la justice et surtout la paix et la guerre, grave question en tous les temps, et aujourd'hui suprême question, puisque toutes les familles y sont tragiquement intéressées.

Or, ce qu'il y a de neuf dans la politique, ce que l'on désigne du nom de démocratie, c'est l'organisation de la résistance contre ces redoutables pouvoirs. Et, comme on ne peut assembler tout le peuple pour décider si les pouvoirs abusent ou non, cette résistance concertée se fait par représentants élus. Ainsi, l'opinion commune trouve passage; et tant que les représentants sont fidèles et incorruptibles, cela suffit. Le propre des assemblées délibérantes, c'est qu'elles ne peuvent se substituer aux pouvoirs, ni choisir les pouvoirs, mais qu'elles peuvent refuser obéissance au nom du peuple. Un vote de défiance, selon nos usages politiques, ressemble à une menace de grève, menace que les pouvoirs ne négligent jamais.

D'après cette vue, même sommaire, on comprend pourquoi tous les pouvoirs réels sont opposés à ce système; pourquoi ils disent et font dire que les représentants du peuple sont ignorants ou vendus. Mais la ruse principale des pouvoirs est de corrompre les représentants par le pouvoir même. C'est très promptement fait, par ceci, qu'un ministre des Finances, ou de la Guerre, ou de la Marine, tombe dans de grosses fautes s'il ne se laisse conduire par les gens du métier, et se trouve alors l'objet des plus humiliantes attaques; et qu'au contraire il est loué par tous les connaisseurs et sacré homme d'Etat s'il prend le parti d'obéir. C'est ainsi qu'un homme, excellent au contrôle, devient faible et esclave au poste de commandement. On comprend que les représentants, surtout quand ils ont fait l'expérience du pouvoir, montrent de l'indulgence, et soient ainsi les complices des pouvoirs réels; au lieu que ceux qui sont réduits à l'opposition se trouvent souvent rois du contrôle, et fort gênants. C'est pourquoi le problème fameux de la participation au pouvoir est le vrai problème, quoiqu'on ne le traite pas encore à fond. La vraie question est de savoir si un député est élu pour faire un ministre, ou pour défaire les ministres par le pouvoir de refus. Ces rapports ne font encore que transparaître. On s'étonne que le

Président suprême ait si peu de pouvoir. Mais n'est-il pas au fond le chef suprême du contrôle? Ce serait alors un grand et beau pouvoir, devant lequel tous les pouvoirs trembleraient. Ces choses s'éclairciront, en dépit des noms anciens, qui obscurcissent tout.

Novembre 1931.

La nécessaire indépendance des députés à l'égard des partis

86

Le plébiscite consiste à demander au peuple : « Quels maîtres voulez-vous? Voici un exposé de leurs principes, quant à la police, quant à la guerre, quant à la consommation, quant à la production; réfléchissez et choisissez. Après cela, vous donnerez un long crédit aux maîtres que vous aurez choisis; ils pourront légiférer et gouverner en regardant au loin, comme de bons pilotes, au lieu d'être arrêtés à chaque instant par les réclamations des uns et des autres. » Ainsi vivent tous les pouvoirs monarchiques ou oligarchiques; car tous les citoyens ne sont pas malheureux en même temps; les abus de pouvoir, si l'on n'y remédie sur l'heure, sont bientôt oubliés. Par-dessus tout le citoyen hésite devant une révolution, qui est, dans un tel système, son unique ressource. Ajoutons que ce pouvoir fort a bientôt fait de rafraîchir les têtes chaudes et de bâillonner ceux qui parlent trop; l'oubli vient ainsi avant que la réflexion s'éveille. Aussi la tyrannie, avec un peu d'adresse et de bonheur, peut durer longtemps.

Le référendum est un système tout à fait opposé à celui-là; car les pouvoirs ne font alors qu'appliquer les lois; ils ne sont que magistrats. Rien ne peut être changé dans les droits et les devoirs sans que le peuple soit consulté. Par exemple la solution du conflit entre la Marne et l'Aube serait demandée au suffrage universel. La formule des assurances ouvrières et paysannes de même, le plan de notre action au Maroc de même. Et l'on saisit sans peine pourquoi ce système est impraticable. Chaque citoyen devrait passer son temps à lire, à calculer, à discuter; ou bien alors il devrait juger d'après l'expérience, je dis son expérience à lui; mais les répercussions d'une loi sur les fraudes ne se font sentir à tous les citoyens qu'après un long temps; et elles sont perdues presque toujours dans la masse des faits. Pour le problème marocain, c'est encore plus évident.

Ajoutons que le contrôle des gouvernants par les gouvernés, qui est ce à quoi le peuple tient le plus, et ce qu'il réclamerait certainement par voie de référendum, ne peut s'exercer par le référendum même. Entre plébiscite et référendum, il faut donc choisir quelque système intermédiaire. Et l'on est ramené au parlementarisme, dans lequel les représentants du peuple exercent un contrôle sans limite sur les actes du pouvoir, et aussi prononcent sur les réformes, en tenant compte à la fois de leurs connaissances propres et de l'opinion de ceux qu'ils représentent. Par ce mécanisme, qui suppose une familiarité et des échanges continuels d'idées entre les électeurs et l'élu, le peuple ne choisit pas ses maîtres; il fait bien mieux; il règle, il modère, il redresse l'action des maîtres qu'il a, quels qu'ils soient.

C'est pourquoi le caractère du député, ses habitudes de travail, sa clairvoyance, son indépendance sont le principal, une fois que le principe de la souveraineté du peuple est posé et maintenu. S'il s'agit de mettre au jour quelque friponnerie d'administration, un modéré, s'il n'est ni ignorant, ni faible, ni dépendant, vaut assurément mieux qu'un paresseux, un craintif, un sceptique, un prodigue, un brouillon qui aurait l'étiquette radicale. Et si, dans ma circonscription, et mon candidat n'étant pas élu, l'élu est un homme intègre et qui travaille, je suis représenté tout de même; et si je connais un abus de pouvoir ou quelque gaspillage dans l'administration, je saurai à qui m'adresser. Voilà pourquoi je veux que l'on considère plutôt le caractère d'un homme, sa probité et sa puissance de travail, que le parti organisé dont il aura reçu l'investiture.

30 juin 1911.

87

Autant qu'un député juge à la manière d'un arbitre, et sans considérer un parti et l'autre, le peuple est libre, aussi libre que la condition humaine le permet. Ce qui aura semblé nécessaire, utile, ou permis, au plus grand nombre de ces arbitres sera tenu pour tel, et très raisonnablement. Il n'en sera plus de même si le député considère les partis. Car, si l'accusé, ici le ministre, est un des chefs de son propre parti, il le soutiendra peut-être sans trop examiner, en vue de se rapprocher de la tête. Si l'accusé est soutenu par l'autre parti, encore bien mieux notre homme imaginera quelque ministère pour lui-même ou pour ses amis. Dans tous les cas il combattra comme soldat d'une armée; il combattra au lieu de juger. C'est ce qu'on voit toujours à quelque degré, car rien n'est parfait; mais le degré est ce qui importe. Supposez qu'un puissant parti occupe le pouvoir, et paraisse en mesure de punir les indisciplinés et les traîtres par une exclusion efficace, tout contrôle est rendu impossible et la liberté est perdue.

Les choses ne seront jamais tout à fait ainsi, parce que nul système électoral ne détournera tout à fait le peuple de disloquer les partis et de choisir des hommes. Mais il faut convenir que le système des listes, qui vise toujours à écarter les isolés, nuit au contrôle et donne plus de liberté aux pouvoirs quels qu'ils soient. Vouloir que le chef aime le scrutin d'arrondissement, c'est trop demander. Les hommes font voir ici une clairvoyance admirable. Observez les opinions, et vous remarquerez qu'elles dépendent des fonctions. Tout homme qui tient une parcelle des pouvoirs, quand ce ne serait qu'un chef de bureau, est pour le scrutin de liste et contre le scrutin d'arrondissement. Aux yeux de celui qui n'est point du tout chef, la proportionnelle est suspecte en ceci qu'elle suppose des listes et des partis. Par la même raison tous les tyrans, grands ou petits, tiennent pour la Représentation proportionnelle. Les socialistes ne sont pas loin de le comprendre, mais seulement par les effets, et non point par les causes; sans compter qu'ils sont aisément un peu tyrans, et de bonne foi. « Si j'étais roi », telle est leur chanson.

Si tu étais roi sans contrôle, tu serais un mauvais roi. Il n'est point de sagesse qui ne s'use à exercer le pouvoir. L'importance, une pointe toujours d'entêtement, les difficultés réelles, l'excès même du travail et le poids de mille affaires, enfin la mécanique du pouvoir, qui est l'administration, tout contribue à jeter le chef en de folles entreprises. Je le suppose honnête, attaché au bien public, amoureux de vraie gloire; cela ne changera rien. Et pareillement je suppose que ceux qui l'ont choisi soient réellement le plus grand nombre, cela ne changera rien si ceux qui l'ont choisi n'ont pas le pouvoir de le modérer. Que les femmes votent, cela ne changera rien. Mais au contraire, soit que les hommes votent seuls, soit que les femmes s'y joignent, et que les chefs de famille aient plusieurs voix ou non, pourvu que le député soit tenu par ses électeurs et non par un parti, le pouvoir sera tenu de dire ses secrets, d'exposer ses projets, d'étaler ses comptes; et tout ira passablement.

12 janvier 1924.

88

Quand ils ont dit que la Proportionnelle est juste, ils croient avoir tout dit. Et je vois bien une espèce de justice au premier moment, c'est-à-dire quand on nomme les députés; mais encore faudrait-il y regarder de près. Si l'électeur est moins libre et moins éclairé dans son choix, est-ce juste? Si les comités départementaux ont tout pouvoir pour imposer tel candidat et surtout pour en éliminer un autre, est-ce juste? Si un homme droit et sûr prête son appui, par nécessité, à des ambitieux aussi riches d'appétits que de talents, mais de pauvre caractère, est-ce juste? Si un ferme et libre esprit ne peut être élu qu'en traitant avec un parti, est-ce juste? Si les partis ainsi organisés ont presque tout pouvoir pour échapper à la pression des électeurs, et tromper leurs espérances, est-ce juste? Si l'élite, déjà si puissante, se trouve fortifiée encore par ce nouveau système électoral, est-ce juste? Si l'influence des politiciens sur les vrais amis du peuple, déjà trop forte, s'exerce alors irrésistiblement, par les délibérations et les votes à l'intérieur du parti, est-ce juste? Et enfin, si l'écrasement des minorités est injuste dans la circonscription, par quel miracle devient-il juste au parlement? Car il faut bien que l'on décide enfin, et que la majorité l'emporte. En somme, quand vous dites que la Proportionnelle, c'est la justice, j'ouvre bien les yeux, car j'aime la justice, mais je ne comprends rien, je ne perçois rien de ce que vous annoncez.

En revanche, il y a quelque chose que je comprends très bien et que je perçois très bien, c'est que les opinions pour et contre la Proportionnelle correspondent à des opinions très bien définies concernant l'avenir de la République. Car les uns, qui sont l'élite, et que je reconnaîtrais presque au port de la tête, craignent par-dessus tout ce qu'ils appellent la démagogie et les intérêts de clocher. Ils veulent qu'en toute chose, armée, impôts, travaux publics, ce soient les compétences qui décident; ils veulent que la grande politique, qu'ils appellent nationale, échappe tout à fait au contrôle des petites gens, pour qui vivre de leur travail et s'assurer contre les risques est la grande affaire. Enfin ils se défient de l'électeur. C'est contre l'électeur qu'ils ont inventé la Proportionnelle, et l'invention est bonne.

Les autres savent trop, par trop d'expériences, ce que devient la volonté populaire lorsqu'elle se heurte à l'action continue des grands Ambassadeurs, des grands Banquiers et des grands Bureaucrates. Ils savent trop comment les députés cherchent trop souvent autour d'eux, dans ce milieu parlementaire qui a ses préjugés propres, un appui contre l'électeur, et de beaux prétextes pour oublier leurs promesses. Ils savent que les grands intrigants sont déjà assez forts, et disposent déjà trop des réputations et des influences; que l'air parisien est déjà assez mauvais et dangereux pour les provinciaux même les plus rustiques; et qu'enfin le scrutin d'arrondissement est la meilleure arme de la province contre l'élite parisienne.

14 juillet 1914.

89

Je vois que la Ligue des Droits de l'Homme, dans son bulletin, recommande des cartes postales « proportionnalistes ». Il est remarquable que tant de républicains éclairés se soient laissé prendre par les mots. Pour la Justice, pour le droit de l'électeur, ce beau programme devait plaire à la Ligue. Un homme raisonnable me disait encore il n'y a pas longtemps : « Je suis Proportionnaliste tout simplement parce que je veux conquérir mon droit d'électeur. Je suis républicain, et assez décidé; j'appartiens à une circonscription où le royaliste est élu tous les quatre ans, sans lutte possible. Que je vote ou que je ne vote pas, le résultat est le même; je demande seulement que mon suffrage ne soit pas perdu. » Raison de belle apparence, mais qui ne me frappe point.

Voter, ce n'est pas précisément un des droits de l'Homme; on vivrait très bien sans voter, si l'on avait la sûreté, l'égalité, la liberté. Le vote n'est qu'un moyen de conserver tous ces biens. L'expérience a fait voir cent fois qu'une élite gouvernante, qu'elle gouverne d'après l'hérédité, ou par la science acquise, arrive très vite à priver les citoyens de toute liberté, si le peuple n'exerce pas un pouvoir de contrôle, de blâme et enfin de renvoi. Quand je vote, je n'exerce pas un droit, je défends tous mes droits. Il ne s'agit donc pas de savoir si mon vote est perdu ou non, mais bien de savoir si le résultat cherché est atteint, c'est-à-dire si les pouvoirs sont contrôlés, blâmés et enfin détrônés dès qu'ils méconnaissent les droits des citoyens.

On conçoit très bien un système politique, par exemple le plébiscite, où chaque citoyen votera une fois librement, sans que ses droits soient pour cela bien gardés. Aussi je ne tiens pas tant à choisir effectivement, et pour ma part, tel ou tel maître, qu'à être assuré que le maître n'est pas le maître, mais seulement le serviteur du peuple. C'est dire que je ne changerai pas mes droits réels pour un droit fictif.

Or la Proportionnelle m'offre un droit fictif, qui est de choisir pour mon compte, entre trois ou quatre Partis, quel sera le Parti-Tyran. Mais que ce soit selon mon choix ou selon un autre, le Parti-Tyran sera toujours tyran, et mes droits seront toujours diminués. Dès que le député dépend plus d'un journal ou d'un comité, et moins de l'électeur, la liberté est menacée. Je dis la liberté de tous. Car si je suis radical, et si les radicaux sont les maîtres, j'aurai bien quelques faveurs si je les demande; mais je n'appelle point cela liberté. Ce que j'appelle liberté, c'est la dépendance étroite de l'élu par rapport à l'électeur. C'est d'après cela seulement que je juge un système électoral. En termes bien clairs, il s'agit pour moi d'empêcher que les riches ajoutent le pouvoir politique au pouvoir économique qu'ils ont déjà. Or, avec les Partis et la Haute Politique, je suis assuré que les riches gouverneront. Tandis qu'avec notre système, et les perfectionnements qu'il peut aisément recevoir, comme limitation des dépenses électorales et secret du vote, nous arriverons à tenir en bride les Grands Politiques, et les Hommes d'Etat impatients qui ne parlent que de restaurer l'autorité. Merci du cadeau. Le meilleur des rois ne vaut rien.

6 décembre 1912.

90

Ce qui paraît déraisonnable, dans la Représentation Proportionnelle, c'est que l'électeur ait à voter pour un programme, c'est-à-dire pour un système politique. Cela ne va pas avec une politique positive; cela nous ramène à l'âge métaphysique. Par exemple le programme radical, je le suppose, nous promettra une politique pacifique, mais soucieuse des intérêts, de l'avenir et de l'honneur de la Patrie. Mais cette formule ne résout rien. Dans le fait il s'agit de mesurer un intérêt et un autre, d'apprécier une insulte, ou d'inventer quelque concession ou quelque combinaison. La formule n'apportera alors aucune lumière. L'un dira que l'honneur de la France est en jeu; l'autre dira que non. Pour choisir, il faut un homme de jugement, qui se sente personnellement responsable, qui soit rebelle aux entraînements collectifs, et qui, dans le doute, consulte plutôt ses électeurs que ses collègues.

Le même programme annoncera « l'impôt sur le revenu, mais sans inquisition ni vexation ». La formule ne résout rien. Dans le fait il s'agira de savoir si telle disposition de tel projet est inquisition ou vexation. Aussi peut-on citer bien des radicaux qui ont promis l'impôt sur le revenu, ont repoussé cinq ou six projets, et prouvent très bien qu'ils n'ont pas manqué à leurs engagements. « Car, disent-ils, je vous ai promis un projet raisonnable, et je vous prouve que celui-là et cet autre ne l'étaient point. » Ce que j'ai à savoir, moi électeur radical, c'est si mon candidat est au fond très content d'invoquer des prétextes acceptables ou, si au contraire, il est fermement résolu à réformer notre système d'impôts sous l'idée d'égalité ou de justice. Or cela, je dois le deviner; il faut alors que je connaisse l'homme, que j'aie pu l'observer ou le faire parler, que je sache comment il vit, de quoi il vit, qui il fréquente, comment il élève ses enfants, et même quelles sont les opinions de sa femme. Car tout cela importe; et, dans l'arrondissement, tout cela est su, sans aucun espionnage, par les nécessités de la vie commune. Si mon député est marié civilement, et ses enfants de même, si sa femme revendique pour le suffrage des femmes, et s'occupe d'instruire et d'habiller des enfants pauvres au lieu d'user son temps au jeu des visites, ce sont autant de garanties pour moi. Si l'homme s'est montré souvent arbitre dans sa propre cause, sensé dans ses propos familiers, bon conseiller pour ses amis, scrupuleux dans les affaires, franc, courageux, équitable dans les querelles locales, maître de lui dans les tumultes, constant dans ses amitiés, je puis me fier à lui; il fera plus qu'il ne promet. En toute circonstance il jugera pour le mieux; il me donnera ensuite, à moi et aux autres, des explications bien claires, sans aucun détour. J'ai ici toutes les garanties possibles; dans tous les cas je connais le fort et le faible de mon représentant; je sais d'avance où il sera bon, où il sera hésitant, dans quel cas il peut être dangereux. Je le surveille, j'avertis les autres; nous le poussons ou nous le retenons. Cela se fait le plus simplement du monde; rappelez-vous l'affaire Dreyfus.

Et vous voulez que, sur la lecture d'un programme qui n'est que formules creuses, j'aille donner ma voix à des hommes que je ne connais point, bien mieux qui se cacheront dans leur Parti, qui m'opposeront les décisions du Parti, la discipline du Parti, bref qui seront tyrans sur moi au nom de moi-même pendant quatre ans! Que ce système plaise à l'élu, je le comprends encore. Mais l'électeur n'en veut point.

7 octobre 1912.

91

On a tout dit contre le scrutin d'arrondissement, on n'a presque rien dit de ses avantages les plus évidents. Cela tient sans doute à ceci, que la plupart de ceux qui écrivent sont au service des privilégiés; et ce qui rend injuste à l'égard des députés, c'est qu'ils s'intéressent tous aux petites gens; oui, même le plus réactionnaire d'entre eux écrira toujours un bout de lettre pour le plus pauvre de ses électeurs. Il diffère du député le plus radical seulement par un point; le radical accepte cette puissance du menu peuple, tandis que le réactionnaire la subit. Aussi le haut fonctionnaire, qui ne s'aplatit que devant deux ou trois hommes encore mieux payés que lui, méprise joyeusement le député qui pense à sa réélection. Bref, les représentants du peuple sont peu estimés chez nous. Il y a là une injustice étonnante, à laquelle il faut résister. Je considère la Chambre prise en gros comme un portrait fidèle de la nation; c'est une réunion d'honnêtes gens, sérieux, quoiqu'ils se donnent l'élégance de se moquer d'eux-mêmes, laborieux, instruits enfin des choses dont ils parlent. Vous n'avez qu'à lire *L'Officiel* pour en juger.

Il ne peut en être autrement. Dans ces petites mares d'arrondissement, le moindre clapotis réveille tout le monde. Tout est su; la vie privée, les querelles de ménage, les dettes, les expédients, les erreurs, les audaces, les fautes que le juge n'atteint pas, tout cela est analysé et tiré au clair par de terribles jugeurs. L'opinion publique n'est pas égarée par l'esprit de parti; car, comme l'adversaire sera sans pitié, l'ami le plus dévoué n'est pas sans prudence. D'où cette conséquence que chaque parti choisit nécessairement son candidat parmi les meilleurs. A quoi vous allez tout de suite objecter une histoire ou une autre; mais trouvez donc un homme qui soit vertueux absolument.

Et savez-vous par quoi l'électeur peut être trompé? Par l'audace, par l'habileté, par des succès oratoires, par une carrière politique étourdissante. La puissance fait impression, et c'est alors qu'on passe sur bien des choses. Or, qui donne la puissance, sinon les partis et l'esprit de parti? Je soutiens qu'il est plus facile à un aventurier de s'imposer à un parti que de s'imposer à un arrondissement. Nous avons ici, pour nous instruire, l'exemple du parti socialiste, si rigoureusement unifié, et qui a dû rejeter avec horreur quelques-uns de ses enfants les plus chéris. Cela se comprend. Comment ne pas soutenir un homme ambitieux, actif, éloquent, tant qu'il se conforme à la doctrine? On dit : « C'est un homme d'Etat », et cela répond à tout. J'avoue que l'on plane, alors, bien au-dessus des petitesses d'arrondissement. Mais il s'agit de savoir si la République vivra par les talents ou par la probité, par les grandes phrases ou par les petites vertus. On parle de dénombrer les partis. Pour moi un bon choix vaut mieux qu'un compte bien exact. Et je suis mieux représenté par l'adversaire consciencieux et incorruptible que par un orateur fameux ou un intrigant redoutable que mon parti m'imposerait.

8 août 1912.

92

Comme je pensais au scrutin d'arrondissement, il me revenait une histoire de mon pays normand, histoire déjà ancienne, puisqu'elle remonte au scandale de Panama; on en peut parler maintenant comme d'une chose morte et enterrée. On sait que le Perche est un pays assez fermé, assez riche par le commerce des chevaux, hospitalier et généreux à l'ancienne mode, très raisonneur, ennemi du gouvernement et du préfet, et clérical par obstination pure. Ils avaient en ce temps-là un député bon garçon et bien de son pays par un genre d'esprit bonhomme qui mordait très bien. On l'adorait. C'est dire que tous ces dresseurs de chevaux n'avaient pas précisément d'opinion, mais se fiaient à leur député pour en avoir une. Et voilà bien, direz-vous, le scrutin d'arrondissement. En réalité, l'habile homme prenait le fond de leur opinion, et eux la forme des siennes.

Or il fut d'abord bonapartiste, et ils furent bonapartistes. Ensuite il jugea bon de faire un petit mouvement à gauche et d'accepter la République, mais conservatrice naturellement; il ne perdit pas une voix. Là-dessus vous direz : « Il avait son fief électoral et son armée; ses électeurs étaient des partisans, non des citoyens; voilà par quel détestable mécanisme un petit nombre d'intrigants font de la politique selon leur intérêt propre et agissent sur les ministres. Ce n'était qu'un tyranneau d'arrondissement. » C'est l'apparence; ce n'était pas cela tout à fait. Ils le laissaient ministre pour les paroles. Il disait Empire, c'était bien; il disait République, c'était bien; mais c'était toujours le même air.

Ce fut alors la Terreur Panamique. Le député en question fut soupçonné et même accusé. Il se défendit bien; il prouva, si je me rappelle bien, que son métier de journaliste (car il n'était pas riche) expliquait certains petits profits. Il fut acquitté. On a pardonné plus à d'autres; mais cet arrondissement ne pardonna rien. Il n'y eut ni reproches ni récriminations; ce fut pis; ce fut le silence et l'abandon. Et sans remède. On put connaître par là l'esprit de liberté et le jugement inflexible de ces hommes qui semblaient ne pas prendre la politique au sérieux. Quand on méprise les mots, il arrive que l'on voie clair aux choses. Sans doute eurent-ils le sentiment que la Haute Finance, sous n'importe quel drapeau, était le véritable tyran à craindre pour l'avenir, et que, si l'on saluait une fois M. l'Argent, l'opposition n'était plus que gasconnade. Ici se montre, il me semble, le fond de l'esprit arrondissementier. Il a du cynisme; il va droit au principal. Il se moque assez des combinaisons purement politiques, mais il est strict sur la probité. Ce n'est pas par hasard que les Grands Aventuriers le haïssent du fond de leur cœur et essaient de le mépriser. Le jeu est clair; la partie est engagée entre les Politiciens et le pays.

7 novembre 1912.

93

Je me vante d'être le seul maintenant à représenter le Combisme intégral. De ceux qui ont gagné cette belle partie vers la fin du dernier siècle, les uns sont aujourd'hui communistes, d'autres sont nationalistes. Et le chef lui-même, qui vient de mourir, avait depuis longtemps quitté son propre parti. Pour moi j'y reste attaché, assuré que tous les hommes libres y reviendront. Mais pour les jeunes, qui ne savent pas de quoi je parle, quelques explications sont nécessaires.

Le Combisme n'est autre chose que l'action permanente de l'électeur sur l'élu. Et voici comment l'on procède. Tous les citoyens, de quelque parti qu'ils soient, et qui ont fait serment à eux-mêmes de contrarier le jeu des Grands Politiques, envoient à la Chambre un homme plus ou moins modéré, plus ou moins tenu par ses relations et par ses intérêts; les nuances n'importent pas ici autant qu'on pourrait croire. En règle générale on peut poser que n'importe quel député, dès qu'il est laissé à lui-même, fait le jeu des Grands Politiques. Mais il ne faut que de vigilants comités, et quelques hommes sûrs qui veuillent donner un peu de leur temps. Ces hommes viennent en mission près du député, et lui parlent énergiquement toutes les fois que cela est nécessaire, soit pour signaler les puissances locales, toujours portées à favoriser les protégés des Grands Politiques, soit pour préparer la chute des Grands Politiques eux-mêmes, dès qu'ils deviennent arrogants et secrets. Par ces continuelles manœuvres, les hommes dévoués dont je parle s'exposent à de furieuses attaques, qui peuvent aller jusqu'aux coups de poing. Mais on en trouve qui acceptent ces risques; et on en trouve d'autres, dans chaque ville, qui, sans l'espoir d'aucune récompense et pour la beauté du jeu, leur font une garde du corps.

Les choses se passent plus simplement qu'on ne croit. Le préfet, dès qu'il est surveillé, administre au lieu d'intriguer avec les salons, avec les chefs militaires et avec les messieurs prêtres. Le député, dès qu'il se sent surveillé, parle au nom de cette opinion réelle et agissante, dont il éprouve continuellement la pression. Le ministre, dès qu'il considère les masses électorales remuantes et décidées, se moque des académiciens et des actrices, et gouverne en plébéien, ce qui est aussi amusant que de gouverner en parvenu. Combe fut l'homme qui joua ce jeu spontanément et pour son compte, et qui sut rappeler aux députés ce que les délégués des Comités Politiques leur avaient déjà dit. Quand la politique républicaine, car c'est son nom, est ainsi orientée et vivante, on trouve toujours un Combes. Si vous demandez ce que fera le Combes de l'avenir, je réponds qu'il ne fera rien qu'administrer et empêcher le mal qui s'appelle négociation ambitieuse, traité secret, alliance avec les droites, politique de force, guerre. Rien n'est plus simple, mais il faut s'y mettre.

Un prêtre pourrait être combiste; car il n'est point vrai que cette politique, radicalement républicaine, ait pour fin de contrarier ou de favoriser telle ou telle opinion de l'ordre moral ou religieux. Et le vrai prêtre se sent même plus libre et plus digne, lorsqu'il n'est pas l'allié ni le serf des puissances politiques. Mais les prêtres qui se mêlent de politique ne peuvent pas être combistes. Un académicien ne peut pas être combiste. Un général ne peut pas être combiste. Un millionnaire ne peut pas être combiste. Une actrice ne peut pas être combiste. Un député cesse d'être combiste dès qu'il peut. Je fais exception pour quelques caractères de fer, que les injures n'ébranlent point, mais au contraire affermissent. Pelletan fut le modèle de ces hommes incorruptibles. Mais l'animateur du régime, ce fut Jaurès.

Tous les tyrans, sans exception, redoutent le Combisme. Tous ceux qui dépendent du jugement de la société oisive et brillante sont secrètement fatigués du Combisme, même quand ils le servent fidèlement. Il arrive même que les délégués et les comités fléchissent sous l'injure et la menace. Mais l'électeur connaît des plaisirs vifs et sans mélange. Il sent et exerce son pouvoir, évitant par état les pièges de l'ambition et de la vanité. Quel bon petit roi c'était là!

1er juin 1921.

94

La liberté de parole, dans les assemblées, se nie aussitôt elle-même, et nous voyons s'organiser, si l'on peut dire, un régime de tumulte qui n'est qu'un nouveau jeu de la force. C'est le plus redoutable de tous peut-être, parce qu'il agit directement contre la pensée, qui est chose flexible, et qui s'offense même en solitude, si l'on n'y prend garde. Et le mal n'est pas seulement qu'on ne puisse exprimer une opinion; le pire mal, c'est qu'on n'en peut plus former aucune; il faut se tendre et s'irriter en quelque sorte par précaution. Un seul homme, ainsi, dès qu'il a compris la puissance des passions, devient le maître d'une assemblée, piquant les uns et les autres à la manière des mouches bovines. Par ce moyen tous les hommes sont jetés aux extrêmes, et les modérés à l'extrême des modérés, qui est un état violent comme on l'a dit.

Je pensais là-dessus que les Assemblées devraient perdre leur importance, dans un temps où tout ce qu'il faut savoir finit par être imprimé. Et si le vote d'arrondissement ne peut nous sauver, nous trouverons peut-être mieux. L'idée d'un sénat conservateur est par elle-même bonne; mais tout est perdu par le lieu commun, qui s'établit d'abord par les conversations et règne finalement par le discours public. La raison ne mûrit ses arrêts que dans le silence; et l'on inventera peut-être quelque sénat d'hommes choisis par ceux qui vivent autour d'eux, aussi par des corps de métiers; aussi par des savants, par des instituteurs, par des écrivains; mais l'important serait que ces sénateurs ne se réunissent jamais, et pensent les uns devant leur champ, les autres dans leur atelier ou dans leur bibliothèque. Il va de soi que les journaux et les livres leur seraient envoyés, ainsi que toute pétition, tout manifeste; et les plus habiles à écrire, qui sont aussi les plus prompts à lire, pourraient préparer le travail des autres. Ils pourraient délibérer et discuter avec les citoyens, mais non point entre eux, et ne voteraient jamais que de loin et sous un secret inviolable. Ainsi les menaces et les injures tomberaient dans le vide.

Je ne crois point qu'un tel corps pourrait commodément formuler des lois ou régler les dépenses et les contributions; mais il agirait énergiquement par quelque droit de veto, soit contre certaines lois, soit contre certains hommes. Qu'on me permette ces jeux d'imagination, qui peuvent éveiller ou réveiller une idée juste. Supposons qu'on vienne me demander, à la mode des anciens, quelque constitution qui puisse sauver l'Etat de violence et de misère; c'est une loi de ce genre-là que je proposerais. Il en résulterait une sorte de gouvernement occulte par le peuple, non point par le peuple assemblé, mais par le peuple dispersé; et l'on verrait renaître ce que j'appelle la Terreur Radicale, régime que l'Académicien considérera toujours avec horreur, et le simple citoyen avec une satisfaction sans mélange; car tous les maux publics et politiques, sans exception, résultent de l'infatuation incroyable des pouvoirs, qui n'ont jamais pensé, sous aucun régime, que l'opinion secrète des citoyens pût changer la marche des affaires. Tel est le sens de ce mot applaudi, et qui restera : « Si quelqu'un l'ose dire ici, il en répondra à la tribune. » Ainsi parle le pouvoir, au milieu de sa garde vociférante; comme si un citoyen n'avait pas le droit de se défier d'un homme public sans avoir à en expliquer les raisons. Contre les Phonographes Haut-Parleurs, il nous faudra trouver quelque ruse.

Juin 1922.

La fonction législative du député?

95

« Jusques à quand, Alain, serez-vous inorganique et anarchique? » Ainsi m'écrit un franc ami, qui tient pour la Proportionnelle et qui saisit bien la force de mes raisons arrondissementières. « Ce que vous dites peut se soutenir, si l'on admet que les députés ont pour unique mission de contrôler, de surveiller et en somme de résister à l'oppression. Mais ce n'est qu'une partie de leur tâche, la moins importante assurément. Un député, c'est un Législateur, un Organisateur, un Gouvernant véritable, au sens le plus élevé du mot; et comme évidemment on ne trouvera point un Génie Politique dans chaque arrondissement, je veux que les élus se groupent par partis, et d'après des plans d'organisation bien nets, formulés par les plus fortes têtes; sans quoi nous n'aurons que des intérêts anarchiques qui tireront chacun de leur côté, et, en mettant les choses au mieux, une espèce de paralysie des pouvoirs ainsi tirés à quatre chevaux, sans aucun progrès véritable. Et d'ailleurs, mon cher Alain, vous acceptez aisément cette paralysie des pouvoirs; vous êtes anarchiste dans le fond. »

Tel est à peu près son discours. Et je suis bien obligé de convenir que je n'ai formé aucun plan général d'organisation; je crois même que le meilleur des plans de ce genre ne vaut rien; je ne crois pas tant à l'organisation sur le papier qu'à la bonne volonté des hommes. Et je crois aussi que toute société s'organise naturellement à peu près comme un arbre pousse; un chimiste ne saurait pas faire un arbre; mais un jardinier sait très bien diriger et tailler l'arbre qui pousse. Il me semble en somme que la société est une chose organisée qui existe, qui se développe, qui change, par les besoins, les échanges, les alliances, les concurrences, la force de vie enfin; et chacun de nous, pris dans ce gros animal, et souvent en condition d'être gêné ou écrasé, exerce un droit de représentation ou de réclamation; le gouvernement civil, qui à ce point de vue nous représente tous, a pour fonction, il me semble, non pas d'organiser la société; ce serait comme de vouloir faire un enfant par décret; mais bien de protéger l'individu contre les forces de société.

Par exemple vous passez dans une rue mal éclairée. Vous êtes pris pour un individu louche qui la veille a essayé d'entraîner des petites filles; la rumeur monte; on vous poursuit, on vous arrête; vous êtes reconnu, jugé et lapidé; c'est là une réaction naturelle de Léviathan; c'est sa manière à lui de se gratter. Les guerres se font de même; ce n'est qu'un jeu pour le vigoureux animal, et peut-être bon pour sa santé. Mais le gouvernement, qui représente les individus, résiste de toutes ses forces à ces réactions de nature. Enfin la politique corrige la société à peu près comme l'individu, par sa raison, redresse ses passions. Voilà sommairement pourquoi je ne considère pas la politique comme une fonction d'organisation. L'amour fait les enfants, et ensuite le médecin les soigne.

16 décembre 1912.

96

Chacun a son plan; mais je crains les plans. Un peuple est un être de nature qui résiste merveilleusement bien au législateur. Balzac est unique et incomparable en ce qu'il a fait paraître la structure réelle de nos régions, et comment le pouvoir expire devant les intérêts, les parentés et les alliances. Lisez la politique réelle dans *Les Paysans*; cette œuvre n'a pas tant vieilli. On y voit comment les Messieurs venus de Paris doivent s'adapter et se conformer, s'ils ne veulent s'en retourner. Bien sûr, le gendarme a plus de pouvoir maintenant qu'en ce temps-là. La loi militaire est appliquée; les crimes sont punis. Ce sont des actions de force, pour lesquelles il suffit d'envoyer un escadron de plus. Mais nul n'oserait dire que les impôts sont payés comme ils devraient l'être. Le prix du blé est réglé par la loi; mais personne ne trouve à vendre son blé à ce prix-là. Dès que la richesse, les prix et la monnaie sont en cause, le pouvoir éprouve une résistance non saisissable. Le conscrit se rend à la caserne et le braconnier à la prison; cela ne fait pas difficulté. Mais donner l'impulsion aux affaires et aux marchés, faire sortir l'argent, tirer des aveux d'une bourse, cela se décrète aisément et ne se fait point. La coutume est plus forte que la loi, et au reste une vraie loi est toujours tirée de coutume et de nécessité, par une expérience presque aveugle, comme la jurisprudence le prouve.

Par les mêmes causes, il faut croire que les constitutions inventées par l'intelligence ont fort peu de chances d'être pratiquées. Une constitution est tirée de coutume, ou revient à la coutume. Le député est un pouvoir local qui fait trembler le préfet. On demandait des hommes d'Etat; on a des hommes d'Arrondissement. On demandait des gouvernants, on trouve des résistants. Là-dessus, l'intelligence fait la critique du scrutin d'arrondissement; tous les théoriciens sont d'accord. La représentation proportionnelle est un système évidemment raisonnable et évidemment juste; seulement, partout où on l'a essayée, elle a produit des effets imprévus et tout à fait funestes, par la formation d'une poussière de partis, dont chacun est sans force pour gouverner, mais très puissant pour empêcher. C'est ainsi que la politique devint un jeu des politiques. Cependant, le scrutin d'arrondissement, plus conforme aux vérités réelles de structure, développait peu à peu ses institutions caractéristiques, malgré la résistance des partis et des hommes de parti, et sans aucun doute imposera au Parlement les mêmes concessions et les mêmes alliances que l'on voit jouer au second tour dans la plupart des circonscriptions. Et comprenez que le théoricien de politique ne cessera pas de dire et de prouver que cette constitution est mal faite; c'est qu'elle réduit le rôle des idées et des hommes à idées. Or, il me semble que, si l'on veut la changer, il faut la changer dans le sens où elle va.

Par exemple, si le contrôle s'assure et se développe par la procédure des grandes commissions, il faut incliner par là; car il n'est pas mauvais que le gouvernement soit jugé. Au contraire, si l'on remarque que les culbutes des ministères donnent souvent lieu à des repentirs qui font revenir les mêmes hommes, cela est signe qu'il faudrait diminuer la part du hasard, des humeurs et des rumeurs dans ces catastrophes politiques, et peut-être imposer alors un délai de réflexion entre le débat et le vote. Et enfin, si l'on remarque, comme il n'est pas difficile, que les lois improvisées sous la pression des circonstances sont sans effet, pour s'éloigner trop des coutumes, cela signifie que le pouvoir législatif n'est sans doute pas essentiellement lié à la fonction de représentant du peuple, et que les lois seraient utilement modifiées par la collaboration des jurisconsultes et des intéressés eux-mêmes, consultés alors en leurs chambres professionnelles et en leurs syndicats; ce qui laisserait aux deux Chambres bien plus de loisir pour le contrôle, s'exerçant par questions et interpellations, et presque sans autre sanction que la publicité même, qui suffit amplement. Or, ces procédures elles-mêmes sont filles de nature et d'expérience. Le raisonnement politique ne les a point prévues.

1er septembre 1934.

97

Une constitution politique, de quelque nom qu'on l'appelle, ne se fait jamais selon un projet; bien plutôt, semblable en cela aux organismes naturels, elle s'adapte, et produit elle-même ses moyens de défense. Au reste, le droit tout entier se fait et se change par des expériences continuelles. Dans chacun des jugements rendus ici ou là, il se trouve une grande part de routine, une naturelle paresse, et un petit éclair de sagesse. Tout cela ensemble prend place dans l'énorme répertoire de la jurisprudence; les précédents s'accumulent, et font loi avant qu'on y pense; quand on y pense, tout est fait. Telles sont les lois; et comme Montesquieu l'avait vu, ce sont des lois naturelles. Nous croyons qu'il y eut un Lycurgue ou un Solon qui fit des lois toutes neuves; la légende est toujours ainsi et trompera toujours. Je suis assuré que ces hommes très sages regardèrent seulement comment le peuple vivait, produisait, échangeait, et firent seulement passer l'usage dans la loi. Le génie de

Napoléon n'a pas inventé le Code civil; il a traduit en lois les coutumes de nos provinces, c'est-à-dire une longue pratique, une pratique dormante qui n'ouvrait que rarement un œil. Ne vous trompez pas au juge; il sait très bien quand il peut dormir; il s'éveillera au bon moment.

Cet esprit, tout alourdi de nature, contrebalance utilement l'esprit abstrait, qui est l'esprit fou. L'esprit fou, c'est l'esprit gouvernant qui s'aperçoit que le beurre est trop cher, et qui annonce que tout cela va changer. Les vaches n'en vont pas moins de leur pas tranquille, et le vacher prend toujours le pas des vaches. C'est ainsi que le troupeau des intérêts suit ses mille chemins, sans s'occuper beaucoup de ces lois qui naissent tout armées, non pas du ventre et de la poitrine, mais de la tête, hélas, du grand Jupiter. Ainsi un peuple a une Constitution comme un individu a des yeux, des oreilles, un nez. Chaque peuple a son visage, où tout s'ajuste; et vous n'allez pas dire qu'il faudrait un nez un peu plus long; ne touchez pas au nez; il faudrait changer tout. Mais qui donc a travaillé ici? Qui donc a contribué? Tous ont travaillé, comme le terrassier qui choisit un manche de pelle contribue à courber, façonner et polir la forme juste.

Je pensais à ces lois de santé comme je lisais les procès-verbaux de la Commission d'enquête, qui sont réels, qui sont humains, qui éclairent tout. Non pas comme ces immenses enquêtes, à forme statistique, qui font paraître des déserts inhumains; mais ici un détail conduit à un autre; et le lecteur moyen en apprend plus en une demi-heure sur la politique et sur la finance qu'il ne ferait en des ouvrages dogmatiques, et en y usant dix ans de sa vie. C'est que la Commission d'enquête est un outil de circonstance, ou ce qu'on appelle un moyen de fortune. L'outil a la forme de la chose; il se trouve appliqué juste au point de difficulté. L'esprit fou voulait prédire que par ce rustique moyen on ne ferait rien, on ne saurait rien. Le fait est qu'on sait tout. La lumière éclaire largement les choses et les hommes. On demande où cela mène, et quelles sanctions suivront. Mais le lecteur moyen se moque des sanctions; la lumière suffit; je dirai même qu'elle instruit les coupables eux-mêmes; on les voit qui pénètrent dans leur propre pensée; ils s'arrêtent devant l'ombre qu'ils portent; ils ne savaient pas qu'ils étaient ainsi faits. Et voilà ce qui arrive d'une assemblée qui théoriquement devrait faire des lois, et qui ne peut. Toujours est-il qu'elle est assemblée, et qu'il s'y fait un travail réel et imprévu. L'opinion réelle finit par s'y exprimer, moins dans les votes comptés que dans les discussions; moins encore dans les discussions que dans ce genre d'enquête, où le bon sens fait plier la loi apparente, d'après une loi réelle et non écrite. Il n'y avait qu'à laisser aller ces terribles monologues, d'un magistrat, d'un financier, d'un journaliste. La République radicale n'a même pas à les juger; ils se jugent. Cela est platonicien. Quand on croit en avoir fini avec la pensée, c'est à ce moment-là qu'elle se montre.

Avril 1931.

98

« La démocratie n'est pas le règne du nombre, c'est le règne du droit. » Cette formule, que j'ai rencontrée ces jours, est bonne à méditer dans ce moment de notre histoire. Car tous les proportionnalistes me paraissent avoir une tout autre conception de la République. Selon ce qu'ils disent, il suffit que le pouvoir soit remis aux plus forts; la justice n'en demande pas plus.

Pour moi, je conçois la République tout à fait autrement. Il n'y a point de tyrannie légitime; et la force du nombre ne peut point créer le plus petit commencement de droit. Le droit est dans l'égalité. Par exemple tous ont un droit égal à pratiquer telle religion qu'ils auront choisie; le droit de l'un limite le droit de l'autre. Il serait contre le droit qu'une majorité, aussi écrasante qu'on voudra, et unanime, supposons-le, sur le problème religieux, voulût imposer son culte à une douzaine de dissidents.

Pour parler plus précisément encore, dans une Démocratie, non seulement aucun parti n'a le pouvoir, mais bien mieux, il n'y a plus de pouvoir à proprement parler. Il y a des magistrats qui ont pour charge de maintenir l'égalité, la paix, l'ordre; mais ces magistrats ne doivent pas agir au nom d'un parti. Par exemple, il est assez clair que les jugements des tribunaux devraient n'être changés en rien quand un progressiste prendrait le pouvoir à la place d'un radical très radical.

Mais, direz-vous, il y a les lois elles-mêmes, qui sont faites par le parti le plus fort? C'est une erreur. Les lois sont faites d'un commun accord et sans aucun esprit de parti. La loi sur les accidents du travail, la loi sur les retraites ouvrières, la loi sur les associations, sont des formules de bon sens, suggérées par des circonstances qui ne dépendent point de ce que tel parti ou tel autre est au pouvoir. Il y a des usines; il y a un prolétariat; il y a des grèves; une monarchie en a autant à montrer, et formule là-dessus à peu près les mêmes lois que nous. Si nous faisons l'impôt sur le revenu, nous ne pouvons pas dire non plus que la République en aura le monopole. Les lois sur le « bien de famille » ou sur les habitations à bon marché, traduisent ou traduiront aussi des nécessités, et des solutions de bon sens.

Aussi je crois que les querelles des Partis sont plus académiques que réelles. On peut le voir dans les discussions législatives. Chacun parle au nom de la raison commune, et non pas au nom d'un parti nombreux. De Mun et Jaurès s'entendent plus souvent qu'on ne croit. Bref, dans l'ordre législatif, je ne vois pas que la majorité fasse sentir sa pression; c'est plutôt l'unanimité, qui exige des débats publics, un travail suivi et impartial, et la liberté entière pour toute opinion et pour toute critique. Le peuple veut des législateurs, et non des tyrans. Voilà pourquoi il est puéril de compter si exactement les voix; cela laisse croire que le parti le plus fort aura le droit d'être injuste. Système odieux.

31 juillet 1912.

99

Il faut penser à la Politique; si nous n'y pensons pas assez nous serons cruellement punis. Mais ce genre de pensée est plein de pièges. Il faut former cette idée que les Pouvoirs ne font rien, mais sans tomber dans cette autre idée que nul ne peut rien et ne fait rien et que ces choses marchent toutes seules. Il faut arriver à comprendre que tout ce qui est fait dans un Etat est l'œuvre d'un esprit diffus, dont chacun détient une parcelle; ce qui fait que ce grand corps de l'Etat semble se mouvoir par instinct, comme une abeille. Mais il fallait un exemple pour orienter ces difficiles méditations.

Hier un homme juste et raisonnable disait, après

tant d'autres : « Si j'étais tyran de France, je ferais une loi. » Il n'acheva pas. Le juriste riait déjà. « Vous êtes de ceux, dit-il, qui croient qu'on fait des lois. Mais, dans aucun pays, personne ne fait les lois. Elles se font. »

« Comment? dit l'autre. Les députés ne font point de lois? Il me semble qu'ils en font souvent de mauvaises. »

« Nous y sommes, dit le juriste. Toutes les lois qu'ils font sont en effet mauvaises, parce que ce sont des lois faites. Mais mauvaises, c'est trop peu dire. Lois inapplicables. Scandales juridiques. Mais les vraies lois se font, et poussent de la société des hommes comme des rejetons poussent d'un rosier. Non pas où on les voudrait, ni comme on les voudrait. Mais on en prend son parti; le jardinier n'a plus qu'à leur donner des soins et de l'air, en coupant les branches fatiguées. »

« Fort bien, dit le raisonneur. Mais qui donc les fait? »

« Tout le monde y travaille, dit le juriste. Chacun pousse l'outil devant soi. Cela commence par le plaideur, qui perd le sommeil, et se retourne dans son lit, et forme une idée de son propre droit; mal venue. Mais l'avoué à son tour l'examine, la nettoie, la redresse, la présente sous de convenables dehors. L'usine est en marche. Car l'autre plaideur, attaqué en son droit, perd le sommeil aussi, et produit à son avoué quelque défense passionnée et informe, que cet avoué à son tour nettoie et présente. Je n'oublie pas les parents et amis des deux côtés, conseilleurs gratuits, enthousiastes ou prudents, qui apportent chacun un petit brin d'idée, perdu dans une masse incroyable de sottise. L'Esprit commun est maintenant au travail; et, par l'élaboration des deux avoués, la contradiction se produit. Une contradiction annonce toujours quelque chose. Mais remarquez que cette contradiction ne se produit que par le soutien des lois existantes. Et voilà un procès en train. »

« Et le juge, dis-je, résout la contradiction selon l'équité, ce qui contribue, par la force de la jurisprudence, à changer peu à peu les lois existantes. »

« En gros, c'est bien cela, dit le juriste. Mais le détail ressemble à un mouvement de patte dans l'insecte, bien plus que vous ne croyez. Car le juge dort autant qu'il peut, écoutant les avocats juste assez pour reconnaître en leurs discours les éléments d'un jugement bien rédigé. Ainsi tous ensemble ajustent les lois existantes à ce cas particulier qu'elles n'ont pu prévoir. Le jugement est rendu; il va en appel par le même jeu d'intérêts, de passions et de pensées courtes. Et puis il va faire masse en Dalloz et en Sirey, où les avocats de l'avenir le retrouveront, et le composeront avec d'autres; d'où naîtront, par d'autres procès, de nouveaux jugements. Quand la jurisprudence est fixée, le Législateur lui donne forme de loi. Ainsi le législateur constate, et ne choisit jamais. La loi sur les accidents du travail était déjà faite quand on lui donna entrée dans le Code. Déjà la responsabilité du patron d'industrie était présumée dans tous les jugements. Une loi qui n'est pas née ainsi n'est nullement une loi. »

De quoi je conclus, après un long détour de réflexion, que chacun est législateur pour sa part, et en toute matière, par la moindre de ses pensées. La vraie Paix ainsi se fera, si chacun suit tranquillement sa propre idée; mais la Guerre, au contraire, si chacun veut accorder sa pensée à celle de son voisin.

18 juin 1921.

VI

L'ACTION POLITIQUE

Le jugement politique et l'opinion commune

100

L'Etat est aisément neurasthénique. Mais qu'est-ce qu'un neurasthénique? C'est un homme pensant, je veux dire instruit et fort attentif à ses opinions et à ses affections; attentif en ce sens qu'il en est le spectateur. Et c'est en cela que consiste ce genre de folie, à constater ses propres opinions au lieu de les choisir et vouloir. Comme un homme qui, conduisant une automobile à un tournant, se demanderait : « Je suis curieux de savoir si je vais sauter dans le ravin. » Mais c'est justement son affaire de n'y point sauter. De même le neurasthénique se demande : « Est-ce que je serai gai ou triste aujourd'hui? Est-ce que j'aurai de la volonté ou non? Que vais-je choisir? Je suis curieux de le savoir. » Mais il ne vient jamais à cette idée si simple de décréter au lieu d'attendre, pour les choses qui dépendent de lui.

Or ce genre de folie n'est jamais complet dans l'individu. Communément, dans les circonstances qui importent, il cesse d'attendre et se met à vouloir, résistant aux vices et aux crimes mieux qu'à la tristesse, et plutôt malheureux que méchant.

Cette maladie singulière me paraît au contraire propre à tout Etat; et par là j'explique que ce grand corps soit toujours malheureux et souvent dangereux. Et voici pourquoi. Chacun a pu remarquer, au sujet des opinions communes, que chacun les subit et que personne ne les forme. Un citoyen, même avisé et énergique quand il n'a à conduire que son propre destin, en vient naturellement et par une espèce de sagesse à rechercher quelle est l'opinion dominante au sujet des affaires publiques. « Car, se dit-il, comme je n'ai ni la prétention ni le pouvoir de gouverner à moi tout seul, il faut que je m'attende à être conduit; à faire ce qu'on fera, à penser ce qu'on pensera. » Remarquez que tous raisonnent de même, et de bonne foi. Chacun a bien peut-être une opinion; mais c'est à peine s'il se la formule à lui-même; il rougit à la seule pensée qu'il pourrait être seul de son avis.

Le voilà donc qui honnêtement écoute les orateurs, lit les journaux, enfin se met à la recherche de cet être fantastique que l'on appelle l'opinion publique. « La question n'est pas de savoir si je veux ou non faire la guerre, mais si le pays veut ou non faire la guerre. » Il interroge donc le pays. Et tous les citoyens interrogent le pays, au lieu de s'interroger eux-mêmes.

Les gouvernants font de même, et tout aussi naïvement. Car, sentant qu'ils ne peuvent rien tout seuls, ils veulent savoir où ce grand corps va les mener. Et il est vrai que ce grand corps regarde à son tour vers le gouvernement, afin de savoir ce qu'il faut penser et vouloir. Par ce jeu, il n'est point de folle conception qui ne puisse quelque jour s'imposer à tous, sans que personne pourtant l'ait jamais formée de lui-même et par libre réflexion. Bref, les pensées mènent tout, et personne ne pense. D'où il résulte qu'un Etat formé d'hommes raisonnables peut penser et agir comme un fou. Et ce mal vient originairement de ce que personne n'ose former son opinion par lui-même ni la maintenir énergiquement, en lui d'abord, et devant les autres aussi.

Posons que j'ai des devoirs, et qu'il faudra que j'obéisse. Fort bien. Mais je veux obéir à une opinion réelle; et, pour que l'opinion publique soit réelle, il faut d'abord que je forme une opinion réelle et que je l'exprime; car si tous renoncent d'abord, d'où viendra l'opinion? Ce raisonnement est bon à suivre, et fait voir que l'obéissance d'esprit est toujours une faute.

(*Mars ou la Guerre jugée,* Gallimard, 1921, chapitre LXIX

101

Il faut du courage. Qu'est-ce que la force sans le courage? Et si l'on demande ce qui a manqué à l'ancienne Chambre, et surtout aux radicaux, il faut répondre que c'est bien le courage. Non pas individuellement, mais collectivement. La peur se gagne; il faut s'en garder; il faut s'armer contre elle. Tous ces hommes de gauche sont très intelligents; je dirais presque qu'ils le sont trop; je veux dire par là qu'il n'y a pas équilibre entre leur culture intellectuelle et leur force d'âme. Ce sont des miroirs à idées.

Effet naturel du passage à l'irréligion. Il fallait bien arriver à régler l'esprit sur l'objet, et ainsi à perdre l'habitude de croire. Mais il est vrai aussi qu'un esprit sans croyance est comme une boussole que le plus petit changement extérieur peut dérégler. Ils attendent trop. Chacun d'eux est maintenant, je le crains, comme un enregistreur d'opinions, très sensible, trop sensible. Les voilà bientôt réunis et déjà cherchant tous ce qui va résulter de cette réunion. Chacun mesure, en somme, l'influence des autres sur lui-même, sans songer assez à l'action qu'il exercera sur les autres. Habitude de l'homme instruit, qui s'est formé à bien se représenter les réalités extérieures.

Pour le manieur de choses, soit. Mais il s'agit ici d'un

univers d'hommes, où chacun est comptable et responsable de l'état d'esprit commun. C'est un mirage propre aux assemblées que chacun soit dominé par l'opinion de ses voisins.

Par ce fatal mécanisme, une assemblée arrive à ne rien vouloir. Les meneurs d'hommes le savent bien. Leur argument est toujours le même, agir sur un homme par l'opinion supposée des autres, lui proposer de faire l'union, lui demander des sacrifices, et ainsi affaiblir aussitôt le peu de volonté et de courage qu'il allait mettre dans le jeu. Ne proposer que ce qui a des chances d'être accepté, voilà la mauvaise règle. Commencer par des concessions, voilà la mauvaise tactique.

Le principal obstacle à l'initiative de chacun, c'est cette lourde masse des autres, qu'il faut remuer. Cette idée, toujours trop sensible et trop présente par le bourdonnement et la rumeur, fait oublier une autre idée pourtant bien simple et assez évidente, c'est que chacun contribue à faire cet esprit commun, à l'orienter, à le hausser. Bref une ferme volonté fait souvent sans peine le pas que l'intelligence mesureuse jugeait impossible.

Si personne n'ose affirmer la paix pour cette belle raison que personne n'ose affirmer la paix, nous voilà dans un triste cercle. « Puis-je vouloir et espérer, au milieu de gens qui n'espèrent ni ne veulent? » S'ils ont tous en même temps cette pensée, comment pourront-ils en sortir? Il faut donc une obstination héroïque, et un grand effort de chacun, surtout au commencement. Mais j'entends déjà ces naïfs députés qui disent : « Que fera cette Chambre? » comme on dit : « Pleuvra-t-il demain? » Eh! naïf, il s'agit maintenant de vouloir, non de savoir.

18 mai 1914.

102

« L'Europe est grosse. L'enfant donne déjà des coups de pied. Que sera l'enfant? Guerre ou révolution? on le saura quand ce terrible enfant viendra au monde. Toujours est-il que ce germe se développe selon une loi intérieure. Selon que nous, chétifs, nous nous accorderons à sa forme, il nous sauvera ou nous brisera. C'est ainsi que Beethoven enfant était déjà Beethoven, croissant et se fortifiant par les choses et les hommes; mais non pas selon les choses et les hommes, selon lui. L'histoire se fait de même, et ne nous demande pas permission. »

C'est ainsi que parle le prophète, qui est poète [1]. Et j'aime le prophète. Mais à la prophétie je secoue les oreilles comme le célèbre âne rouge, que l'on ne peut atteler. Des êtres comme Vinci, Michel-Ange, Beethoven, Goethe, Hugo, je les aime; je les prends comme ils sont. Toute parcelle de leurs œuvres est à leur ressemblance. Je n'y vais pas choisir, ni gratter, ni effacer. Comme je voyais ces temps-ci, en Platon et Aristote, deux vieux amis à moi; ils sont parfaits l'un et l'autre et sans reproche; ils diffèrent comme la rose et l'œillet; je ne veux point choisir, ni préférer; encore moins corriger. Je leur sais gré de leur être. Et par ce chemin j'essaie de savoir gré à tout homme de son propre être. Autant qu'un homme est lui-même, qu'il ne cède point, qu'il n'imite point, je le vois beau. L'artiste va là tout droit; par sa vertu d'être soi, il met au jour la vertu de chaque être. Une nature, autant qu'elle est forte, est bonne et juste. C'est pourquoi de ce qui pousse et grandit par sa propre loi, j'attends quelque bien. Je ne veux pas mutiler, je veux aider et délivrer.

1. Romain Rolland.

Mais je ne respecte pas les métaphores, ni les êtres de raison, comme on dit. Une nation n'est pas un être; une révolution n'est pas un être; ce ne sont que des pailles au vent. Léviathan n'est ni beau ni sage. Léviathan, c'est l'association, c'est le bureau et le président; c'est l'opinion commune, qui n'est de personne, et qui n'est rien. C'est la statistique, c'est la moyenne; c'est l'ordre et la discipline; c'est l'imitation de tous par tous; c'est le stérile esprit de commandement et d'obéissance; c'est le rapport extérieur, qui de tout homme fait une chose. Léviathan, c'est le sergent-major. Lisant Spinoza, qui certes est un être, je me disais qu'il y a des essences inflexibles, livrées à un océan de hasards. L'histoire est un océan de hasards.

Cette prédestination, qui fait les génies, je ne vais pas la transporter aux peuples, êtres de rencontre. Hegel, qui a si fortement posé l'homme pensant et agissant, glisse de là à parler de l'esprit d'un peuple. Mais ce n'est qu'une métaphore. Je la refuse. Et pourquoi? C'est que je ne trouve point de tissu vivant entre les individus, le tissu vivant qui puisse faire un être, un peuple pensant. Intérêts, industries, constructions, voies de communication, provisions, archives, ce ne sont que des choses, des parcelles d'or, de papier, de fer, de pierre, disposées ainsi, et qui pourraient être disposées autrement. Il ne faut pas soumettre l'homme à l'outil. Ces liaisons mécaniques qui font un peuple, n'en attendez pas pensée ou œuvre. La tête manque. L'unité n'est que d'accumulation. Un grand peuple sera une grande caserne, ou une grande usine; de toute façon une grande administration; toutes les idées périront là, comme nous voyons qu'en une association avec statuts l'idée périt aussitôt, et la mécanique annule l'homme.

Croire à cela, c'est mal croire. Respecter cela, c'est mal respecter. Il n'y a de fatalité historique que parce qu'on y croit. Il faut résister aux prêcheurs. Si les hommes croyaient en l'homme et ne cherchaient pas l'esprit où l'esprit n'est point, ils s'arrangeraient de politique comme ils s'arrangent des éléments, les détournant et soumettant par leur industrie. Ils feraient l'histoire, ou plutôt ils la déferaient, sans respect ni religion. Fausse grandeur, d'un homme ajouté à un homme comme chose à chose. L'Océan est grand, mais l'homme y navigue. Epictète disait : « Tu as peur de toute cette grande mer; il ne faut pourtant qu'une pinte d'eau pour te noyer. »

1er avril 1931.

L'action politique et le réel

103

Nulle puissance ne peut obtenir que les fromagers laissent un peu de lait pour les nourrissons. Nulle puissance ne peut empêcher que les marchands gagnent autant qu'ils peuvent. Il suffit d'une loi ou d'un décret pour que des hommes s'exposent à la mort; mais aucun décret ni aucune loi ne peut faire baisser le prix du beurre. Le même paradoxe se retrouve dans le petit royaume borné par notre épiderme, et que notre jugement gouverne aussi par lois et décrets. Un homme peut décider qu'il s'embarquera pour l'Amérique, mais il ne peut décider qu'il n'aura pas le mal de mer. Un homme peut apprendre le violon, mais il n'a aucune puissance directe sur les battements de son cœur. C'est en vertu d'un rapport du même genre que celui-là que le commerce résiste à la loi. Cela ne me déplaît point et ne me décourage point; bien au contraire cela me rassure et me réconforte. Il faut que je dise pourquoi.

Toute industrie trouve appui dans une nature extérieure qui résiste et qui fait sentir sa loi inflexible. « On ne s'appuie que sur ce qui résiste », a dit je ne sais quel homme d'expérience. Le fer résiste au marteau; il tiendra bon aussi dans la place où vous le mettrez. On pourrait bien penser, en abstrait, que si la nécessité extérieure suit des lois inflexibles, nous perdons alors tout espoir de la modifier. Sur quoi un professeur, qui ne fait point œuvre de ses mains, discute tristement. Mais le forgeron se moque de cela et tape sur le fer. Et sur toute la planète les hommes creusent, labourent, défrichent, transforment, exploitent. Par de petites ruses et de petits changements; petits si on les compare à la masse planétaire, au mouvement des glaces, des eaux et du vent. Petits changements mais qui suffisent. L'homme ne change point le vent, mais il tend obliquement sa voile, tient ferme la petite planche qui lui sert de gouvernail, et va à ses fins par l'effet des lois inflexibles.

Il y a des époques où l'on pourrait croire que la nature humaine est flexible à l'homme, et que les lois des sociétés dépendent de la volonté d'un tyran, ou d'un parlement, ou de la masse elle-même des citoyens, autant qu'elle préfère et décide. Et cela donne espoir à ceux qui n'ont pas forgé le fer, ni manié des choses. Au contraire, si je croyais cela, je serais sans espoir; car je ne puis attendre que les pouvoirs soient sages; et quand tous y participeraient, ce n'est pas une garantie suffisante contre les passions; on ne le voit que trop. Si le médecin pouvait beaucoup sur mon corps, je craindrais le médecin; mais il ne peut guère, et c'est par là qu'il peut.

De même il me plaît de découvrir en ce monde politique où chacun décrète, préfère, choisit, improvise en idée, il me plaît de découvrir une nature économique qui nourrit tout et porte tout suivant des lois inflexibles. Voilà une limite pour le tyran, un appui pour l'action, un fer à forger. Sans métaphore, j'y retrouve la terre, si belle à contempler en ses invariables saisons.

16 avril 1921.

104

« Les lois sont les rapports nécessaires qui dérivent de la nature des choses. » Formule immense, dont je ne puis faire le tour; mais je m'y heurte comme à un solide, dans le moment où je m'élance à désirer des lois qui me plaisent. Le maître, quel qu'il soit, est bien attentif à cette multitude, et se soucie de plaire, d'où j'aperçois qu'il est flexible, en ce qui dépend de sa volonté. Mais quelque chose se montre derrière lui, au nom de quoi il commande, et qui le tient serré; c'est cet engrenage des causes et des conséquences, dans lequel il est pris aussi bien que moi. Les dépenses faites sont faites; nul ne peut faire qu'elles ne soient pas faites. C'est ce qu'exprime la dette, visage de pierre. La production est un fait; la récolte est un fait; le chiffre d'affaires quotidien est un fait, de la même manière que la pluie, la grêle et le vent sont des faits. Et, comme un certain vent renverse un certain arbre aussi inévitablement que la terre tourne, ainsi la multitude des événements passés et irrévocables, guerre, emprunts, réparations et le reste, exerce sur nous tous une pression inhumaine, sans plus d'égards qu'une automobile lancée qui va lancer elle-même l'homme comme une pierre, s'il ne se range point. Or quand le maître m'avertit de me ranger, il n'est point maître en cela, mais plutôt il est le héraut et le serviteur de la nécessité. Ainsi s'avancent les impôts, la loi militaire, et le reste. Et le maître sait bien dire : « Cela ne me plaît pas plus qu'à vous. » Bref, on vit comme on peut, et non comme on veut.

Très bien, me voilà ramené. En ce creux donc où je m'abrite contre toutes ces pluies, j'ai le loisir de penser. Je pense, c'est-à-dire je pèse. Je doute. Cela mène loin. La première remarque que je veux faire est

que les hommes se trompent aisément, et souvent s'obstinent à ce qui leur plaît, sans savoir si ce qui leur plaît est possible. Cette remarque de sagesse est bonne pour moi et pour tous. Il se peut bien que le maître ordonne comme il lui plaît et non comme il faut. « Cela ne me plaît pas plus qu'à vous. » Savoir. Il plaît au souverain d'avoir de l'argent dans ses coffres; il ne me plaît point tant de payer. Il plaît à l'état-major d'avoir trois brosseurs pour une chaussure; il ne me plaît pas tant de cirer des bottes. Enfin, dans ce que le maître me propose et aussitôt m'impose comme nécessaire, il y a certainement une partie, petite ou grande, qui n'est pas nécessaire, mais qui seulement lui plaît. Comment le saurai-je en cette société serrée comme feutre, où nul ne voit guère plus loin que sa main? « Que savons-nous de la volonté de Dieu, dit Coûfontaine dans *L'Otage*, quand le seul moyen pour nous de
S28 la connaître est de la contredire? » Parole lourde, et peut-être imprudente, mais je ne suis point sourd. Et je dis : « Comment savoir ce qui est véritablement nécessaire, sinon par une obstinée résistance? »

D'autant qu'une autre idée se montre quand je pense à ces lois aveugles qui font le vent sur la mer et les vagues. Je cède, et il le faut bien; mais je parviens souvent aussi où je voulais, comme le bateau qui tire des bordées; il cède à la nécessité; mais il avance enfin contre le vent. Et je ne vois pas pourquoi on nous prêcherait d'obéir à la première sommation de la nécessité politique, quand l'homme navigue contre vent, par sa propre industrie, depuis tant de siècles. Sur cette mer politique, il serait bien lâche et bien au-dessous de l'homme de céder au premier flot, et d'aller d'abord comme une épave où le courant me mène, et non point où je veux aller. Encore mieux si je forme équipage avec des hommes qui vont justement où je vais. Hardi, donc, et tiens ta route.

Et je m'aperçois qu'en cette courte méditation de

politique, je me trouve porté bien plus loin que je n'espérais. Car l'homme a appris à ne pas adorer la vague; simplement il en tient compte, et, sans scrupule, la fait servir à ses fins autant qu'il peut. La nécessité est inhumaine; il est fou de la haïr; il n'est pas moins fou de l'aimer. Eh bien donc, si je découvre dans les choses politiques la nécessité aussi, qui est mon vrai et mon seul maître, me voilà déchargé de respecter. Cette grande et terrible machine, je veux m'y mouvoir avec précaution; mais je ne vais point l'adorer. C'est un ennemi comme un autre. Mon seul objet est ici de vaincre en obéissant, comme je fais pour le vent et la vague. Et voilà ma charte de citoyen. Je dois à l'homme, oui; mais à la nécessité je ne dois rien.

20 avril 1927.

Révolution ou réforme

105

Nul n'a choisi ses parents, ni même, s'il regarde bien, ses amis. Nul n'a choisi d'être grand ou petit, blond ou brun. C'est une des conditions les mieux établies de notre existence, que nous devons accepter une situation de fait, et travailler en partant de là. Si j'ai une mauvaise mémoire, je n'ai pas à récriminer, mais je dois m'efforcer de la rendre passable; et, si j'ai une oreille paresseuse, je dois regarder plus attentivement de ce côté-là en traversant les rues. L'indignation ne sert point. Cette idée est familière à tous. Nous comprenons aisément que notre nature et ce qui l'environne, tout cela nous est donné, et ne peut être changé comme un vêtement; il faut se contenter de modifier un peu ces conditions imposées. L'expérience fait voir que les modifications qui dépendent de nous sont très faibles, par rapport à la structure et au régime de l'ensemble; mais l'expérience fait voir aussi qu'elles suffisent presque toujours. Il y a très peu de distance entre la pire humeur et la meilleure. Il suffit quelquefois de changer l'attitude, de retenir un geste ou une parole, pour colorer autrement une journée. Il y a très peu de différence entre un son juste et harmonieux et un son faux ou laid, entre une belle courbe et un contour sans grâce. Telle est sommairement l'idée virile de la nécessité et de la puissance; et c'est une idée puérile de vouloir changer la forme du violon, au lieu d'apprendre à s'en servir comme il faut.

Cette idée n'est point commune dans la politique. Il est ordinaire que, lorsque l'on réfléchit sur des maux trop évidents, comme l'injustice ou la guerre, on imagine d'abord un changement total, après quoi tout ira pour le mieux. Mais une nature est donnée ici encore, et inflexible pour le principal. Il n'est pas vraisemblable que la nécessité politique nous tienne moins étroitement qu'une autre, et que l'on change plus aisément la constitution de son pays que la forme de son propre nez. Et, comme il faut vivre selon la structure imposée par la nécessité biologique, ainsi il faut vivre politiquement selon un état des relations humaines que l'on n'a point choisi. S'indigner ici est à peu près aussi raisonnable que de déclamer contre le froid, contre le brouillard ou contre le verglas.

Le forgeron se soumet au fer; le marin se soumet au vent, au courant et à la houle. Mais, dans ce monde résistant, l'industrieux animal prend son appui. « L'homme ne triomphe de la nature qu'en lui obéissant »; parole connue, mais qu'il faudrait appliquer aux choses de la politique. Ainsi cette énergie irlandaise, mieux employée, suffisait certainement à modifier un régime évidemment imparfait jusqu'à le rendre supportable. Bref une bonne constitution diffère très peu d'une mauvaise, de même qu'un heureux coup de barre diffère très peu de celui qui envoie le bateau sous la vague. Seulement on ne veut point suivre l'analogie; on veut penser que ce monde humain, d'apparence flexible, peut être transformé selon l'idée. On ne regarde que les passions, espérance ou peur, choses instables; on ne veut point voir les nécessités géographiques, économiques, biologiques, qui ne cèdent jamais que pour revenir. Il faut des milliers de mouvements de la barre pour une traversée, et qui n'ont guère changé l'Océan; mais vous êtes sauf. Ainsi la prudence politique de tous peut beaucoup et assez, par de faibles changements, comme de laisser un journal pour un autre. Toutefois il vaut encore mieux écrire au directeur du journal que vous lisez, s'il ne raisonne pas à votre gré. Au lieu de dire que c'est inutile, essayez.

15 décembre 1921.

106

Une idée que je crois fausse, et à laquelle s'attachent souvent les partis les plus opposés, c'est qu'il faudrait changer beaucoup les institutions et même les hommes, si l'on voulait un état politique passable. Ceux qui ne veulent point du tout de réformes y trouvent leur compte, car ils effraient par la perspective d'un total bouleversement; ainsi, ne voulant pas tout mettre en risque, on ne changera rien. Et, d'autre côté, les révolutionnaires essaient de faire croire la même chose à leurs amis, les détournant avec mépris des demi-mesures. Or nous vivons de demi-mesures. Il n'y a pas beaucoup de changement d'un homme qui met un cache-nez à un homme qui s'expose au froid; et pourtant les suites peuvent aller fort loin. Un homme attaqué ou seulement insulté viendra très vite aux mouvements de brute, et oubliera aisément la règle qu'il approuve en son ordinaire : « Tu ne tueras point. » Mais détournez seulement d'un mètre l'insulté ou l'insulteur, tous deux resteront en paix. Au reste nous voyons rester dans la paix, et s'en accommoder très bien, des hommes qui feraient vigoureusement la guerre, une fois qu'ils y seraient entraînés. Les héros du dernier massacre étaient des hommes aussi tranquilles que ceux que nous voyons maintenant aller à leurs affaires, attentifs à ne bousculer personne, et s'arrêtant même pour un enfant qui pleure. L'entraînement et l'emportement font presque tous les maux humains. Ces sombres instincts de domination et de meurtre, que l'on décrit d'après les effets, sont des fictions scolastiques. Il n'y a point d'autre férocité, en la plupart des hommes, que ce puissant système d'os, de muscles et de nerfs, qui s'irrite si promptement par sa propre action. La paix et la guerre se feront par les mêmes ressorts.

Les grands corps que l'on nomme nations sont de même, et encore plus évidemment. Car on peut encore parler avec vraisemblance d'un homme méchant ou brutal. Mais qui voudrait dire qu'il y a des nations méchantes ou brutales? Celui qui a fait commerce ou hospitalité avec d'autres peuples dira toujours qu'il a trouvé la même paix et le même droit partout où il n'y a point de peur. En revanche dès que la peur fait croire à la nécessité de combattre, il n'y a point de peuples doux, et vous trouverez que les plus paisibles seront redoutables dans l'action. Il ne faut point croire que les méchants font la guerre, pendant que les bons les regardent avec horreur. Ce sont les mêmes hommes qui font la guerre et qui aiment la paix. Et les vertus de paix, comme résignation, obéissance, dévouement, éclatent dans la guerre. D'un régime à l'autre il n'y a point tant de différence, si l'on regarde bien. De petits changements assureront un an de paix, et encore un an, et cela peut durer sans fin. De la même manière une étincelle peut incendier dix maisons; mais en revanche, comme disait un homme du métier, il n'est guère d'incendie en son commencement qu'un seau d'eau ne puisse éteindre.

En suivant cette idée, je conçois aisément une

société meilleure qui ne diffère pas beaucoup de l'ancienne. Composée des mêmes hommes, oui, des mêmes barbares, j'entends des cerveaux, des cœurs et des muscles comme ils étaient il y a dix mille ans, comme ils seront toujours; avec des marchés, de l'argent, des temples, des écoles, des chefs, des riches, des ambitieux, des paresseux, des brutaux, comme on a toujours vu. Avec l'ignorance de presque tous, avec la vanité de tous, avec cette mobile imagination qui les porte à tout croire et à tout craindre; avec la naïveté et la colère de l'âge de pierre; enfin, avec tout ce qui a fleuri dans l'an de malheur de 1914, et par des changements à peine perceptibles, je crois qu'on peut faire une société pacifique, juste et sage, non pas absolument, mais bien au-delà de ce que les réformateurs à systèmes nous font espérer.

Tout pouvoir est méchant dès qu'on le laisse faire; tout pouvoir est sage dès qu'il se sent jugé. Si l'opinion savait ce qu'elle peut, nous aurions des rois d'Yvetot. Tous les maux viennent peut-être de ce que le citoyen, comparant l'épaisse et lourde force publique à l'impalpable jugement de l'opinion, dit et croit qu'on ne peut rien que par des mouvements catastrophiques. D'après cela, l'homme moyen craint autant les remèdes que les maux, et se défend à lui-même de parler et de penser. Ce pessimisme finit par avoir raison, car il engendre les maux qu'il craint.

25 janvier 1930.

107

Comme je lisais le troisième volume des *Œuvres* de Jaurès, je voyais déjà surgir l'homme tout entier. J'y trouvais la grandeur d'âme, sans aucun genre d'amour de soi ni même de retour sur soi, un vif sentiment de l'ordre selon la justice, une expérience et comme une présence de l'humanité réelle. Comment n'aimerais-je pas cette universelle, active, éloquente amitié? Avec lui toujours, et de bon cœur. Seulement je ne pense pas du tout comme il pense; c'est comme si j'étais d'un autre métier, et accoutumé à d'autres outils. Jamais je ne pense à de meilleures lois, à un ordre plus juste, à quelque projet mieux monté qui mettrait l'harmonie partout. De même je ne crois pas à quelque sage banque qui réglerait, pour toute la planète, un équilibre de l'or, de l'argent et du papier; non plus à quelque sage entrepôt qui réglerait entre tous pays la circulation des marchandises; non plus à quelque universel entrepreneur qui composerait les équipes et donnerait une juste impulsion à tous les travaux. Et pourquoi? C'est que je veux toujours joindre la raison aux sens et même aux travaux des mains. Je veux des entreprises à la mesure de l'homme, et pour le chef, quel qu'il soit, un chantier dont il puisse faire le tour en une journée. C'est pourquoi tout ce qui est petit me plaît, petite culture, petite industrie, petite banque, petits comptes. Un budget de cinquante milliards ne me paraît pas objet pour un penseur quel qu'il soit. Je vois plutôt le penseur creusant devant lui, tout près de lui, pour lui seul. Voilà le bon roi. Tous les progrès se font par cette espèce de roi sans couronne. Ce genre de pensée s'affaiblit dès qu'il s'étend. L'homme qui a inventé la banque prêtait à son voisin. Il n'y a plus de Turenne parce que les armées sont trop grandes. Ces manières de penser détournent d'être socialiste.

Ou bien ne peut-on être socialiste de son poste, et en creusant toujours devant soi? En lisant Jaurès, je remarquais que je ne trouvais pas en lui la moindre trace de l'esprit de révolte, qui est impur, qui tient aux passions et à l'humeur, mais qui donne aussi plus de mordant aux pensées. Certes, il y a de la grandeur dans l'entreprise de persuasion et dans la discussion sans armes. Mais aussi, dès que les thèses s'étendent, ou, pour mieux dire, dès que les thèses sont des thèses, tout se plaide. La Révolution russe, comme le marque Ferrero, s'est faite par un immense refus d'obéissance, répondant à un abus de pouvoir évident. Cela épouvante. Mais je me demande si le simple suffrage, tel que nous l'avons, n'est pas plus effrayant pour l'ambitieux. Car le suffrage est bien une sorte de refus d'obéissance. Le dénouement du boulangisme, refus d'obéissance. La séparation de l'Eglise et de l'Etat, refus d'obéissance. L'affaire Dreyfus, refus d'obéissance. La chute de Millerand, refus d'obéissance. Que ce refus soit promptement suivi du refus de refus, que les électeurs reviennent, d'un mouvement presque insensible, à accepter de nouveau l'ordre tel quel, par la vue ou l'imagination d'autres abus, c'est ce que nous voyons et c'est ce que nous verrons. Dans l'un et dans l'autre cas, les affaires publiques sont changées d'après un esprit de résistance qui dépend de milliers d'individus ordinairement muets, et fort occupés chacun d'administrer un royaume à sa mesure. Cet ordre est bien plus neuf qu'on ne croit. Nous offrons au monde une sorte de modèle politique assez mal fait; mal fait, je le crois bien. Quel est donc le penseur qui l'aurait conçu? Mais plutôt il s'est fait par l'effort d'une multitude de penseurs inconnus, chacun d'eux retranché dans son droit de refus. Et quel est le penseur à vastes conceptions qui ne s'est pas moqué, un jour ou un autre, de cette coalition des pense-petit? C'est pourtant là, à ce que je crois, l'ordre nouveau. Et maintenant, penseur, il t'est permis d'éclairer ton voisin, et le voisin de ton voisin. Non pas certes pour l'inviter à former quelque plan de bonheur universel. Mais simplement pour qu'il mesure son pouvoir de refus, pour qu'il l'exerce contre tel abus et tel autre.

Pour quoi il n'est pas besoin d'être instruit de tout. Je crois plutôt que les problèmes extérieurs, de paix, de commerce, de crédit, seront grandement changés, et aussitôt plus faciles, si seulement la résistance à telle ou telle tyrannie, des militaires, des industriels, des banquiers, se fait sentir un tout petit peu. Mais aussi cela ne se fera pas par des pensées abstraites sur l'économique ou sur la politique, mais bien plutôt par un refus d'obéir au-delà de certaines limites, et par une tranquille résolution de jeter par terre, une fois de plus, ceux qui se croient maîtres à jamais. Cette force-là, Jaurès la comprenait fort bien; je ne sais s'il en éprouvait le ressort lui-même. Il était trop bon.

23 janvier 1932.

108

Que l'on maudisse la Russie des Soviets, du moment que l'on a pris parti pour les tyrans, cela est naturel; et même je ne méprise point. De temps en temps je relis *Du Pape* de Joseph de Maistre, ou quelque livre de ce style-là, afin de revoir l'ensemble des raisons très cohérentes qui se développent fortement dès que l'on considère la masse des travailleurs comme un ennemi capital. Mais qu'on juge cette même Russie d'après des erreurs trop visibles, quand on se dit soi-même ami du peuple, cela ne me paraît pas beau. Romain Rolland a fait entendre sur ce sujet une noble remontrance, en homme qui sait ce que fut notre Révolution, qui apprécie les difficultés, l'urgence, et enfin les sursauts de la force au travail sous l'éperon de l'intelligence seule. Ce sont des choses qu'il faut dire et redire.

La vengeance est, comme on dit, le plaisir des dieux;

cela coûte très cher. Il y a un excès de misère, d'esclavage et d'injustice qui rompt enfin le lien des armées, si bien conçu, si bien noué, si coulant pour étrangler celui qui résiste. Il n'y a guère de chef qui n'ait éprouvé, aussi bien chez nous, cet amer sentiment de la haine reçue de mille regards qui n'ont pas peur. Et pour ma part je me suis guéri d'ambition par la seule vue des suites. Aussi j'estime enfantin qu'un pouvoir qui s'adore s'étonne de la révolte comme d'une injustice et d'une ingratitude. La révolte est un retour des forces, et je comprends que l'esclave y trouve d'abord son plaisir. Mais, après le grand nettoyage, il se trouve jeté en Utopie, non pas par le système de quelque rêveur, mais par la nécessité même; car, tout étant à refaire, il faut ajuster à neuf les pièces de l'Etat, et d'après la raison; il n'y a point d'autre moyen, et c'est un effrayant moyen.

Il n'y a peut-être pas, dans les pays de santé passable, et où presque tout va de soi, un ministre qui use de sa raison cinq minutes par an. Bien plutôt il cherche des précédents et des arrangements, selon la coutume et d'après le moindre trouble possible. En notre relèvement financier on a vu à l'œuvre des moyens très simples, et qui n'étaient pas tirés d'un système. Le système, c'est la ruine. C'est la ruine, non pas seulement parce que les choses de société sont difficiles à connaître, mais parce qu'une constante application de la raison jette aussitôt dans un état de fatigue et d'irritation que la nature humaine ne peut porter. Le premier article d'un bréviaire du gouvernement, c'est une paresse héroïque.

Un pays qui a tout brisé, qui n'a plus que des hommes neufs et des lois neuves, se trouve condamné au travail de penser jour et nuit, et d'organiser toutes choses d'après un modèle conçu par l'intelligence. Telle est l'Utopie réelle, on pourrait dire l'Utopie pratique, non pas celle qui fut rêvée, mais celle qui s'impose; et c'est à peu près comme si un homme avait à régler par le calcul de la prévision tous les mouvements d'instinct par lesquels il se nourrit, se tient debout, respire, marche et parle. Nous avons connu ces choses au temps des assignats, mais autres; nous n'avions point cette multitude d'ingénieurs, ces mécanismes si promptement déréglés, ces abstraites communications, ce crédit à longue et rapide portée, cette presse, cette publicité, ces haut-parleurs, ces écrans à projections animées, qui, en étendant les moyens, grossissent les erreurs et offrent de dangereux remèdes. Il est effrayant de penser que des conseils de spécialistes délibèrent alors sur tout, que les pouvoirs règlent tout et surveillent tout; que la matière, qui est ici la masse humaine, est informe et à l'état de chaos; qu'il s'agit de créer, et que la vie, qui toujours mange, n'attend pas seulement une minute. Je ne sais par quel honneur, dont je serais bien fier si je l'avais mérité, je reçois les bulletins de propagande de la République soviétique. Cela est touchant et beau; cela est impossible, et cela est pourtant à demi réel. L'Utopie, c'est-à-dire l'organisation abstraite, touche presque terre; des peuples sauvages suivent sur l'écran les modèles de leurs actions; tout un peuple est à l'école; tout est soumis à la méthode de Descartes; Descartes en aurait pris de l'épouvante; mais il ne s'agit pas d'avoir peur; il faut organiser à tout risque, et c'est aussi pressant que de manger. Jamais encore le génie humain ne s'est vu à une telle épreuve. La somme d'erreurs et d'injustices qui en peut résulter ne m'étonne point; j'admire plutôt la durée seule de l'état révolutionnaire comme la plus grande merveille que l'on ait vue.

11 janvier 1930.

109

Paroles pour la fête du 14 Juillet « J'entends le canon; ici sec et perçant; au loin plus grave. Signe de joie, de force, et de résolution; j'allais dire révolution. Mais il faut débrouiller ces pensées; qu'une fois par an nous soit laissée la liberté de tout dire; que ce soient maintenant les Saturnales; n'ayez pas peur, Messieurs de l'Académie française, ni vous Messieurs des sciences morales, ce n'est pas encore aujourd'hui que vous serez pendus.

« J'userai de termes vifs. Pardonnez-moi; le canon est brutal aussi et sans égard. Nous sommes quelques-uns, traînant ou non la patte, pour qui ce bruit impérieux signifie quelque chose. Ils sont quelques-uns, de l'autre côté du Rhin, pour qui ce bruit signifie exactement la même chose; des millions dans toute l'Europe, qui écoutent de notre côté. Une bonne fois parlons fort. Pendant quatre ans de guerre, tous les jours, dans tous les pays, l'homme de troupe a été vaincu, les généraux et les académiciens ont été vainqueurs; oui, par le jeu de la haute politique, un petit nombre d'hommes, un très petit nombre d'hommes aux mains blanches ont imposé à un grand nombre d'hommes une vie crasseuse, des travaux d'esclave, la mutilation et la mort, l'humiliation; pire peut-être, ont imposé à une multitude leurs propres opinions, qui n'étaient autre chose que leur propre éloge. Eloge de leurs viriles pensées, de leur sagesse à longue vue, de leur indomptable volonté; nous l'avons entendu, cet éloge et nous l'avons répété, car les femmes prudentes et les enfants encore bien sots nous tiraient par la manche. La vie chère, l'ennemi perfide, le bon ordre, le savoir-vivre; dans tous les pays les mêmes discours; et j'avoue qu'il faut un peu d'amitié, sans quoi le pain serait trop amer. Mais ce sont aujourd'hui les Saturnales.

« Sachez-le donc, notre première pensée fut de vengeance, et de pendre un peu tous ces beaux parleurs. Comme ils ont fait en Russie; et je vous prie de croire que si l'on vote pour Marty cela signifie un peu autre chose que le communisme. Mais n'ayez pas peur. Voilà qu'ils ont peur et qu'il va falloir avoir pitité de tous ces blancs de poulet. Rassurez-vous, allons; mais il faut que vous soyez humiliés à votre tour. Laissons l'odieux, votre estomac y est fait, puisque vous n'êtes point morts de vos propres discours ni du sang des autres; mais prenez le ridicule; couvrez-vous-en, en ces Saturnales. Personne de nous ne croit un mot de vos arrogants et monotones discours; on en rit partout. Vous vous croyez irréfutables; mais nous avons pris un parti plus simple, qui dispense de réfuter, c'est de ne pas vous croire. Et vous avez fait, croyez-vous, des actes irrévocables, et scellé le col de fer de la guerre; mais vous rencontrez partout une résolution muette, qui se joue de vos discours et qui se joue de vos actes; le scrutin vous découronne sans cérémonie, vous, vos stratèges et vos évêques; remarquez que nous n'enlevons pas vos têtes avec vos couronnes; mais non; cet espoir de courage que la peur aurait fini par vous donner, il faut y renoncer. Il y a eu assez de sang déjà sur la terre. Allez donc en paix, vous pour qui la vie d'un millier d'hommes pesait si peu; vous aurez encore vos rentes, et une vieillesse d'honorable apparence. Aujourd'hui dites-nous merci. Demain les choses se feront silencieusement et convenablement. En foi de quoi, citoyens, il faut boire frais et frapper du talon sur le pavé de la Bastille. »

28 juillet 1923.

VII

L'ESPRIT RADICAL

L'égalité

110

La liberté des opinions ne peut être sans limites. Je vois qu'on la revendique comme un droit tantôt pour une propagande, tantôt pour une autre. Or, on comprend pourtant bien qu'il n'y a pas de droit sans limites; cela n'est pas possible, à moins que l'on ne se place dans l'état de liberté et de guerre, où l'on peut bien dire que l'on se donne tous les droits, mais où, aussi, l'on ne possède que ceux que l'on peut maintenir par sa propre force. Mais dès que l'on fait société avec d'autres, les droits des uns et des autres forment un système équilibré; il n'est pas dit du tout que tous auront tous les droits possibles; il est dit seulement que tous auront les mêmes droits; et c'est cette égalité des droits qui est sans doute la forme de la justice; car les circonstances ne permettent jamais d'établir un droit tout à fait sans restriction; par exemple il n'est pas dit qu'on ne barrera pas une rue dans l'intérêt commun; la justice exige seulement que la rue soit barrée aux mêmes conditions pour tout le monde. Donc je conçois bien que l'on revendique comme citoyen, et avec toute l'énergie que l'on voudra y mettre, un droit dont on voit que les autres citoyens ont la jouissance. Mais vouloir un droit sans limites, cela sonne mal.

Laissons cette métaphysique. On invoque le droit de parler et d'écrire, sans y vouloir de restriction. Je n'ai qu'à montrer un cas où évidemment personne n'admettra un tel droit pour que la question se pose tout à fait autrement. Or, ce cas, je n'ai pas à le chercher bien loin; l'écrit et la parole obscènes ne peuvent être permis; on voudra toujours au moins protéger les enfants; cette restriction suffit pour faire voir qu'il n'est pas question d'un droit de parler et d'écrire qui serait sans limites.

Cela étonne au premier moment, parce que nous voulons toujours quelque principe abstrait et rigoureux, qui serait comme un article de la charte humaine; dans le vrai, je ne vois qu'un droit ainsi formulable, c'est l'égalité des droits; cette condition remplie, tous les droits sont discutables, et on peut imaginer des circonstances où les droits les plus clairs soient supprimés, et même le droit à la vie; car dans un sauvetage, il n'est pas dit qu'on ne mettra pas un citoyen dans quelque poste périlleux; seulement tout citoyen, dans les mêmes conditions, sera également tenu d'obéir.

Revenons au droit de parler et d'écrire; il n'est pas seulement limité par les bonnes mœurs; il l'est par l'ordre et la sûreté publique. Je n'ai pas le droit de louer publiquement le crime ou le vol. Par exemple, les cultes ne sont libres que sous certaines conditions; on peut imaginer un culte de Bacchus ou de Vénus, imité de l'antique, et qui serait très bien interdit. Quand on lit Rousseau, Montesquieu, Voltaire au sujet de la tolérance, on est surpris au premier moment de leur prudence sur ce sujet-là; car ils ne veulent la tolérance que pour les doctrines inoffensives; et, lorsqu'il s'agit de savoir si une doctrine est inoffensive, c'est l'opinion commune, par la loi et les juges, qui en décidera. Mais d'où viennent ces fausses notions qui courent partout?

14 février 1911.

111

Un manifeste de Barbusse m'est parvenu, où les travailleurs intellectuels sont sommés de tourner leur attention sur le Maroc, et de modérer énergiquement, si l'on peut dire, les pouvoirs publics là-dessus. Je n'avais pas besoin d'être réveillé, et j'ai assez expliqué que le meilleur pouvoir ressemblera bientôt au pire si l'opinion lui fait crédit. Mais voyez comme il est difficile d'agir de concert. « Nous proclamons une fois de plus, dit le manifeste, le droit des peuples, de tous les peuples, à quelque race qu'ils appartiennent, à disposer d'eux-mêmes. » Ce principe est un monstre à mes yeux, et la source de toute guerre.

Qu'est-ce qu'un peuple? Idée creuse. Encore quand un peuple est un fait, on peut dire qu'il dispose de lui-même en proportion du droit qui s'y trouve. Mais ce précieux droit lui est intérieur, et le sujet du droit, c'est ici comme toujours l'individu. Quand je dis qu'un peuple a le droit, je veux l'entendre précisément en ce sens que les individus y vivent selon le droit, c'est-à-dire que chacun d'eux dispose de lui-même par la commodité de cette société où il vit; j'entends qu'il y vit bien mieux que dans un désert, comme dit Spinoza, où, n'obéissant point aux hommes, il serait pourtant tout à fait dépendant et misérable.

Suivons l'idée. Les pouvoirs sont choisis et surveillées; telle est la fin du suffrage universel et secret. Ainsi l'opinion du plus grand nombre établit et maintient un ordre compatible avec le droit de tous. C'est pourquoi il ne faut point dire que, dans un tel peuple, le plus grand nombre tyrannise le plus petit nombre, mais au contraire que le plus grand nombre, par sa masse invincible, assure à tous le même régime du droit. Voilà par quels procédés un peuple dispose de lui-même. Il ne faut pas dire, il me semble, qu'un tel peuple a le droit de disposer de lui-même, mais plutôt qu'un tel peuple dispose de lui-même par le droit qu'il a en lui, qu'on trouve en lui.

Si maintenant on voulait dire qu'un individu, en ce peuple, a le droit de disposer de lui-même, c'est-à-dire de vivre absolument à sa mode, on nierait le droit en prétendant l'affirmer. Un voleur est un homme qui prétend agir à sa guise, selon ses besoins et ses goûts. Cette controverse est ancienne, et l'anarchiste conquérant sait très bien la réveiller, disant que les pouvoirs sont comme nuls à ses yeux, et les lois de même, dès qu'il ne les accepte point. Vous savez comment la masse des citoyens réagit alors, et maintient l'ordre par la force, en vue de rendre possible le droit, fruit de la paix, droit que cette courte guerre supprime un moment.

Je crois que le droit d'un peuple à disposer de lui-même est aussi chimérique et redoutable que ce droit abstrait et informe invoqué par l'anarchiste conquérant. Mais j'y vois quelque chose de pire, c'est qu'en un peuple inorganisé, qui n'a pas encore en lui-même le droit réel, l'affirmation est laissée à quelques individus entreprenants, devant une masse qui voit ses travaux interrompus, ses moissons brûlées, et en un mot qui perd aussitôt les droits réels dont elle jouissait; d'où elle est rejetée à ses passions, cherchant le maître le plus fort, flottant et hésitant selon le sort des combats, et perdant enfin l'indépendance individuelle par la revendication de l'indépendance collective. Ici ne nous perdons pas; rassemblons toute notre attention pour saisir le jeu des pouvoirs en tous lieux et dans tous les temps. L'individu est mis en demeure de sacrifier toute liberté pour sauver la liberté. Ce n'est pas quand nous commençons à apercevoir le piège, que nous donnerons comme maxime de sagesse politique justement l'idée confuse par laquelle les peuples courent au piège et louent l'oiseleur.

5 juillet 1925.

112

Lamartine, à Constantinople, dans un bazar, admirait la grâce naturelle de jeunes enfants qui jouaient aux billes. Survinrent deux hommes qui examinèrent les yeux et les dents de ces enfants; c'étaient des acheteurs, et ces enfants étaient à vendre, comme chez nous les chevaux. Lamartine ne le comprit pas tout de suite; on peut même dire qu'il ne le comprit jamais tout à fait. Nous attachons grand prix à notre semblable. Par la seule forme, nous devinons la personne; nous la posons égale à nous, et libre comme nous voulons l'être. Cela ne fait pas que la personne humaine soit toujours traitée comme telle. Il y a de terribles métiers; il y a des taudis; peut-être faut-il dire qu'il n'y a pas une parcelle de commodités de notre vie qui ne soit payée par la misère de quelqu'un. Mais enfin il n'y a plus d'esclaves, et nous ne voulons plus d'esclaves. Nous avons formé cette idée; nous y tenons.

Nous avons encore d'autres idées, concernant les peines, la torture, le droit des accusés, le droit de l'enfant, l'éducation, les bonnes mœurs. Et cela revient toujours à respecter la personne humaine, et enfin à supposer, mieux, à vouloir par préjugé, qu'un homme vaut un homme. C'est une idée qu'il faut porter à bras, car elle est souvent démentie et toujours menacée. A la guerre, on ménage moins l'homme que le cheval. Le premier interrogatoire se fait trop souvent à coups de poing et à coups de pied. L'industrie attelle l'homme comme le laboureur attelle les bœufs. La colère et l'avidité reviennent toujours à l'esclavage. La frivolité refuse de voir. Mais enfin, quand tout est clair, l'opinion n'hésite pas; nous sauvons le principe. Si nous sommes cruels, c'est encore pour sauver le principe. Quand on a assez compris le mouvement naturel des passions, on s'étonne moins des difficultés et des contradictions; on accepte une contrainte souvent importune, quelquefois très pénible. Comme nous acceptons cette contrainte, ainsi nous l'exerçons. Qu'on nous signale une maison où la personne humaine est violée, avilie, torturée, nous enfonçons la porte.

Au temps de Jean-Jacques, comme on peut voir par l'*Emile*, un homme qui naviguait en Méditerranée courait le risque d'être esclave en Alger, lui, sa femme et ses enfants. Il fallut bien enfoncer cette porte-là; celle-là et bien d'autres. Il n'y a plus de négriers; mais si notre police se relâchait, il y en aurait demain. L'idée qui fait vivre notre civilisation, c'est que cette civilisation ne va pas de soi, et que les passions sont et seront toujours les mêmes.

L'hospitalité homérique est une grande chose. Ils disaient que les dieux se déguisaient en pauvres et mendiants. Certes, nous avons ici quelque chose à prendre. Mais nous devons savoir aussi que le fidèle Eumée, porcher en Ithaque, avait été acheté comme un jeune veau. Lamartine fut reçu pacifiquement et noblement par un chef arabe très puissant; mais la conversation fut néanmoins épineuse, par ceci que le grand chef considérait la doctrine de la Trinité catholique comme une superstition qui méritait la mort. Nous avons peine à respecter la pensée de notre semblable; mais enfin, nous nous y efforçons; nous sauvons le principe.

Il est facile de louer les mœurs des sauvages, et Montaigne a écrit là-dessus des choses généreuses et fortes; mais, à défaut d'une connaissance plus approchée, nous devons savoir, et ne jamais oublier, que la simple et aveugle coutume établira partout, et ici même, si nous laissons faire, un régime de crasse, de négligence et de fanatisme; sans compter la force nue, qui passera comme le cyclone. Certes, il faut payer l'ordre, et même très cher; nous aussi nous le savons, qui avons fait la guerre. Nous sommes colonisés, si je puis dire, par nous-mêmes, et sans douceur! Qui n'a pas accusé les lois? Qui n'a pas souhaité de vivre sans maître? Mais le moindre mouvement de foule, quand ce ne serait que de panique, nous rappelle que l'homme est un animal dangereux à lui-même. La paix est un état sévère, et qui fait tout aussitôt oublier que la sévérité est nécessaire. D'où le rêve idyllique renaît toujours; seulement, il suffit de trois bandits pour nous remettre en ordre. Rêver que des populations naïves et ignorantes étaient bien heureuses avant nos gendarmes, c'est toujours rêver. C'est le même rêve.

Juin 1931.

113

Il faut savoir ce qu'on veut, et il faut le dire; car en vérité je ne sais plus ce que c'est qu'un socialiste; et le socialiste ne le sait pas lui-même. Si le tout doit être préféré aux parties, et si l'œuvre doit être préférée à l'homme, alors, travaillons à de grandes choses, et, si l'humble esclave périt au métier, c'est encore bien de l'honneur pour lui. Il peine dans son coin; d'autres conçoivent l'ensemble; d'autres inventent des machines inouïes; d'autres s'envolent, peut-être jusqu'à la lune. Magie de l'obéissance. Ainsi parlait et pensait Napoléon. C'est un spectacle sublime que celui d'un homme élevé à bras par un peuple. Il faudrait savoir si le socialisme élèvera aussi une puissante élite sur des bras misérables.

On connaît le plan du communisme russe; l'Amérique elle-même en sera humiliée. Les plus grandes usines agronomiques, métallurgiques, électriques seront peut-être dans ces plaines et sur ces fleuves qui connurent le plus sordide esclavage et la plus orgueilleuse tyrannie. Le nouvel esclave admirera d'en bas cette œuvre colossale. Il y aura mis un peu de son enthousiasme, et tout son génie ignoré. On conte que les ouvriers du pays des Soviets sont invités à inventer eux aussi un plan de travail pour l'équipe, de façon à gagner sur le temps. Ils font merveilles, à ce qu'on dit. Je veux bien le croire. Mais est-ce que cela ne vous rappelle pas d'autres merveilles? Est-ce que les hommes, comme on les appelait, n'entraient pas de tout leur cœur dans les immenses projets de Nivelle? Ils n'avaient pas le choix; seulement, dans les étroites limites que leur imposait l'ordre terrible, ils choisissaient encore d'être des hommes et de faire pour le mieux; non pas pour eux. J'admire le héros qui exécute; j'admire moins celui qui fait les plans. Celui qui fait les plans cherche la puissance, et développe en même temps sa propre puissance. Mais moi, qui en suis toujours à chercher Liberté, Egalité et Fraternité, croyez-vous que j'y trouve mon compte? Je ne sais si nos socialistes se posent cette question. Veulent-ils une sorte d'état militaire, dont la puissance rayonne sur tous, et où l'inégalité est adorée? Ne cherchez pas loin. mes amis; cet état, vous l'avez. La gloire de Joffre ou de Citroën n'est-elle pas la gloire de tous? Et l'ouvrier n'est-il pas bien riche, puisqu'il a construit de son travail les mille millions de son maître? Et son maître n'est-il pas le meilleur? Est-ce par droit de naissance que Joffre était maréchal et que le millionnaire est millionnaire? Non; le chef est à sa place, comme l'ouvrier est à sa place. Et quant au plan d'en bas, comme ils disent, au plan de travail raisonnable que l'équipe invente, il trouvera place demain dans notre ordre industriel et militaire; les chefs ne demandent que cela, n'espèrent que cela. Alors, qu'est-ce qui ne va pas?

Ce qui ne va pas, c'est ce qui déjà n'allait pas au temps où les Pharaons élevaient les Pyramides. Cela n'allait pas, mais personne n'en savait rien, si ce n'est quelque Esope méditant sur l'homme, sur cette pyramide d'hommes où on ne trouve l'homme qu'à l'extrême pointe. Et encore, se dit Esope, cet homme-dieu s'ennuie, car ses mains ne pensent point; cette tête séparée ne forme même plus une idée; elle ordonne, c'est son plaisir; ainsi elle est orgueilleuse et cruelle; elle ne compte les hommes sans tête que comme des mulets de bât. Que penserait l'homme sans tête s'il formait seulement une pensée? Mais il ne pense point. Telle fut toujours la puissance. Elle ne peut vivre selon l'égalité et la justice. Ce qu'elle appelle égalité et justice, c'est ceci, que l'homme le mieux doué, c'est-à-dire qui a plus que les autres selon la nature, reçoit plus encore selon la loi. Au lieu que nous, les mécontents, nous pensons que la loi humaine devrait corriger la nature, et égaliser pour tout homme, autant qu'il est possible, la part de la pensée et celle du travail manuel; à quoi tous gagneraient; car cette harmonie de la tête et des mains est la perfection de l'homme. Eh bien, sommes-nous socialistes? Je ne sais. Le mot sonne mal; il dit très bien ce que je crains qu'il veut dire, la société adorée comme un dieu, et l'homme broyé sous les roues du char triomphal. Si c'est cela, le socialisme, ne le cherchons pas; nous l'avons.

30 mai 1931.

114

Il y a une mystique républicaine. Je veux dire que ni la raison ni l'expérience ne peuvent justifier assez une entreprise si neuve, fondée sur l'égalité, qui n'est pas, et démentie avec fureur par les empereurs de force, d'argent, de persuasion, qui ne manquent jamais. J'ai grandi au milieu des sarcasmes qui tombaient comme grêle sur le prétendu maître de l'heure; c'était un loqueteux à moitié idiot, et électeur pour sa part. D'ailleurs il s'en vantait, et, les jours de vote, il se posait en juge. Sur quoi tous les gens de bon sens, marchands de foin, éleveurs de chevaux, avocats, seigneurs de village martelaient avec toute raison la République que je concevais en idée. Dans la suite ils furent très étonnés de n'avoir point gagné sur le boursier. « Qu'est-ce qu'un boursier, semblaient-ils dire, sinon un enfant du peuple que nous élevons, que nous tirons à nous, pour rafraîchir un peu notre recueil de maximes politiques? » Mais ils avaient mal placé leur argent.

Encore maintenant, et déjà en ce temps-là, quand j'entendais venir les arguments, je me rassemblais en quelque sorte, non pas en vue d'y répondre premièrement, mais plutôt en vue de résister. C'est que je savais que cet ordre humain, idéal et modèle, devait absolument être voulu contre vent et marée, contre rumeur et huée, contre expérience et science. Et le fait est que, si l'on n'a point juré contre tout cela, on verra bientôt que le chemin de trahir est facile et fleuri. Et j'avoue que j'ai une tendresse pour Herriot, qui toujours revient de notre côté, contre les tentations de tout genre, parmi lesquelles celles qui parlent à l'intelligence ne sont pas les moins dangereuses. Dirait-on pas un vieux moine qui sévèrement ramène l'élégant abbé? L'un ravive sa foi dans la solitude; l'autre la risque dans les jardins d'Armide. Bref, nous ressemblons à des religieux, qui ont plutôt des faiblesses que des doutes. Tous deux plus ou moins jésuites de cette foi, en ce sens que nous voudrions trouver quelque arrangement qui émousse un peu les pointes de cette farouche République. Mais on trouverait, sans chercher beaucoup, des jansénistes de l'égalité, incorruptibles, purs, pauvres, ignorés. Ils sont le meilleur de notre armée. Et qu'ils se disent communistes, socialistes, ou comme ils voudront, je reconnais en eux la foi de mon enfance. Mais quelle foi?

Foi en l'homme. Et je défie qu'on mène une vie d'homme sans cette foi-là. Car, même tyran, il faut encore se fier. Napoléon ne mena ses conquêtes miraculeuses que par une estime de l'homme, qui devrait nous faire honte. Car il proposait l'impossible, et comme récompense la mort. Mais d'égal à égal, toujours; il jouait ce jeu intrépidement. Aussi fut-il nommé : « Napoléon, père du peuple et du soldat. » Le peuple et le soldat ne demandent que respect; il est vrai que c'est beaucoup. Et le paradoxe de la guerre, c'est que le soldat ignoré peut toujours forcer le respect par un courage qui ne cille point. C'est la seule vertu, comme dit Stendhal, dont il n'y ait pas d'hypocrisie. Je ferais seulement à Napoléon le reproche que lui firent tous ces braves, c'est qu'il les oublia au couronnement. Il ne crut point que le plus beau courage fût capable de porter la paix.

La même injure à l'homme est débitée maintenant par une tourbe d'empereurs sans foi. A ceux qui portent tous les fardeaux et tous les travaux, ils ne reconnaissent que la vertu d'obéir. Ils font appel à l'héroïsme, oui; mais ils repoussent l'égalité, d'après quelques misérables diplômes qu'ils ont, d'après quelques pauvres pratiques de commandement. Pédants et insolents, voilà comme je les vois. Mais un instant, mon cher Egalité, tu n'as pas le droit de les mépriser; tu dois chercher l'homme en eux, même sous leurs pauvres discours. Tu dois espérer qu'en suivant leurs pensées d'aventure, ils vont découvrir la perspective humaine, c'est-à-dire l'immense armée des héros. Et alors, contre toute l'inégalité et contre leur propre règne, ils trembleront de prendre parti. Encore un petit pas, encore quelque expérience des faiblesses, des fautes, des omissions, des précipitations, et ils auront retrouvé la pure foi en l'homme; ils en jureront; ils seront les chefs de ceux qui ne veulent plus de chefs.

29 décembre 1934.

115

Pascal perce partout l'écorce jusqu'à nommer esprits malingres les esprits sans charité. Il a bien parlé des princes de force et de ce genre de considération qu'on leur doit; c'est très peu; cela revient à choisir un bouclier en rapport avec la lance. Mais aussi on peut toujours concevoir et bientôt trouver un bouclier plus fort ou une lance plus forte; cela est sans fin, et cet infini est plutôt ennuyeux qu'autre chose. On peut toujours doubler le mètre, quel que soit le mètre. Un vent double, une pluie double, un volcan double, cela n'accable nullement l'esprit. « Il ne faut, disait

Epictète, qu'une pinte d'eau pour te noyer. » L'univers des forces n'est que fort. Je renvoie au roseau pensant.

Archimède, prince d'esprit, est bien au-dessus de l'univers des forces par ses inventions. Quand il pèse deux fois la fameuse couronne, une fois dans l'air et une fois dans l'eau, il est grand d'une autre manière que le mammouth, ou que la distance des étoiles. Non pas en ce qu'il trouve un nouveau moyen de n'être pas trompé par l'orfèvre, mais par l'invention même, par la connaissance de cette eau déplacée et soulevée par la couronne, et dont le poids se retrouve. Tout naufrage est surmonté par là. Voilà un titre de noblesse que les fils d'Archimède n'ont point laissé perdre; ils ont pesé bien d'autres choses. Le moindre problème humilie le fils du roi et glorifie le fils du berger, selon le savoir et l'attention des deux; et, si tous deux le trouvent, les égalise en cela. Les armées et les victoires n'y peuvent rien. Nous honorons assez cet autre genre de victoire.

C'est encore victoire, encore force, encore inégalité. C'est une rencontre que d'avoir appris un théorème de plus. Je vois des gens qui essaient de mépriser pour un théorème de plus qu'ils savent. Ils jettent ainsi une espèce de terreur dans les esprits par trois lignes qu'ils ont lues; mais il se trouve promptement un autre homme qui a lu encore trois lignes de plus, et cela est sans fin. Fausse infinité encore. Un esprit qui saurait tout est-il plus grand, selon la dimension qui est propre aux esprits, que celui qui sait une chose? Cela est ambigu. Mais plutôt cela n'est pas ambigu. Socrate n'était nullement un petit esprit, quoiqu'il ignorât beaucoup de choses que nous savons. Il y a plus d'esprit à se tromper à la manière de Descartes, qu'à redresser Descartes comme un petit bachelier peut faire. Et cette grandeur d'esprit se voit encore mieux dans l'erreur, quand l'erreur est selon l'esprit, non selon les passions. Un esprit est grand parce qu'il se gouverne plutôt que parce qu'il s'étend.

On arrive au vouloir, comme les Stoïciens l'avaient vu, et comme Descartes l'a mis au clair. On arrive à cette étonnante audace de penser, qui est toute dans la moindre attention dès qu'elle est généreuse, et qui n'est point du tout dans l'avare marchand d'idées. J'aime Descartes quand il avertit que, des suppositions qu'il a faites, beaucoup sont douteuses et quelques-unes fausses, ce qui ne l'arrête point dans sa physique. Et c'est le même homme qui a nommé générosité l'audace de penser. Ce mot nous avertit. Nous ne sommes pas si loin de la charité. En effet, l'ordre de la volonté en Descartes, c'est bien le troisième ordre, la charité dont Pascal a si bien écrit; il enferme toute la société des esprits et tout l'amour qui les tient ensemble. Car reconnaître en soi le pouvoir de former des idées, c'est le reconnaître égal en Archimède, quoiqu'il sût moins, et c'est vouloir le supposer égal en tous, si ignorants et si embarrassés qu'on les voie. Cette idée égalise. L'homme est un dieu pour l'homme. Contre quoi font assaut toutes les preuves tirées des erreurs et des passions. Beaucoup cèdent, demandant que cette égalité se montre, oubliant qu'il faut la poser et la porter. En quoi ils pensent s'élever, mais en réalité ils descendent; car cette force d'esprit qui cherche et veut l'esprit en tout homme est justement la même qui surmonte la difficulté de comprendre quelque chose avant de savoir tout. Ainsi Pascal destitue le dieu puissance, et destitue le dieu savoir, et enfin toute cette bruyante inégalité. Sans le savoir tout à fait. Son Dieu Humilié est encore figure. Pascal a accompli les prophéties; mais lui-même est porte-signe et prophète encore. Nouveau Testament, dirais-je.

20 juillet 1924.

116

Descartes a osé rendre ses idées indépendantes de l'expérience. Et Valéry s'est servi à peu près des mêmes mots pour définir le travail de penser. Nous voilà loin des faciles déclamations de Bacon, qui ne voyait que l'expérience, encore l'expérience, et toujours l'expérience. Or, Descartes est lu encore et suivi par deux ou trois obstinés; le troupeau a galopé avec Bacon; et je me souviens même qu'un mouton des mieux lainés a écrit pour prouver que Bacon et Descartes, c'était la même chose. C'est ainsi que notre élite s'est précipitée dans la facilité. Ce chemin descend beaucoup. Il n'a fallu qu'un jeu de miroirs pour qu'Einstein remplace soudain toutes nos idées par quelques formules qui n'ont point de sens. L'espace courbe et le temps local font carnaval. Je connais un vieux cerveau qui s'est fait injecter ces nouveaux produits; il a maintenant l'air tout jeunet, à faire peur. On annonce mieux; car un mouton assez pelé du troupeau des psychologues prépare un lexique homme-singe. Que c'est neuf! Que c'est imprévu! En voilà pour trois dîners de moutons.

Où vais-je? A ceci que la nouveauté est aisément prise pour la justice. Et l'on se dit que la libre-pensée va régner maintenant que l'on comprend le langage des singes et que l'on met ses idées sens devant derrière. Bien sûr que si on met par terre le vieux galetas de Platon et de Descartes, la révolution est faite et le mur d'argent en morceaux aussi. N'importe qui comprendra qu'avec la radio l'ancien esclavage ne peut pas vivre. Et je ne suis pas sûr qu'on n'enseigne pas, ici et là, en très bonne intention, que l'électricité, partout conduite, doit dissiper les miasmes politiques.

Or, c'est le contraire qui est vrai. Ceux qui sont enragés de nouveau veulent nous river à la chaîne politique, et fabriquer les révolutions industriellement, par la force des acclamations et de l'huile de ricin. Or, qu'est-ce qui fait que nous, les ânes rouges, nous, les ingouvernables, nous secouons les oreilles? C'est parce que nous restons attachés aux idées d'Esope et de Socrate, idées qui sont plus vieilles que les rues. Tout le machinisme a beau tourner avec cuivres et fanfares, comme les manèges de Neuilly, nous n'avons pas voulu renoncer à notre centre d'esprit. Nous ne voulons point croire que l'éblouissante et bruyante vitesse ait changé si peu que ce soit le conflit des maîtres et des esclaves. Nous cherchons l'égalité non pas dans les années-lumière et les manèges d'atomes où le bon sens se noie, mais dans l'antique arithmétique et dans la vieille géométrie, et dans la mécanique d'Archimède et de Galilée, devant qui tous les hommes sont égaux. Socrate faisait répondre un petit esclave sur le côté du carré et sur la diagonale, et cette manière a fait révolution; très lente révolution, mais qui n'a point cessé de gagner sur les privilèges et de faire peur aux privilégiés. Descartes a écrit que « le bon sens est la chose du monde la mieux partagée ».

A quoi l'homme qui gagne sur l'esclave a toujours dit et dira toujours : « Faites des écoles professionnelles, où chacun apprendra la pratique d'un métier. Voilà le bon sens! » Or remarquez que, quand ce métier serait celui de régler les compteurs électriques ou de monter proprement un poste récepteur, il n'en éclairera pas mieux l'esprit. Je veux dire en gros que toute philosophie expérimentale est contraire à la justice. Car ce n'est point dans l'expérience qu'il faut chercher la règle de justice : « Toujours d'égal à égal, et que jamais l'homme ne soit moyen ou instrument pour l'homme. » Car, au contraire, l'expérience ne cesse de nier la justice. Qui donc s'enrichit? Qui donc conquiert? Qui donc construit l'école moderne? C'est toujours celui qui a joué sur l'inégalité, et qui a gagné par cela même. Qui ne gagnerait contre un enfant? Oui, mais cela n'est pas permis, et ne le sera jamais.

« Comment le savez-vous? » dit l'irritable. Ce n'est pas facile à tirer au clair. Mais du moins nous le cherchons dans la solitude de Descartes, justement où il cherchait la loi des nombres et du mouvement, faisant revue de ses idées selon son propre jugement, et non pas selon les nouvelles du Pérou ou du Thibet. Car il faut bien avouer que la suite des nombres ne doit rien à l'expérience, et que tous les spectres d'étoiles ne peuvent faire trouver un nouveau nombre entier entre douze ou treize. Ce genre de réflexion rétablit l'esprit dans son centre, et fait comprendre que bien penser n'est pas plier le genou devant l'expérience, mais au contraire penser l'expérience selon les règles du bien penser. Cela ne signifie pas que la pensée pure nous dira s'il y a de l'or dans les montagnes d'Ethiopie; non; cela, c'est l'expérience qui nous le dira. Mais toute la triangulation et ses calculs sont absolument indépendants de l'expérience, et, bien plus, rendent possible l'expérience par cela même. Et puisque l'esprit est ainsi législateur de lui-même, cela aide à penser que la justice est autre chose qu'un rêve qui change et qui passe; et au contraire qu'elle consiste en quelque idée qui ne fléchit point, et qui éclaire l'expérience. Réellement, ceux qui n'élèvent point la pure justice comme une lampe ne savent pas ce qu'ils voient. A ta lampe, peuple, et garde-la du vent.

10 janvier 1936.

117

Comme on discutait sur l'égalité et la justice, chacun essayant de dire quelle idée il s'en faisait, et comment on pourrait plier les faits selon les idées, un sophiste à lunettes prit la parole : « Je vous trouve étonnants, dit-il; vous raisonnez comme si l'égalité était plus rationnelle que l'inégalité; je n'examine point si votre raisonnement est solide et bien conduit; il me suffit de vous faire remarquer qu'au point de vue de la science sociale, tout ce qui est s'explique par des causes et des conditions, et est par conséquent rationnel. Il y a eu, dans ce pays et dans d'autres, telles inégalités d'institution, monarchie héréditaire, noblesse héréditaire, castes, collèges de prêtres, et autres choses du même genre. Vous n'allez pas soutenir, je pense, que ces inégalités sont tombées du ciel, ou bien qu'elles ont été instituées arbitrairement par quelques individus au détriment des autres. On peut conjecturer à l'avance, et constater, dès que l'on étudie la chose, que ces inégalités furent naturelles, et par conséquent rationnelles, chacune en son temps. Pour chaque époque il y a, pour une société déterminée, une manière de vivre qui dépend à la fois de la manière dont on vivait antérieurement et des conditions actuelles de climat, d'agriculture, d'industrie, d'hygiène, de sécurité intérieure et extérieure. A chacune de ces époques, il y a une justice, qui est la vraie justice à ce moment-là. Les privilèges du clergé, des nobles, des rois ont été à chaque époque ce qu'ils devaient être, j'entends qu'on doit pouvoir les expliquer par leurs causes ou leurs conditions; sans quoi il n'y a plus de science. Et du reste la science existe; elle prouve qu'elle existe en expliquant le plus qu'elle peut, et de mieux en mieux chaque chose. C'est pourquoi je n'entends point comment l'égalité, qui n'a jamais existé, serait plus rationnelle que des inégalités qui ont existé ou qui existent. Le jour où l'égalité existera dans quelque société, si ce jour vient, alors l'égalité sera rationnelle dans cette société-là. »

Après ce discours, ceux qui étaient là ressemblaient à des enfants pris en faute, et se laissaient fasciner par le sophiste à lunettes. A l'exception pourtant d'un homme simple qui se sentait pris intérieurement d'une grande colère, et se disait en lui-même : « Quel cœur d'esclave! Jean-Jacques, et vous tous, généreux amis de la justice, voilà vos successeurs. Voilà ce que l'on prêche au peuple maintenant. » Mais ces imprécations ne sortaient point; car un homme raisonnable oppose des raisons à des raisons. Mais à la fin, il put jeter dans l'arène une espèce de raisonnement.

« Vous voulez rire, dit-il au sophiste. Mais je n'arrive pas à rire de bon cœur quand il s'agit de ces idées-là. Parbleu nous savons bien que tout est explicable et rationnel en ce sens. Une voiture qui verse, c'est rationnel pour le spectateur qui veut seulement comprendre. Mais le voyageur qui est dans la voiture voudrait une voiture rationnelle, non un accident rationnel. Et, encore mieux, le constructeur de voitures cherche un modèle de voiture rationnel, c'est-à-dire qui verse le moins possible. En quoi le constructeur de voitures va-t-il contre la mécanique lorsqu'il veut construire une voiture meilleure? Il y a donc quelque chose dans votre raisonnement qui ne va pas. » Ainsi parlait-il. Mais cette comparaison grossière fit qu'on haussa les épaules. Hélas! La science aussi est réactionnaire, dès qu'on lui donne dix mille francs par an.

8 juin 1910.

118

Le Sociologue dit : « Je me défie de vos idées abstraites, et de votre égalité jacobine. Etudions les faits. Agissons dans les faits. Il est fou de vouloir imposer une justice uniforme par tous pays, sans tenir compte des circonstances. Par exemple l'institution du suffrage universel chez nous a été une erreur. L'esprit public n'était pas préparé à un si grand changement; de là des tâtonnements, des fautes et un régime bâtard. »

Le vieux Sage répondit : « Ce régime bâtard nous a donné quarante ans de liberté et de paix. Reste maintenant à savoir si les maux politiques dont nous souffrons, puissance des bureaux, faiblesse des ministres, intrigue, corruption, désordres ici et là (je mets les choses au pis) ne résultent pas justement du mépris que beaucoup d'hommes qui passent pour supérieurs montrent pour les Idées. Car, par la coalition d'intérêts clairvoyants et de spécialités myopes, toutes les puissances, ou presque toutes, résistent de toutes leurs forces à l'effort démocratique. Le peuple règne et ne gouverne pas. Mais ce sont là des frottements inévitables dans la machine politique. Toute réforme va contre les faits, Monsieur le Sociologue; contre les faits, au nom du droit. On peut mépriser les faits, quoi que vous disiez; on le peut, parce qu'ils ne se laissent jamais oublier. On est toujours assez opportuniste; on est toujours trop peu radical. Le droit est le droit; et ce qui est juste doit être; voilà la lumière de toute vie humaine; et je n'ai qu'un regret, c'est d'avoir été trop souvent lâche et paresseux, et d'avoir dit plus d'une fois trop vite : à l'impossible nul n'est tenu. Du jour où je pense à une société juste, je veux formuler le contrat social en termes raisonnables. Or qu'est-ce que c'est que ce contrat que j'irais proposer à un homme : vous vous engagez à obéir, et je m'engage à gouverner? Tout contrat suppose l'égalité; ce que je pourrai, vous le pourrez aussi. Ou alors il faut qu'une partie des hommes soit un bétail pour l'autre. »

« L'égalité, dit le Sociologue, n'est pourtant pas dans la nature, ni la justice non plus. »

« Eh! qui en doute! dit le vieux Sage en s'animant. Oui, il y a des passions, des désirs, des colères; il y a des bandits, des voleurs et des orgueilleux. Et c'est contre ces maux-là, justement, que nous faisons société. Non, la justice n'est pas dans les faits. Oui, toute la nature, et toute la partie animale de l'homme résistent au droit. C'est justement une raison de vouloir le droit autant qu'on peut et de le réaliser autant qu'on peut, sans s'étonner que les désirs, les ambitions et les craintes aboient tout autour, comme des chiens à qui on arrache un os. Qu'ils grognent autour de moi comme ils grognent en moi-même, cela est assez naturel. Mais que la Raison se mette à quatre pattes et grogne encore avec eux, c'est un spectacle de Mardi Gras. » Le sociologue grinçait des dents.

20 juin 1909.

119

Qu'est-ce que le droit? C'est l'égalité. Dès qu'un contrat enferme quelque inégalité, vous soupçonnez aussitôt que ce contrat viole le droit. Vous vendez; j'achète; personne ne croira que le prix fixé après débat et d'un commun accord soit juste dans tous les cas; si le vendeur est ivre, tandis que l'acheteur est maître de son jugement, si l'un des deux est très riche, et l'autre très pauvre, si le vendeur est en concurrence avec d'autres vendeurs tandis que l'acheteur est seul à vouloir acheter, si le vendeur ignore la nature de ce qu'il vend, livre rare ou tableau de maître, tandis que l'acheteur la connaît, dans tous les cas de ce genre je dirai que le prix qui est payé est un prix d'occasion. Pourquoi? Parce qu'il n'y avait pas égalité entre les parties.

Qu'est-ce qu'un prix juste? C'est un prix de marché public. Et pourquoi? Parce que, dans le marché public, par la discussion publique des prix, l'acheteur et le vendeur se trouvent bientôt également instruits sur ce qu'ils veulent vendre ou acheter. Un marché, c'est un lieu de libre discussion.

Un tout petit enfant, qui connaît mal l'utilité relative des choses, et qui ne règle le prix que sur son désir présent, un tout petit enfant sera l'égal de l'acheteur le plus avisé, si seulement plusieurs marchands offrent publiquement à plusieurs acheteurs la chose que le petit enfant désire. Je n'en demande pas plus. Le droit règne là où le petit enfant qui tient son sou dans sa main et regarde avidement les objets étalés, se trouve l'égal de la plus rusée ménagère.

On voit bien ici comment l'état de droit s'opposera au libre jeu de la force. Si nous laissons agir les puissances, l'enfant sera certainement trompé; même si on ne lui prend pas son sou par force brutale, on lui fera croire sans peine qu'il doit échanger un vieux sou contre un centime neuf. C'est contre l'inégalité que le droit a été inventé. Et les lois justes sont celles qui s'ingénient à faire que les hommes, les femmes, les enfants, les malades, les ignorants soient tous égaux. Ceux qui disent, contre le droit, que l'inégalité est dans la nature des choses, disent donc des pauvretés.

18 octobre 1907.

120

Quelle étonnante ambiguïté dans la notion de Justice. Cela vient sans doute principalement de ce que le même mot s'emploie pour désigner la Justice Distributive et la Justice Mutuelle. Or ces deux fonctions se ressemblent si peu, que la première enferme l'inégalité, et la seconde l'égalité.

Je fais un marché avec un autre homme; et avant de conclure, je m'occupe à rechercher s'il n'y a point quelque inégalité entre nous, qui le détermine à faire contrat avec moi. Par exemple, si, au sujet du cheval que je lui vends, il ignore quelque chose que moi je sais, je dois l'instruire avant qu'il signe. Egalité; justice mutuelle.

Je suis membre d'un jury pour les chevaux; j'ai à dire quel est l'éleveur qui mérite la récompense; je la lui donne. Inégalité; justice distributive.

J'enseigne les mathématiques. J'ai en face de moi des enfants que je juge également dignes d'être instruits, quoiqu'ils n'aient pas tous les mêmes aptitudes. Aussi je m'applique à aider justement ceux qui ont besoin de secours. J'emploie toute ma patience, toute ma puissance d'invention, à découvrir le moyen d'intéresser les plus paresseux et d'éclairer les moins ingénieux. Je comprends les erreurs, je les redresse en les expliquant; je travaille à les rendre égaux et je les traite tous comme mes égaux malgré la nature, malgré les antécédents, contre les dures nécessités. Egalité; justice mutuelle.

J'examine des candidats pour l'Ecole Polytechnique. J'ai choisi des problèmes difficiles; ce sont mes armes, ce sont mes pièges, et malheur aux vaincus. J'ai de bons postes à donner, mais en petit nombre. Aux plus forts. Et je donne des rangs. Inégalité; justice distributive.

Un juge siège comme arbitre dans un procès au civil. Il ne veut pas savoir si l'un des plaideurs est riche et l'autre pauvre. Si l'un des contractants est évidemment naïf, ignorant, ou pauvre d'esprit, le juge annule ou redresse le contrat. Egalité; justice mutuelle. Ici le pouvoir du juge n'est que pour établir l'égalité.

Le même juge, le lendemain, siège comme gardien de l'ordre et punisseur. Il pèse les actes, la sagesse, l'intention, la responsabilité de chacun; il pardonne à l'un; il écrase et annule l'autre, selon le démérite. Inégalité; justice distributive.

Les deux fonctions sont nécessaires. Mais il me semble que la Justice Distributive a pour objet l'ordre, et n'est qu'un moyen; tandis que la Justice Mutuelle est par elle-même un idéal, c'est-à-dire une fin pour toute volonté droite. Le vrai nom de la première serait Police; et le beau nom de Justice ne conviendrait qu'à l'autre. Mais je vois que, dans le passé, la première fut adorée et implorée, tandis que l'autre est encore aujourd'hui méconnue. La loterie plaît, parce qu'elle tire l'inégalité de l'égalité; l'assurance déplaît, parce qu'elle fait justement le contraire.

16 juillet 1912.

121

Dès qu'il faut un guetteur quelque part, on lui porte la soupe; exemple qui fait voir que la valeur d'échange vient du temps dépensé, non de la chose produite; car, dans ce cas remarquable, le produit est nul. On dira que la sécurité est un produit; toujours est-il que la sécurité ne se pèse point et ne se mesure point, sinon par la durée du guet. On entrevoit alors cette grande vérité, que toute heure d'homme vaut une heure d'homme, et que ce qui fait qu'un certain poids de blé vaut un certain poids de café, ce sont les heures de travail, et rien d'autre. Une heure est échangée contre une heure, et voilà la justice; ou bien, en langage d'or ou de papier, toutes les heures de travail méritent le même salaire.

Ici le grand guetteur, qu'on nomme roi, dresse les oreilles; et autour de lui se pressent les moyens et petits guetteurs, qui sont des ouvriers d'attention, ce qui fait que tous ensemble ils règnent naturellement. Pensez seulement à la crainte qui vient des songes et présages, et vous comprendrez que le guetteur de songes, que l'on nomme prêtre, usurpe tout le pouvoir qu'il veut, même sur le roi, et se paie lui-même très généreusement. Contre quoi on a inventé cette idée admirable qu'une heure vaut une heure; par exemple une heure en prière pour empêcher les morts de revenir, les morts qui sont remords, vaut une heure de charpentier, ni plus, ni moins. Ainsi s'est élevée l'antique guerre entre guetteurs et nourrisseurs.

Chacun travaille une journée, disent les nourrisseurs, et il a sa part des produits de la journée. Quoi de plus simple et de plus naturel? Et en effet des naufragés sur une île ne vivraient pas autrement; c'est que la nécessité les tient serrés. Dès qu'il y a un excédent, et des témoins de métal jaune, et des billets, et des trésors, et des coffres, on remarque qu'il y a abondance de guetteurs, et bien payés, qui se soutiennent les uns et les autres, l'astronome tenant pour le roi, et le roi pour l'astronome, l'un et l'autre, prêtres en cela, faisant apparaître des dangers imaginaires. Tout l'art politique des guetteurs est à effrayer les nourrisseurs, lesquels versent alors le pain et le vin dans ces bouches effrayantes avec le vain espoir de les faire taire. Elles parlent en mangeant; cela use les courages.

Pourquoi je remonte ainsi vers les temps pharaoniques, et même plus loin? C'est que je vois naître un étrange socialisme, que je nommerai socialisme des guetteurs. Je me suis établi guetteur d'idées, et j'enseigne, comme tout vrai guetteur, que mon métier est le plus important de tous. Mais très justement, par mon métier, je veux que les idées soient bien rangées et vêtues de blanc et de rouge; qu'on change les uniformes, et je suis perdu. Si je ne me trompe, l'idée de justice commutative, aboutissant à l'équivalence des heures de travail, c'est l'idée socialiste, ou, pour abréger, l'idée rouge. Et l'idée, au contraire, d'une justice distributive qui prétend mesurer l'importance des services, c'est l'idée royale, c'est l'idée blanche.

Roi, patron, chef ou prêtre, il n'importe guère. Dès qu'un homme prélève mille, ou dix mille ou cinquante mille journées par an, pour trois cent soixante-cinq journées d'un travail qu'il juge important, et qui l'est peut-être, c'est l'idée blanche. Et dès qu'on prétend au contraire égaliser tous les salaires, d'après cette remarque évidente que les travaux les moins éminents sont aussi les plus nécessaires, c'est l'idée rouge. Ces idées ne sont que des idées. On ne verra jamais un régime purement commutatif; encore moins un régime purement distributif, où il n'y aurait que des dignitaires, ou, comme je dis, des guetteurs; car il faut manger. Il s'agit seulement de tirer vers l'une ou l'autre idée; et c'est l'idée rouge qui est socialiste. On la dit aussi matérialiste, parce qu'elle rappelle les guetteurs de lune à la condition de manger, qui est basse. Mais convenons que par cette rude justice elle retrouve toute la justice, selon laquelle un homme vaut un homme. Au lieu que l'autre idée, rongée par les valeurs imaginaires, descend au plus bas, c'est-à-dire à la force assassine, ce qui est son contraire. Le résultat, c'est qu'il n'y a de vil que l'idéalisme, et de noble que le matérialisme. Voilà ce que le guetteur d'idées annonce quelquefois aux grands guetteurs, ses patrons. Convenons qu'il gagne bien mal son argent.

19 août 1933.

La primauté de l'individu

122

Le plus clair de l'esprit démocratique, c'est peut-être qu'il est antisocial. Je m'explique. On peut considérer une société comme une sorte de gros animal. Je l'entends par métaphore; mais il y a des mystiques qui veulent croire que ce gros animal existe réellement comme vous et moi, qu'il sent, qu'il pense et qu'il veut comme nous pensons, sentons, voulons. Ce n'est que mythologie; mais de toute façon il faut convenir qu'il y a des forces sociales bien puissantes qui ressemblent tout à fait à des forces naturelles. La défense contre les criminels, dans certains cas, prend ainsi forme de panique furieuse, et déchire très bien des innocents. La guerre s'explique par des causes du même genre, dont nous ne nous défions jamais assez. Les hommes les plus pacifiques sont soudainement transformés par l'état de guerre, jusqu'au jour où l'épuisement fait naître un besoin de paix tout aussi impérieux et universel, comme Napoléon Ier l'a éprouvé à ses dépens.

Je range encore parmi les faits du même genre l'adoration soudaine pour un chef, ou pour un orateur, les entraînements bien connus des assemblées, le délire révolutionnaire, enfin tous les courants d'opinion qui naissent comme le vent et le cyclone, et se terminent de même. La religion, quelle qu'elle soit, est le plus brillant et le plus connu de ces phénomènes d'Effervescence, qui tuent le sens commun. Nous dirons, pour abréger, que Léviathan a des passions, des colères, des fatigues, des fièvres et des attendrissements. L'individu, qui n'est qu'une pauvre petite cellule dans le grand corps, est pris dans ces mouvements, soulevé, roulé, transporté; on peut bien dire aussi qu'il est à la fin usé et arrondi comme le galet sur nos plages. Quand cette rumeur monte et s'étend, les circonstances sont agréables pour les gouvernants, qui sont comme des dieux.

Chose digne de remarque, ce gros Léviathan, dont vous et moi nous sommes de petites parties, n'est pas du tout civilisé; c'est un enfant ou un sauvage, comme on voudra dire. Ce qu'il peut faire, il le fait aussitôt; son âme, s'il en a une, ne distingue pas entre la force et le droit. Lorsqu'il fait des promesses ou signe des traités, il ne se croit point tenu par sa parole; ce n'est qu'une ruse pour gagner un peu de répit. L'histoire le prouve assez; et les hommes d'Etat, illuminés par cet esprit de l'ensemble, adoptent bientôt les mêmes maximes. Et il est ordinaire qu'on leur pardonne tout, si seulement ils réussissent.

Eh bien, il me semble que tout mouvement démocratique s'élève contre les réactions du gros animal, et tend à balancer l'association naturelle, disons l'organisme social, par une espèce de contrat appelé à tort contrat social, car c'est un contrat antisocial. Il est alors promis et juré que l'on résistera à ces mouvements instinctifs du gros animal, et qu'on les soumettra, autant que possible, aux règles de justice qui sont acceptées par les individus. C'est en ce sens que l'Esprit Démocratique juge la Patrie et blâme la guerre. Le conflit fut violent aux temps de l'affaire

Dreyfus, il dure encore. L'Esprit se délivre de l'Instinct.

18 décembre 1912.

123

Léviathan fait courir ses mille pattes; il avance en colonne serrée. Ceux qui le composent n'en sont point maîtres; au contraire ils reçoivent avec enthousiasme les signes de ce grand corps, et s'accordent à ses mouvements. Honte si l'on ne les devine; honte si l'on commence à les rompre. Ainsi Léviathan se resserre et se durcit. Ceux qui le regardent passer voudraient être écailles ou griffes de ce monstre. Objet de l'amour le plus puissant peut-être, le plus naturel, le plus facile. Le plus grossier est sublime alors. Comment n'aimerait-on pas ce qui rend courageux, imperturbable, infatigable? Mais étrange objet d'amour. Car ce grand corps ne sait rien, ne voit rien, et se croit lui-même, comme les fous. Nulle pensée ici que l'erreur adorée, la passion adorée, la violence adorée.

Voici le même corps en assemblée, et s'exerçant à penser. La dispute y fait deux ou trois monstres, et chacun pense contre les autres. Nul ne résiste à ces répulsions et attractions. D'où une pensée convulsive, sans preuves, sans examen, et qui se connaît elle-même par la vocifération. Qui s'y laisse emporter admire après cela d'être assuré de tant de choses, et ami d'hommes dont il ne sait rien, mais ami à se faire tuer pour eux. Que sera-ce si l'accord se fait dans l'assemblée par quelque chant? Alors tout semble évident, juste, facile. Mais quoi? Une seule chose évidente et juste, c'est que l'assemblée unanime a raison. Léviathan est assuré; mais de quoi? De ceci qu'il est assuré. La grande réconciliation a balayé toutes les pensées, hors celle-ci : « J'ai raison. Raison je suis. Preuve je suis. Mais de quoi preuve? Je ne sais. » On s'étonne de tant d'absurdes croyances, dont on retrouve la trace dans le cours des âges. On s'étonne parce qu'on essaie de comprendre, ou seulement de savoir, ce que Léviathan a pensé. Mais regardez mieux; il n'a cru jamais qu'une seule chose, qui est qu'il ne se trompe jamais. Cette pensée efface toutes les pensées.

Tout fragment et même le plus petit morceau de Léviathan frétille comme son père, et pense de même. Aussi d'un parti, d'une académie, d'une commission, de trois hommes et même de deux, je n'attends guère. Non, pas même s'il s'agit de choisir la couleur d'un timbre-poste ou la marque d'un sou. Car les partis se forment, et sont heureux de se former; l'union fait la force, et la force fait preuve. Et l'accord final est assez content de soi. Ainsi toute décision est faite d'absurdes morceaux. Vous ne trouverez pas une Commission qui, pour finir, ne monte l'hélice d'un avion sur les ailes d'un autre. Tout programme d'études rassemble les contraires et impose l'impossible. Et cela par le double mécanisme de la contradiction qui met tout en pièces, et de la réconciliation qui précipitamment et aveuglément recolle, tant l'amitié est douce. Il reste un grand espoir que l'avion volera tout de même. Mais les choses n'ont rien entendu. L'air est toujours le même, la pression toujours la même. L'insensibilité des mécaniques est scandale aux cœurs généreux.

Léviathan est un sot. Ouvrier des sentiments délicieux, et, par là, ouvrier des plus grands maux en ce monde. L'assemblée des hommes fait reculer l'humanité. La guerre en est une preuve assez forte. Trop forte, car elle nous enivre comme un vin, pour ou contre. Et chacun connaît les trois degrés de l'ivresse, singe qui imite, lion qui s'irrite, pourceau qui se couche. Ce troisième personnage exprime la puissance des besoins, et la source impure de la résignation. Cercle infranchissable, tant que l'on va chercher à l'assemblée ce qu'on doit penser. Mais nul homme n'est sot. Que chacun pense donc en son recoin, en compagnie de quelque livre écrit en solitude. Autre assemblée; invisible assemblée. Ces courts moments de refus suffiraient, si l'on comprenait par les causes qu'un amas d'hommes peut faire une redoutable bête.

3 octobre 1928.

124

L'ordre enferme par lui-même une espèce de religion, et peut-être toute la religion. Le langage ici nous enseigne, par une richesse de sens qui n'a point d'égale. On dit ordre pour dire commandement; ordre et désordre, en leur opposition, ont un sens bien clair; on dit mot d'ordre, ce qui désigne une sorte de pensée qui nie la pensée; les ordres religieux referment le cercle, en rassemblant tous ces sens en une procession ou un cortège, qui n'a d'autre fin que lui-même. L'ordre se termine à soi et vaut par soi. Qu'est-ce qu'un régiment qui défile? C'est un ordre qui se prouve d'abord lui-même. Rien ne commande mieux qu'un tambour; et qu'est-ce qu'un tambour, sinon ce qui grossit le bruit des pieds? Mais quel pied commande? Tous les pieds règlent chacun, et chacun tous. Marcher au pas est la raison de marcher au pas. C'est un plaisir et c'est même un besoin; le semblable imite le semblable, par cela seul qu'il le voit faire. L'homme qui voit l'oiseau ou le cheval tente par cela même d'imiter le vol de l'oiseau ou le galop du cheval. Il n'y parvient pas. Mais si c'est un homme qu'il voit, il emboîte le pas.

Il s'ajoute à cela que l'imitation est un moyen d'apprendre et de se sauver. A la guerre, dès qu'un homme plongeait, tous plongeaient, je veux dire se jetaient contre terre, de ce mouvement merveilleusement prompt, et que l'on apprend si vite. Mais la profonde raison d'imiter et le plaisir d'imiter dérivent de la ressemblance. Les fêtes et les cérémonies sont des jeux d'imitation qui n'ont point d'autre fin que de donner du plaisir. Et il faut convenir que ce plaisir ne s'use point. C'est explorer le semblable, l'éprouver, le reconnaître et se reconnaître. Ce genre de pensée est le dessous de toutes nos pensées. Quand je pense un objet, je me propose deux fins : penser conformément à l'objet, et penser comme mon semblable. La géométrie le fait voir; car elle définit le cube, la sphère, et choses de ce genre; mais en même temps elle définit l'homme pensant. Ce n'est donc pas peu de saluer et d'être salué, de sourire à qui sourit, de suivre qui marche et de répéter exactement ce qu'on entend. Il y a une partie de danse et de chant dans toutes les actions en commun, et ce n'est pas celle qui importe le moins. L'ordre est alors cause et effet. Nous y donnons une attention qui est adhésion; c'est peu de dire que nous l'approuvons; nous y sommes maître et serviteur. Ainsi l'ordre n'est point subi, ni voulu; il est au-dessous du subir et du vouloir; il appartient à la vie comme respirer.

Je suivais ces pensées, qui ramènent si bien toutes nos pensées, comme j'observais un vol d'étourneaux. Ils ne faisaient qu'un être, quoique chacun d'eux se mût dans un cercle de fantaisie. Ils s'écartaient, se distendaient par les bords, puis se rassemblaient, comme tenus par des fils élastiques. L'ensemble ondulait comme une draperie au vent. Nulle apparence de chef; c'était le tout qui gouvernait les parties, ou plutôt chacun des oiseaux se trouvait gouverné et gouvernant, chacun imitant le voisin, et le moindre écart de l'un inclinant un peu tous les autres. Où il n'y avait autre chose que ceci, que l'un d'eux s'envolant communiquait son propre mouvement aux autres par les yeux et les oreilles, d'où résultait ce qu'on nomme si bien émotion, c'est-à-dire, par la ressemblance, justement le même mouvement; tout changement agissait de même. Le mot d'ordre venait de tous et les menait tous. C'est ainsi que dans une danse on ne doit point penser que les mouvements soient réglés par quelque bruit extérieur; cela, c'est l'apparence. En réalité, c'est le bruit même de la danse qui règle la danse; et la plus ancienne musique de danse fut le bruit des pieds, où les différences sont continuellement effacées. C'est ainsi que partout où des semblables sont réunis, l'ordre naît et renaît. Roi invisible et présent; à proprement parler, Dieu.

18 janvier 1930.

125

Chacun a vu des triangles d'oies dans le ciel, et voici la saison des changements, qui va nous ramener cette géométrie volante. Le beau est que ces triangles ondulent comme des banderoles, ce qui rend sensible la lutte des forces. D'un côté le vent coule comme l'eau, mêlant et démêlant ses filets et tourbillons; de l'autre la foule des formes invariables s'ordonne dans le mouvement même, chacun des individus se glissant dans le sillage du voisin et y trouvant avec bonheur sa forme encore dessinée. Quant au détail de cette mécanique volante, nous aurions grand besoin de quelque mémoire écrit par une oie géomètre; mais ces puissants voiliers n'en pensent pas si long.

L'homme chante à peu près comme les oies volent; car chanter, c'est lancer un son dans le sillage d'un autre de façon à profiter d'un pli d'air favorable; et chanter faux, au contraire, c'est se heurter à ce qui devrait porter. Encore bien plus évidemment, si une foule d'hommes chante, chaque voix s'appuie sur les autres et s'en trouve fortifiée. C'est ainsi que le puissant signal s'envole, et revient à l'oreille comme un témoin de force. Aussi le bonheur de chanter en chœur n'a point de limites; il ouvre absolument le ciel.

Ce genre de perfection immobile concerne nos pensées; il les accorde, les purifie et les délivre. Mais il est clair que le bonheur de chanter fut joint d'abord au bonheur de marcher en cadence, comme le rappellent les instruments qui imitent la marche d'une troupe d'hommes, et qui font tant dans nos musiques. Seulement ce chant de marche est toujours un peu barbare. Il a fallu choisir. Le musicien a choisi de s'arrêter. Le marcheur s'est contenté du bruit des pas, qui est un terrible signe, ou bien il a répété un même cri. Par ce moyen la masse des hommes est présente en chacun; la délibération est terminée, car le rythme annonce l'action prochaine; chacun imite les autres et la troupe s'imite elle-même. Cet ordre est enivrant; il est par lui-même victoire; il exclut l'obstacle; d'avance il l'écrase. Ainsi la pensée, par elle-même défiante et soupçonneuse, se trouve apaisée. Vous demandez quelles sont les opinions, ou les intentions, ou les amours, ou les haines de ces hommes qui marchent; simplement ils sont heureux, ils aiment leur propre marche, ils se sentent forts, invincibles, immortels. On voit naître ici toute la religion, soit contemplative, soit active, et le fanatisme si naturel à des hommes qui ont une opinion, mais sans savoir laquelle. La dissidence et la critique, toujours persécutées par l'homme qui marche, sont odieuses parce qu'elles obligent à savoir ce qu'on pense; souvent le fanatisme s'irrite même d'être approuvé et d'être expliqué. Le vrai croyant refuse les preuves. Très prudemment il les refuse, car une preuve est une grande aventure. Que va-t-on trouver dans la preuve?

On se demande comment la pensée, le doute, l'examen sont venus au monde. Je suppose que l'ordre fanatique, par sa perfection même, s'est trouvé la source des plus grands maux. Et pourquoi? C'est que la seule idée qu'il y a des dissidents quelque part, la seule idée que le monde entier des hommes n'est pas encore converti, jette aussitôt le fanatisme en la plus folle des entreprises, la guerre. Un fanatisme en rencontre un autre. Et il ne s'agit plus alors de chasse, ni de pêche, ni d'industrie; on n'y pense même plus. Il s'agit d'exterminer les schismatiques et hérétiques, lesquels forment aussi leurs bataillons chantants. Sans chercher d'où provient l'empire de l'homme sur les bêtes, je remarque que c'est cette perfection même, que l'on nomme intelligence, qui jette l'homme contre l'homme. Et certes, les choses étant comme nous le voyons, il n'y a que l'homme qui soit capable d'exterminer l'homme. Vainement les religions vieillissent, car cette religion des religions, qui n'est autre que l'union sacrée, ne vieillit point. La religion serait aisément séraphique, par une contemplation musicienne; elle meurt alors de faim. Mais la sanglante religion, celle qui marche et persécute, ne peut mourir que de fureur. Cette suite de maux sans mesure, humains et inhumains, doit être considérée sans cesse à sa naissance, en ses honorables motifs, en ses affreuses conséquences, comme pire que toute peste. Et la science qui y a trouvé remède se nomme la politique. Cette science ne plaît point, car elle divise;

et elle a nécessairement contre elle tous les partis, qui sont des triangles d'oies.

1er octobre 1934.

126

Un régiment passe, avec clairons et tambours. Chacun est pris soudain par le cœur, sans l'intermédiaire d'aucune pensée; cette chose qui marche, chose humaine et plus qu'humaine, convertit immédiatement le spectateur. Que sa pensée consente ou non, cela ne change pas grand-chose; car le sang marche, les muscles suivent la musique; l'organisme sent sa force, sans aucun doute, sans aucune peur; une chaleur monte jusqu'aux yeux avec des larmes généreuses; la lèvre tremble, les narines s'ouvrent largement; c'est un bonheur soudain et sans comparaison. O froide Raison, que nous offres-tu en échange?

Ces sentiments me sont connus; je suppose qu'ils sont familiers à la plupart des hommes; ils sont bien forts dans les foules, sans quoi l'histoire serait inexplicable. Les raisonnements sont alors de bien petites choses, j'en conviens. Mais qu'est-ce que cela prouve? Un socialiste qui chante *L'Internationale* avec dix mille de ses coreligionnaires, éprouve un sentiment aussi vif. Les croisés sentirent quelque chose du même genre lorsqu'ils crièrent tous ensemble : « Jérusalem! Jérusalem! » Des sentiments comme ceux-là ne sont donc pas propres à prouver une thèse plutôt que l'autre. Et il reste toujours à savoir si l'on doit suivre le sentiment le plus vif, et le prendre comme preuve. S'il en était ainsi, toute volupté serait bonne, car il n'y a pas d'émotion plus entraînante que l'attente de la volupté prochaine. Je crois même qu'on y résiste bien difficilement, comme on résiste bien difficilement à l'entraînement d'une foule. Et chacun conviendra qu'il faut prendre ses précautions contre les sentiments vifs, y penser d'avance, prévoir les circonstances qui les amèneront, en susciter d'autres si la raison l'ordonne, bref gouverner son cœur.

L'émotion est belle et bonne, lorsqu'elle nous porte à quelque action que la raison a d'avance approuvée; on la laisse alors galoper, comme un noble cheval de bataille. Mais, dans la délibération, il faut que ces forces du cœur soient domptées. Il le faut. Les maux humains naissent des passions, et les passions sont sans doute des opinions que le sentiment entraîne, le cavalier n'étant plus maître, alors, de sa monture.

C'est pourquoi, lorsqu'on raisonne sur la paix et sur la guerre, sur le droit et sur la nécessité, ce n'est pas le moment de sonner la charge et de crier tous ensemble. Au combat, très bien; au conseil, très mal. Mais nous sommes bien loin de toute sagesse; et je connais beaucoup d'hommes qui recherchent cette volupté du sentiment, aux revues, aux manœuvres, aux assemblées; et sans risque, qui plus est. Il y a un grain de corruption dans ces plaisirs de l'action séparés de l'action.

13 septembre 1912.

127

Le R. P. Philéas me dit : « Quand vous parlez de religion vous ressemblez à un sourd au concert. Vous vous donnez bien de la peine pour accorder vos opinions aux mouvements que vous apercevez. Mais vous n'avez pas le sentiment de la chose. Et en vérité je me demande si l'on peut être moins religieux que vous. Enfin, descendez-vous de la Lune? Assez souvent on le croirait. »

« Je vis assez seul, lui dis-je, comme les sourds; et je cherche d'abord à m'approuver moi-même, ce que je n'obtiens pas souvent. »

« Homme lunaire, dit-il, vous ignorez donc que l'animal politique ne peut rester seul dans une chambre! Mais voyez donc comme ils sont honteux si leur cravate n'est pas comme il faut! Les hommes sont imitateurs, mon cher. Etre comme les autres, parler comme les autres, voilà le pain et le sel pour eux. De leurs plaisirs mêmes ils jugent d'après l'opinion; ce qu'on aime, ils l'aiment; existe-il un homme capable d'aimer un seul moment une femme que d'autres ne désireraient point? Même leur auto, ils veulent qu'on l'admire. Vous croyez, vous, homme de la Lune, qu'ils cherchent péniblement à s'accorder avec les autres selon leurs idées propres; et c'est bien ainsi qu'on apprend une langue étrangère; mais la langue natale est tout à fait autre chose; elle est comme une parenté; celui qui entend le voisin croit s'entendre lui-même; et, comme les oiseaux s'égosillent à chanter ensemble, ainsi les hommes parlent et sont heureux de parler. Voilà leur pensée; ne cherchez pas plus loin. Ce n'est pas le vrai qui les remue, c'est ce qui les remue qui est vrai. La vraie preuve, c'est l'accent humain, c'est la chanson humaine. L'hérésie est tout entière dans les paroles, seulement dans les paroles. »

Il faut dire que notre Philéas, quoique fort maigre, semble tout rajeuni. Une vive espérance éclate dans ses gestes, dans la sonorité de sa voix. C'est un été de la Saint-Martin.

« Je prends, dit-il, la religion comme un fait humain, ainsi qu'il vous plaît. Que vont-ils chercher au théâtre? Non point le beau selon des règles, et qui leur plairait à lire, mais bien un sentiment commun qui les porte. S'il y a des sifflets, ils sifflent l'auteur sifflé; ils adorent l'auteur adoré. Le désaccord leur déplaît, l'accord leur plaît. Voilà comment l'animal politique est bâti. J'appelle religion ce lien de famille, si fort et si délicieux. J'appelle impiété ce qui trouble le concert. Regardez donc autour de vous. Un homme est dit patriote lorsqu'il veut la guerre avec les autres; mais quand, par la fatigue, tout est à la paix, celui qui voudrait encore la guerre est ennemi public. Le grand Napoléon a éprouvé durement ces lois humaines. Communément, on n'attend pas les sanctions; une tristesse intime avertit l'homme qui se sépare, l'homme qui ne chante plus juste. La honte le discipline. Il s'agenouille, il se soumet, et le voilà délivré de toute pensée propre, de responsabilité, de remords; consolé de tout. Ce qui m'étonne, ajouta-t-il, c'est que vous n'êtes point malheureux. » Là-dessus, je me mis à rire. C'est qu'en effet je ne me suis pas pourvu d'angoisse; mais, au contraire, je m'en suis délivré; étant d'ailleurs assuré que l'angoisse, même en un Pascal, ne dépend point tant des raisons et des preuves que d'un régime nerveux plus ou moins équilibré. Affaire de physiologie, non de théologie.

13 décembre 1912.

128

Le long du chemin bordé de petits murs s'en vont les vaches blanches et noires; ces cornes, ornements parfaits, ne menacent point; un enfant conduit ces puissantes bêtes; telle est la paix des champs. Mais quelquefois on voit une vache folle, la queue tendue, le front mauvais, qui galope et cherche passage. Peur, piqûre de mouche, ou sauvagerie pure, on ne sait. L'esclavage n'a point altéré ces formes libres, et le monde n'a pas beaucoup changé depuis le temps où la vache était un gibier, comme le cerf. Une guerre d'esclaves dépend d'un réveil de muscles. Mais cela aussi est prévu, et le maître ne l'oublie jamais. On connaît bien la maigre, la leste, la méchante. Dans le moment qu'elle commence à paître, la tête basse, la bergère ou le gamin lie les deux jambes de devant par une corde qui passe au-dessus des cornes. Une corde, il n'est rien de plus simple; mais aucun animal ne sait faire une corde. Lien flottant, mais c'est toi-même, esclave, qui le tendras; tu t'enchaîneras toi-même, et le coup de corne te mettra à genoux. J'ai vu courir cette vache boiteuse, la queue raidie, toute colère; mais ridicule et ramenée à paître.

J'ai vu pire. Au temps de la guerre l'artillerie reçut des chevaux sauvages. Un certain cheval ruait à tout bruit, à tout contact. Mais on parvint à lier d'une corde un peu lâche chaque jambe de derrière à la jambe de devant; le cheval, à chaque fois qu'il ruait, était jeté rudement à genoux; ainsi il apprit la prudence. J'en vis un autre qui se couchait dans le harnais; mais César ne voit pas ces choses. L'ordre de départ fut donné, les fouets claquèrent; hommes et bêtes, chacun fit son métier; il fut traîné et piétiné jusqu'à ce qu'il en eût assez, et cela ne tarda guère. Le désordre n'est pas de force; il ne peut. S'il est de force, c'est qu'il est ordre et obéissance. On peut changer de maître. C'est une vieille histoire. C'est l'histoire.

J'en vois plus d'un qui se lasse de paître et qui lance quelques coups de corne; cela ne fait qu'un boiteux de plus, honteux bientôt, sans que le maître y fasse seulement attention. Il y a de ces pardons sans regard, et l'on ne se pardonne point de les mériter. Mais qu'importe, si l'arrogant visage est ramené à paître?

L'homme ne pense point à la corde lâche; il ne la sent qu'autant qu'il tire lui-même dessus. Il a ses pieds de-ci de-là, et libres pour le bien, comme on dit; et sa femme, et ses enfants, et ses vieux parents, autres membres, autres pieds; et l'ordinaire de sa nourriture, corde lâche, mais qui s'enroule à plus d'un solide poteau; et des amis, cordes plus souples, bientôt tendues; et rien ne casse; d'où ce galop boiteux et tête basse. Qu'est-ce qu'un coup de corne ou deux, à côté de ces coups que l'on reçoit de soi-même, de ces nœuds que l'action même forme? Et c'est la loi aussi du cœur sensible qui ne peut rien oser qui ne le blesse. Ou bien ne rien aimer? Alors, pourquoi oser, et pour qui? Ce sont les tendres enfants et la faible femme qui supplient de ne rien tenter pour eux.

Qu'il n'y ait plus de guerre? Quoi de plus simple. Je sens mon pouvoir de refus; oui; je le sens, tant que je ne refuse rien. Mais refuse seulement une parole. Le lien d'opinion court; léger sur ta forte main; mais un peu plus loin il étrangle un de tes membres chéris; et c'est toi qui tires dessus. Nul ne s'occupe même de toi; tous comptent sur la corde; tu n'as à compter qu'avec toi-même; ta révolte est contre toi; tu te lasseras de tirer et de t'étrangler; on le sait. Si tu ne veux pas marcher, si tu te couches, le grand corps te traînera. Cela fera un peu de poussière, et un homme meurtri. On s'étonnera. On demandera : « Que vous est-il donc arrivé? Nul ne vous veut du mal. Quel emportement à vous nuire? Vous ne boitez et souffrez que de courir. – Et bien sûr, les opinions sont libres; et même l'opinion de vous jeter de trois mètres sur le rocher; mais elle ne vous mènera pas loin. Toujours amis, au surplus. » Telle est la paix des champs.

18 septembre 1929.

129

L'individualisme, qui est le fond du radicalisme, est attaqué de tous les côtés. Monarchistes et socialistes le méprisent, et les sociologues aussi, au nom d'une science impartiale. Cela vient principalement d'un renversement de perspective dont les sociologues devraient pourtant nous guérir. On a cru longtemps que l'homme primitif était isolé, et qu'il ne connaissait ni les lois ni les mœurs, mais qu'il suivait ses besoins propres, comme on voit que font beaucoup d'animaux. La civilisation ne serait autre chose, alors, que l'histoire des sociétés comme telles. A mesure que l'homme aurait appris, par nécessité, le respect des contrats et le prix de la fidélité, on aurait vu naître les vertus à proprement parler, la justice, le droit des faibles, la charité, la fraternité. Il ne s'agirait donc que de vivre surtout en citoyen, d'agir et de penser avec les autres, religieusement au sens plein du mot, pour échapper de plus en plus aux destinées animales, et faire le véritable métier d'homme.

On aurait dû réfléchir à ceci qu'il y a des sociétés d'abeilles et de fourmis où les pensées et les actions sont rigoureusement communes, où le salut public est adoré sans calcul et sans hypocrisie, et où nous n'apercevons pourtant ni progrès, ni justice, ni charité. Mais, bien mieux, les sociologues ont prouvé, par mille documents concordants, que les hommes primitifs, autant qu'on peut savoir, forment des sociétés avec des castes, des coutumes, des lois, des règlements, des rites, des formalités qui tiennent les individus dans un rigoureux esclavage; esclavage accepté, bien mieux, religieusement adoré; mais c'est encore trop peu dire; l'individu ne se pense pas lui-même; il ne se sépare nullement, ni en pensée ni en action, du groupe social, auquel il est lié comme mon bras est lié à mon corps. Le mot religion exprime même très mal cette pensée rigoureusement commune, ou mieux cette vie rigoureusement commune, où le citoyen ne se distingue pas plus de la cité que l'enfant ne se distingue de sa mère pendant qu'elle le porte dans ses flancs. Un penseur a dit : « Comme la bruyère a toujours été lande, l'homme a toujours été société. »

On aurait pu le deviner; on le sait, c'est encore mieux. Cela fait comprendre la puissance de la religion et des instincts sociaux; mais aussi que la société la plus fortement nouée repousse de toutes ses forces tout ce qui ressemble à la science, à l'invention, à la conquête des forces, à tout ce qui a assuré la domination de l'homme sur la planète. Et il est très vrai que l'homme, en cet état de dépendance, n'avait point de vices à proprement parler; mais on peut bien dire que la société les avait tous, car elle agissait comme une bête sans conscience; de là des guerres et des sacrifices humains, une fourmilière humaine, une ruche humaine en somme. Et donc le moteur du progrès a dû être dans quelque révolte de l'individu, dans quelque libre penseur qui fut sans doute brûlé. Or la société est toujours puissante et toujours aveugle. Elle produit toujours la guerre, l'esclavage, la superstition, par son mécanisme propre. Et c'est toujours dans l'individu que l'Humanité se retrouve, toujours dans la Société que la barbarie se retrouve.

17 avril 1911.

130

Ce qui distingue les socialistes de ce temps, c'est qu'ils sont historiens. « Après une société, une autre société; après une machine, une autre machine; après une justice, une autre justice. » Aussi se moquent-ils des radicaux, qui croient à une justice de tous les temps, qu'il faut planter et arroser où l'on se trouve. Or ces historiens supérieurs m'écrasent aisément par leur science; mais ils ne me feront point compter sur un progrès qui ferait un pas après l'autre, par la force propre d'une société dans son milieu; je vois un progrès qui se fait et se défait d'instant en instant, qui se fait par l'individu pensant; qui se défait par le citoyen bêlant. La barbarie nous suit comme notre ombre.

En chacun de nous d'abord. C'est une erreur de croire que l'on sait quelque chose; on apprend, oui; et, tant que l'on apprend, on voit clair; mais dès que l'on se repose, dès que l'on s'endort, on est théologien; et comme les songes reviennent avec le sommeil, ainsi, avec ce sommeil d'esprit reviennent l'injustice, la guerre, la tyrannie; non pas demain, mais tout de suite; cela tombe comme une nuit en nous et autour de nous. S'imiter soi-même, ou imiter les autres, c'est tout un; l'on retombe au sauvage aussi aisément que l'on se couche.

C'est une erreur de croire qu'un brillant jeune homme, qui a aimé les idées, est pour cela tiré de barbarie. S'il est seulement sous-préfet, il a des maîtres et des flatteurs; esclave et tyran désormais, s'il ne lutte contre lui-même; un ministre, encore mieux; mieux, entendez pire.

Il n'est pas vrai qu'après des peintres médiocres, il en naît de meilleurs; le grand peintre achève un progrès en lui, par son génie; il n'est pas vrai qu'après lui on dessinera bien; il n'est pas vrai qu'après Corot et Daubigny on peindra mieux. Il n'est pas vrai qu'après Beethoven on fera mieux que lui, ni qu'il ait fait mieux que Mozart.

Je ne vois que la science qui fasse un pas après l'autre; ou, plus exactement, c'est l'industrie qui fait une machine après l'autre; mais, la vraie science, c'est comme un art; il faut que l'individu la fasse en lui, par ses forces propres, et la sauve en lui; et il ne peut la laisser à d'autres en héritage; que dis-je à d'autres? Il ne peut en jouir lui-même comme d'un héritage; sa pensée est comme les pousses du dernier printemps; le tronc n'est qu'un support.

Nous pouvons faire la justice; mais nous ne pouvons pas la garder comme un dieu de bois; avant que les vers s'y soient mis, elle est morte. Il ne faut compter que les pousses de l'année. L'affaire Dreyfus fut belle tant qu'on la fit, tant qu'on la tint à bout de bras; dès qu'elle fut assise, elle était déjà couchée et cadavre. Le chef est tyran tout de suite; le juge dort tout de suite; le ministre est réactionnaire tout de suite. D'un consentement, aussitôt nous reculons. Le terrain est repris par les forces. Dès que la société tourne sans pensée, elle fabrique tout le mal possible. Les machines n'y font rien; nous serons injustes avec l'aéroplane, comme avec le bélier et la catapulte. Si les socialistes organisaient la cité, elle serait injuste aussitôt; tout pourrirait sans le sel radical, sans l'individu qui refuse de bêler selon le ton et la mesure. L'individu qui pense, contre la société qui dort, voilà l'histoire éternelle; et le printemps a toujours le même hiver à vaincre.

24 avril 1911.

131

J'admire fort notre civilisation. Je le dis sans rire. Il est merveilleux de penser à cette multitude d'actions barbares qui sont comme impossibles à un homme moyen de chez nous. Bousculer une vieille mendiante, se moquer d'un aveugle, tromper un enfant, laisser un malade à la rue, écraser froidement un chien ou un chat, ce sont des choses que l'homme moyen ne peut pas faire. De même, il ne supporterait pas la torture ni la roue, non seulement en spectacle, mais en idée. Nous avons des hôpitaux, des soupes, des asiles de nuit, des gouttes de lait. Tout cela va de soi. La bonté va de soi. Nul ne discute ici; nul ne demande pourquoi. C'est quelque chose d'être gardé de faire le mal par un usage aussi fort que celui qui nous impose la cravate et le pantalon. Ce que j'appelle civilisation, c'est ce qui va de soi dans nos vertus. Et c'est une sorte de politesse, je n'ose dire plus étendue, plus sérieuse que la politesse, car la politesse va fort loin et je n'en vois pas les limites; la plus grande charité est souvent cachée dans la politesse. La politesse est un hommage au semblable, une reconnaissance du semblable, sans enquête, au seul aspect. C'est supposer dans l'autre esprit et le cœur, toute la délicatesse possible, et en tenir compte, par la manière d'aller, de venir, de se ranger, d'aider, ne pas trop aider, de s'intéresser, de ne pas trop s'intéresser. Un homme de politesse moyenne est fin comme trois moralistes. Il est Pascal, il est Vauvenargues, il est Voltaire, et il ne s'en doute point. Cela va tout seul, cela est mécanique.

« O mécanique civilisation! » C'est un mot de Montaigne pensant à la conquête de l'Amérique et aux rustiques vertus des indigènes, si promptement broyées.

Montaigne va ici au fond. Ce mot réveille. Le mal des civilisations est qu'elles sont mécaniques. On s'y fie; on s'y repose. On dirait presque comme l'écraseur : « L'assurance paiera »; mais on ne le dit point, et l'écraseur ne le dit point; simplement il roule. Il fait comme tout le monde fait. Je ne sais s'il y eut jamais des nations barbares. Tous ceux qui ont écrit des Egyptiens, des Perses, des Germains ont à citer de bons usages et des mœurs que l'on peut admirer. La barbarie consiste peut-être en ceci que l'on n'a que des mœurs. On vit alors comme une machine roule. On ne juge plus. De même que, chez notre épicier, le compte des recettes est fait par la machine, de même nous laissons les jugements moraux à la grande machine à juger; mais il n'y a point de machine à juger.

L'homme poli montre du jugement, mais n'en a point. C'est l'homme peu poli qui sait le prix de la politesse, lui qui, sans le vouloir, quelquefois blesse et offense. Mais le même homme aperçoit très bien les limites de la politesse, et même les crimes de la politesse, dont la guerre est un frappant exemple. C'est pourquoi il y a du sauvage en tout moraliste, comme on voit en Rousseau, qui, vivant hors d'institution, devait tout faire par jugement et n'y suffisait point. Nul n'y suffit. On ne peut allonger le bras par jugement; il faudrait disséquer muscles et nerfs, motifs, méthode et tout. C'est la nature qui allonge le bras, et c'est l'habitude qui oriente ce mouvement vers une tasse de thé; celui qui délibère ici cassera. Mais la nature ne suffit à rien, ni l'habitude, ni aucune civilisation. Ce qui achève et ce qui orne une civilisation, ce sont les mécontents, et, par-dessus tout les mécontents qui devraient être contents. Précieuse espèce.

2 juin 1928.

Le libre jugement

132

L'union fait la force. Oui, mais la force de qui? Le Léviathan populaire emportera tout si une seule et même idée habite toutes les têtes. Et ensuite? J'aperçois les fruits éternels de l'union; un pouvoir fort; des dogmes; les dissidents poursuivis, excommuniés, exilés, tués. L'union est un être puissant, qui se veut lui-même, qui ne veut rien d'autre. Le raisonnement militaire montre ici toute sa force : « Je ne puis rien faire de subordonnés qui toujours critiquent; je veux qu'on m'approuve; je veux qu'on m'aime. » Et c'est quelque chose de faire à dix mille un seul être; cela écrase tout. L'imagination s'enivre de cet accord, sensible même dans le bruit des pas. Chacun attend de merveilleux effets. Or, les soldats de Bonaparte virent le sacre et tout l'ancien ordre revenu; ils ne virent rien d'autre. L'union s'affirme et se célèbre elle-même; elle s'étend; elle conquiert. On attend vainement quelque autre pensée.

Il n'y a de pensée que dans un homme libre; dans un homme qui n'a rien promis, qui se retire, qui se fait solitaire, qui ne s'occupe point de plaire ni de déplaire. L'exécutant n'est point libre; le chef n'est point libre. Cette folle entreprise de l'union les occupe tous deux.

Laisser ce qui divise, choisir ce qui rassemble, ce n'est point penser. Ou plutôt c'est penser à s'unir et à rester unis; c'est ne rien penser d'autre. La loi de la puissance est une loi de fer. Toute délibération de puissance est sur la puissance, non sur ce qu'on en fera. Ce qu'on en fera? Cela est ajourné, parce que cela diviserait. La puissance, sur le seul pressentiment d'une pensée, frémit toute et se sent défaite. Les pensées des autres, quelles qu'elles soient, voilà les ennemis du chef; mais ses propres pensées ne lui sont pas moins ennemies. Dès qu'il pense, il se divise; il se fait juge de lui-même. Penser, même tout seul, c'est donner audience, et c'est même donner force, aux pensées de n'importe qui. Lèse-majesté. Toute vie politique va à devenir une vie militaire, si on la laisse aller.

Petit parti ou grand parti, petit journal ou grand journal, ligue ou nation, église ou association, tous ces êtres collectifs perdent l'esprit pour chercher l'union. Un corps fait d'une multitude d'hommes n'a jamais qu'une toute petite tête, assez occupée d'être la tête. Un orateur quelquefois s'offre aux contradicteurs; mais c'est qu'alors il croit qu'il triomphera. L'idée qu'il pourrait être battu, et, encore mieux, content d'être battu, ne lui viendrait jamais.

Socrate allait et venait, écoutait, interrogeait, cherchant toujours la pensée de l'autre; ne visant point à l'affaiblir, mais au contraire à lui donner toute la force possible. Dont l'autre souvent s'irritait; car notre pensée, mise au clair, n'est pas toujours ce que nous voudrions; il s'en faut bien. Seul avec soi et libre de tout; seul avec l'autre, et tous deux libres de tout. Il n'y a point de lueur pour l'esprit hors de ce chemin-là; il n'y a point d'éducation réelle hors de ce chemin-là. L'homme parle ici à son semblable, qu'il veut son égal. La moindre preuve de géomètre rétablit ce royaume invisible des esprits. La moindre expérience aussi; car si l'on ne discute librement, il n'y a plus aucun genre de preuve. Et il ne s'agit pas de savoir beaucoup.

C'est pourtant ainsi qu'on s'instruit; il n'y a point d'autre moyen. Ceux qui auront la curiosité de lire Platon, ce qui est suivre Socrate en ses tours et détours, seront étonnés d'abord de ces grands chemins qui ne mènent à rien. Mais aussi il n'est pas dit qu'un esprit libre sera assuré de beaucoup de choses; encore moins qu'il s'accordera aisément avec beaucoup d'hommes. Un joueur de ballon en un sens ne gagne rien non plus; mais quand il perdrait la partie, il a gagné de bonnes jambes et de bons bras. Ainsi Socrate gagnait de se sentir fort contre les discours de belle apparence. En ce petit pays de Grèce, en ce temps heureux, on vit paraître un commencement de liberté. Nous vivons encore sur cette monnaie précieuse. En notre pâte d'hommes, épaisse, dogmatique, il reste heureusement un peu de ce levain. Ainsi la formation impériale, qui toujours renaît en toute nation comme en tout parti, et fût-ce entre deux hommes, ne réussit jamais tout à fait. Il reste une petite lueur d'incrédulité. O vigiles de la flamme, n'allez pas vous endormir!

10 décembre 1925.

133

Cette fumée qui s'élève des toits est très sérieuse. C'est fini de jouer avec le vent, avec le flot. Fini de ces formes nues, sans pudeur ni impudeur. Par la grâce du vêtement, il faut que les pensées remontent toutes au visage, ce guetteur. Il faut vivre attentif dans une nature qui n'a plus d'égards. Les hommes ne dansent plus comme les moucherons. Je le crois bien, que les pays chauds sont voués au despotisme! Car l'homme alors se fie et ne prévoit guère. De toute façon, dans les pays où l'homme ne craint que des catastrophes comme typhon ou éruption, nul ne compte sur soi, nul n'a l'idée de faire son propre destin. De sommeil à fureur, ainsi se meut l'esprit. Ce régime des pensées peut tout au plus changer un despote pour un autre. Il faut une longue conspiration pour fonder la liberté politique, une plus longue pour la conserver. Et heureusement, les ennemis de la liberté dorment aussi et dansent aussi dans l'heureuse saison.

La fumée au toit annonce l'école. On aperçoit les sarraus noirs, et un sérieux de l'enfance qu'on avait oublié. Il n'est plus question d'écrire sur le sable, ni de faire des châteaux pour une marée. A cette rentrée d'automne, personne ne discute ni ne ruse contre l'école. L'animal humain a pris ses vacances; chacun sent bien que cela ne peut pas durer toujours. Le soleil même nous le rappelle, car on le voit qui s'en va. Aide-toi, homme, semble-t-il dire, car le ciel ne t'aidera pas. Le feu est un autre dieu que le soleil; on fait le feu. Cet art du feu, qu'aucun animal ne nous a dérobé, est comme une revue des puissances de l'homme. Le feu est effrayant, mais l'homme le tient dans les pincettes, chose que les animaux n'ont point su inventer non plus. Ainsi l'homme devant les tisons ne peut qu'il ne se pense homme, et qu'il ne parcoure en sa pensée les outils et les travaux. L'ouragan frappe aux vitres; voici le temps où la vie ne va plus de soi. Le dieu de l'été, c'est le soleil, mais le dieu de l'hiver, c'est l'homme. Voilà ce que la fumée écrit dans le ciel.

Il est remarquable que l'amour de la liberté suppose une haute idée de l'homme, et, en effet, l'argument le plus fort du despote est que les hommes font les fous dès qu'ils se sentent libres. C'est donc une chance rare pour vous, leur dit-on, d'être bien bâtonnés. Ce que j'admire, c'est qu'ils semblent quelquefois le croire. Un ivrogne sait très bien prouver que les choses iront toutes de travers s'il n'y a point un tyran énergique. Et tout homme arrive bien une fois par jour à se juger incapable de se conduire. Mais s'il tombe à genoux pour si peu, alors ce qu'il croyait devient vrai. Il n'attend plus que décrets-lois, du ciel ou de la terre, il n'importe. Et si l'homme n'a pas foi en lui-même, il faut qu'il ait foi dans quelque autre. C'est pourquoi il y a une affinité entre toutes les obéissances, qu'elles aillent à Dieu ou au Roi. Et pareillement, toutes les désobéissances sont républicaines, et il n'y a point de calomnie à reconnaître dans le radical le plus modéré un petit grain d'anarchie. C'est l'anarchie, cet extrême de gauche, qui fait vivre toute la gauche. Et c'est l'esprit monastique, foudroyé d'obéissance, qui fait vivre toute la droite. Vainement, ils font du bruit, ce sont des faces pâles, et qui ont peur de tout. Ils se font tuer par peur de tout; cette variété du héros existe.

Le principe du vrai courage, c'est le doute. L'idée de secouer une pensée à laquelle on se fiait est une idée brave. Tout inventeur a mis en doute ce dont personne ne doutait. C'était l'impiété essentielle. Car ce que Dieu a voulu nous donner, nous l'avons, et dire que cela ne suffit pas, c'est offenser Dieu. La religion ainsi prise est un état de bêtise; le bœuf en donne l'idée parfaite. Et si, au contraire, on croit de tout son cœur que savoir donne pouvoir, et courage justice, Dieu n'est plus que l'arbitre qui laisse aller la balance d'or. A quoi la nature suffit bien, qui pèse toujours juste, sans pensée aucune. Machine dangereuse, mais fidèle. La fumée qui monte et que le vent rabat exprime la pesanteur et le vent; ses volutes dessinent l'inerte loi sur laquelle nous fondons nos entreprises, et toutes les entreprises sont d'hiver, comme le feu d'où elles procèdent toutes.

12 octobre 1935.

134

Lorsqu'on me demande si la coupure entre partis de droite et partis de gauche, hommes de droite et hommes de gauche, a encore un sens, la première idée qui me vient est que l'homme qui pose cette question n'est certainement pas un homme de gauche. C'est une riposte, ce n'est pas encore une idée. A réfléchir, peut-être, je m'en vais réconcilier tout le monde dans l'amour de la patrie; car il y a de grands et pressants problèmes, qui nous tiennent unis : défense commune, prospérité, industrie, transports, monnaie, colonies, travaux publics, sans compter l'ordre de la rue. Cela est pressant j'en conviens, comme manger et dormir; cela n'est pas respectable; ces sages pensées ne me réchauffent pas le cœur. Si c'est pour cela que je suis né, pour garder mon lit, mon fauteuil, ma bourse, et mon plaisir, autant vaudrait boire; et tout genre d'ivresse incline à droite. Croyez-moi, je sais ce que c'est; et je serais un homme de droite, très cohérent et même très fort, si je voulais bien. Je sais le moyen de plaire à cet homme d'ailleurs charmant qui tourne autour de moi, comme un recruteur. « Il faut voir, dit-il, les réalités; et l'Allemagne, et l'Italie, et la Russie. Et la crise des affaires? Et la crise de l'autorité? Vous profitez de ces choses, mon cher; vous vivez de respect; il ne faut plus qu'un petit mouvement, laissez-vous faire. » Eh! Diable! je le sais bien. La pesanteur me tient; il n'est pas difficile de tomber.

L'homme est moyen; l'homme est mélange; l'homme est du centre, et tous reviennent là, comme ces radicaux, dont je ne suis pas sûr de ne pas être, qui ont battu en retraite avec plus ou moins de dignité, quand ils ont vu le franc fondre dans leur bourse. Les hommes de droite ont aussi de ces mouvements naturels; et, chose remarquable, ces mouvements sont plus honorables en eux qu'en nous; eux, ils reviennent à l'idée de nettoyer tout de même un peu les taudis, de faire des crèches pour l'allaitement, entendez bien l'allaitement des petits d'homme, et autres concessions au frère inférieur. C'est ainsi qu'un général s'intéresse au rata. En quoi il trahit, car où cela ne mènerait-il pas? L'homme de gauche, au contraire, trahit lorsqu'il ne pense pas au rata. Cela ne définit pas mal les deux hommes, il me semble.

Je conviens que les hommes se ressemblent beaucoup quant à leurs actions; cela vient de ce qu'ils sont tenus fort serrés par la commune nécessité. Il faut toujours bien revenir à une humanité assez inhumaine. Le révolutionnaire sera général aussi; il connaîtra lui aussi une certaine manière d'aimer son semblable, un peu comme on aime les côtelettes. Mais l'homme n'est pas là, dans cette position contrainte; l'homme sous les débris d'une maison n'est plus guère un homme; il fait ce qu'il peut; il prend la forme qui lui est laissée. Qu'il se remette droit, je le jugerai alors d'après ses pensées chéries. Je le juge d'après ce qu'il voudrait être.

Il y a un lyrisme de droite et un héros de droite, comme il y a un lyrisme de gauche, et un héros de gauche. L'un en face de l'autre ils sont comme la nuit et le jour, comme le bien et le mal. Vous dites que cette pensée est enfantine; cette opinion est de droite. Il n'y a jamais de doute, et les réactions sont vives et claires. Servir en commandant, imaginer d'après cela une vie sans peur et sans reproche, à la manière de

Bayard, à qui la fidélité et le courage suffisaient; et d'y penser seulement, quand on manquerait de tour de poitrine, sentir ses yeux mouillés de larmes, voilà le lyrisme de droite. Je ne le diminue pas. Observez, et vous verrez que l'amour de la patrie est une absolution pour toute injustice. L'homme est beau quand il paie de sa vie cette arrogante promesse à soi. Mais si Bayard n'est pas mourant au pied de l'arbre, je deviens froid comme un usurier. Il est trop facile de payer d'une mort imaginaire une vie bien réelle de puissance, de jouissance, de sévérité, et de mépris. Quiconque se donne ce lyrisme, et se prépare ce pardon, celui-là est de droite.

Est de gauche, au contraire, le héros d'intelligence. Je ne veux pas dire qu'il soit très intelligent, ni très savant; on peut être très intelligent et trahir l'esprit dix fois par jour. Le héros d'intelligence se dit, en ses meilleurs moments, que l'honneur de l'homme serait de vivre selon le vrai, quoi qu'il lui en puisse coûter; et que la première trahison est de se boucher les yeux à ce qui le gêne, prenant même l'ironique précaution de se dire et de dire que nul ne peut connaître le vrai. Ponce Pilate, demandant : « Qu'est-ce que la vérité? » était-il assez homme de droite! Et cette ironie est bien forte. Malheureusement pour Ponce Pilate, il se trouve des cas où la vérité est simple comme tout; le plus âne des hommes ne s'y trompera que s'il le veut bien. Exemple, l'affaire Dreyfus. Aussi quelle coupure! Nos Ponce Pilate en saignent encore. Or les choses en sont là et toujours là; vienne l'occasion; les partis sont pris; et voilà la coupure.

Décembre 1930.

135

Stendhal, dans *La Chartreuse de Parme*, livre profond qu'il faut lire vingt fois, nous fait voir Fabrice, qui est un aristocrate, en chemin pour être évêque, et qui fait mille folies. Ce serait donc un hypocrite, qui veut tromper les naïfs? Non, point du tout. Fabrice a la foi du charbonnier. Il paie un maître de théologie pour apprendre à éviter l'hérésie. S'il a des mensonges ou des amours coupables, il s'en accuse comme un petit enfant; mais il ne se demande point si ce n'est pas un péché de vouloir être évêque par des intrigues politiques et par des flatteries à un vieillard vaniteux. En tout cela, il est parfaitement sincère avec lui-même, enthousiaste, courageux, fidèle à ses amis, et charitable comme il faut. Cette prodigieuse peinture éclaire les siècles catholiques.

Pour faire un vrai aristocrate, il ne suffit pas de lui donner la force physique, l'art de la guerre, et toutes les sciences aussi profondément qu'on le voudra; il lui faut tout cela, assurément; mais le difficile, c'est de cultiver un esprit vif et curieux sans lui donner pourtant la plus petite lumière sur les principes. Voilà où triomphe l'éducation jésuitique; c'est une politesse de l'esprit, qui devient aussi naturelle que la grâce du corps. Hamlet est un mauvais prince, parce qu'il médite sur un crâne; cela n'est point propre. Aussi n'est-il point poli : « Au couvent! au couvent! » Et quand il se moque des flatteries de Polonius; on ne se moque point d'un flatteur; cela gâte le métier. Fabrice jugerait seulement que Polonius l'ennuie; il ne le lui ferait point voir. Dieu, le ciel, l'enfer, la confession, cela est de cérémonie. « On ne va pas faire des objections aux règles du whist. »

Le droit aussi est de cérémonie. Il y a des riches et

des pauvres comme il y a des chênes et des peupliers. Allez-vous plaindre un peuplier parce qu'il n'est point chêne? Cela n'empêche pas que l'on soit charitable; car la charité est de cérémonie aussi. On ne fait point un fauteuil avec du peuplier; ainsi il faut traiter les hommes d'après ce qu'ils sont, pendre un manant et décapiter un duc, et encore par le bourreau, car tout cela est de cérémonie. Mais se demander si un manant a moins de droits qu'un duc, et pourquoi, cela est plébéien; c'est plus qu'imprudent, c'est inconvenant. Voilà l'esprit d'un vrai colonel, qui est né colonel; il sera juste et bon comme il doit, toujours selon les différences, et colonel absolument; voilà comment il faut croire en Dieu.

Cet esprit n'est pas mort. En lui, dirai-je comme l'apôtre, nous nous mouvons et nous sommes. On ne fera point fortune, si l'on examine. On n'osera pas entrer chez de pauvres gens, pour voir les grottes remarquables où ils sont logés plus mal que des chiens, si l'on examine; on n'osera pas rouler en auto à travers une banlieue charbonneuse, si l'on examine. Mais peu de gens examinent jusqu'au bout. Il y a toujours un point sensible, sur lequel on n'appuie pas. On admire cette hallucinée que l'on montre à l'hôpital, et qui, lorsqu'on lui a prouvé, dans son sommeil, qu'une des personnes présentes est absente, après son réveil ne semble plus la voir, et toutefois s'arrange pour ne jamais la heurter ni seulement la frôler. Cet étrange état est pourtant humain. Il y a des pensées qu'on ne frôle seulement pas, si l'on a été élevé. Comprenez bien. On peut donner ses biens aux pauvres et se faire chartreux, pour l'amour de Dieu, sans déroger. Mais penser que les pauvres ont des droits absolument, cela est plébéien, soit qu'on donne ses biens, soit qu'on les garde. Il a bien fallu, dit Pascal, justifier la force. Cet homme était diabolique. Il faut un Dieu pour porter ces pensées-là; et le pape l'a bien dit.

4 septembre 1910.

136

Par ces temps d'examens, vieillesse est assise d'un côté de la table, et jeunesse de l'autre. Les hommes d'âge sont au moins deux contre un. Attention; cela est bien clair. Aussi jeunesse se fait vieille, imitant par l'attention les rides de l'âge. Vieillesse, en retour, a quelquefois des mouvements vifs, et des soubresauts étonnants de substance minérale; c'est pour faire peur, et jeunesse feint d'avoir peur, profitant de l'ambiguïté que l'on voit souvent entre les signes de la peur surmontée et ceux de la colère rentrée. Tout cela fait à peu près un ordre social, où les plus faibles règlent tout, par des ruses très anciennes. On conte de certains sauvages qu'ils ordonnent aux vieilles gens de se pendre aux branches par les mains, et qu'ils secouent afin de reconnaître ceux qui ont encore permission de vivre. Mais ce n'est que symbole, sans aucune réalité. En toute société, vieillesse est assise dans l'arbre, et il est défendu de secouer.

Socrate était par terre, et content là; mais quelquefois, de son bras d'homme de troupe, il secouait pour s'amuser, faisant tomber, parmi les vieux pontifes, quelques jeunes aussi qui se hissaient déjà; les jeunes, heureux de ce beau jeu; les autres moins. Cela finit par la ciguë, qui est une potion calmante. Et qui ne voit qu'au lieu de l'administrer en dose massive, et à cet homme d'âge, ce qui fit une mort scandaleuse, il serait plus décent d'en faire boire un peu de temps en temps, et dès le berceau, à tous ceux qui s'agitent indiscrètement? Les examens n'ont pas d'autre fin que de faire connaître si le jeune Socrate, qui ne se lasse pas de naître, a bien pris régulièrement sa ciguë à dose infinitésimale.

Comment savoir? Il ne s'agit que de proposer à ces jeunes de ces questions qui ont plus d'une fois ébranlé le monde, et secoué l'arbre sur lequel les possesseurs de fromages se trouvent perchés. Religion, justice, échelle des valeurs, civilisation, destinée de l'homme, ce sont des problèmes à ne pas poser; et justement on les pose. C'est inviter à secouer l'arbre. Et l'on connaît par là que ceux qui secouent l'arbre, ou qui seulement le font remuer en y grimpant, ont encore besoin de la ciguë infinitésimale.

Jeunesse donc s'étudie à parler de ce qu'elle ignore, car cela est sans risques, et à résumer des livres qu'elle n'a point lus. Car les grands auteurs, comme on sait, sont fort dangereux pour les petits; et si l'on voyait Platon déchaîné, ou même Descartes, ou même Kant, si on les voyait tels qu'ils furent, et secouant comme de grands vents toutes sortes d'arbres, cela ferait un grand scandale, et une chute de fruits pierreux. Mais il existe des résumés, tout imprégnés de ciguë infinitésimale; et de cette nourriture, qui sans danger vieillit l'homme, on ne peut rien produire qui ne soit convenable.

Passe encore pour les statues; mais supposez que ces hommes nus se mettent à revivre, ce ne seraient point des penseurs; non, mais plutôt des bûcherons. Car comment nommer autrement ceux qui méprisent l'ordre tel quel, et le subordonnent de loin à la perfection de l'homme libre, ami seulement du libre? D'où je comprends cette sociologie en poudre impalpable, ciguë synthétique comme disent les chimistes, dont on voudrait bien arroser toutes les pensées, si naturellement subversives. Dès que l'on prend l'homme comme fin, rien ne va, dit le Vieux; mais dès que l'on prend la société comme fin, alors tout va.

30 juillet 1927.

137

Deux hommes s'échauffaient à parler des élections. Un troisième, qui les écoutait depuis un moment, leur dit : « Vous êtes bien jeunes. Je ne vote même plus; vous en viendrez là. » C'est une chose terrible de voir un homme mort. Mais un cadavre qui parle, cela glace les plus généreux. Les deux hommes s'enfuient, chacun serrant contre sa poitrine la provision de vie qui lui restait.

Que de momies sur cette terre. Le départ est beau. Appétit de voir, de savoir, d'agir. Exploration du vaste monde. Même les colères sont des joies. Ni ruse, ni petitesse, ni réflexion sur soi. Toute la vie se penche hors d'elle-même. On trace de grands chemins, que l'espérance éclaire comme un phare. O jeunesse magicienne! Toute vie commence ainsi. « Béni soit celui qui vient sauver le monde. » On pourrait bien chanter cela autour de n'importe quel berceau. Toutes les mères chantent ce refrain-là. Toute mère est vierge un moment; tout enfant est Dieu un moment.

Le peuple des morts sait très bien cela. Le peuple des morts sait tout. Science apprise; science de musée; étiquettes et squelettes. Il s'agit donc de tuer proprement ce petit dieu vivant. Viennent les rois mages, avec leurs trésors et leurs parfums. Adoration, éloges, promesses. Allons, petit; il faut travailler, si tu veux être tout à fait dieu. Travailler, c'est-à-dire ne plus voir les choses et apprendre des mots. Tout ramasser en soi, comme dans une cassette; conserver. Quoi? Toute la poussière des morts; des siècles d'histoire; tout ce qui est réellement mort à jamais. Des pharaons, des Athalie, des Néron, des Charlemagne; tous les grands tombeaux. « Regarde, petit, regarde derrière toi; marche à reculons; imite, répète, recommence. Quand tu sauras bien parler, tu verras comme tu penseras bien. »

Puis des Sciences. Non pas sa science à lui, mais une science fossile; des formules; des recettes. Hâte-toi; tout ce qui a été dit, il faut que tu saches le dire. La couronne est au bout. Lui se retient, se resserre, se façonne; mille bandelettes autour de son corps impatient. Le voilà mort; bon pour un métier dans le peuple des morts.

Quelques-uns survivent; quelques-uns cassent les bandelettes, et bien mieux, veulent délivrer les autres. Grave sujet à délibérer, pour le peuple des morts. Car tout n'est pas perdu; il y a d'autres liens; il y a des bandelettes d'or : carrière, mariage, formalités, relations, politesse, habit d'académicien. Pour toutes les tailles, pour toutes les forces. Entraves, filets, nœuds coulants. La chasse aux vivants, c'est le plus haut plaisir chez le peuple des morts. « Il court bien; la chasse sera longue », mais il sera pris à la fin, et haut placé parmi les morts. On l'enterrera en cérémonie. Le plus sage parmi les morts fera le discours solennel : « Moi aussi j'ai été vivant; je sais ce que c'est; et croyez-moi, ce n'est pas grand-chose de bon. Voir comme cela, et vouloir comme cela, et agir ensuite comme cela, ce n'est que folie, allez; que fureur de jeunesse, je vous dis; que fièvre; que maladie. Il faut bien y entrer à la fin, dans le peuple des morts. J'étais comme vous; j'étais parti pour la Vérité; pour la Justice; cela me fatigue d'y penser. Bientôt cela vous fatiguera d'y penser. Ne vous raidissez pas ainsi;

laissez-vous mourir. Vous verrez comme on est bien. »

16 mai 1910.

138

On parle d'instruction, de réflexion, de culture; on annonce que cela changera tout; on remarque que cela ne change rien. En réalité, il s'exerce une pression continue et fort habilement dirigée contre l'esprit. Il y a une manière d'enseigner, que ce soit science, ou langues, ou histoire, qui va obstinément contre l'esprit. L'ancien apprentissage, qui n'est qu'esclavage, revient partout, sous les dehors du savoir technique. En bref, je dis que l'esprit n'a rien fait encore; mais c'est qu'il n'est pas éveillé encore. Nous vénérons un entassement d'énormes pierres, et les vrais croyants apportent chaque jour une pierre de plus. Tel est le tombeau de Descartes.

Il faudrait oser; on n'ose point. Mais sait-on bien? La doctrine du libre jugement est profondément enterrée. Je ne vois guère que des croyants. Ils ont bien ce scrupule, de ne croire que ce qui est vrai. Mais ce que l'on croit n'est jamais vrai. La pensée s'éveille un peu, tâtonne un peu et tombe dans l'être; soudain, elle est chose et traitée comme chose. Imaginez un écolier qui cherche une solution, que ce soit un nombre, ou une construction géométrique, ou la traduction d'un vers latin ou d'un vers anglais. Il la cherche, et c'est un malaise et un petit supplice de chercher. S'il la lit du coin de l'œil par-dessus l'épaule de son voisin, il s'y jette, il est sauvé; enfin il pense. S'il la lit sur son propre papier, ou dans son propre discours intérieur, il s'y jette encore; il appelle cela sa pensée. Il a gagné, tout est dit. Je le compare à un homme qui creuse, et qui ne sait point se garder, ni sauter en arrière; il laisse son outil sous le bloc, peut-être sa main, peut-être lui-même tout. Les preuves sont comme des pièges, un homme instruit est un homme en cage; chaque connaissance ajoute un barreau. La règle de trois emprisonne le petit bonhomme, et le système emprisonne le grand homme. A la Bastille aussi, il y avait des prisons bien meublées, et des cachots vulgaires pour le menu peuple.

De quoi s'agit-il donc? Il faut le dire. Il s'agit de l'esprit de Socrate, de l'esprit de Montaigne, de l'esprit de Descartes. Il s'agit d'une certaine manière de croire, et même le vrai, qui laisse l'esprit tout libre et tout neuf. Descartes, à des moments admirables, pèse sa propre physique, y reconnaît des suppositions, dit-il, assurément fausses, et d'autres assurément douteuses. C'est cette manière d'être assuré qui sauve l'esprit. Une belle proposition de mathématiques est vraie selon l'esprit, par l'ordre et l'enchaînement des notions; mais, au regard de l'objet, elle n'est qu'une raisonnable préparation à penser. Le chimiste invente des atomes, et puis les décompose en atomes plus petits qui gravitent comme des planètes autour de quelque soleil; belle machine pour penser plus avant; belle construction; idée. Mais s'il croit que c'est une chose, que c'est vrai, que l'objet est ainsi, il n'y a plus de penseur.

Où vais-je? Il n'y a qu'un objet qui est l'homme en société et dans le monde. Et chacun, depuis des siècles, a pris le parti de croire avant de savoir. Or, ce croire fanatique est la source de tous les maux humains; car on ne mesure point le croire, on s'y jette, on s'y enferme, et jusqu'à ce point extrême de folie où l'on enseigne qu'il est bon de croire aveuglément. C'est toujours religion; et religion, par le poids même, descend à superstition. Suivez les démarches d'un partisan; même des cris, même une bousculade heureuse lui font effet de preuves. La puissance revient, comme règle de l'esprit; et, selon la loi de puissance, elle revient toute. Tel est l'esprit de guerre et de domination qui n'est pas seulement dans le despote, mais dans l'esclave aussi. Il y a des choses prouvées; c'est entendu; on n'y pense plus; et voilà la pensée. Or, regardez bien, je dis que le contenu n'importe guère, et que la manière de croire gâte tout. D'autant que le despote raisonnable n'est pas longtemps raisonnable. Il faut donc que les hommes prennent le parti de juger, de penser, de douter. Obéir, il le faut bien; mais rien n'est plus simple et rien n'est plus sain, si seulement on refuse de croire, si seulement l'esprit se garde. Et vous verriez, sous ces regards attentifs et libres, forts du vrai savoir, vous verriez comme le despote serait promptement un bon petit roi.

14 décembre 1929.

139

Penser, c'est dire non. Remarquez que le signe du oui est d'un homme qui s'endort; au contraire le réveil secoue la tête et dit non. Non à quoi? Au monde, au tyran, au prêcheur? Ce n'est que l'apparence. En tous ces cas-là, c'est à elle-même que la pensée dit non. Elle rompt l'heureux acquiescement. Elle se sépare d'elle-même. Elle combat contre elle-même. Il n'y a pas au monde d'autre combat. Ce qui fait que le monde me trompe par ses perspectives, ses brouillards, ses chocs détournés, c'est que je consens, c'est que je ne cherche pas autre chose. Et ce qui fait que le tyran est maître de moi, c'est que je respecte au lieu d'examiner. Même une doctrine vraie, elle tombe au faux par cette somnolence. C'est par croire que les hommes sont esclaves. Réfléchir, c'est nier ce que l'on croit.

Qui croit seulement ne sait même plus ce qu'il croit. Qui se contente de sa pensée ne pense plus rien. Je le dis aussi bien pour les choses qui nous entourent. Qu'est-ce que je vois en ouvrant les yeux? Qu'est-ce que je verrais si je devais tout croire? En vérité une sorte de bariolage, et comme une tapisserie incompréhensible. Mais c'est en m'interrogeant sur chaque chose que je la vois. Ce guetteur qui tient sa main en abat-jour, c'est un homme qui dit non. Ceux qui étaient aux observatoires de guerre pendant de longs jours ont appris à voir, toujours par dire non. Et les astronomes ont de siècle en siècle toujours reculé de nous la lune, le soleil et les étoiles, par dire non. Remarquez que dans la première présentation de toute l'existence, tout était vrai; cette présence du monde ne trompe jamais. Le soleil ne paraît pas plus grand que la lune; aussi ne doit-il pas paraître autre, d'après sa distance et d'après sa grandeur. Et le soleil se lève à l'est pour l'astronome aussi; c'est qu'il doit paraître ainsi par le mouvement de la terre dont nous sommes les passagers. Mais aussi c'est notre affaire de remettre chaque chose à sa place et à sa distance. C'est donc bien à moi-même que je dis non.

Toute religion est vraie, de la même manière que le premier aspect du monde est vrai. Mais cela ne m'avance guère. Il faut que je dise non aux signes; il n'y a pas d'autre moyen de les comprendre. Mais toujours se frotter les yeux et scruter le signe, c'est cela même qui est veiller et penser. Sévère règle de nos pensées, plutôt soupçonnée que connue jusqu'à Descartes, car les Anciens laissaient aller le monde et la guerre par peur d'autoriser trop de négations. Il fallait réfléchir sur la conscience même : « Je pense », comme fit Descartes. Alors parut le doute, attaché comme une ombre à toutes nos pensées. La simple foi n'en était pas diminuée; bien au contraire; car c'est par le doute qu'il y a un arrière-plan de l'apparence. Autrement c'est dormir. Si décidé que l'on soit à tout croire, il est pourtant vrai que Jésus est autre chose que cet enfant dans la crèche. Il faut percer l'apparence. Le Pape lui-même la perce, en chacune de ses prières. Autrement serait-ce prière? Non point, mais sommeil de vieil homme. Derrière le signe il y a la théologie. Mais la théologie, si elle n'est que signe, qu'est-elle? Et qu'y a-t-il derrière la théologie? Il faut comprendre, ce qui est toujours dire non. Non, tu n'es pas ce que tu sembles être. Comme l'astronome dit au soleil; comme dit n'importe quel homme aux images renversées dans l'eau. Et qu'est-ce que scrupule, si ce n'est dire non à ce qu'on croit? L'examen de conscience est à dire non à soi couché. Ce que je crois ne suffit jamais, et l'incrédulité est de foi stricte. « Prends ton lit et marche. »

19 janvier 1924.

140

Le doute est le sel de l'esprit; sans la pointe du doute, toutes les connaissances sont bientôt pourries. J'entends aussi bien les connaissances les mieux fondées et les plus raisonnables. Douter quand on s'aperçoit qu'on s'est trompé ou que l'on a été trompé, ce n'est pas difficile; je voudrais même dire que cela n'avance guère; ce doute forcé est comme une violence qui nous est faite; aussi c'est un doute triste; c'est un doute de faiblesse; c'est un regret d'avoir cru, et une confiance trompée. Le vrai c'est qu'il ne faut jamais croire, et qu'il faut examiner toujours. L'incrédulité n'a pas encore donné sa mesure.

Croire est agréable. C'est une ivresse dont il faut se priver. Ou alors dites adieu à liberté, à justice, à paix. Il est naturel et il est délicieux de croire que la République nous donnera tous ces biens; ou, si la République ne peut, on veut croire que coopération, socialisme, communisme, ou quelque autre constitution nous permettra quelque jour de nous fier au jugement d'autrui, enfin de dormir les yeux ouverts comme font les bêtes. Mais non. La fonction de penser ne se délègue point. Dès que la tête humaine reprend son antique mouvement de haut en bas, pour dire oui, aussitôt les tyrans reviennent. L'union sacrée est la plus récente invention contre l'homme, et la plus funeste. Ici l'homme est sans défense, et le bonheur d'aimer l'envahit tout. « C'est pour toi, lui dit-on; c'est pour ton salut; c'est pour ton bien. » Si c'est un mauvais comédien qui parle, on en rira. Même les bêtes, à ce que je crois, sentent le mensonge comme par un instinct; et les hommes vibrent comme des tambours selon l'éloquence du cœur. Aussi je ne crois pas que les comédiens aient jamais eu la moindre puissance. Je ne crains pas les mauvais maîtres; je crains les bons maîtres. On me montre l'homme-tambour, celui d'hier ou celui de demain. On me dit : « Il est sincère, il est bon, il est honnête; il est dévoué au bien public; il est fidèle à son serment. » Il se peut. Ce crédit qu'il me demande, ou que vous me demandez pour lui, je l'accorde volontiers à tout homme. Mais j'attends encore mieux d'un homme; j'attends qu'il sache douter; car c'est la marque de l'homme. Et je veux l'y aider; ce n'est donc pas le moment d'abdiquer; ce n'est pas le moment de renoncer moi-même à l'esprit d'examen. Non. Ce serait le détrôner et découronner en même temps que moi-même.

Il faut que les hommes politiques s'habituent à ce genre d'amour qui les bourre et les pique, qui les réveille, qui leur donne la grande ruse de l'esprit. Quant à présent, ils ne savent que verser des larmes, et dire que le peuple est bien ingrat et bien méchant. Le peuple est touché, et leur renouvelle, par un bail de trois, six ou neuf, le droit de se croire eux-mêmes. Ainsi les voilà tous les yeux bouchés. Tout à fait de la même manière que ces banquiers, qui sont des poètes, et qui obtiennent un nouveau bail de confiance; ils n'aiment pas, eux non plus, douter de leurs merveilleuses valeurs; et les actionnaires assemblés n'aiment pas douter non plus; l'expert-conseil, si bien payé, ne doute pas davantage. Certes il est agréable de croire à sa propre richesse; mais par-dessus tout il est agréable de croire à quelqu'un; et cet homme, à qui on croit, est heureux aussi d'être cru, et de croire ceux qui le croient, et de se croire lui-même. C'est par ces causes que tous les rois sont sans discernement. L'homme n'est pas dans une situation telle qu'il puisse jamais s'offrir le luxe de croire.

Croyance, c'est esclavage, guerre et misère. Et, selon mon opinion, la foi est à l'opposé de la croyance. La foi en l'homme est pénible à l'homme, car c'est la foi en l'esprit vivant; c'est une foi qui fouaille l'esprit, qui le pique, qui lui fait honte; c'est une foi qui secoue le dormeur. En toutes les ligues, en toutes les associations, en tous les états, il se montre un bonheur d'acclamer, d'approuver les comptes, et de dormir, en haut, en bas, pendant un an, comme si les statuts pouvaient penser. Il y a aussi en ces assemblées de vrais croyants, un petit nombre de ceux que j'appelle les ânes rouges, qu'on ne peut atteler, qui ne croient rien. Ceux-là ont la foi, la foi qui sauve.

5 mai 1931.

EN CONCLUSION :
LA VÉRITÉ DES DOCTRINES POLITIQUES

141

Je n'ai jamais conseillé à personne de changer d'opinion. Non plus de changer ses yeux pour d'autres; mais apprenez à vous en servir. De même pour vos opinions, rendez-les bonnes. Non pas cherchant des opinions étrangères, jusqu'à ce que vous trouviez celle qui est vraie, car il n'y en a point qui soit vraie. Nul n'a eu, nul n'aura jamais une idée vraie; mais il y a une manière vraie d'avoir n'importe quelle idée; et c'est de voir les choses au travers. Nos idées sont nos lunettes. Il est bon d'avoir quelque lunette pour considérer l'apparence de la planète Mars; mais garder la sagesse dans vos jugements sur la planète Mars, cela ne dépend point de votre lunette. Donc lorsque vous dites : « Je suis socialiste, communiste, ou catholique, ou monarchiste », ne ressemblez pas à l'apprenti de botanique qui se dirait : « J'ai acheté un microscope; me voilà bien savant. »

Si ce que j'écris vous étonne, retournons-le. Examinons par le contraire, comme Aristote aimait à faire. Certainement il y a une sotte manière d'être socialiste ou monarchiste ou n'importe quoi; il suffit que l'on croie plutôt ce que disent les autres que ce que l'on aperçoit par ses propres moyens, il suffit que la colère pousse les jugements, ou que la peur les retienne. Et le pire de tout, c'est de se priver d'examiner par peur de changer. Jurez d'abord; il n'y a point d'esprit ferme sans serment. Jurez d'abord, et puis examinez. Comme un compte, que vous pouvez faire, dans le système décimal, ou dans un système dont la base est douze; mais vous jurez, cela va sans dire, de ne pas changer de système pendant votre compte. L'exemple est simple; mais il faut d'abord réfléchir sur des exemples simples. Le système décimal est-il vrai ou faux? Voilà une question ridicule; car ce n'est qu'un moyen de saisir les quantités dénombrables. Et l'on rirait du physicien qui rapporterait quelque expérience d'après laquelle le système décimal devrait être dit faux. Puisque vous surmontez sans peine cette sottise-là, pensez qu'il y en a sans doute d'autres du même modèle, mais plus enveloppées. Quelque Sorbonnagre me tire ici par la manche, disant : « Il y a des faits de physique d'après lesquels la géométrie d'Euclide est fausse. » Je me méfie, ayant assez éprouvé déjà qu'il n'est pas une de nos conceptions qui soit à la merci d'une expérience; non pas même le spiritisme; mais plutôt nos conceptions sont comme des microscopes, qui montrent mieux l'expérience; seulement il faut savoir s'en servir, ce qui n'arrivera jamais si l'on en change toutes les semaines. Que l'on soit communiste, monarchiste, catholique, ou ce que vous voudrez, on reconnaîtra l'héroïsme vrai en ce jeune homme que l'impatience d'avoir peur pousse à lever la main pour une mission dangereuse. Et chacun, dès qu'il sait se servir de ses lunettes accoutumées, conviendra que l'énergie d'un Maréchal, qui décide qu'une troupe tiendra à tout prix, n'est pas du tout du même genre, et ne mérite pas le même hommage.

16 avril 1921.

142

Il n'est pas difficile d'avoir une idée. Le difficile, c'est de les avoir toutes. Et le plus difficile, c'est de les mélanger, fil et trame, comme Platon l'enseigne, pour en faire quelque chose qui soit presque réel. Par exemple, la politique ne consiste jamais à choisir une idée politique, mais bien plutôt à tisser ensemble toutes les idées politiques, si on peut, selon la juste proportion. Tel choisit la monarchie, et l'avale d'un coup, comme font les saumons, ces gros imprudents. Après cela, ils espèrent qu'ils feront quelque chose à l'image de cette idée. Et en attendant, ils prouvent et reprouvent que la monarchie est vraie, que la monarchie est le salut; et qui en doute? Vit-on jamais deux pilotes tirer sur la roue, l'un d'un côté, l'autre de l'autre? Partout où il se fait une œuvre quelconque, vous entendrez dire que c'est l'œuvre d'un seul. Et c'est vrai. Seulement, cette grande idée, réduite à elle-même, n'accroche rien et ne fait rien. Par cette puissance rétractile des idées non cousues, il n'y a qu'un monarque, qui est supposé faire tout et régler tout, ce qui est exactement le contraire de ce que nous venons de dire. Ainsi l'idée non cousue s'échappe comme un petit ballon. Ce qui a fait dire bien injustement que les idéalistes sont les plus inutiles des hommes et les plus creux. Ayons au moins deux idées.

Je propose de coudre aristocratie à monarchie. Aristocratie multiplie les rois car, quelle que soit l'œuvre, il faut un homme, le plus parfait en son genre et pour ce genre d'œuvre. Michel-Ange est un roi, qui écarte et nie tous les rois. Par cette répulsion et par cette attraction, l'étoffe politique prend de la consistance. Toutefois, je défie qu'on puisse faire durer une aristocratie de monarques sans y coudre encore l'étoffe des travaux nécessaires et de ceux qui les font. Travaux non pas éternels, mais passagers et toujours recommencés. Platon se plaît à dire que la démocratie est le règne des besoins; il repousse du pied cette idée inconsistante. Inconsistante seule; mais cousons toujours! Voici enfin que notre système prend racine. Voici qu'il s'attache au sol, et même qu'il le fait, car un sol est fait, sans quoi ni rois, ni aristocrates, ni même démocrates ne peuvent s'y asseoir. Et la démocratie, ainsi attachée au pouvoir d'un seul, qui est inévitable en toute action, à la fois le prépare et le retient ferme, lui qui veut toujours s'envoler. On n'a point le temps de rire, quand les porteurs et nourriciers du génie humain menacent de ne plus travailler. D'où je voudrais conclure que la démocratie est la forme juste d'un Etat. Mais non! Elle n'est point juste toute seule. Aucune forme n'est juste toute seule. Et la justice est un beau et solide tissu de toutes les choses que j'ai dites. Platon m'a bien fait comprendre que justice est proportion, quoiqu'il ne l'ait guère expliqué, laissant comme toujours le travail inachevé et brouillant les fils. Il dit seulement, en parlant de l'homme, que l'homme juste est autre chose qu'une tête juste. Ce que j'entends ainsi, à savoir qu'un homme juste doit avoir égard en lui-même au dessous et au milieu. Autrement, avouez que la justice n'est pas difficile; mais aussi la pure justice, à peine conçue, s'envole aussitôt dans le grand tunnel bleu de ce printemps sicilien. Je vous dis qu'il faut coudre et encore coudre, et je comprends à peu près sur cet exemple comment Platon entend qu'il faut faire participer les idées les unes aux autres. Je dis à peu près, car Platon s'est bien gardé de tout dire et, pour mon compte, je ne vois pas encore bien si notre vaisseau sera solide, même cousu de trois idées...

On ne peut pas inventer les idées. Il faut les chercher où elles sont, chez Platon, Aristote, Descartes, Comte ou gens comme cela. Or, je trouve que j'ai oublié bien des idées de Platon, à considérer seulement *La République.* J'en vois qui font gerbe par une affinité naturelle : ploutocratie, oligarchie, tyrannie et, prise dans tout cela, celle qui est leur âme, la timocratie. Ici est le gouvernement de l'honneur, qui est toujours colère. Ici est le contraire de la justice, qui fixera la justice. La plus noble des passions, l'honneur, qui est plus ou moins substance de toutes, ne peut rester non plus dans son ciel. Dès que son être est en question, elle descend fort brutalement jusqu'à la colère animale. Que l'on soit monarchiste, aristocrate ou démocrate, le bel honneur nous joue toujours les mêmes tours. Il devient tyran, afin d'exécuter, féroce, afin d'exécuter. Et peut-être que voici justement le lien, plus fort à mesure qu'on veut s'en délivrer, le lien entre toutes ces belles choses, qui se veulent découdre. Pour parler plus clairement, ce que je veux dire c'est qu'il n'y a point d'exécution de quoi que ce soit sans une petite violence, petite et arbitraire, qui annonce qu'elle ne cédera devant rien. Cette tyrannie infinitésimale est le soutien de l'ordre, car cette tyrannie est pressée et impitoyable. Elle n'attend jamais, elle ne ménage personne. Ainsi tous les tyrans d'honneur, parfois bruyants et ennuyeux, forment un quatrième élément, qui, je le vois bien, va empêcher notre république de retourner au ciel des idées. Salut donc à vous tous, monarques, prolétaires, tyrans, artistes, frères difficiles, mais dont il faut que je m'arrange!

C'est à peu près ainsi que je conduisais mon rêve sicilien, supposant que l'ombre de Platon était venue me parler dans mon demi-sommeil. J'ai pensé que beaucoup s'en instruiraient comme moi par une sorte de catastrophe en l'édifice de leurs idées claires. Aussi pardonnez-moi si l'idée même que j'expose ici n'est pas claire. Elle ne peut pas l'être.

1er juin 1936.

POSTFACE

PHILOSOPHIE ET POLITIQUE CHEZ ALAIN

La pensée politique d'Alain n'a pas cessé d'être provocatrice. On ne goûte pas longtemps cet irrespect tranquille et l'incrédulité placidement féroce qu'inocule la lecture des propos sans que quelque voix s'élève pour en dénoncer le danger, d'autant mieux écoutée si c'est une voix qui est soucieuse de décrire, dans l'histoire qui se fait, le mouvement de notre temps. Que craint-on? Peut-être ce qu'Alain se garde de désavouer lorsqu'il fait dire à l'interlocuteur fictif, à travers lequel il s'adresse ironiquement au ponctuel citoyen qu'il est : « Le véritable anarchiste, Alain, c'est vous. » Fuyante ironie. Toute compétence s'arme contre le jugeur impénitent. Il est remarquable que la politique d'Alain s'offre si naturellement à la complicité de ses amis, qui salue en elle une politique pour tous les temps, et au refus de ses adversaires, à qui elle figure l'idéologie bornée de la IIIe République non sans les saveurs d'un produit du terroir. Effet remarquable en effets par l'absence singulière qu'il recouvre, et pourtant si caractéristique de la matière politique. Des amis, des adversaires, qui semblent se succéder au rythme de deux guerres, mais où est l'interprète? Et certes il n'y a pas à douter que les propos, dont on observera qu'ils sont la seule forme qu'Alain ait prêtée à sa pensée politique, n'aient eu des lecteurs lucides et pénétrants. Tous sont d'accord sur la doctrine, car elle est claire et cohérente. Claire du moins comme le profil simplifiant le relief. Ce recueil, soixante ans après la publication des Eléments d'une doctrine radicale, *en propose la démonstration. On nommera doctrine cette pensée qui cristallise par la permanence insistante de ses thèmes et la convergence d'affirmations fermes et constantes. Discours unifiable et pourtant délibérément rompu. Irradiant à travers tout le champ imparti au politique, mais de quel centre? D'où parle le Propos? D'où procède l'autorité péremptoire ou l'intelligence clairvoyante, comme on voudra dire, du jugement qui s'y forme? De quoi se nourrit la certitude communicative qu'il manifeste? Les réponses n'ont pas manqué, enthousiastes ou démystifiantes, innocentes ou sournoises; mais on ne peut guère dissimuler leur indigence. Dans sa plus flatteuse figure, Alain apparaît comme le maître à penser; il exalte le sens de l'esprit, il perpétue une liberté toujours neuve; fidèle à la tradition du grand Humanisme, il a l'inactualité du penseur qui maintient la Grèce et la Renaissance européenne. Cette foi dans l'homme est belle mais n'a d'autre ressort que moral. Ainsi en vient-on à conclure qu'Alain a traité de la politique en moraliste, que c'est là sa grandeur et sa limite, qu'il a étudié l'homme en société et non la société. Mais il est une autre réponse, au reste compatible avec la précédente; c'est qu'Alain appartient bien à son temps, et lui-même témoigne clairement que ce sont les passions qui, au temps de l'affaire Dreyfus, le jetèrent à la politique. Citoyen d'abord, c'est-à-dire dans l'ordinaire condition où tout homme est spectateur et acteur pris dans le tumulte social. Alain intervient dans la vie politique, sommé en quelque sorte d'écrire par la pauvreté de ce qu'il lit. En conclura-t-on qu'Alain citoyen cesse d'être philosophe? Il serait plus éclairant de discerner, comme il le veut, action et réflexion. « Pousser ensemble et non pas penser ensemble. » On ne tient point au réel par des idées, mais c'est alors qu'il faut reformer toute idée. Alain chroniqueur ou feuilletoniste ne sera qu'un auteur qu'on feuil-*

lette pour l'inscrire en quelques lignes dans un livre d'histoire. Et cela est cohérent, car si l'on fait l'économie de la philosophie, il n'y a d'autre analyse des idées que selon la méthode historique, diachronique ou synchronique. Moraliste dans l'éternel ou feuilletoniste au jour le jour, humanisme ou idéologie radicale, voilà ce que j'appelle des réponses indigentes, de simples images ou peut-être les symptômes d'une conscience politique en état de manque. Il est vrai que la France est peu soucieuse de ses penseurs. En attendant que l'interprète nous vienne de l'étranger comme Cassirer vint à Rousseau, on peut du moins tracer quelque voie.

D'où vient donc la difficulté de considérer Alain comme penseur politique, c'est-à-dire de reconnaître à l'œuvre dans une réflexion qu'il conduit pendant trente ans l'un des plus puissants efforts critiques qui ait porté sur l'essence du politique? D'où vient que l'on se soit détourné d'un changement profond qu'il annonce inlassablement et sans aucun messianisme, d'une révolution dans les esprits dont il nous est aujourd'hui si malaisé de lire les signes? De telles allégations surprendront peut-être ceux qui ont cru que la statique de l'homme, chère à Alain, au lieu de suspendre l'opposition de la diachronie et de la synchronie, éliminait l'histoire et le changement, que l'Histoire éternelle, au lieu d'être le point de vue sous lequel la temporalité historique se réfléchit, échappait au temps. Dans le moment où s'ébranle le crédit de sa claire et rassurante apparence, la profondeur de cette œuvre opaque a quelque chance de nous devenir présente, « comme l'eau de la fontaine si sombre dans son creux, si claire dans la main... ». Il serait temps que l'on ne se fie plus à la simplicité d'Alain, si nous ne voulons pas nous montrer, au moins à son égard, désespérément simples.

La tâche n'est pas facile, et cette difficulté tient à Alain, à cet art de la prose qu'il a délibérément cultivé en philosophe, comme il le trouvait dans Platon, et elle lui est essentielle. Il faut donc l'attaquer grossièrement et, si j'ose dire, scandaleusement. Car si l'on ne veut pas que le texte philosophique se rabatte sur un autre texte qui, quand les hommes se lassent de l'éternel, se réduit polémiquement au texte politique, laborieusement au texte historique, il faut le frapper d'équivoque et renoncer, non peut-être à l'unité du discours, mais certainement à sa platitude. Oui, ce n'est pas un, mais deux et plusieurs discours qu'il faut démêler, selon ces degrés qui sont le propre de la réflexion. On ne forme point une idée si on ne les forme toutes, rappelle Alain; mais précisément il n'y a point d'idée qui enveloppe toutes les idées. Il faut donc rompre avec l'unité logique du discours sans rompre la pensée, nos pensées, dont l'auteur des Idées et les âges *nous dit qu'elles sont « métaphoriques premièrement et anthropomorphiques premièrement ». S'élever de l'anthropomorphisme originaire et retourner à l'anthropomorphisme quotidien, là est aussi le circuit de la réflexion à l'action politique. La théorie de l'idéologie tâtonne encore parce que la critique croit pouvoir se situer hors de la croyance, parce qu'elle ne reconnaît point dans la croyance la pensée qui la meut elle-même, parce qu'enfin elle est une idéologie d'aristocrate sans main ni bras. On soupçonne mal ce qu'enveloppe chez Alain l'idéologue démocrate.*

Mais il faut illustrer notre rupture. Ce que je proposerai brièvement sur trois objets disparates : le Propos, le Peuple Souverain, le Citoyen. Le Propos est, j'y insiste, la seule forme sous laquelle se présente la pensée politique d'Alain telle qu'elle est connue. Or, le Propos est une action avant d'être une réflexion. J'entends bien que cette action est réflexion mais nullement théorique. Et Alain est aussi indifférent à ses inlassables répétitions, que Platon l'est au savant rabachement à quoi il voue le Socrate des dialogues. On dira qu'une idée, en bonne doctrine, n'est jamais formée que par l'acte renouvelé de la pensée. Mais cela appartient à la gymnastique de tout esprit, et l'on ne voit pas que le pianiste nous produise ses gammes. Ainsi l'objectif est autre, il est pédagogique. Il s'agit de provoquer quelque changement dans le lecteur, de reproduire un mouvement de pensée qui le déplace et le somme de juger. Bref il n'est jamais question de parfaire un exposé doctrinal, mais de faire briller un instant l'idée dans l'essor d'un éveil. Cet art, qui annexe l'imagination, se dérobe au jeu de la preuve et de la controverse. Or il est certain que lorsque le jugement cesse de traduire une perception vive et comme naissante, on ne tient plus qu'une affirmation péremptoire; ainsi s'explique l'Alain tranchant sur tout avec la désinvolture d'un homme en bonne santé qui se fie au bon sens ou, si l'on préfère, avec l'ironie du pugiliste socratique dont la courte science, faute de se tenir debout, culbute l'adversaire. Où cela nous mène-t-il? à évacuer la dialectique. Alain est assez bon sophiste pour savoir que le discours s'offre à toute construction, que la pensée extravague dès qu'elle n'est point réglée par ses objets. Bien plus, il se montre en cette bavarde une fureur d'avoir raison, nourrie à d'autres passions que l'amour de la vérité. Qui voit avec ses yeux peut montrer ce qu'il voit, il ne saurait prétendre voir pour tous; mais rien de plus commun qu'un homme qui prétend parler pour tous et dont l'ordre du discours se rend impératif, comme il le montre dès qu'il en a le pouvoir. Tout Propos est réflexion parce qu'il est action et perception. Nous voilà donc ramenés à cette condition dont on ne s'affranchit pas qui est de voir et de penser de notre place. Et la première leçon au citoyen est en ceci : qu'il ne saura juger de la chose politique que s'il la perçoit de sa place, sourd à celui qui veut l'élever au point de vue général, cet œil du maître. On jugera par là que les principes qui gouvernent la pensée d'Alain ne sont jamais constitutifs mais régulateurs. La doctrine politique n'est pas la théorie du politique; elle règle les actions en même temps que par le jeu des images elle libère la réflexion. Ou bien va-t-on s'obliger à croire à ce que l'on juge nécessaire de faire?

Le peuple souverain est par excellence le sujet du discours équivoque. Alain n'a de cesse de défendre le peuple souverain contre les maîtres, les infatués, les arrogants, tous nés avec quelque galon, bref contre tous ceux qu'il nomme les Importants; en vérité, ce boursier heureux et insolent n'a de cesse de proclamer cette souveraineté du peuple jusqu'à nous persuader qu'il est juste, sage et bon, ce qui est en bien des occasions un bouclier utile. Jetons donc l'équivoque sans malice. Le peuple souverain est politiquement le mythe des temps modernes. C'est l'idée révolutionnaire. Le roi est mort, ou plutôt ce Dieu est mort qui leur donnait le droit d'être rois. Car des rois, il y en a et il y en aura toujours, la race en est indestructible autant qu'il y a des peuples et mille actions possibles seulement par le commandement d'un seul; mais il n'y a plus à imaginer que le roi est bon, vive le roi! et le meilleur moyen de s'en garder est de le savoir méchant autant que nécessaire, ce qui donne droit à en changer. Equilibre boiteux, mais on avance comme on peut. Car il arrive que lorsque Dieu s'est retiré, comme le rêve Platon, il n'y a plus de souverain intégral, mais des moitiés disjointes : un souverain qui ne peut gouverner, des gouvernants qui ne peuvent être souverains. Deux discours sortent de là. L'un fait aller autant qu'il peut cette République boiteuse comme la justice qu'elle revendique; c'est le discours du droit et de l'égalité. Discours si souvent imité, détourné, usurpé, et dont il faut trouver le statut. L'autre vise le mythe de souveraineté lui-même, c'est-à-dire la nature même du mythe en quoi se reflète la vie sociale, ce qui est proprement religion, et cet autre mythe enfanté par la raison et qui se nomme révolution. Ici se poursuit cette critique du politique dont l'essence rejoint celle même de l'imaginaire. Alors, c'est dans Les idées et les âges, Mars, *les* Entretiens au bord de la mer, Les Dieux *que l'on trouvera ce qui fait l'assise de la Politique d'Alain.*

Venons-en au Citoyen. C'est la forme que revêt chez

Alain la conscience politique comme conscience irréductible d'une indépassable contradiction. Ce citoyen mécontent par essence n'est pas un lointain enfant du criard Thersite sur les épaules de qui Hegel s'empresse d'appesantir de toute l'autorité de la philosophie le poids suffisant du sceptre-matraque d'Ulysse; mais son mécontentement scrupuleux, et véritablement transcendantal, est une objection continue à l'Etat hégélien. L'Etat Majuscule, voilà bien l'unité imaginaire d'une conscience politique irréparablement émiettée. Il serait bien tentant de voir enfin se ranger les différences dans l'unité pleine et intègre du tout; mais ce n'est qu'une tentation dangereuse et une vision chèrement payée. Toutes les différences sont et restent des antagonismes. Pour trouver la paix, il faut savoir ne plus chercher l'accord. Une même pensée circulant à travers tous n'est pas encore ou a cessé d'être une pensée. Le plus prudent des républicains veut encore que l'on respecte les chefs, au moins ce chef courtois et bienveillant. On quitte à regret l'état religieux de la société. Mais il faut bien en venir à une démocratie à l'âge adulte si l'on ne veut pas retomber en enfance. Le citoyen contre les pouvoirs sera donc l'explicitation de la conscience politique. Et là encore nous sommes au nœud de plusieurs discours. Car d'un côté nous avons un instrument critique qui s'applique à l'analyse de l'Etat, et c'est autre chose que la République d'un Roi d'Yvetot, et de l'autre nous trouvons une noble image qui projette l'humanité en chaque individu. Il faut savoir ce qu'on doit aux Belles Images.

Qu'Alain, ce dangereux anarchiste, cesse d'être un philosophe? Comme ce serait simple.

Robert Bourgne

V. LA DÉMOCRATIE COMME CONTRE-POUVOIR INSTITUTIONNALISÉ

VI. L'ACTION POLITIQUE

LE JUGEMENT POLITIQUE ET L'OPINION COMMUNE

L'ACTION POLITIQUE ET LE RÉEL

RÉVOLUTION OU RÉFORME

VII. L'ESPRIT RADICAL

L'ÉGALITÉ

EN CONCLUSION

LA VÉRITÉ DES DOCTRINES POLITIQUES

OUVRAGES DISPONIBLES D'ALAIN

Aux Éditions Gallimard

PROPOS

PROPOS SUR LE BONHEUR, *Folio/essais*
LES SAISONS DE L'ESPRIT
VIGILES DE L'ESPRIT
PROPOS D'UN NORMAND (II et IV)
CONVULSIONS DE LA FORCE

Bibliothèque de la Pléiade :

PROPOS I (650 propos choisis par Maurice Savin)
PROPOS II (650 propos choisis par Samuel Sylvestre de Sacy)

ŒUVRES

LES DIEUX, *suivi de* MYTHES ET FABLES *et de* PRÉLIMINAIRES À LA MYTHOLOGIE, *Tel*
SYSTÈME DES BEAUX-ARTS, *Tel*
MARS OU LA GUERRE JUGÉE, *Idées*
ÉLÉMENTS DE PHILOSOPHIE, *Idées*
ÉTUDES, *Idées*
SOUVENIRS CONCERNANT JULES LAGNEAU
LES IDÉES ET LES ÂGES
ENTRETIENS AU BORD DE LA MER
CAHIERS DE LORIENT (2 tomes)
COMMMENTAIRE DE « CHARMES » DE PAUL VALÉRY

Bibliothèque de la Pléiade :

LES PASSIONS ET LA SAGESSE (*réunissant* : Les Idées et les Ages, Les sentiments familiaux, Les aventures du cœur, Souvenir de guerre, Mars ou la guerre jugée, Souvenirs concernant Jules Lagneau, Abrégés pour les aveugles, Platon, Descartes, Hegel, 81 chapitres sur l'esprit et les passions, Entretiens au bord de la mer).
LES ARTS ET LES DIEUX (*réunissant* : Histoire de mes pensées, Système des Beaux Arts, Vingt leçons sur les Beaux Arts, Entretiens chez le sculpteur, La visite au musicien, Lettres au Docteur Mondor, Stendhal, En lisant Dickens, Avec Balzac, Définitions, Préliminaires à la mythologie, Les Dieux).

CORRESPONDANCE AVEC ELIE ET FLORENCE HALÉVY

Chez d'autres éditeurs

PROPOS

PROPOS DE LITTÉRATURE, *Flammarion*
PROPOS SUR L'ÉDUCATION, *P.U.F.*
PROPOS SUR LA RELIGION, *P.U.F.*
PROPOS SUR L'ESTHÉTIQUE, *P.U.F.*

ŒUVRES DIVERSES

IDÉES (Platon, Descartes, Hegel, Comte), *Champs-Flammarion*
SOUVENIRS DE GUERRE, *Flammarion*
ABRÉGÉ POUR LES AVEUGLES, *Flammarion.*
LETTRES SUR KANT, *Flammarion*
VINGT ET UNE SCÈNES DE COMÉDIE, *Flammarion*
LETTRES SUR LA PHILOSOPHIE PREMIÈRE, *P.U.F.*
THÉORIE DE LA CONNAISSANCE DES STOÏCIENS, *P.U.F.*
HUMANITÉS, *P.U.F.*
« ESQUISSES D'ALAIN » (*préparations de cours*) :
PÉDAGOGIE ENFANTINE,
LA CONSCIENCE MORALE,
LA RECHECHE DU BONHEUR, *P.U.F.*

Impression Brodard et Taupin à La Flèche (Sarthe),
le 11 février 1986.
Dépôt légal : février 1986.
1er dépôt légal dans la collection : janvier 1985.
Numéro d'imprimeur : 1642-5.
ISBN 2-07-032278-5 / Imprimé en France

37411